Polly Harper schreibt leidenschaftlich gern Liebesromane. Schon seit ihrem erfolgreichen Debüt im Jahr 2014 veröffentlicht die Autorin unter dem Pseudonym Greta Milán regelmäßig gefühlvolle Geschichten, die überall auf der Welt spielen. Sie selbst lebt mit ihrem Mann, zwei Kindern und drei Katern im Herzen Deutschlands. Mit *Lovely Dreams*, dem zweiten Band ihrer Goodville-Love-Reihe, entführt sie ihre Leserinnen in die romantischste Kleinstadt Colorados.

Außerdem von Polly Harper bereits erschienen:

Lovely Hearts. Solange du bei mir bist

Polly Harper

LOVELY DREAMS

Nur ein Kuss von dir

Roman

PENGUIN VERLAG

Sollte diese Publikation Links auf Webseiten Dritter enthalten,
so übernehmen wir für deren Inhalte keine Haftung,
da wir uns diese nicht zu eigen machen, sondern lediglich auf
deren Stand zum Zeitpunkt der Erstveröffentlichung verweisen.

FSC www.fsc.org MIX Papier | Fördert gute Waldnutzung FSC® C083411

Klimaneutral* Druckprodukt ClimatePartner.com/14044-1912-1001

Penguin Random House Verlagsgruppe FSC® N001967

1. Auflage 2022

Umschlag: www.buerosued.de
Satz: Uhl + Massopust, Aalen
Druck und Bindung: CPI books GmbH, Leck
Printed in Germany
ISBN 978-3-328-10696-8

www.penguin-verlag.de

Für den Mann,
der alles für mich ist.
Freund, Vertrauter, Liebhaber, Gefährte.
Und noch so viel mehr.

Kapitel 1

Nova

»Kann mir mal bitte jemand den Akkuschrauber geben?«, rief May, die zur Hälfte im Korpus einer halb aufgebauten Kommode steckte, und streckte die Hand nach hinten aus.

»Einen Moment«, antwortete Nova über das Surren des gewünschten Akkuschraubers hinweg und überschlug im Geiste, wie lange Lauren wohl noch brauchen würde, um diese winzige Schraube festzuziehen.

Lauren kniete neben ihr auf dem Boden. Ihre Lippen waren zu einem dünnen Strich zusammengepresst, und Stressfalten hatten sich auf ihrer Stirn gebildet, während sie sich damit abmühte, das Werkzeug gerade zu halten. Ihr feuerrotes Haar, das zu Beginn der heutigen Renovier-Session zu einem akkuraten Dutt zusammengeknotet gewesen war, stand ihr inzwischen in alle Richtungen vom Kopf ab.

Nova bemühte sich nach Kräften, die beiden Teile der Schublade zu stabilisieren, damit Lauren das vorgebohrte Loch traf. Aber viel brachte es leider nicht. Es knackte, als Lauren schon wieder abrutschte und den Pin in das weiß lackierte Holz trieb. Die Schraube flog in einem hohen Bogen davon.

Lauren stieß einen frustrierten Schrei aus. »Verfluchter Dreck!«

Neugierig lugte May aus der Kommode. »Was ist los?«

»Ich kriege diese verfickte Schraube nicht in dieses verfickte Loch!«, blaffte Lauren, deren Gesicht mittlerweile dunkelrote Zornesflecken aufwies, sodass ihre Sommersprossen kaum mehr sichtbar waren. Sie ließ sich auf den Hintern sinken und strich sich eine verschwitzte Haarsträhne aus der Stirn. »Ehrlich, Ladies. Ich dachte, das hier wäre entschieden lustiger.«

May kicherte. »Du bist einfach zu ungeduldig.«

»Du hast leicht reden«, erwiderte Lauren genervt. »Es ist nun mal nicht jede von uns Superwoman.«

Da hatte Lauren nicht ganz unrecht. May besaß beeindruckende handwerkliche Fertigkeiten, ohne den Umgang mit diversen Werkzeugen je wirklich erlernt zu haben. Sie kreierte wundervolle Skulpturen aus Drähten und Kristallen, schraubte mühelos Möbelstücke zusammen und konnte obendrein kochen, dass man nie wieder aufhören wollte zu essen.

Amüsiert hob May eine Braue. »Jetzt übertreib mal nicht. Im Tapezieren bin ich eine Niete.«

Lauren zog die Nase kraus. »Aber nur, weil du ein Zwerg bist.«

»Ich bin höchstens fünf Zentimeter kleiner als Nova«, schoss May zurück. »Und sie hat sich bei Weitem nicht so dämlich angestellt wie ich.«

»Also, ich finde, es gehört schon einiges an Können dazu, sich selbst zu tapezieren«, bemerkte Nova schmunzelnd.

Die drei brachen in Gelächter aus.

Etwas mehr als drei Monate war es nun her, seit die Frauen aus einer spontanen Laune heraus beschlossen hatten, in der beschaulichen Kleinstadt Goodville im Herzen Colorados einen Ladies Club zu gründen. Sie alle hatten sich einsam gefühlt und sehnten sich nach Verbundenheit. Genau die hatten sie nun mit den Soul Sisters gefunden.

In Laurens Bar, dem Nowhere, diente ein ungenutzter Lagerraum als Clubsitz. Allerdings hatte jede der drei in den letzten Wochen so viel zu tun gehabt, dass sie mit der Umgestaltung nur schleppend vorangekommen waren. Immerhin war der Parkettboden inzwischen abgeschliffen und neu aufbereitet. Die Wände hatten sie vergangenes Wochenende tapeziert. Eine elegante weiße Ornamenttapete und ein warmes Grau an der gegenüberliegenden Wand verliehen dem Raum eine kultivierte Gemütlichkeit. Die Rahmen der beiden großen Fenster hatten sie neu lackiert, genau wie die zwei weißen Holzregale, die Lauren nicht mehr brauchte. Diese standen nun auf der linken Seite. Davor thronte – noch in Plastikfolie eingewickelt – das neue Clubsofa. Die Polster und Kissen waren mit einem hellgrauen Leinenstoff bezogen. Es war erst gestern geliefert worden, zusammen mit drei gemütlichen Ohrensesseln, zwei gemusterten Polsterhockern und zwei Beistelltischen. Auch diese blieben verpackt, solange die Frauen mit dem Aufbau der Kommode und des Schreibtisches beschäftigt waren.

»Ich habe wirklich keine Lust mehr«, sagte Lauren seufzend und schaute sich missmutig in dem Chaos um.

»Soll ich es mal versuchen?«, bot Nova an, obwohl es Jahre her war, seit sie zuletzt einen Akkuschrauber in der Hand gehalten hatte.

»Von mir aus.« Lauren reichte ihr das Gerät, rappelte sich hoch und schwankte leicht.

»Alles in Ordnung?«, fragte Nova besorgt.

»Klar.« Sie zuckte mit den Schultern. »Meine Füße sind bloß eingeschlafen.«

So ganz kaufte Nova ihr das nicht ab. »Du bist ziemlich blass.«

Belustigt verdrehte Lauren die Augen. »Das bin ich doch immer.«

Normalerweise hätte Nova ihrer Freundin zugestimmt. Doch inzwischen kannte sie Lauren gut genug, um die feinen Unterschiede zu erkennen. Wahrscheinlich hatte sie sich wieder einmal die halbe Nacht in der Bar um die Ohren geschlagen und kaum geschlafen.

»Du arbeitest zu viel«, stellte auch May besorgt fest.

»Jetzt kriegt euch wieder ein. Mir geht es großartig.« Sie ging zu einem der Regale und schnappte sich die Schale, in der diverse Schokoriegel lagen. Anschließend wühlte sie darin herum, bis sie ihre Wahl getroffen hatte und riss die Verpackung auf. Nachdem sie herzhaft in ein Snickers gebissen hatte, nickte sie ihren Freundinnen auffordernd zu. »Mir wird es aber noch viel besser gehen, wenn wir diesen Scheiß endlich hinter uns haben.«

»Warum legst du dich nicht ein bisschen aufs Ohr, bis du später die Bar öffnest?«, schlug Nova vor. »May und ich kriegen den Rest auch allein hin.«

Lauren schnaubte entrüstet. »Ich lasse meine Soul Sisters bestimmt nicht im Stich.«

Ihre Miene zeigte deutlich, dass es sinnlos war, zu diskutieren. Deshalb ließen Nova und May es bleiben und konzentrierten sich darauf, die restlichen Möbel zusammenzubauen. Diesmal assistierte Nova der begabten Handwerkerin, die in Windeseile die übrigen Bretter verschraubte.

Unterdessen ließ Lauren sich auf das eingepackte Sofa fallen und kaute bedächtig ihren Schokoriegel. Sie hatte sich gerade das letzte Stück in den Mund geschoben, als drei Handys gleichzeitig lospiepten.

Eine Nachricht im Gruppenchat.

»Ich schau schon«, sagte Lauren und zog ihr Handy aus ihrer Jeanstasche. »Josephine fragt, ob sie doch noch vorbeikommen soll. Ihr nichtsnutziger Ehemann hat wohl beschlossen, den Sonntagnachmittag lieber mit einem Freund beim Angeln zu verbringen anstatt mit seiner Familie.«

»Was für ein Arschloch«, grummelte May.

Das wären zwar nicht die Worte gewesen, die Nova benutzt hätte, aber sie konnte ihrer Freundin nur beipflichten. Josephine war Anfang dreißig, Erzieherin in der örtlichen Kindertagesstätte und hatte sich auf der Suche nach Rückhalt und Verständnis dem Club angeschlossen, nachdem ihr Mann sie betrogen hatte.

Obwohl Goodville ein winziger Ort war und die Frauen sich schon häufiger begegnet waren, hatte Nova Josephine kaum gekannt. Doch mittlerweile hatte sie die junge Frau ebenso ins Herz geschlossen wie May und Lauren. Deshalb tat es ihr in der Seele weh, mitzuerleben, wie Josephine immer wieder von ihrem Mann verletzt wurde. »Sie ist zu gut für ihn.«

»Jepp«, stimmte Lauren zu und sank tiefer in die weichen Polster. Die Plastikhülle des Sofas knisterte. »Mir will echt nicht in den Kopf, wieso sie ihm seine Affäre verziehen hat. Ich wette, es war nicht die erste.«

»Vermutlich nicht.« Nachdenklich wischte Nova über die Kommode. »Aber ich kann verstehen, warum sie es nicht über sich gebracht hat, ihn zu verlassen. Sie liebt ihre Tochter mehr als sich selbst, und ich glaube ihr, wenn sie sagt, dass Vada eine Scheidung nicht verkraften würde. Immerhin ist sie elf Jahre alt, steht an der Schwelle zur Pubertät und vergöttert ihren Vater. Stellt euch nur mal vor, wie hart das für sie wäre.«

»Kinder werden mit schlimmeren Schicksalsschlägen fertig«, erwiderte May leise. Zweifellos dachte sie an ihre Nichten Cathy und Lilly, für die sie im Frühjahr das Sorgerecht übernommen hatte, nachdem ihre Eltern bei einem tragischen Autounfall ums Leben gekommen waren. Das Ausmaß ihres Schmerzes musste überwältigend sein, und trotzdem kamen die Mädchen mittlerweile gut zurecht.

Mitgefühl wallte in Nova auf. »Aber im Gegensatz zu euch hat Josephine die Wahl. Sie muss mit den Konsequenzen leben, wenn sie die Ehe beendet.«

Lauren schnaubte. »Hätte der Penner sein Ding in der Hose behalten, müsste sie eine solche Entscheidung überhaupt nicht treffen.«

»Natürlich trifft sie keine Schuld«, stimmte Nova ihr sofort zu. »Ich sage ja nur, dass ich sie in gewisser Weise verstehen kann. Abgesehen davon vertraue ich darauf, dass dieser Mistkerl irgendwann bekommt, was er verdient.«

Ein teuflisches Grinsen hob Laurens Mundwinkel. »Ich hätte so gern sein Gesicht gesehen, als sie ihm gesagt hat, dass er einen Großteil unserer Möbel finanziert hat.«

Die Frauen kicherten, ehe Lauren das Handy hob, Fotos von dem vollgestopften Raum machte und sie Josephine schickte. Dazu schrieb sie ihr, dass sie ohnehin bald fertig wären und sie sich einen entspannten Sonntag mit Vada machen sollte.

Wenig später klinkte sich Helen in den Chat ein. Sie war

die Letzte im Bunde der Soul Sisters und hatte von Anfang an höflich Abstand von der Möbelaufbauaktion genommen, da sie bereits Mitte fünfzig war und es vorzog, ihren Beitrag mit Näharbeiten zu leisten. Sie schickte unscharfe Fotos von Kissen und Vorhängen in die Gruppe, die Lauren im Auftrag von May und Nova eifrig kommentierte.

Etwas später waren die Möbel zusammengeschraubt, und die Frauen schoben sie mit vereinten Kräften an die vorgesehenen Plätze.

»Ach, du Schande«, erklang hinter ihnen eine helle Mädchenstimme.

Überrascht drehte Nova sich um.

Cole Baxter stand in Begleitung von Mays Nichten im Türrahmen. Alle drei lugten neugierig in den Raum.

Cathy stieß einen Pfiff aus. Sie war inzwischen acht Jahre alt und trug wie üblich Sportshorts und ein schlichtes T-Shirt. Ihren blonden Pferdeschwanz hatte sie durch die Lasche einer Basecap gezogen. Ihr rechter Unterarm war mit einem blauen Gipsverband ummantelt und in einer Schlaufe fixiert. In der linken Hand hielt sie ein Eis, das kurz davor war, auf den Boden zu tropfen. Aber sie achtete nicht darauf, sondern musterte staunend den Raum. »Was für ein Chaos.«

Ihre zwei Jahre jüngere Schwester Lilly, die wie meistens ein geblümtes Rüschenkleid anhatte, nickte zustimmend, ehe sie an ihrem Schokoeis leckte.

Cole hingegen blendete das Durcheinander vollkommen aus. Seine grünen Augen blickten ausschließlich auf May. Sein rechter Mundwinkel hob sich zu einem schiefen Grinsen und ließ etwas von dem Charme erahnen, den er mühelos versprühen konnte. »Hey.«

»Hey.« May strahlte ihn an, und die Funken zwischen ihnen flogen nur so durch die Luft. Das war nicht immer so gewesen. Genau genommen hatten May und Cole sich anfangs sogar ein bisschen gehasst. Doch dann hatten sie unzählige Hürden gemeinsam überwunden und zueinandergefunden. Jetzt war die Liebe, die sie verströmten, so allumfassend, dass Nova ganz warm in der Brust wurde.

May trat ihrer Familie entgegen. Sie strich mit dem Zeigefinger erst über Cathys, dann über Lillys Wange, ehe sie sich auf die Zehenspitzen stellte und Cole einen Kuss auf die Lippen drückte.

Prompt verzog Cathy das Gesicht. »Wäh!«

Sie meinte das nicht ernst. Ihr Gesichtsausdruck verriet deutlich, wie glücklich sie darüber war, dass sich ihre beiden wichtigsten Bezugspersonen ineinander verliebt hatten. Es klang trotzdem derart inbrünstig, dass alle im Raum in Gelächter ausbrachen. Selbst Lilly, die nach dem tragischen Tod ihrer Eltern lange nicht gesprochen hatte und nur langsam ihre Stimme wiederfand, ließ ein heiseres Glucksen hören.

»Komm her, du freche Göre, bevor du den schicken neuen Boden einsaust«, sagte Lauren grinsend und klopfte neben sich auf die Schutzfolie. Interessiert betrachtete sie das Eis in Cathys Hand. »Ist das Kirsche?«

»Erdbeere.«

Lauren zog die Nase kraus. »Wäh!«

Grinsend leckte Cathy an ihrem Eis und schlenderte, gefolgt von ihrer kleinen Schwester, zu Lauren, während May sich unzufrieden im Raum umsah. »Eigentlich sollte alles fertig sein, bis ihr kommt.«

»Mir scheint, die Damen haben ein wenig die Zeit vergessen«, erwiderte Cole belustigt und warf einen bedeutsamen Blick auf seine Armbanduhr. »Es ist schon nach fünf.«

Nova rutschte das Herz in die Hose. »O Gott! Ich muss los.«

Sie schlängelte sich zwischen den eingepackten Möbelstücken durch und sah sich panisch nach ihrer Handtasche um.

»Immer mit der Ruhe.« Lauren pustete sich eine Haarsträhne aus dem Gesicht. »Ich bin mir sicher, Granny Sims hat Verständnis, wenn du ein paar Minuten später kommst.«

Das stimmte. Trotzdem ließ Nova ihre Großmutter nicht gern warten. »Ich habe ihr versprochen, sie pünktlich abzuholen, damit sie *America's Got Talent* sehen kann.«

May bückte sich, hob Novas Handtasche auf und wedelte damit in der Luft herum. »Soll ich dich schnell fahren?«

»Nicht nötig.« Mit einem Lächeln nahm Nova ihre Tasche entgegen. »Granny ist heute bei Priscilla. Wenn ich mich beeile, schaffen wir es noch rechtzeitig.«

Nova verabschiedete sich eilig, stürmte aus dem Nowhere und kollidierte direkt mit einer Hitzewand.

Sie stöhnte leise auf. Obwohl der Tag allmählich zur Neige ging, war es immer noch brütend heiß auf den Straßen von Goodville. Die Augustsonne brannte vom wolkenlosen Himmel, und die Luft über dem Asphalt flimmerte.

Schräg gegenüber vom Nowhere, das sich direkt an der Hauptstraße im Zentrum des kleinen Städtchens befand, konnte Nova das Eiscafé sehen. Normalerweise war die Terrasse an Sonntagnachmittagen bis auf den letzten Platz besetzt. Aber heute schienen sich alle in die klimatisierten Häuser zurückgezogen zu haben. Auch Nova verspürte unweigerlich den Drang, wieder in die Kühle von Laurens Bar zu flüchten. Doch da ihre Großmutter sicherlich schon ungeduldig wartete, zupfte sie ihr luftiges Top zurecht und machte sich auf den Weg zu Priscilla.

Es dauerte nur Sekunden, bis sich Schweißperlen auf Novas Stirn sammelten. Obwohl sie nicht wirklich mit Verkehr rechnete, schaute sie nach rechts auf die Straße. Ihr Herz machte einen Satz, als sie Jax in seinem Pick-up entdeckte.

Von all den ledigen Männern in Goodville führte Jackson Troy ohne jeden Zweifel die Rangliste an. Zumindest, soweit es Novas persönlichen Geschmack betraf. Sein kräftiger Unterarm, der dank der Sonne in einem Bronzeton schimmerte, hing lässig aus dem Seitenfenster, und hinter der Frontscheibe blitzten Jax' weiße Zähne auf, als er ihr zulächelte. Er hob die Hand zum Gruß und fuhr rechts ran.

Novas Knie wurden weich, und das lag sicher nicht an der Hitze. Sie starrte Jax an, der jetzt zu ihrem Entsetzen auch noch aus dem Wagen stieg und zu ihr schlenderte. In der Hand hielt er einen großen Briefumschlag. Sein hellblondes Haar, das ihm sonst bis zum Kinn reichte, hatte er nach hinten gebunden. Er trug ein schwarzes Shirt, das eng an seinem gut trainierten Oberkörper anlag, und Navyshorts, die nur allzu deutlich demonstrierten, dass er an *allen* Stellen überaus gut in Form war. Und als wäre das noch nicht schlimm genug, richtete er seinen Blick direkt auf Nova.

Himmel! Diese Augen wären eines Tages noch ihr Untergang.

Bei keinem anderen Menschen hatte Nova je zuvor so viele unterschiedliche Blautöne in der Iris gesehen. Jax' Augen schienen von Indigo bis Azur das gesamte Farbspektrum der Blaupalette zu umfassen. Und wie jedes Mal, wenn sie Jax traf, setzte sie dieser Anblick vollkommen außer Gefecht.

Unmittelbar vor ihr blieb er stehen. »Hey, Nova, wie geht's?«

Danke, gut.

Einfach großartig.

Mir ist heiß.

Mehrere Möglichkeiten schossen Nova durch den Kopf. Leider war keine halbwegs intelligente darunter. Sie brachte keinen Laut über die Lippen. Stattdessen starrte sie Jax nur weiter an. Und je länger sie starrte, umso mehr geriet sie in Panik.

Wenn sie nicht gleich etwas Freundliches erwiderte, würde er sie für eine unhöfliche, hohle Nuss halten. Nova konnte ihm bereits ansehen, dass sich seine Miene zunehmend vor Enttäuschung trübte. Sein Lächeln verlor etwas von seinem Strahlen.

»Jax!«

Erschrocken wirbelte Nova herum, als Cole hinter ihr auf die Straße trat. Er musterte Nova überrascht. »Alles okay, Nova?«

Immerhin brachte sie ein Nicken zustande.

Cole sah zwischen Jax und ihr hin und her, ehe er sich wieder stirnrunzelnd an sie wandte. »Ich dachte, du wolltest deine Großmutter abholen.«

Nova zuckte zusammen. »Stimmt.«

Sie winkte, ohne den Mut aufzubringen, Jax noch einmal anzusehen. Dann eilte sie über die Straße, vorbei an geschlossenen Geschäften und Boutiquen, vor denen hübsch arrangierte Blumentöpfe standen. Die weißen, rosafarbenen und gelben Blüten ließen allesamt die Köpfe hängen. Nova konnte nachempfinden, wie sie sich fühlten.

Jax musste sie für eine komplette Idiotin halten.

Frustriert kniff sie die Augen zusammen. Warum nur bekam sie in seiner Gegenwart kein Wort raus? Bei ihren Freundinnen oder im Laden war sie doch auch nicht auf den Mund gefallen.

Dabei war es nicht einmal sein gutes Aussehen, das sie derart einschüchterte, sondern eher seine Ausstrahlung. Er schien jeden Menschen in seiner Umgebung für sich einzunehmen. Nova hatte schon häufiger aus der Ferne beobachtet, wie die Frauen von Goodville – egal ob verheiratet oder nicht – gebannt an seinen Lippen hingen, wenn er sich mit ihnen unterhielt. Er schien immer gute Laune zu haben, und wenn er auf diese charmante Weise grinste, zeigte sich ein Grübchen in seiner linken Wange, und seine blauen Augen strahlten wie der klare Himmel an einem wolkenlosen Tag. Und jedes Mal erklang in Novas Kopf die bezaubernde Melodie des Stückes *Méditation* aus der Oper *Thaïs* von Jules Massenet.

Nova liebte alles daran. Die Zartheit, die Sehnsucht, die Vollkommenheit. Es war sicher kein Zufall, dass sie unterbewusst ausgerechnet Jax diese Melodie zugeordnet hatte. Sie seufzte leise. Sie musste endlich aufhören, ihn aus der Ferne anzuhimmeln. Das brachte doch nichts. Alles, was sie damit erreichte, war, dass sie sich vor ihm und auch vor ihren Freunden zum Deppen machte.

Die Ladenzeile ging in eine Reihe hübscher Einfamilienhäuser über. Fast alle Gebäude waren in den letzten Jahren von Coles Baufirma Avens & Baxter, für die Jax ebenfalls arbeitete, renoviert worden. Nun glänzten die Fassaden in Schneeweiß, Mintgrün und Himmelblau. Die gepflegten Vorgärten waren durchsetzt von hohen Kastanien und Ahornbäumen, deren Schatten bis auf den Gehweg reichten. In einigen der Gärten surrten bereits die Rasensprenger.

Das letzte in der Reihe war Priscillas Haus. Bevor Nova das Gartentor öffnete, wagte sie einen raschen Blick über die Schulter. Ihr Herz machte einen Satz.

Jax stand noch immer mit Cole vor dem Nowhere. Und er sah sie direkt an.

Kapitel 2

Jax

Nova verharrte am Tor und wirkte so verschreckt wie ein Reh im Scheinwerferlicht. Selbst auf die Entfernung konnte Jax erkennen, wie sich ihr zierlicher Körper verkrampfte.

Normalerweise reagierten Frauen nicht derart ablehnend auf ihn. Eigentlich passierte sonst das Gegenteil. Jax wollte nicht eitel wirken, aber er hatte keinen Grund zur Klage, was seine Wirkung auf das weibliche und gelegentlich sogar männliche Geschlecht betraf. Warum also starrte Nova Sims ihn an, als wäre er der böse Wolf?

Jax hatte sie schon häufiger beobachtet, wenn sie sich mit anderen Männern unterhielt. Goodville war ein überschaubarer Ort, und bei den Festen, die zuhauf vom Stadtratskomitee organisiert wurden, trafen die Einwohner ständig aufeinander. Nova war stets freundlich zu den Männern, mit denen sie ins Gespräch kam. Ein wenig schüchtern und verlegen, ja. Aber von angespanntem Schweigen keine Spur. Diese Reaktion schien ausschließlich ihm vorbehalten zu sein.

Was absolut keinen Sinn ergab.

Immerhin hatten sie sich im Nowhere schon einmal sehr nett unterhalten. Sie war anfangs etwas wortkarg gewesen, aber nachdem der Wein ihre Zunge gelockert hatte, war sogar ein richtiges Gespräch zwischen ihnen entstanden. Jax erinnerte sich noch gut an ihr schüchternes Lächeln und das Funkeln in ihren braunen Augen. Wie geschmolzene Schokolade.

Sie war nicht lange geblieben. Deshalb hatte er spontan beschlossen, sie nach Hause zu begleiten. Als sie den Souvenirshop erreichten, über dem Nova in der ersten Etage lebte, hatte Jax aufrichtiges Bedauern darüber empfunden, sich schon von ihr verabschieden zu müssen. Er hatte sogar überlegt, sie um ein Date zu bitten. Aber sie war so schnell ins Haus gehuscht, dass er gar keine Chance bekommen hatte, sie zu fragen.

Das war jetzt Wochen her, und seitdem schien sie sich in seiner Nähe noch unwohler zu fühlen als zuvor. Was echt schade war. Schließlich mochte er Nova. Eigentlich schon immer. Ihre bescheidene, unaufdringliche Art war ihm sympathisch, und die Tatsache, dass sie sich um ihre kranke Großmutter kümmerte, rührte sein Herz. Außerdem hatte sie diese sexy Art, sich auf die Unterlippe zu beißen. Jedes Mal, wenn sie ihre Zähne in das weiche Fleisch grub, erwachte in Jax der drängende Wunsch, über jene Stelle mit seinem Mund zu fahren. Er wollte sie wirklich gern besser kennenlernen.

Langsam hob er den Arm und winkte ihr zu.

Sie zuckte zusammen, wandte hastig den Blick ab und schob das Gartentor auf, ehe sie im Vorgarten der alten Priscilla Marone verschwand.

Jemand räusperte sich vernehmlich. Geistesabwesend drehte er den Kopf und stellte fest, dass Cole sich in den Schatten des Nowhere zurückgezogen hatte. Mit überkreuzten Armen lehnte er an der Wand neben der Eingangstür und musterte Jax mit einer Mischung aus Spott und Ungeduld.

Jax wurde klar, dass er seinen Boss seit geschlagenen fünf Minuten warten ließ, weil er es vorgezogen hatte, Nova hinterherzuglotzen. Glücklicherweise war Cole ein verdammt lässiger Chef und obendrein verliebt bis über beide Ohren. Zurzeit konnte ihm nicht viel die Laune versauen. Trotzdem murmelte Jax eine Entschuldigung und reichte ihm den Briefumschlag. »Hier sind die Verträge.«

»Danke, dass du sie extra vorbeigebracht hast«, erwiderte Cole, ohne einen Blick auf die Papiere zu werfen.

Jax winkte ab. »Nicht der Rede wert. Ich war eh im Büro.«

Coles Mundwinkel zuckte. »Ich weiß dein Engagement zu schätzen, aber mach auch mal frei. Immerhin ist Sonntag.«

Verlegen schob Jax die Hände in die Hosentaschen. »Ich hatte sowieso nichts Besseres vor.«

Das entsprach nicht ganz der Wahrheit. Jax hätte sich durchaus vorstellen können, diesen wie die meisten Sonntage am See zu verbringen. Aber Montagmorgen stand eine wichtige Baubesprechung an, und Jax arbeitete jede freie Minute an der Statuspräsentation für die Investoren.

Cole lachte leise auf. »Du musst mir nichts mehr beweisen, Jackson. Ich habe die Entscheidung, dir die Verantwortung für das Projekt zu übertragen, nicht eine Sekunde bereut. Und das werde ich auch nicht.«

Für Jax war diese Zuversicht keine Selbstverständlichkeit. Cole und Julian hatten ihn vor weniger als zwei Jahren in ihrer Firma als Baugutachter eingestellt. Er sollte den Subunternehmern auf die Finger schauen und sicherstellen, dass die Einfamilienhäuser und Villen, die Avens & Baxter überwiegend baute, fristgerecht und einwandfrei fertiggestellt wurden.

Im letzten Jahr hatte Julian Kontakte zu ein paar Investoren aus Farmington knüpfen können. Sie waren mit Luxushotels und Golfplätzen in New Mexico stinkreich geworden und wollten ihre Fühler weiter nach Norden ausstrecken, indem sie am Fuße des Nationalparks ein exklusives Familienhotel bauten. Das Auftragsvolumen umfasste mehrere Millionen Dollar. Es war der größte Deal, den die Firma je an Land gezogen hatte.

Und dann waren Julian und seine Frau – Mays Schwester – ums Leben gekommen. Die Nachricht von dem Autounfall war wie ein Hurrikan durch das friedliche Städtchen gefegt. Wochenlang sah man nur traurige Gesichter und hörte leise, kummervolle Worte.

Mit seinen besten Freunden verlor Cole jegliches Interesse an den Belangen der Firma. Also übertrug er Jax die Bauleitung für das Familienhotel, und bis heute fühlte Jax sich mies, weil er schon mit Mitte zwanzig diese Wahnsinnschance erhalten hatte, auf die andere ihr ganzes Leben lang warteten – und das nur aufgrund zweier tragischer Todesfälle.

Wobei der Begriff *Chance* vielleicht ein wenig zu optimistisch gewählt war. Es stellte sich nämlich relativ schnell heraus, dass die Gegend, in der das Familienhotel entstand, in der Zukunft zwar ein Traum für die Gäste sein würde, der Baugrund für die Gewerke jedoch der reinste Albtraum war. Die bewaldeten Berge und die breite Flusskurve des Avon River machten es den Zulieferern beinahe unmöglich, die schmalen Wege bis zur Baustelle zu passieren. Hinzu kamen das unebene Gelände, die unberechenbaren Witterungsbedingungen, das Naturschutzamt und so weiter.

Als Jax die Leitung übernommen hatte, gab es Baumängel vom Keller bis zum Dach, wochenlange Verzögerungen im Ablaufplan, unzuverlässige Subunternehmer und fuchsteufelswilde Investoren. Dieses Projekt hatte ihn ganz schön ins Schwitzen gebracht.

Seit gut zwei Wochen lief endlich alles nach Plan, und Jax gab alles, damit das auch so blieb. Jetzt musste er nur noch die Investoren besänftigen, die bei ihrem letzten Treffen schon wieder damit gedroht hatten, das ganze Projekt platzen zu lassen und die bisher entstandenen horrenden Kosten von Avens & Baxter zurückzufordern.

»Und du bist sicher, dass du morgen nicht mitfahren willst?«, fragte Jax. »Du weißt, dass O'Donnell nicht allzu viel von mir hält.«

»Mir ist scheißegal, was dieser reiche Schnösel denkt. Als Julian und ich die Firma gegründet haben, waren wir auch nicht viel älter als du.« Cole schlug Jax auf die Schulter und sah ihn ernst an. »Du machst deine Sache gut, und dein Ehrgeiz wiegt dein Alter mehr als auf. O'Donnell wird nicht abspringen, glaub mir. Wenn er das wollte, wäre er längst weg.«

Jax teilte Coles Meinung. Aber es tat gut, das auch aus seinem Mund zu hören. »Ich melde mich morgen Nachmittag, wenn ich auf dem Rückweg bin.«

»Mach dir keinen Stress.« Wie aufs Stichwort ging die Tür hinter ihm auf, und May trat in Begleitung ihrer Nichten heraus. Cathy stöhnte bei der Hitze auf, Lilly schnappte nach Luft. Sofort streckte Cole die Hand aus und zog May an sich, bevor er sich wieder an Jax wandte und breit grinste. »Ich denke, ich werde morgen nicht allzu lange im Büro sein.«

May machte sich gar nicht erst die Mühe, ihre Freude über diese Information zu verbergen. Sie strahlte Cole an und schmiegte sich an ihn. Ihr schien die Temperatur nicht das Geringste auszumachen.

»Das Privileg des Chefs«, stellte Jax schmunzelnd fest, obwohl er auch einen gewissen Neid verspürte. Nicht etwa, weil er sich ebenfalls nach flexibleren Arbeitszeiten sehnte, sondern weil Cole ohne jeden Zweifel sein Gegenstück gefunden hatte. May war der Pin für seine Schraube, das Zahnrad in seinem Getriebe, der Akku für seine Bohrmaschine.

... und Jax stand eindeutig zu lange in der prallen Sonne.

Er schüttelte den Kopf, um seine schrägen Gedanken zu verscheuchen, und schaute zum Straßenende.

May folgte seinem Blick, und just in diesem Moment öffnete Nova das Gartentor und hielt es für ihre Großmutter auf. Abigail Sims schien jedoch keine Eile zu haben, sondern zupfte ihren lila Sonnenhut zurecht, der mit bunten Federn und getrockneten Blumen geschmückt war. Passend zu der auffallenden Kopfbedeckung trug Abigail ein luftiges Kleid mit pinken Blumen, das locker an ihrem schmächtigen Körper herabfiel. Sie drehte den Kopf zu ihrer Freundin Priscilla, die sie zum Tor begleitet hatte, und schob die dicke Hornbrille höher auf die Nase.

Priscilla, die neben den beiden zierlichen Frauen ein wenig korpulent wirkte, wischte sich eine ihrer grauen Locken aus der Stirn. Ihre Lippen bewegten sich, und was immer sie sagte, entlockte Abigail ein heiseres Lachen, das über die leere Straße bis her zum Nowhere schallte.

Auch Novas Lippen kräuselten sich zu einem Lächeln.

Eine Hitzewelle jagte durch Jax' Körper. Sie sah hinreißend aus, wenn sie lächelte.

»Also«, sagte May gedehnt. »Wir wollen nächsten Samstag grillen.«

»Wollen wir?« Cole musterte seine Freundin überrascht. Sie

warf ihm einen Blick zu, woraufhin er prompt nickte. »Ja, wollen wir.«

»Bei dieser Affenhitze?«, fragte Cathy und schüttelte missmutig den Kopf. »Das ist doch total verrückt.«

»Die Männer grillen, Süße.« May stützte sich auf die Knie, sodass sie mit Cathy auf Augenhöhe war. Sie zwinkerte ihr verschwörerisch zu. »*Wir* wickeln deinen Arm in Plastikfolie ein und machen eine Poolparty.«

Sofort war die ältere Avens-Tochter Feuer und Flamme, und auch Lilly klatschte begeistert in die Hände.

»Ich denke, ich werde noch ein paar Freundinnen einladen«, überlegte May und tippte sich ans Kinn. »Und Ryan. Er kann uns die Drinks an den Pool bringen.«

»Mein Bruder wird begeistert sein«, erwiderte Cole belustigt, ehe er sich wieder an Jax wandte. »Ich rechne fest mit deiner Unterstützung.«

Jax freute sich über die Einladung. »Na klar, Mann.«

Sein Blick glitt erneut zum Straßenende, wo Nova immer noch in die Unterhaltung mit ihrer Großmutter und Priscilla vertieft war. Sicher wäre sie nächste Woche auch unter Mays Gästen. Die Aussicht, sie in einem Bikini zu bewundern, gefiel Jax mehr, als angebracht war. Andererseits könnte Nova sich auch mit einem Kartoffelsack verhüllen, sie wäre immer noch bildhübsch. Wenn sie doch nur nicht so schüchtern wäre.

Kapitel 3

Nova

»Dieser Junge ist ein wahrer Adonis«, seufzte Priscilla und fächelte sich mit einem verzückten Seufzen Luft zu. »Ach, Abi, wären wir nur ein paar Jährchen jünger …«

Nova bemühte sich, den Kopf nicht in Jax' Richtung zu drehen. Sie hatte gehofft, er wäre inzwischen losgefahren. Leider hatten sich nun auch May und die Mädchen zu ihm und Cole gesellt, weshalb er immer noch am gleichen Fleck stand wie zuvor. Wenn sie das Bild am Rande ihres Sichtfeldes richtig deutete, schaute er sogar in ihre Richtung, was ihr Magen mit einem Kribbeln quittierte.

Abigail gluckste. »Meinem Elliot kann der Bursche sicher nicht das Wasser reichen. Aber beschreib ihn mir trotzdem.« Sie legte konzentriert die Stirn in Falten, der Blick hinter ihrer Hornbrille glitt ins Leere.

Novas Magen verkrampfte sich. Es wurde schlimmer. Dass Abigail ihre Freundin nicht mehr fokussieren konnte, zeigte deutlich, wie schnell die Erkrankung inzwischen voranschritt. Die letzte Untersuchung bei einem Spezialisten in Silverton lag erst zwei Tage zurück. Der Arzt hatte gesagt, dass niemand genau voraussagen konnte, wann das letzte bisschen Sehkraft, das Abigail noch besaß, endgültig erlosch. Aber von mehr als ein paar Wochen war sie schon ausgegangen. Angst und Sorge schlugen erbarmungslos ihre Krallen in Novas Herz. Was, wenn ihre Granny nicht mit der immerwährenden Dunkelheit fertigwurde? Wenn sie ihren Kampfgeist verlor? Sie war so eine fröhliche, lebenslustige Frau. Selbst der Tod ihres geliebten Mannes vor fünfzehn Jahren hatte nichts daran ändern können. Aber inzwischen mehrten sich die depressiven Episoden. Manchmal fehlte ihr morgens sogar die Kraft zum Aufstehen. Bis auf Nova und Daisy, die Pflegerin, wusste niemand davon, denn noch ließ Abigail nicht zu, dass irgendjemand auf die Idee kam, sie könnte ihren berühmt-berüchtigten Kampfgeist verloren haben. Aber was, wenn mit der Blindheit jeder Funke in ihr erlosch? Das könnte Nova nicht ertragen.

»Ich möchte meinen, er packt gerne auf dem Bau mit an, so kräftig, wie sich sein Bizeps wölbt.«

Priscillas Worte rissen Nova jäh aus ihren tristen Gedanken. Ungläubig musterte sie Abigails Freundin, die mit schief gelegtem Kopf ungeniert Jax' Körper taxierte. Ihre rot geschminkten Lippen verzogen sich zu einem süffisanten Grinsen. »Und ich wette, mit diesem Hintern könnte er Walnüsse knacken.«

Nova schnappte nach Luft. Prompt brachen die beiden betagten Damen in haltloses Gegacker aus.

»Nun schau nicht so entsetzt, Liebes«, sagte Priscilla und zuckte mit den Schultern. »Das war lediglich eine objektive Feststellung.«

»Und gibt es noch mehr *Fakten* über den jungen Mann?«, erkundigte Abigail sich und lehnte sich vor.

Priscillas Gesicht nahm einen verträumten Ausdruck an. »Ich würde vermuten, dass er ausschließlich aus gestählten Muskeln besteht. Da stören nicht einmal die langen Haare.«

»Lange Haare?«, rief Novas Großmutter entsetzt aus.

»Kinnlang«, bestätigte Priscilla und machte eine wegwerfende Handbewegung, auch wenn Abigail es nicht sehen konnte. »Du weißt doch, wie die jungen Leute heutzutage in Sachen Mode sind.«

Abigail stieß ein Schnauben aus. »Ich schätze, es hat auch Vorteile, beinahe blind zu sein.«

»Sag so was nicht, Granny«, tadelte Nova sie sanft und legte ihr eine Hand auf den Unterarm.

»Findest du lange Haare bei Männern etwa gut?«, fragte Abigail entrüstet.

Augenblicklich wurden Novas Wangen heiß, was leider nicht unbemerkt blieb.

»Und ob sie lange Haare gut findet, Abi«, rief Priscilla aus und zeigte mit dem Finger auf Nova. »Ich glaube, unsere Gebete wurden doch noch erhört.«

Ein feines Lächeln zeigte sich auf Abigails Gesicht.

Nova konnte ihr ansehen, wie sich die Rädchen in ihrem Kopf drehten. Mit einem Anflug von Panik spähte sie über die Schulter und stellte erleichtert fest, dass Jax in ebenjenem Moment in seinen Pick-up stieg. »Wir sollten gehen, Granny. Deine Sendung fängt gleich an.«

Normalerweise hätte die Erwähnung besagter Sendung ausgereicht, damit Abigail sich in Bewegung setzte. Diesmal zögerte sie jedoch. »Vielleicht solltest du mit dem Burschen ausgehen, wenn er wirklich so stattlich ist.«

Allein der Vorschlag führte dazu, dass Novas Herz wie ein Kolibri in ihrer Brust flatterte. Allerdings war sie sich Priscillas forschenden Blicks überaus bewusst. Milde lächelnd schüttelte sie den Kopf. »Ich werde nicht mit ihm ausgehen.«

»Warum nicht?«, fragte Abigails Freundin.

Ein Stich drang Nova durch die Brust. Ihre Großmutter kannte den Grund, zumindest teilweise. Aber sie wäre niemals so unsensibel, Zachary zu erwähnen. Deshalb schwieg sie.

»Du bist jung«, fuhr Priscilla fort. »Du solltest Spaß haben, anstatt dich immerzu mit alten Schachteln wie uns zu umgeben.«

Nur mühsam gelang es Nova, sich ein unbekümmertes Lächeln ins Gesicht zu pflastern. »Ich habe auch Freundinnen in meinem Alter.«

Abigail schnalzte mit der Zunge. »Es gibt Freuden, die vermag nur ein richtiger Mann zu schenken.«

»Hör auf deine Großmutter, Liebes«, pflichtete Priscilla ihr bei. Unvermittelt reckte sie den Kopf, als sich ein Auto näherte.

Natürlich musste Jax unbedingt an ihnen vorbeifahren.

»Ach, du meine Güte!«, rief Priscilla aus und strahlte. »Er hat ein Grübchen.«

Ja, das war Nova nur zu bewusst. Sie wagte es nicht, sich umzudrehen, als Priscilla die Hand hob und fröhlich winkte.

Plötzlich wurde Priscilla feuerrot. »Er hat mir gewinkt. Oh, diese Hände.«

»Sind sie groß?«, fragte Abigail.

Priscilla nickte eifrig. »*Riesig.*«

Novas Großmutter grinste vielsagend. »Das ist *sehr* wichtig bei einem Mann.«

Okay, das reichte jetzt. Mittlerweile kam Nova Dampf aus den Ohren, und zwar nicht aufgrund der Hitze. »Wir sollten jetzt wirklich gehen, Granny.«

Kopfschüttelnd tätschelte Abigail Novas Hand. »Man könnte meinen, du wärst noch völlig grün hinter den Ohren.«

»Glaub mir, ich bin mir der Vorzüge großer Hände durchaus bewusst«, erwiderte Nova spitz. »Aber ich habe wirklich keine Lust, dieses Thema noch länger mit euch alten Schachteln zu diskutieren.«

Wieder gackerten die Frauen los, bevor sie endlich genug hatten und sich voneinander verabschiedeten. Priscilla schob das Tor ins Schloss und watschelte zurück in ihr kühles Heim.

Nova trat links neben Abigail und legte eine Hand auf ihren Unterarm, um sie zu führen. »Hattest du einen schönen Nachmittag mit Priscilla?«, fragte sie in der Hoffnung, ihre Großmutter endlich von dem nervenaufreibenden Thema Jax abzulenken.

Glücklicherweise stieg Abigail darauf ein. »Ja, es war schön. Und ich bin wieder auf dem neuesten Stand, was den Klatsch angeht. Das Police Department hat einen Neuzugang bekommen. Sheriff Baxter soll ihn einweisen, bevor er in Rente geht«, berichtete sie in gesenktem Ton, als würde es sich um ein Staatsgeheimnis handeln.

»Ich dachte, Jeff soll seinen Posten übernehmen«, erwiderte Nova überrascht, während sie den Bürgersteig entlangschlenderten.

Ihre Großmutter schüttelte den Kopf. »Der Stadtrat hat entschieden, dass wir einen Deputy aus Texas mit Diplom und Erfahrung brauchen.«

»Aber Jeff hat schon auf dem Revier gearbeitet, als ich hergezogen bin.«

»Um Sozialstunden abzuleisten.«

Nun ja, klug war es sicherlich nicht gewesen, das Fahrzeug der eigenen Mutter zu klauen und damit in den Avon River zu brettern, und das Ganze auch noch ohne Fahrerlaubnis. Aber das lag Jahre zurück, und inzwischen war Jeff zu einem verantwortungsvollen, zuverlässigen Mann herangereift, der in Kürze zum ersten Mal Vater wurde.

»Er hat *einen* Fehler gemacht.«

Abigail seufzte. »Du weißt doch, wie verbohrt manche Leute hier sind. Ich bin mir sicher, Jeff wird sich davon nicht entmutigen lassen.«

Vermutlich hatte sie recht. Trotzdem kam es Nova nicht fair vor. Schließlich war Jeff in dieser Stadt aufgewachsen. Er kannte die Leute und ihre Eigenheiten. Das machte doch einen guten Sheriff aus, oder nicht?

Sie befanden sich etwa auf Höhe von Laurens Bar, als Abigail sich stärker auf Novas Arm abstützte. Die Hitze machte ihr mehr zu schaffen, als sie zugab. Nova hütete sich, den kleinen Schwächeanfall anzusprechen, zählte jedoch im Geiste die wenigen Meter, die sie noch bis zum Souvenirladen zurücklegen mussten.

»Übrigens soll das diesjährige Spätsommerfest ein besonderes Motto kriegen«, wechselte Granny unvermittelt das Thema.

Innerlich stöhnte Nova auf. Das Gründerfest lag gerade mal ein paar Wochen zurück, und schon planten die gelangweilten Hausfrauen, allen voran Ashlyn Johnson und Patty Graham, die nächste Party. Sie nutzen wirklich jede Gelegenheit, um ein bisschen Glamour nach Goodville zu bringen. Manchmal fragte Nova sich, warum sich die Einwohner überhaupt noch die Mühe machten, die Bühne und die Verkaufsstände immer wieder abzubauen. Eigentlich könnten sie die komplette Ausstattung auch gleich stehen lassen. »Was denn für ein Motto?«, erkundigte sie sich.

»Wenn ich Priscilla richtig verstanden habe, schwebt dem Ausschuss ein venezianischer Maskenball vor.«

»Ein Maskenball?« Nova runzelte die Stirn. »Aber das ist lächerlich. Wir würden einander auf den ersten Blick erkennen.«

Abigail zuckte mit den schmalen Schultern. »Das habe ich auch erst gedacht. Aber dann fiel mir ein, dass ich noch ein paar alte Kostüme habe. Du könntest eins davon anziehen.« Ein hoffnungsvolles Lächeln hob ihre Mundwinkel. »Und du könntest spielen.«

Nova zuckte zusammen. »Auf keinen Fall.«

»Aber wenn wir es geschickt anstellen, wird niemand …«

»Nein«, unterbrach Nova ihre Großmutter entschieden und war froh, dass sie endlich die Eingangstür erreichten. Behutsam löste sie Abigails Hand von ihrem Arm und kramte die Schlüssel hervor.

Abigail seufzte. »Du musst endlich darüber hinwegkommen.«

Ein bitteres Lächeln hob Novas Lippen, während sich ein altvertrauter Schmerz in ihrer Brust breitmachte. »Lass es gut sein, Granny.«

Es war Abigail anzusehen, dass sie keineswegs zufrieden mit Novas Reaktion war. Trotzdem ließ sie es auf sich beruhen und schleppte sich die schmale Treppe hinauf, in den ersten Stock. Sobald sie die oberste Stufe erreicht hatte, streckte sie erleichtert den Rücken durch und betrat die Wohnung.

Rechts stand eine schmale Kommode, über der ihr Großvater schon vor Jahren zahlreiche Haken angebracht hatte, damit Abigail ihre vielen farbenfrohen Hüte aufhängen konnte. Mittlerweile umfasste ihre stolze Sammlung mehr als dreißig

Sonnenhüte in allen Farben und Formen. Manche waren mit Federn geschmückt, andere mit Blumen. Hinzu kamen Baskenmützen mit großen Satinschleifen und robuste, mit silbernen Broschen verzierte Filzhüte für die kalten Wintermonate.

Geradeaus führte eine Tür in Novas Reich. Es war das ehemalige Kinderzimmer ihres Vaters.

Links daneben befand sich Abigails Schlafzimmer. Der Raum sah noch genauso aus wie vor zwanzig Jahren. Die Wände waren mit beiger Blumentapete gemustert. Die komplette rechte Seite nahm ein rustikaler Eichenschrank ein. Gegenüber befand sich das breite Ehebett in Gesellschaft zweier kleiner Nachttischchen. Vor den beiden Fenstern hingen Spitzengardinen und schwere Vorhänge aus rotem Samt. Davor stand ein Lesesessel nebst einem Beistelltisch, auf dem eine Leselupe und die neuste Frauenzeitschrift lagen. Abigail hatte ein Faible für das englische Adelshaus. Wahrscheinlich rührte daher auch ihre Passion für extravagante Hüte.

Nova hatte Abigail vorgeschlagen, das Zimmer zu renovieren und ein kleineres Bett zu beschaffen, damit sie mehr Platz hatte. Aber diese Idee hatte Abigail entrüstet abgeschmettert. Sie behauptete bis heute, die Anwesenheit von Novas Großvater spüren zu können, wenn sie nachts die Augen schloss. Gelegentlich hörte Nova sie sogar mit ihm reden.

»Puh! Ist das eine Hitze da draußen«, murmelte Abigail, nahm ihren Sonnenhut ab und hängte ihn an seinen angestammten Platz. Dann schlurfte sie an der Küche und der hohen Porzellanvase mit Trockenblumen vorbei ins Wohnzimmer. In ihren eigenen vier Wänden kannte sie sich so gut aus, dass sie keinerlei Hilfe benötigte. Sie fand mühelos ihren bequemen Sessel und ließ sich in die weichen Polster sinken.

Direkt daneben stand ein Tisch, auf dem die Fernbedienung lag.

Sie schaltete das Gerät ein und starrte konzentriert auf den Bildschirm. Er war in der höchsten Vergrößerungsstufe eingestellt. Zudem lag ein spezieller Farbfilter darüber, damit sie die Bilder besser unterscheiden konnte. Ihre Miene hellte sich auf, als in diesem Augenblick das Intro von *America's Got Talent* in voller Lautstärke erklang.

Nova beobachtete ihre Großmutter lächelnd. Abigail liebte Castingshows noch mehr als Seifenopern und verfolgte mit Feuereifer sämtliche Formate, die das Programm so hergab.

Rasch ging Nova in die Küche, um ihrer Großmutter eine Erfrischung zu holen. Die Einrichtung hatte ebenso wie in Abigails Schlafzimmer längst die Altersgrenze von dreißig Jahren überschritten und bot keinen besonders einladenden Anblick.

Die Schränke und die u-förmige Arbeitsplatte waren aus dunklem Holz, die Wand über der Spüle grün gekachelt. Doch auch wenn die Küche nicht besonders hübsch aussah, war alles gut in Schuss, und jeder Gebrauchsgegenstand hatte seinen festen Platz. Das musste auch so sein, damit Abigail allein zurechtkam, wenn Nova unten im Laden arbeitete.

Sie holte Orangensaft aus dem Kühlschrank, goss ein Glas voll und kehrte zu Abigail zurück, die mit schief gelegtem Kopf einem jungen Mädchen lauschte, das gerade einen Popsong schmetterte. Sie sang hingebungsvoll. Leider traf sie keinen Ton.

»Hier ist etwas zu trinken für dich«, sagte Nova und versuchte, das Gekreische im Hintergrund auszublenden. Sie wartete, bis ihre Großmutter die Hand ausstreckte.

Nachdem Abigail das Glas entgegengenommen und einen

Schluck getrunken hatte, schüttelte sie missbilligend den Kopf. »Furchtbar.«

Als das Mädchen zum fulminanten Höhepunkt ihrer Darbietung gelangte und in eine Tonlage wechselte, die vermutlich Glas zum Splittern bringen konnte, zuckten Nova und Abigail gleichzeitig zusammen.

»Du meine Güte«, murmelte Nova und trat einen Schritt von dem Fernseher weg, auch wenn das bei der Lautstärke nicht viel nützte.

Die Jury applaudierte verhalten, und auch das Publikum zeigte sich nur mäßig begeistert. Das Mädchen schien sich daran nicht zu stören. Mit stolzgeschwellter Brust blickte sie dem Urteil entgegen und schien kein bisschen daran zu zweifeln, dass sie es in die nächste Runde geschafft hatte. Ihre Miene verrutschte erst, als ihr alle vier Jurymitglieder eine klare Absage erteilten. Wutentbrannt stolzierte sie von der Bühne und wurde prompt vom Moderator abgefangen, der sie zu ihrer Gefühlslage befragte.

»Mir geht es fantastisch«, meinte sie trotzig. »Diese sogenannten Experten haben doch keine Ahnung. Ich bin ein Naturtalent!«

Abigail stieß ein entrüstetes Schnauben aus. »Dieses Mädchen hat nicht so viel Talent wie du in deinem kleinen Finger, und trotzdem strotzt sie nur so vor Selbstbewusstsein. Diese Welt wird immer verrückter.«

Nicht schon wieder.

Genervt verdrehte Nova die Augen. »Möchtest du etwas essen? Ich könnte uns eine Kleinigkeit kochen.«

»Bloß nicht! Es ist auch so schon heiß genug. Da musst du dich nicht noch an den Herd stellen. Außerdem hatte ich bei

Priscilla drei Stück Kuchen.« Sie grinste Nova verschmitzt an. »Setz dich zu mir, Liebes, ja?«

Natürlich tat Nova ihrer Großmutter den Gefallen, vor allem, weil sie diese Sendungen ebenfalls mochte. Zumindest, solange ihre Großmutter keine Vergleiche anstellte.

Nova machte es sich auf dem Sofa gemütlich und kommentierte, was auf dem Bildschirm passierte, während weitere Sänger, Artisten und Comedians auftraten.

Als die Sendung schließlich vorbei war, schaltete Abigail den Fernseher aus und lehnte sich mit einem müden Lächeln in den Sessel. »Wenn du schon nicht für ein Publikum spielen willst, dann spiel wenigstens für mich.«

Nova gefiel der Seitenhieb nicht. Dennoch stand sie auf und trat zur Kommode unter dem Fenster. Wie üblich kribbelten ihre Fingerspitzen, als sie das obere Schubfach aufzog. Dort lag, gebettet auf ein rotes samtenes Kissen, ihre Violine.

Nova hatte sie zu ihrem zwölften Geburtstag geschenkt bekommen, weil ihre Faszination für dieses Instrument einfach nicht erloschen war. Ihre Eltern hatten kein Verständnis für Novas Hang zu verträumter klassischer Musik gehabt. Aber ihre Großeltern hatten diese Leidenschaft ernst genommen und ihr eine Violine des italienischen Geigenbauers Vincenzo Sannino geschenkt, die Nova seither hütete wie einen Schatz.

Andächtig fuhr Nova über das Ahornholz, das eine wunderschöne Flammung aufwies. Das Griffbrett und der Saitenhalter waren in einem dunkleren Holz gefertigt, ebenso wie der schwungvolle Kinnhalter und der mit Pferdehaar bespannte Bogen.

»Nun spiel schon, Kindchen«, forderte Abigail ungeduldig, woraufhin Nova die Violine aus dem Samtbett hob. Sie presste kurz die Lippen zusammen, als eine Welle des Bedauerns sie überrollte. Es war viel zu lange her, seit sie zuletzt gespielt hatte. Ihr Alltag nahm sie einfach zu sehr gefangen, und möglicherweise hatte sie sich nicht in den Träumen verfangen wollen, die die Melodien unweigerlich heraufbeschworen.

Nova hatte nie Geigenunterricht bekommen. Obwohl ihr Musiklehrer in der Schule begeistert von ihrem Talent gewesen war, hatten ihre Eltern schlichtweg keinen Sinn darin gesehen, in brotlose Kunst zu investieren. Also hatte Nova sich das Spielen heimlich selbst beigebracht. Sie hatte Bücher gelesen, Noten gelernt und Hunderte von Videotutorials geschaut.

Wenn ihr ein Stück gefiel, hatte sie wie eine Besessene geübt, bis sie es auswendig konnte, und bis heute war dieses Können fest in ihr verankert. Es war wie Fahrradfahren, wie Atmen. Sie verlernte es nie, ganz egal, wie viel Zeit verstrich.

Sowie ihr Kinn die kühle Oberfläche berührte, klappten ihre Lider zu. Die Melodie erklang, noch bevor Nova sich bewusst für das Stück von Massenet entschieden hatte. Vor ihrem geistigen Auge erschien Jax, der sie auf diese typisch lässige Weise angrinste. Und obwohl Nova wusste, dass es gefährlich war, erlaubte sie es sich für einen kurzen Moment, zu träumen.

Kapitel 4

Jax

Die Klimaanlage surrte leise und sorgte für eine angenehme Temperatur in dem abgedunkelten Konferenzraum. Normalerweise war Jax nur schwer aus der Ruhe zu bringen. Aber angesichts der Bande, die sich rund um den Konferenztisch versammelt hatte, klopfte sein Herz schneller. Sieben Investoren saßen ihm mit versteinerten Mienen gegenüber, fünf Männer und zwei Frauen. An der Stirnseite des Tisches saß selbstredend der Bandenchef.

Quentin O'Donnell trug einen silbergrauen Anzug, der höchstwahrscheinlich passend zu seiner Haarfarbe geschneidert worden war. Seine blassblauen Augen, die von Falten umgeben waren, stachen aus dem sonnengegerbten Gesicht hervor. Wie üblich lag ein verkniffener Zug um seine Lippen. Seine Fingerspitzen trommelten gegeneinander. Er sah aus wie der Pate persönlich.

Doch nicht er, sondern seine Tochter Shannon richtete das Wort an Jax, sobald er die Statuspräsentation über die Bühne gebracht hatte. Mit lässiger Eleganz lehnte sie sich in ihrem Ledersessel zurück. »Und Sie sind sich absolut sicher, dass es diesmal keine unerwünschten Verzögerungen gibt, Mister Troy?«

Shannon war eine schöne Frau mit einem engelsgleichen

Gesicht, das von einer langen, blonden Mähne eingerahmt wurde. Ihre Augen, die ebenso blau wie die ihres Vaters waren, funkelten in einer Mischung aus Kalkül und Belustigung.

Jax straffte die Schultern. »Absolut.« Er deutete auf die Leinwand hinter sich, auf die er eine genaue Auflistung der kommenden Bauphase projiziert hatte. »Wie Sie sehen können, haben wir sogar zwei Tage Vorsprung. Die Trockenbauarbeiten in den unteren beiden Etagen sind abgeschlossen. Daher haben die Fliesenleger dort bereits ihre Arbeit aufgenommen. Ich denke, bis Ende des Monats können wir mit dem Einbau der sanitären Einrichtungen beginnen.«

Shannon lächelte dünn. »Denken Sie es, oder wissen Sie es?«

»Ich weiß es«, erwiderte Jax und gab sich alle Mühe, seine Stimme ruhig zu halten.

»Und werden die Betten aus Übersee wie geplant eintreffen?«, erkundigte sich nun Miss Farraday. Anfangs hatte Jax irrtümlicherweise angenommen, dass es sich bei der betagten Dame um O'Donnells Lebensgefährtin handelte. Aber wie sich gezeigt hatte, bevorzugte der gute Mann deutlich jüngere Frauen.

Die knochige Miss Farraday mit dem braun gefärbten Bob war die *Interior Designerin* des Hotels, obwohl sie von Ästhetik so viel Ahnung hatte wie Jax vom Kochen. An jedem ihrer dürren Finger prangte ein dicker Klunker, und auch um ihren Hals lag eine schwere Kette, die keinen Zweifel an ihrem Reichtum aufkommen ließ. Was sie also sehr gut konnte, war Geld ausgeben. Daher bombardierte sie Jax beinahe täglich mit Webseiten von angesagten Möbeldesignern, deren Stücke sie in den künftigen Suiten sehen wollte. Zuletzt hatte sie goldfüßige Nachttischlampen mit roten Kordeln ausgesucht, die einem

Puff alle Ehre gemacht hätten. Nicht dass Jax schon einmal in einem gewesen wäre.

Er rang sich zu einem Lächeln durch. »Miss Reed hat mir versichert, dass alle Lieferungen im Plan sind. Aktuell ist sie dabei, die Kapazitäten für weitere Anschaffungen zu prüfen, und wird sich auf jeden Fall noch diese Woche bei Ihnen melden.«

Miss Farraday schob einen Katalog über den Konferenztisch. Dem Cover nach zu urteilen, handelte es sich um einen Anbieter für Bettwäsche. Alarmierend viele Zettelchen klebten zwischen den Seiten. »Nehmen Sie das für Miss Reed mit. Ich habe bereits eine Vorauswahl für die Überwürfe getroffen.«

Lieber Himmel! Aktuell besaß das Hotel noch keine einzige Kloschüssel. Wen interessierte da die Bettwäsche? Man konnte es auch übertreiben.

Natürlich nickte Jax trotzdem und machte sich im Geiste eine Notiz, morgen einen extragroßen Brownie für Sally mit ins Büro zu bringen. Den würde seine Kollegin definitiv brauchen, wenn er sich den Katalog so ansah.

»Und was ist mit den silbernen Wasserhähnen?«, fragte der Mann links außen und lehnte sich interessiert vor. »Wurden sie wie geplant bestellt?«

Miss Farraday schnaubte. »Silber passt überhaupt nicht zum restlichen Gestaltungskonzept. Das werden wir noch einmal anpassen müssen, Mister Troy.«

Innerlich stöhnte Jax auf. Er hatte der Truppe schon unzählige Male erklärt, dass die Einrichtung der vierzig Zimmer und sechs Suiten ziemlich weit hinten in seiner Prioritätenliste stand, zumal das Sallys Fachgebiet war. Trotzdem wurden die Herrschaften nicht müde, ihn immer wieder wegen derlei Kleinigkeiten in die Mangel zu nehmen.

Letztlich dauerte das ursprünglich für eine Stunde angesetzte Meeting mehr als zwei Stunden. Am Ende dröhnte Jax der Schädel, sein Magen knurrte, und seine Laune war im Keller.

O'Donnell warf dem älteren, untersetzten Herrn zu seiner Rechten einen kurzen Blick zu. George Doyle hatte schütteres Haar und trug grundsätzlich die scheußlichsten Krawatten, die Jax je gesehen hatte. Heute zierte ein blauer Albtraum mit kleinen weißen Karos seinen Hals. Der Mann war O'Donnells Sprecher und übernahm stets dann das Wort, wenn der Big Boss nichts zu meckern hatte, was eher selten der Fall war.

Doyles Miene war vollständig ausdruckslos, als er sich an Jax wandte. »In Ordnung. Dann sehen wir uns in zwei Wochen wieder hier zur nächsten Statusbesprechung. Machen Sie beim Hinausgehen einen Termin bei meiner Sekretärin.«

»Ja, Sir«, antwortete Jax, obwohl es ihm missfiel, vor diesen selbstgefälligen Snobs zu Kreuze zu kriechen. Er wollte arbeiten und nicht alle paar Tage Bericht erstatten. Wäre der Hotelbau nicht die Erfüllung all seiner Träume und Avens & Baxter nicht so eine großartige Firma, hätte er diesen Lackaffen längst gesagt, wohin sie sich ihre Millionen stecken konnten. So aber senkte er den Kopf und unternahm gar nicht erst den Versuch, O'Donnell oder einem seiner Gefolgsleute die Hand zum Abschied zu reichen. Stattdessen raffte er seine Unterlagen zusammen, während sich der Investorenstab erhob und nach einem knappen Abschiedsgruß zur Tür hinausmarschierte.

Seufzend klappte Jax seinen Laptop zu. Da erklang hinter ihm ein leises Kichern. Jax war dieser Laut nur allzu vertraut, ebenso wie das leise Klicken des Türschlosses.

»War das wirklich nötig?«, fragte er Shannon, ohne sich nach ihr umzudrehen, und zwängte seinen Laptop in die Tasche.

»Das war doch lustig.«

Verärgert wirbelte Jax zu ihr herum. »Du hast wirklich eine seltsame Vorstellung von Spaß.«

Mit wiegenden Hüften kam Shannon auf ihn zu. Bisher hatte Jax wenig von ihrer Garderobe wahrgenommen, weil sie bereits am Tisch gesessen hatte, als er reinkam. Deshalb traf ihn der Anblick ihrer langen, wohlgeformten Beine in den hohen Riemchenschuhen unvorbereitet. Mit einem lasziven Lächeln knöpfte sie drei Knöpfe der weißen Bluse auf, die in einem taillierten Bleistiftrock steckte. Ein scharlachroter, spitzenbesetzter BH blitzte hervor. »Dann zeig mir doch, was du unter Spaß verstehst.«

Herausforderung lag in ihrem Blick. Sie liebte diese Spielchen und gab gern die überlegene Eisprinzessin. Dabei wusste Jax genau, dass sie auch eine sensible Seite hatte. Leider hatte er ebenjene Seite bisher nur einmal gesehen. Dieser besondere Moment lag jetzt drei Monate zurück. Damals hatte Shannon gerade erfahren, dass ihr Vater eine Frau datete, die kaum ein Jahr älter war als sie. Sie war derart niedergeschmettert gewesen, dass Jax die Tochter seines Auftraggebers nach einem besonders nervenaufreibenden Statusmeeting spontan auf einen Drink eingeladen hatte. Nach ein paar weiteren Drinks und einem ziemlich offenen Gespräch waren sie zusammen im Bett eines Luxushotels gelandet.

Jax hatte gehofft, dass sich die Begeisterung, die sie an jenem Tag füreinander empfunden hatten, in etwas Echtes, Dauerhaftes wandeln würde. Doch stattdessen endete sie in einer heimlichen Affäre, die Jax zunehmend an die Substanz ging. Dieses Vögeln im Zweiwochentakt, ohne irgendwelche Verpflichtungen, war anfangs vielleicht ganz nett gewesen, aber mittlerweile fehlte ihm die Tiefe einer Beziehung, weshalb er immer unbefriedigter den Heimweg antrat. Davon abgesehen wurde Shannon allmählich unvorsichtig, und das gefiel Jax ebenso wenig. Wenn Cole davon erfuhr, würde er ihm wahrscheinlich den Kopf abreißen, und Jax wäre umgehend seinen Job los. Von O'Donnells Reaktion ganz zu schweigen.

»Hey.« Zärtlich legte Shannon ihm die Hand auf die Wange. »Was ist los?«

Jax nahm einen tiefen Atemzug, ehe er den Kopf zurückzog. »Vielleicht sollten wir das heute bleiben lassen.«

Ein verletzter Ausdruck huschte über Shannons Züge. Fast rechnete Jax damit, dass sie stolz ihr Kinn recken und aus dem Büro marschieren würde. Doch zu seiner Überraschung lächelte sie traurig. »Ich wünschte, ich könnte dir mehr bieten, Darling. Aber wie du weißt, ist das nicht möglich.«

Ja, weil sie ihn nicht liebte.

Das hätte Jax vermutlich mehr gestört, wenn er selbst tiefere Gefühle für sie entwickelt hätte. So weit war es allerdings nie gekommen, und inzwischen bezweifelte er, dass sich je etwas daran ändern würde. Er mochte Shannon und fuhr total auf ihren Traumkörper ab. Aber mehr auch nicht.

Shannon schmiegte sich an ihn. Weiche Kurven trafen auf harte Muskeln. Ihr Blick war entschuldigend, als sie sich vorlehnte und einen hauchzarten Kuss auf seine Lippen drückte. »Alles, was ich dir geben kann, ist ein kurzer Moment Glückseligkeit«, raunte sie ihm zu. »Das willst du doch auch, oder nicht? Ich kann dir helfen, deine Einsamkeit zu vergessen.«

Damit hatte sie einen wunden Punkt getroffen, und dem triumphierenden Aufblitzen in ihren Augen nach wusste sie das auch. Denn obwohl Jax einen guten Job und einen Haufen Freunde hatte, fehlte ihm doch Nähe. Er sehnte sich nach einer Partnerin an seiner Seite, nach einer Frau, mit der er sein Leben in neue Bahnen lenken und vielleicht sogar irgendwann eine Familie gründen könnte. Er wollte auch endlich die Vertrautheit spüren, die May und Cole miteinander teilten.

Bisher hatte er nur oberflächliche Affären gehabt, und so aufregend die auch waren, wurde die Stimme in seinem Kopf immer lauter, die ihm sagte, dass das einfach nicht mehr reichte.

Jax wollte *lieben*.

Das Problem war nur, dass keine Frau seine Zuneigung wirklich wollte. In Goodville gab es seiner Theorie nach genau drei Varianten des schönen, weiblichen Geschlechts:

Die *Kumpelinen* waren nett und anständig. Zu ihnen zählte Jax all jene, die ihr Herz bereits verschenkt hatten oder in ihm nicht mehr als einen guten Freund sahen. May und Lauren beispielsweise.

Die *Divas* heischten für gewöhnlich um seine Aufmerksamkeit, um ihr Ego aufzuplustern, und dachten nicht im Entferntesten daran, sich wirklich auf ihn einzulassen. Nicht selten waren sie verheiratet, flirteten aber trotzdem, was das Zeug hielt. Ashlyn Johnson führte diese Riege an, dicht gefolgt von Jax' Nachbarin Mallory.

Und dann gab es noch die *Gleichgültigen*, die erst gar keine Notiz von Jax als potenziellem Partner nahmen. Gegenwärtig befand sich nur eine Frau in dieser Schublade, deren Beschriftung er nur zu gern in *Liebende* geändert hätte. Aber Nova schien keinerlei Interesse an ihm zu haben.

Nun ja, immerhin war sie keine Diva.

Shannons Räuspern holte Jax zurück in den Konferenzsaal.

Er blinzelte und konzentrierte sich wieder auf sie. Inzwischen wirkte sie nicht mehr ganz so verständnisvoll, sondern eher genervt. »Ich habe in einer halben Stunde das nächste Meeting.«

Echt sexy. Jax rang sich zu einem Lächeln durch. »Dann müssen wir es wohl verschieben.«

»Wir könnten uns später im Hotel treffen«, schlug sie vor.

Jax schüttelte den Kopf. »Geht nicht. Ich muss um zwei auf der Baustelle sein.«

Schmollend schob Shannon die Unterlippe vor. Sie mochte es gar nicht, dass er sie abblitzen ließ, und da Jax nicht einschätzen konnte, wie sie mit seiner Zurückweisung umging, bemühte er sich um Schadensbegrenzung.

Er streckte die Hand nach ihr aus und zog sie am Saum ihrer aufgeknöpften Bluse zu sich, ehe er ihr einen Kuss gab. Sofort verlor sich ihre angespannte Haltung, und sie schmiegte sich an ihn. Als sie ein leises Stöhnen ausstieß, drosselte er die Intensität und hauchte ihr einen letzten unschuldigen Kuss auf den Mundwinkel.

»Beim nächsten Mal«, murmelte er an ihren Lippen. Dabei war er sich nicht sicher, ob es überhaupt ein nächstes Mal geben würde.

Kapitel 5

Nova

»Guten Morgen«, flötete May gut gelaunt, nachdem sie Novas Souvenirshop betreten hatte. Sie balancierte einen Karton herein, auf dem zwei Pappbecher standen.

Nova lächelte. »Hey.«

Mit einem Ächzen schob May den Karton auf den Verkaufstresen und grinste Nova an. »Ich habe neue Sachen für dich«, verkündete sie mit vor Aufregung funkelnden Augen und reichte Nova einen Becher, ehe sie ihren eigenen nahm. »Bin gespannt, was du davon hältst.«

Neugierig lugte Nova in den Karton und erblickte mehrere Schmuckstücke. Vor ein paar Monaten war May auf die Idee gekommen, aus Draht und Edelsteinen der Region kleine Skulpturen zu fertigen, die Nova in ihrem Shop ausstellte. Da sich die Stücke überraschend gut verkauften, hatte May ihr Portfolio inzwischen erweitert. Nach Ketten hatte sie wunderschöne Armbänder kreiert. Ihr neuster Clou waren anscheinend Sets, die zudem Ohrschmuck enthielten.

»Oh!« Vorsichtig hob Nova einen Ohranhänger in die Höhe, an dem feine Citrine glitzerten. »Das ist wunderschön, May.«

»Danke.« Sichtlich zufrieden lehnte May sich gegen den

Ladentisch und nippte an ihrem Kaffee. »Und? Was gibt es Neues?«

Es war Mittwochmorgen. Was hätte in einem verschlafenen Ort wie Goodville seit Sonntagnachmittag schon passiert sein können?

»Nichts«, antwortete Nova wahrheitsgemäß.

May zog eine Schnute. »Ich werde mich wohl nie daran gewöhnen, dass das Leben hier im Schneckentempo verläuft.«

»Vielleicht tröstet es dich zu wissen, dass in ein paar Wochen ein Maskenball stattfinden wird.«

Sofort horchte May auf. »Wirklich?«

Nova nickte. »Granny hat mir erzählt, dass Ashlyn und ihre Partycrew schon mitten in der Planung stecken. Es soll ziemlich pompös werden.«

»Wie aufregend.«

Nun ja, dem konnte Nova nur bedingt zustimmen. Zumal Ashlyn sicher von ihr erwartete, dass sie sich in irgendeiner Form an der Veranstaltung beteiligte. Dabei hielt sich Novas Motivation, das ganze Wochenende hinter einem Verkaufsstand zu verbringen, arg in Grenzen.

Die Tür ging ein weiteres Mal auf, und ein Mann in Polizeiuniform betrat den Laden. Der grobe Stoff saß ein bisschen weit um seine schmalen Schultern, obwohl er ansonsten gut in Form zu sein schien. Er hatte dichtes, braunes Haar und freundliche blaue Augen. Ein Lächeln hob seine Mundwinkel, als er auf May und Nova zutrat. »Guten Morgen.«

»Hallo«, grüßte May ihn freundlich. »Sie müssen der neue Deputy sein.«

Sein Lächeln wurde breiter, während er ihre Hand schüttelte. »Deputy Steve Tautum. Ich hoffe, ich störe nicht. Ich wollte nur kurz vorbeischauen und mich persönlich vorstellen.«

»Das ist aber nett. Ich bin May.«

Nett war es tatsächlich. Allerdings tat Nova sich etwas schwer, ihn genauso offenherzig zu begrüßen, weil sie Jeff wirklich mochte. Ihr gefiel der Gedanke nicht, dass Steve auf dem Revier bevorzugt worden war, nur weil er ein Diplom in der Tasche hatte. Trotzdem reichte sie dem neuen Deputy ebenfalls die Hand. »Mein Name ist Nova.«

Steve verstärkte leicht den Druck seiner Finger. »Sehr angenehm.«

Nova nickte und zog ihre Hand zurück.

»Haben Sie sich schon gut eingelebt?«, fragte May.

Er lachte leise. »Ich bin erst seit Montag in der Stadt und habe heute zum zweiten Mal Dienst. Bisher hatte ich noch nicht viel Gelegenheit, mich umzusehen.«

Sie kicherte. »Allzu groß ist Goodville ja nicht. Bis zum Mittag sind Sie sicher fertig mit Ihrer Vorstellungsrunde.«

»Wahrscheinlich«, erwiderte er und wandte sich wieder an Nova. »Ich habe gehört, Sie kennen sich gut aus. Vielleicht könnten Sie mir die Gegend zeigen?«

Nova klappte der Mund auf. Sie war so perplex über seinen unvermittelten Vorschlag, dass sie keinen Ton hervorbrachte.

Glucksend zog er den Kopf ein. »Verzeihung! Jetzt war ich wohl ein bisschen forsch.«

Ja, das war er allerdings. Andererseits war der Deputy neu in der Stadt und suchte sicher bloß Anschluss. Daher riss Nova sich zusammen und winkte beschwichtigend ab. »Ich zeige Ihnen gern die Gegend, wenn sich mal eine Gelegenheit ergibt.«

Steve schien wenigstens fünf Zentimeter zu wachsen. Er war nur ein Stück größer als Nova. Deshalb fiel es ihr sofort auf.

»Das würde mich sehr freuen«, sagte er und lehnte sich ein Stück in ihre Richtung. »Wie wäre es morgen? Da habe ich früher Schluss.«

Nun ja, *so* bald nun auch wieder nicht. »Leider muss ich immer lange arbeiten und habe danach jede Menge Verpflichtungen.«

Er nickte verständnisvoll. »Ich habe schon gehört, dass Sie sich um Ihre Großmutter kümmern. Das ist wirklich sehr anständig von Ihnen.«

»Sie sind ziemlich gut informiert«, stellte May nachdenklich fest. Ein Hauch von Skepsis hatte sich in ihre Miene geschlichen, doch davon schien sich Steve nicht verunsichern zu lassen.

Er lachte leise. »Um ehrlich zu sein, hatte ich eine äußerst redselige Quelle. Aber ich möchte mir gern ein eigenes Bild von den Bewohnern dieser Stadt machen.«

Überflüssig nachzufragen, wer wohl die besagte Quelle war. Nova ging jede Wette ein, dass es sich dabei um Ashlyn Johnson handelte. Allerdings gefiel es ihr, dass sich der neue Deputy nicht von dem üblichen Klatsch beeindrucken ließ. Zumindest glitt sein Blick vorurteilsfrei über May, bevor er sich wieder an Nova wandte. »Wenn Sie diese Woche zu beschäftigt sind, klappt es vielleicht am Wochenende?«, fragte er hoffnungsvoll.

Nova nickte angespannt. »Das … ja, das müsste ich hinkriegen.«

»Fantastisch.« Steves Zähne blitzten auf. »Dann komme ich im Lauf der Woche noch einmal vorbei und frage nach, wann ich Sie ausführen darf.«

Entgeistert sah Nova den Deputy an und versuchte zu begreifen, wie aus einem schlichten »Ich zeige Ihnen bei Gelegenheit die Stadt« ein Date am Wochenende geworden war. Sie überlegte, ob sie dieses Missverständnis lieber gleich richtigstellen sollte, doch da deutete Steve bereits eine Verbeugung an.

»Einen schönen Tag, die Damen«, sagte er und schlenderte aus dem Laden.

Sobald die Tür hinter ihm ins Schloss gefallen war, stieß May vernehmlich die Luft aus. »Okay«, meinte sie gedehnt und grinste Nova an. »Ich würde sagen, du hast einen Verehrer.«

Nova rieb sich die Stirn. »Ich glaube, er hat mich falsch verstanden.«

»Ich glaube eher, er *wollte* dich falsch verstehen.« Belustigt nippte May an ihrem Becher. »Glücklicherweise habe ich die beste Ausrede überhaupt für dich.«

»Ach ja?«

»Jepp.« May wackelte vielsagend mit den Augenbrauen. »Wir machen am Samstag eine kleine Grillparty, bei der die Soul Sisters natürlich nicht fehlen dürfen. Lauren und Josephine wissen schon Bescheid.«

Da das auf jeden Fall besser klang, als mit dem Deputy in sengender Hitze durch Goodville zu spazieren, stimmte Nova sofort zu. Priscilla würde Granny sicher Gesellschaft leisten. Die beiden trafen sich ohnehin ständig. »Das klingt toll. Soll ich noch etwas mitbringen? Einen Salat vielleicht?«

»Gern! Und Badesachen wären gut. Ich habe Cathy versprochen, dass wir Mädels im Pool chillen, während uns die Männer mit Cocktails versorgen.«

Nova lachte. »Das sieht dir ähnlich.«

May stieß ein theatralisches Seufzen aus. »Irgendeiner muss ja den kreativen Part übernehmen. Ich hatte gehofft, ich könnte Cole und die anderen überreden, sich eine schwarze Fliege um den Hals zu binden, aber sie haben gestreikt, wobei Ryan und Jax fast eingeknickt wären. Das nächste Mal muss ich aufpassen, dass Cole nicht in der Nähe ist, dieser alte Spielverderber.«

»Jax kommt auch?«, fragte Nova überrascht.

Ein wissendes Funkeln trat in Mays Augen. »Klar, wieso nicht?«

»Keine Ahnung.« Fahrig wischte Nova über die Ladentheke. »Ich hatte nur nicht damit gerechnet, das ist alles.«

May runzelte die Stirn. »Aber du magst ihn doch, oder nicht?«

Nova zögerte zunächst. Aber dann dachte sie daran, wie sehr sie und May einander inzwischen vertrauten. Sie waren *Seelenschwestern*. Daher wäre es vermutlich nicht fair, diese Freundschaft einseitig zu halten, und dumm obendrein, da Nova einen Rat gut gebrauchen konnte. Sie lächelte gequält. »Es ist nur so, dass ich in seiner Gegenwart immer so angespannt bin. Ich kriege kaum einen geraden Satz heraus.«

Mitgefühl huschte über Mays Züge. Sie hatte natürlich längst bemerkt, dass Nova sich meistens wie eine Idiotin benahm, sobald Jax in der Nähe war. Behutsam legte sie ihre Hand auf Novas. »Weißt du, ich glaube, Jax mag dich auch. Vielleicht solltest du dich nicht so verrückt machen und das Ganze einfach auf dich zukommen lassen. Du wirst sehen, sobald ihr euch besser kennt, wirst du auch lockerer.«

Nova wollte ihr gern glauben. Leider war sie nicht allzu optimistisch, was diese Theorie anging.

***

Die Woche floss träge dahin, wie alle Wochen in Novas Leben. Das einzig Gute war, dass Granny so weit stabil zu sein schien, auch wenn ihr die Hitze gehörig zu schaffen machte.

Am Samstagvormittag fand Nova eine Karte in der Post, auf welcher der neue Deputy vorschlug, sie am Sonntagmorgen für einen Spaziergang abzuholen. Er hatte ihr auch seine Nummer aufgeschrieben, für den Fall, dass ihr der Zeitpunkt nicht recht war. Allerdings zögerte Nova den Anruf bis zum Mittag hinaus, und als sie sich endlich überwand, ihm abzusagen, war die Leitung besetzt. Sie entschied, es später noch einmal zu versuchen, und beriet ein paar Touristen, die sich für Mays Skulpturen interessierten.

Pünktlich um drei Uhr schloss sie den Laden und ging nach oben, um den Salat aus dem Kühlschrank zu holen, den sie vorbereitet hatte. Priscilla war vor einer halben Stunde gekommen. Sie und Abigail saßen im Wohnzimmer, genossen Eistee und spielten Bridge.

Nachdem Nova sich ein wenig frisch gemacht hatte, legte sie etwas Make-up auf. Anschließend schlüpfte sie in ein luftiges Sommerkleid und schaute noch einmal bei den älteren Damen vorbei. »Also, ich bin dann in ein paar Stunden wieder da.«

Schnaubend ließ ihre Großmutter die Karten sinken. Obwohl sie an den oberen Ecken mit Braille-Punkten versehen waren, hielt Abigail sie stets unmittelbar vor ihr Gesicht, weil sie sich der nahenden Blindheit nicht geschlagen geben wollte. Nun schweifte ihr Blick in Novas Richtung, fokussierte sich allerdings nicht auf das Gesicht ihrer Enkelin, weil es zu weit entfernt war. »Hör auf, so zu tun, als wäre ich ein Pflegefall. Noch komme ich allein zurecht. Bleib bei deinen Freunden, so lange du willst. Ich laufe sicher nicht weg.«

Priscilla deutete eine lässige Geste an, die wohl besagen sollte, dass Nova unbesorgt sein konnte. Laut sagte sie bloß: »Amüsier dich gut, Liebes.«

Nova nickte lächelnd und machte sich mit der Salatschüssel unter dem Arm auf den Weg. Das Haus, in dem May mit ihren Nichten wohnte, lag am Stadtrand von Goodville. Zu Fuß brauchte Nova kaum eine Viertelstunde. Trotzdem bereute sie es schon nach wenigen Metern, auf ihren Wagen verzichtet zu haben.

Die Sonne brannte erbarmungslos vom Himmel und trieb ihr den Schweiß auf die Stirn. Sie schleppte sich vorwärts und hoffte inständig, dass ihr unterwegs nicht die große Salatschüssel aus den verschwitzten Händen rutschte.

Da ertönte neben ihr ein Hupen. Mit einem erschrockenen Aufschrei sprang Nova beiseite. Ihr Magen hob sich, als sie Jax' Pick-up neben sich entdeckte. Wie üblich sah er großartig aus, als er sie durch das heruntergelassene Fenster der Beifahrerseite anlächelte. Er hatte sich das lange Haar im Nacken zusammengebunden und trug ein Hemd, das um seine muskulösen Arme leicht spannte. »Hallo, Nova, willst du mitfahren?«

In Sekundenschnelle machte sich Chaos in ihrem Inneren breit. Die Aussicht, Zeit mit Jax allein zu verbringen, wenn auch nur für ein kurzes Stück, überforderte Nova dermaßen, dass sie ihn nur anstarren konnte.

Jax ließ sich davon nicht irritieren. Er beugte sich über den Beifahrersitz und drückte die Tür auf. »Spring rein.«

Nur weil Nova nicht länger wie ein Trottel vor ihm stehen wollte, schaffte sie es, ihre Beklommenheit abzuschütteln und in den Pick-up zu steigen. Die Sitze waren mit weichem Leder bezogen. Leider schien die rechte Seite in der Sonne gestanden zu haben, denn sowie Novas Oberschenkel die Sitzfläche berührten, schnappte sie nach Luft und rutschte hastig zurück auf die Straße.

»Oh, verdammt!«, rief Jax aus, der erst jetzt bemerkte, dass der Beifahrersitz praktisch einer Herdplatte glich. »Tut mir leid.«

»Schon okay«, murmelte Nova und widerstand nur schwer dem Drang, sich über ihre schmerzende Kehrseite zu streichen. »Vielleicht gehe ich doch lieber zu Fuß.«

»Sei nicht albern. Es ist viel zu heiß da draußen.« Hastig beugte Jax sich zur Rückbank und angelte nach einem Pullover. »Setz dich hier drauf. Damit müsste es gehen.«

Unsicher kaute Nova auf ihrer Unterlippe und taxierte abwechselnd den dunkelblauen Baumwollstoff und Jax.

»Na los. Ich beiße nicht.« Jax grinste schief. »Meistens jedenfalls.«

»Also, wenn du mir damit Mut machen wolltest, ist dir das misslungen«, stammelte Nova.

Jax lachte und klopfte auf den ausgebreiteten Pullover. »Jetzt komm schon.«

Sein neckender Tonfall sandte kleine Schmetterlinge durch Novas Bauch. Sie überwand ihre Scheu und rutschte ein weiteres Mal auf den Sitz. Der Pullover fühlte sich weich unter ihren Schenkeln an. Sie zupfte ihr Kleid zurecht und drapierte die Salatschüssel auf ihrem Schoß.

»Kann es losgehen?«, fragte Jax, der sichtlich amüsiert ihre nervösen Gesten verfolgte.

Nova schluckte. »Klar.«

Er fuhr nicht los, weshalb sie ihm einen unsicheren Seitenblick zuwarf. Nun grinste Jax noch breiter, woraufhin sein Grübchen sichtbar wurde. »Vielleicht solltest du die Tür schließen. Nicht dass du unterwegs rauspurzelst.«

Na großartig!

Eine weitere Hitzewelle flutete Novas Wangen. Sie reckte sich und zog viel zu stark am Türgriff. Es rumste so laut, dass sie zusammenzuckte. »Entschuldigung.«

Wieder lachte Jax auf diese raue, unwiderstehliche Weise. Doch er kommentierte ihren Fauxpas nicht weiter, sondern gab endlich Gas. Im Augenwinkel konnte Nova sehen, wie er sich entspannt im Sitz zurücklehnte.

»Erzähl! Wie geht's dir, Nova?«

»Gut«, krächzte sie.

»Und deiner Granny?«

»Auch gut.«

»Das freut mich.«

Stille trat ein, und Nova starrte unzufrieden auf die Salatschüssel in ihren verkrampften Händen. Sie verabscheute sich selbst dafür, dass sie in Jax' Gegenwart kaum einen sinnvollen Satz herausbrachte und selbst die einfachsten Fragen nur knapp beantworteten konnte. Sie verstand einfach nicht, warum Jax eine solch heftige Reaktion in ihr hervorrief. Sicher, er sah fantastisch aus. Aber normalerweise ließ Nova sich nicht von derlei Oberflächlichkeiten einschüchtern. Was machte ihn nur so anders als all die anderen Männer?

»Mir geht's prima«, verkündete er in neckendem Tonfall. Er warf Nova einen Seitenblick zu, doch sie schaute stur auf ihre Hände, weil sie fürchtete, sich ein weiteres Mal zu blamieren, wenn sie ihn ansah.

»Auf der Baustelle läuft alles nach Plan«, fuhr er fort. »Wir haben endlich alle Probleme in den Griff gekriegt. Ich hoffe, dass es in nächster Zeit etwas weniger hektisch wird.«

Seine Worte weckten Novas Neugier. »Was hattet ihr denn für Probleme?«

»Eine Menge.«

Jax lachte leise in sich hinein. Und dann begann er, ihr von all den Herausforderungen zu erzählen, vor denen er seit der Übernahme des Projektes stand. Seine Stimme war warm und unheimlich sanft, weshalb Nova sich zu ihrem eigenen Erstaunen allmählich entspannte. Gelegentlich platzte sogar ein leises Kichern aus ihrer Kehle.

Jax war längst nicht fertig mit seinem Baumängelbericht, als sie kurz darauf vor dem Haus der Avens' hielten. In der Einfahrt standen bereits einige Fahrzeuge, weshalb er am Straßenrand parkte. Sie stiegen aus, und Jax holte eine prall gefüllte Tüte vom Rücksitz, die, dem Knistern nach zu urteilen, diverse Snacks enthielt.

Sie wollten gerade zum Haus gehen, als hinter ihnen jemand pfiff. Irritiert schaute Nova über die Schulter. Ryan kam auf sie zu. Sein Hemd war aufgeknöpft und präsentierte seine gestählte Brust. Die Shorts hingen tief auf seinen Hüften. Er hatte sich ein Sixpack Bier locker unter den linken Arm geklemmt und schlenderte über den Gehweg wie ein Werbemodel.

Ryan war wirklich ein attraktiver Mann. Natürlich konnte er Jax nicht das Wasser reichen, aber das machte er mit seinem selbstbewussten Auftreten locker wett. »Hallo, Miss Sims.«

Da er trotz seines Charmes keineswegs die gleiche Wirkung auf Nova hatte wie Jax, fiel es ihr leicht, die Neckerei zu erwidern. »Mister Baxter.«

Bevor sie wusste, wie ihr geschah, hatte Ryan sich vorgebeugt und ihr einen Kuss auf die Wange geschmatzt. »Du siehst hinreißend aus.«

»Danke«, erwiderte sie perplex, doch Ryan hatte sich schon Jax zugewandt und streckte ihm die Hand entgegen. »Alles klar, Kumpel?«

»Sicher.«

Das war eine ungewöhnlich knappe Antwort für Jax' Verhältnisse. Dennoch reichte er Coles Bruder die Hand, ehe er Nova den Vortritt ließ.

Gefolgt von den beiden Männern, ging sie die Einfahrt hinauf. Das Haus war riesig, eine typische amerikanische Vorstadtvilla. Links führte ein schmaler Weg an blühenden Sträuchern vorbei zur Veranda. Rechts stand ein kleinerer Bungalow, in dem Chester, der Großvater von Cathy und Lilly, lebte.

Als Nova auf die Veranda trat, wurde die Vordertür schwungvoll aufgerissen. Lauren strahlte sie an. Ihr wildes, rotes Haar hatte sie mit einer Klammer gebändigt. Nur ein paar einzelne Strähnen umspielten ihren Hals. Sie trug einen grünen Bikini und hatte sich ein Strandtuch locker um die schmalen Hüften geschlungen, weshalb man viel von ihrer Porzellanhaut sehen konnte. Unzählige Sommersprossen zierten ihre Schultern. »Da seid ihr ja endlich.«

»Hey, Rotschopf.« Ryan schob sich an Nova vorbei und drückte ihr ebenfalls einen Kuss auf die Wange.

Lauren versteifte sich kurz, dann zog sie den Kopf zurück. »Die anderen sind schon da.«

Ohne ein weiteres Wort marschierte Ryan ins Haus. Es schien, als gäbe Lauren sich sichtlich Mühe, ihm nicht hinterherzuschauen. Stattdessen richtete sie ihre Aufmerksamkeit auf Nova und Jax.

»Kein Kosename heute?«, zog er Lauren auf.

Ihm war es also auch aufgefallen.

Normalerweise schlugen Ryan und Lauren mit nervigen Kosenamen nur so um sich, um sich gegenseitig zu ärgern. Das machten sie eigentlich schon so, seit Nova sie kannte. Aber gerade eben hatte Lauren ihm kaum in die Augen gesehen.

»Habt ihr euch gestritten?«, fragte Nova besorgt.

Schnaubend winkte Lauren ab. »Quatsch! Er hat mich nur nicht ausreden lassen.«

Ganz überzeugend klang sie nicht. Aber es schien auch nicht mehr dahinterzustecken, denn Lauren war immer noch bester Laune. Neugierig ließ sie den Blick zwischen Nova und Jax hin- und herwandern. »Seid ihr zusammen hier?«

Bei ihrem vielsagenden Blick zuckte Nova zusammen. »Wir haben uns unterwegs zufällig getroffen.«

»Sie kämpfte sich so tapfer durch die Hitze«, berichtete Jax gut gelaunt. »Da dachte ich, ich rette sie.«

Die Vorstellung, dass Jax sie als verschwitztes Häufchen Elend auf der Straße wahrgenommen hatte, war nicht gerade schmeichelhaft. Nova schaffte es kaum, *nicht* ihr Gesicht zu verziehen. »Ich habe Salat mitgebracht.«

»Großartig.« Lauren winkte sie herein. »Stell ihn am besten in den Kühlschrank.«

Nova ging in die Küche. Jax folgte ihr, während Lauren direkt in den Garten durchmarschierte. Durch das Küchenfenster beobachtete Nova, wie May und Cole die Mädchen mit Sonnencreme einschmierten. Cathy, bekleidet mit einem blauen Sportbadeanzug, verzog angewidert das Gesicht, ließ die Prozedur aber nörgelnd über sich ergehen, während sie ihren in Folie eingewickelten Gipsarm in die Höhe streckte. Lilly trug einen pinken Badeanzug und steckte in einem Schwimmreifen in Form eines Flamingos.

Die vier sahen aus wie eine perfekte kleine Familie, und einmal mehr durchflutete Nova reine Freude, sie alle so glücklich zu sehen.

Jax stellte seine Mitbringsel auf den Küchentresen und schnappte sich eine leere Schale, um sie mit Snacks zu befüllen, die nicht in der Sonne schmelzen würden. Auch Nova wandte sich vom Fenster ab und suchte im Kühlschrank einen Platz für den Salat.

»Ist komisch, sich ohne Rose und Julian in diesem Haus zu bewegen, oder?«, sagte er unvermittelt.

»Ich weiß nicht«, sagte sie und wandte sich ihm zu. »Ich war nie hier, bevor ich May kennengelernt habe.«

Jax runzelte die Stirn. »Ich dachte, ihr wärt befreundet gewesen?«

Unbehaglich schüttelte Nova den Kopf. Mays Schwester war stets nett zu ihr gewesen, aber ihr Interesse, eine Freundschaft aufzubauen, hatte sich in Grenzen gehalten. Gleiches galt für Julian. Die Gespräche waren stets oberflächlich geblieben, wenn er in ihrem Laden die Post aufgegeben hatte. Sie hatten Nova nie eingeladen. »Wir kannten uns eigentlich nicht besonders gut.«

Jax schien überrascht zu sein, das zu hören. Er musterte Nova interessiert, stellte jedoch keine weiteren Fragen. Die Stille drohte unangenehm zu werden, als Nova sie schließlich mit einem nervösen Lächeln unterbrach.

»May und die Frauen vom Club sind eigentlich meine einzigen Freundinnen«, platzte sie heraus und schämte sich augenblicklich für diese Äußerung. Sicher hielt Jax sie nun auch noch für einen einsamen Freak.

Prompt hob er eine Braue. »Verstehe ich das richtig, dass du keinen männlichen Kumpel hast?«

Nova wurde knallrot im Gesicht. »Äh, ja.«

Cole kam dem wohl am nächsten. Allerdings kannte Nova auch ihn nicht besonders gut. Seit er mit May zusammen glücklich war, wirkte er viel aufgeschlossener, und Nova hatte keine Zweifel, dass er sie mochte. Aber es würde dauern, bis eine richtige Freundschaft entstand.

Nachdenklich angelte Jax eine Salzbrezel aus der Schale und warf sie sich in den Mund. »Dann sollten wir uns anfreunden.«

Nova blinzelte. »Wie bitte?«

Er lachte und schnappte sich zwei gefüllte Schüsseln, ehe er den Küchentresen umrundete. Im Vorbeigehen zwinkerte er ihr zu. »Jede Frau braucht einen besten Freund. Ich bewerbe mich hiermit offiziell für diesen Posten.«

Bevor Nova noch etwas sagen konnte, war Jax zur Hintertür hinaus in den Garten spaziert. Sie war so verdattert, dass sie einen Moment brauchte, um sich ebenfalls in Bewegung zu setzen. Sie nahm die letzte Schüssel, die mit Paprikachips gefüllt war, und folgte Jax.

Der Garten hinter dem Haus war riesig und gut gepflegt. Zu den Seiten erstreckten sich üppige Hecken und Blumenbeete. Weiter hinten baumelte eine Reifenschaukel an einem dicken Ast, und direkt daneben befand sich ein Trampolin mit Sicherheitsnetz.

Jax hatte es sich inzwischen neben Ryan auf einer Sonnenliege bequem gemacht und ließ sich von ihm ein Bier reichen.

Unter der Markise auf der anderen Seite der Terrasse saßen Lauren und Josephine am Tisch.

Auf den ersten Blick sah man Josephine nicht an, dass sie in einer lieblosen Ehe feststeckte. Sie trug einen zauberhaften Poncho, unter dem ihr roter Badeanzug hervorblitzte. Ihr schulterlanges, blondes Haar war zu einem strengen Zopf gebunden. Sie lachte über einen Spruch von Lauren. Nur ihre Augen verrieten ihre Traurigkeit. Ihnen fehlte das Leuchten, das glückliche Menschen ausstrahlten.

»Hey!« Sichtlich empört zeigte Lauren auf die beiden Schüsseln, die Jax auf dem Beistelltisch neben den Sonnenliegen abgestellt hatte. »Die Snacks kommen zu uns.«

Ryan grinste. »Wenn du etwas zu naschen willst, brauchst du nur herkommen, Süße.«

Lauren kniff die Augen zu schmalen Schlitzen zusammen. »Träum weiter, *Süßer*.«

Ah, da waren sie ja, die Kosenamen.

Bevor die beiden sich noch weiter herumstreiten konnten, stellte Nova die Chipsschüssel vor Lauren ab. Doch die rümpfte wenig erfreut die Nase. »Ich hasse diese Paprikadinger.«

»Ich hole dir die anderen«, bot Nova an und drehte sich um.

Allerdings hatte Jax sich bereits auf den Weg gemacht und brachte die beiden anderen Schüsseln zu ihnen.

»Schleimer«, rief Ryan ihm belustigt nach, wohingegen Lauren sich überschwänglich bedankte.

Jax grinste Nova an. »Für meine *Freunde* tue ich alles.«

Wieder konnte sie nur fassungslos dastehen, während Jax vollkommen entspannt zurück zu Ryan schlenderte. Als sie sich schließlich umdrehte und Platz nahm, lehnte Lauren sich vor, stützte das Kinn auf ihre Hand und betrachtete sie aufmerksam.

Zugleich zog Josephine die Brauen hoch. »Verrätst du uns, was dieser Spruch zu bedeuten hat?«

May, die offenbar endlich fertig damit war, die Mädchen mit Sonnencreme einzuschmieren, ließ sich neben Nova auf den freien Stuhl fallen und rieb sich die Hände. »Was hat was zu bedeuten?«

Hitze flammte in Novas Wangen auf. »Gar nichts hat irgendwas zu bedeuten.«

Verständnislos runzelte May die Stirn, während Lauren und Josephine einen wissenden Blick tauschten.

»Ich bitte dich«, ergriff Lauren ungeduldig das Wort. »Jax hat mit dir geflirtet.«

»Was?« Entgeistert schüttelte Nova den Kopf. »Nein! Er hat mir gerade seine Freundschaft angeboten.«

»Und warum siehst du so entsetzt aus?«, erkundigte Josephine sich irritiert. »Das ist doch nett.«

Stimmt, das war es. Genau genommen war es vielleicht sogar das, was Nova brauchte. Zumindest könnte ein wenig mehr Testosteron in ihrem Leben wohl nicht schaden. »Ja.«

May lächelte erfreut, kommentierte Jax' Vorschlag jedoch nicht weiter, sondern deutete auf einen Glaskrug. In der hellen Flüssigkeit schwammen Eiswürfel, Fruchtstückchen, Holunderblüten und frische Minzblätter. »Zeit für eine Erfrischung, Ladies.« Sie lehnte sich vor und füllte vier Gläser mit Bowle.

Sofort schnappte Lauren sich eines davon und hielt es in die Höhe. »Auf die Soul Sisters.«

May kicherte. »Du kannst doch nicht jedes Mal auf unseren Club anstoßen.«

»Wieso nicht?«, fragte Lauren, dickköpfig, wie sie nun mal war. »Ich liebe diesen Club und bin mit Leib und Seele eine Soul Sister.«

»Das sind wir alle.« May machte eine ausladende Geste, die den gesamten Garten einschloss. »Aber heute geht es nicht um den Club, sondern um ein gemütliches Beisammensein unter Freunden.«

»Also, auf die Freundschaft«, rief Nova lauter als beabsichtigt und erntete prompt Zustimmung von den Männern auf den Sonnenliegen.

Cole, der sich gerade ein Bier bei seinen Kumpels abgeholt hatte, prostete ihnen gut gelaunt zu. »Genau, Nova. Auf die Freundschaft.«

Unter all den begeisterten Rufen konnte Nova Jax' warmes Lachen mühelos ausmachen. Ihr Magen kribbelte, und sie setzte hastig das Glas an die Lippen, nur um sich eine Sekunde später heftig zu verschlucken, weil eine Holunderblüte nicht in der Speiseröhre gelandet war, sondern den Weg in Richtung ihrer Lungen genommen hatte.

Erschrocken klopfte May ihr auf den Rücken. »Oje, alles okay?«

Nova nickte peinlich berührt, während sie mit den Tränen kämpfte. Ihre Kehle brannte wie Feuer, was allerdings weniger am Alkohol lag. Eigentlich schmeckte die Bowle sehr erfrischend. Sie konnte eine saure Note ausmachen, die jedoch durch die Minze und die süßen Blüten entkräftet wurde.

»Hmm«, machte Lauren und sog konzentriert an dem Strohhalm. »So viel Alkohol ist doch gar nicht dadrin, oder?«

»Nur ein bisschen Sekt und Holunderschnaps«, antwortete May unbekümmert. »Ich habe das Rezept aus Haiti.«

Erneut hielt Lauren ihr Glas in die Höhe. »Na dann, auf uns *und* Haiti!«

Lachend ließen die Frauen ihre Gläser gegeneinanderklirren, ehe Nova einen weiteren Schluck trank. Wärme breitete sich in ihrem Magen aus.

Es dauerte nicht lange, bis Nova der wenige Alkohol zu Kopf stieg. Plötzlich fühlte sie sich gelöst und entspannt. Für einen kurzen Moment vergaß sie sogar all die Sorgen und die Befangenheit, die ihr Leben normalerweise beherrschten. Stattdessen genoss sie einfach nur den Nachmittag mit ihren Freunden.

Und mit Jax, der gern ihr Freund werden wollte.

Kapitel 6

Jax

Manche Frauen waren alkoholisiert echte Nervensägen. Aber an diesem Nachmittag fand Jax heraus, dass Nova Sims sogar ein bisschen angeheitert absolut bezaubernd war. Nachdem sie zwei Gläser von Mays Zauberbowle getrunken hatte, verlor sie merklich an Befangenheit. Sie kicherte nicht mehr leise, sondern lachte laut, und dabei glänzten ihre braunen Augen wie flüssige Schokolade.

Jax war kaum in der Lage, sich nicht von ihrem Blick gefangen nehmen zu lassen. Aber er hatte eine Mission: Er mochte Nova und hatte auf der Fahrt zu Cole und May spontan beschlossen, dass er sie unbedingt näher kennenlernen wollte. Da sie allerdings jedes Interesse an ihrer Person regelrecht verstörend zu finden schien, hatte Jax sich dafür entschieden, ihr lediglich seine Freundschaft anzubieten. Das war offen gestanden nicht das, was er wirklich wollte. Aber es wäre in jedem Fall besser, als weiterhin nicht mehr als ein entfernter Bekannter zu sein.

Erneut hallte Novas herzliches Lachen zu Jax herüber, und er reckte neugierig den Kopf. Mittlerweile stand er am Grill und briet Steaks, während sich der Rest der Truppe um den Pool geschart hatte.

Cathy und Lilly waren mit Cole und Ryan im Wasser. Sie spielten irgendein Fangspiel, wobei Cole darauf achtete, dass der foliengeschützte Gips der ältesten Avens-Tochter nicht nass wurde. Nova und Josephine schienen auf der Wiese als Ballholerinnen zu fungieren, während May mit ihrem Handy um sie herumwuselte und eifrig Fotos schoss. Zwischen ihren Beinen sprang der kleine schwarze Labrador namens *Hund* herum und untermalte das Lachen der Frauen mit seinem Gebell.

Lauren war die Einzige, die das bunte Treiben von der Terrasse aus verfolgte. Nun trat sie neben Jax und musterte skeptisch den Grill. »Die Steaks verbrennen.«

Sofort senkte Jax den Blick auf das Fleisch und stieß einen Fluch aus. Die Steaks verbrannten nämlich tatsächlich.

Normalerweise hätte Lauren an dieser Stelle schadenfroh gelacht. Aber sie verfolgte nur stumm, wie Jax hastig das marinierte Fleisch wendete. Als er sie ansah, war sie kreidebleich.

Jax runzelte die Stirn. »Hey, was ist los? Du siehst aus, als müsstest du gleich …«

Laurens Augen weiteten sich. Sie wirbelte herum und rannte ins Haus, während sie sich die Hand vor den Mund hielt.

»… kotzen«, ergänzte Jax murmelnd. Kurz überlegte er, ihr zu folgen. Aber das wäre Lauren sicher nicht recht gewesen. Dazu sah sie sich viel zu gern in der Rolle der unverwüstlichen Barbesitzerin. Seit Jax nach Goodville gezogen war, verbrachte er die meisten seiner Freitagabende im Nowhere. Daher zählte Lauren definitiv zu seinen Lieblingskumpelinnen.

Als sie jedoch zehn Minuten später immer noch nicht auftauchte, begann er doch, sich Sorgen zu machen. Immer wieder spähte er zur Tür, aber Lauren blieb verschollen.

»Ryan!« Jax hob den Arm mit der Grillzange und winkte seinen Freund zu sich, der soeben aus dem Wasser gestiegen war. »Kannst du kurz für mich übernehmen?«

»Na klar.« Während Ryan sich mit dem Handtuch die Tropfen von der Brust rieb, kam er zu Jax. Sein Blick wanderte suchend durch den Garten. »Wo steckt der Rotschopf?«

Da Jax den gesuchten Rotschopf nicht bloßstellen wollte, zuckte er lediglich mit den Schultern und ging ins Haus. Zum Glück hing Lauren nicht mehr über der Kloschüssel, sondern stand in der Küche und trank ein Glas Leitungswasser.

»Geht's dir gut?«, fragte Jax zögernd.

Lauren zuckte zusammen, fing sich aber gleich wieder. »Schätze, mein Magen ist kein Fan von Mays haitianischer Bowle.« Sie schaute nicht auf, sondern leerte hastig das Glas und stellte es in den Geschirrspüler. Anschließend stützte sie sich auf der Arbeitsplatte ab. Sie sah fix und fertig aus. »Ich mache mich besser auf den Heimweg und hau mich noch eine Runde aufs Ohr, bevor ich die Bar öffne. Kannst du mich bei May und den anderen entschuldigen?«

»Du willst heute noch arbeiten?«, fragte Jax ungläubig.

Ihre Lippen verzogen sich zu einem Grinsen. »Einer muss den Laden ja am Laufen halten.«

»Du hast doch Leute für solche Fälle.«

Sie verdrehte die Augen. »Die haben aber keine Zeit heute.«

»Ruf sie doch wenigstens an und frag nach.«

»Es wird schon gehen, Jax.« Sichtlich genervt nahm Lauren ihre Handtasche vom Küchentresen. »Mach kein Drama draus, okay?«

»Ich mache mir nur Sorgen um dich.«

»Und das weiß ich echt zu schätzen.« Im Vorbeigehen tätschelte sie Jax' Schulter. »Aber es ist halb so wild. Ich komme klar. Ehrlich.«

So ganz traute Jax ihren Worten nicht, doch er kannte sie gut genug, um zu wissen, dass es keinen Zweck hatte, mit ihr zu diskutieren. Dazu war sie einfach zu dickköpfig. Er hielt sie nicht auf, als sie das Haus verließ. Stattdessen ging er wieder in den Garten, wo Ryan routiniert die Steaks über den Grill schob. Nova und Josephine kamen ihm lachend entgegen. Anscheinend hatten sie genug davon, in der Sonne dem Ball hinterherzujagen.

»Ich hole uns noch etwas zu trinken«, verkündete Josephine, nahm den leeren Krug vom Tisch und marschierte schnurstracks in die Küche.

Normalerweise wäre Nova ihr sicher gefolgt. Doch zu Jax' Überraschung blieb sie bei ihm und Ryan stehen und lächelte selig. »Kann ich helfen?«

»Solange die Steaks noch brutzeln, könntest du uns eine lustige Geschichte erzählen, Cookie«, erwiderte Ryan lässig.

Jax versteifte sich.

Gleichzeitig runzelte Nova die Stirn. »Cookie?«

Ryan schmunzelte. »Deine Augen erinnern mich an meine Lieblingskekse mit extragroßen Schokoladenstückchen.«

Jax rechnete damit, dass Nova sich vor Verlegenheit winden würde. Wie immer, wenn ihr jemand ein Kompliment machte. Doch irritierenderweise zuckten ihre Mundwinkel vor Belustigung. »Ich werde mich bestimmt nicht auf dieses Spiel mit dir einlassen, Ryan Baxter. Denn leider bin ich nicht so kreativ wie Lauren.«

Der Name reichte aus, um Ryan abzulenken. Er drehte sich zum Haus um und hielt nach Lauren Ausschau. Durch das

Fenster konnten sie jedoch nur Josephine in der Küche hantieren sehen.

»Was treibt Lauren eigentlich so lange dadrin?«, fragte er. »Macht sie einen Kuchen zum Dessert? Gott! Ich hoffe nicht. Sie ist eine grauenvolle Bäckerin.«

»Sie ist gegangen«, informierte Jax ihn.

»Was? Warum das denn?«, fragte Ryan entgeistert.

Jax wand sich unbehaglich. »Sie musste noch ein paar Sachen in der Bar regeln.«

»Ach so.« Damit schien das Thema für Ryan erledigt zu sein. Er trank einen Schluck Bier und konzentrierte sich wieder auf das Fleisch.

Nova jedoch legte den Kopf schief und betrachtete Jax eingehend, als würde sie seine Ausrede durchschauen. Ihr forschender Blick stellte seltsame Dinge in seiner Brustgegend an.

»Was ist jetzt mit einer Geschichte?«, fragte er, um sie abzulenken. »Hast du eine gute auf Lager?«

Verlegen winkte Nova ab. »Oh, ich kann so was eigentlich nicht besonders gut.«

»Versuch es trotzdem«, erwiderte Jax und nickte ihr ermutigend zu.

»Du kannst uns auch einfach einen Witz erzählen.« Ryan grinste breit. »Wir versprechen auch zu lachen.«

Jax verdrehte die Augen, während Nova angestrengt überlegte. Unterdessen kehrte Josephine zurück und drückte ihr ein weiteres Glas Bowle in die Hand.

Geistesabwesend legte Nova die Lippen an den Strohhalm und saugte daran. Der Anblick ließ pure Lust durch Jax' Körper rauschen.

Grundgütiger! Diese Freundschaft würde so was von in die Grütze gehen, noch bevor sie richtig begonnen hatte.

Plötzlich hellte sich Novas Miene auf. »Was sagte einst der Baumeister von Pisa?«

Jax' Mundwinkel zuckten, denn natürlich kannte er den Witz. Jeder kannte ihn. Allerdings sah Nova so glücklich aus, weil ihr spontan etwas eingefallen war, dass er ihr die Freude nicht verderben wollte. »Was denn?«

Sie grinste. »Wird schon schiefgehen.«

Himmel! Ihr Lächeln machte ihn echt fertig.

Ryan warf den Kopf in den Nacken und lachte. »Meine Fresse, Cookie. Witze sind echt nicht deine Stärke.«

Am liebsten hätte Jax seinem Kumpel eine Kopfnuss verpasst. Denn erstens hatte er sie schon wieder mit diesem blöden Kosenamen bedacht, und zweitens war so ein Spruch sicher nicht förderlich für Novas Selbstbewusstsein. Doch diese zuckte bloß mit den Schultern. »Ich hatte euch gewarnt.«

»Also ich mag den Witz«, behauptete Jax.

Ryan warf ihm einen zweifelnden Blick zu. Bevor er jedoch nachhaken konnte, was dieser jämmerliche Kommentar zu bedeuten hatte, schaltete Josephine sich ein.

»Ich fand ihn auch lustig.« Sie musterte die Steaks und beschloss, dass es höchste Zeit war, die Salate aus dem Kühlschrank zu holen.

Zehn Minuten später stellte Jax eine schwer beladene Grillplatte auf die Mitte des Tisches und nahm gegenüber von Nova Platz. Die Wasserschlacht schien alle hungrig gemacht zu haben, denn die Mädchen, Cole und Ryan langten ordentlich zu, während May und Josephine die Salatschüsseln herumreichten.

Inzwischen war früher Abend. Trotzdem war die Hitze immer noch drückend, weshalb die Mädchen nach dem Essen ins Innere des Hauses flohen und einen Trickfilm schauten. Die Erwachsenen machten es sich mit Drinks auf der Terrasse gemütlich.

»Wie geht's mit eurem Club voran?«, fragte Jax, bevor er einen Schluck von seinem eisgekühlten Bier nahm.

Mays Augen leuchteten auf. »Ich denke, wir sind in den letzten Zügen mit unserem Clubraum, und dann können wir uns endlich zusammensetzen und eine richtige Strategie festlegen.«

»Was denn für eine Strategie?«, erkundigte Ryan sich, während er mit dem Daumen über die Tropfen rieb, die sich auf dem Hals seiner Bierflasche gebildet hatten. Es war kein Geheimnis, dass er dem Club eher skeptisch gegenüberstand. Allerdings kapierte Jax nicht so recht, was der Grund dafür war.

Gleichmütig zuckte May mit den Schultern. »Na, welchem Projekt wir uns zuerst widmen wollen und wo unsere Prioritäten liegen und so weiter.«

Neugierig sah Jax zu Nova. »An was für Projekte hattet ihr denn gedacht?«

Ihre Augen waren glasig von der Bowle und ihr Blick ein wenig verhangen, als sie selig lächelte. »Wir wollen uns auf jeden Fall im Gemeindezentrum engagieren.«

Ryan stieß ein unwirsches Schnaufen aus. »Ihr glaubt doch nicht, dass Ashlyn euch da mitmischen lässt.«

»Wieso denn nicht?«, fragte May leichthin. Manchmal vergaß Jax, dass sie noch nicht lange in der Stadt lebte und ihr daher gewisse Zusammenhänge nicht geläufig waren.

»Weil sie die Einrichtung ausschließlich aus Prestigegründen eröffnet hat«, erwiderte Ryan und warf einen ungläubigen Blick in die Runde, als er die entschlossenen Mienen der Frauen registrierte. »Kommt schon, Ladies. Das kann doch nicht euer Ernst sein. Ashlyn wird euch auf keinen Fall auf ihrem Territorium dulden.«

Ein teuflisches Grinsen umspielte Josephines Lippen. »Das wird sie wohl müssen.«

Nova nickte zustimmend. »Wir wissen alle, dass sie und die ehrenwerten Stadtratsmitglieder schon seit Jahren Spendengelder aus dem Gemeindezentrum abziehen, um jede Menge überflüssiger Veranstaltungen zu finanzieren. Dabei wird das Budget für wesentlich wichtigere Dinge als Partys gebraucht.«

»Ich habe allein in den letzten drei Jahren über zehn Projektvorschläge eingereicht«, berichtete Josephine, die als Erzieherin in der hiesigen Kindertagesstätte arbeitete. »Es ging um Frühförderung in Kunstworkshops, um Musikunterricht und Theaterspiel. Schließlich kann sich nicht jede Familie Privatunterricht leisten. Und ratet mal, was passiert ist.«

»Alles wurde abgelehnt«, sprach Jax aus, was sie alle längst wussten.

»Ganz genau!« Angewidert verzog Josephine das Gesicht. »Aus Budgetgründen. Ist das zu fassen?«

Nun, das war wohl nicht sonderlich überraschend. Ashlyn Johnson hatte sich in den letzten Jahren einen beachtlichen Freundeskreis aus den einflussreichsten Gemeindemitgliedern aufgebaut. Jax konnte sich gut vorstellen, wie sie unter dem Deckmantel der Verschwiegenheit Spendengelder zweckentfremdete, um Veranstaltungen in Goodville auszurichten, die jedes Jahr pompöser und aufwendiger wurden. Das beste Beispiel dafür war wohl der Maskenball, der schon in wenigen Wochen stattfand.

Nova legte ihrer aufgeregten Freundin die Hand auf den Arm. »Wir werden das ändern.«

Ryan stieß ein brüskes Schnaufen auf. »Ich halte das immer noch für keine gute Idee.«

»Ja, Ry, das haben wir alle mitbekommen«, meinte Cole und musterte seinen Bruder nachdenklich. »Allerdings hast du uns immer noch nicht erklärt, warum du eigentlich so ein Riesenproblem mit dem Club hast.«

So ganz verstand Jax das auch nicht. Schließlich war doch nichts dabei, wenn sich ein paar ambitionierte Frauen zusammenschlossen, um gemeinsam Gutes für die Gemeinde zu tun.

Trotzig schob Ryan das Kinn vor. »Dieser Club wird euch alle nur Zeit, Geld und Nerven kosten. Von den anderen Konsequenzen ganz zu schweigen.«

May blinzelte. »Wovon redest du bitte?«

»Ihr habt diesen Club gegründet, um euch gegenseitig zu unterstützen. Das finde ich auch echt super«, sagte Ryan. »Aber überleg doch mal, was das für Folgen für Lauren haben kann. Der Stadtrat wartet doch bloß auf eine Gelegenheit, ihr das Nowhere wegzunehmen. Und wenn irgendwas mit eurem Club schiefgeht, wird sie als Erste darunter leiden.«

Schweigen breitete sich am Tisch aus, während sie alle Ryan perplex anstarrten. Natürlich waren er und Lauren schon seit der Schulzeit befreundet. Aber es hatte wohl niemand damit gerechnet, dass seine Sorge um ihr Wohlergehen so tief reichen würde.

May fing sich als Erste. »Nun ja, wie heißt es so schön? Wer nicht wagt, der nicht gewinnt, richtig? Du musst dir keine Gedanken machen. Wir werden Lauren und ihre Bar beschützen.«

Ein bitteres Grinsen zeichnete sich auf Ryans Gesicht ab, während die Frage, wie genau sie das bewerkstelligen wollten, unausgesprochen über ihnen schwebte.

Wenn Jax genauer darüber nachdachte, musste er Ryan beipflichten. So gern er die Frauen auch hatte, in gewisser Weise waren sie alle Außenseiterinnen in Goodville und verfügten über keinerlei Einfluss. Klar, die Baufirma war ein angesehenes Unternehmen, und die Baxter-Brüder waren geschätzte Mitglieder der Gemeinde. Aber Jax bezweifelte, dass dies ausreichen würde, wenn es hart auf hart kam. Sein Blick schweifte zu Nova, die sich nun beklommen auf die Unterlippe biss. Sicher dachte sie an ihre Großmutter und den Laden, der schon seit Generationen in Familienbesitz war.

»Du bist ein richtiger Stimmungskiller, Ryan Baxter«, schimpfte May.

Ryan senkte schuldbewusst den Kopf.

»In dieser Stadt ist genug Platz für alle«, sagte Jax. »Ich bin sicher, euer Club wird viel Gutes bewirken.«

Nova lächelte ihn dankbar an, woraufhin ein sanftes Kribbeln durch seine Adern schoss.

»Genau!«, rief May und hielt auffordernd ihr Glas in die Höhe.

Sie stießen an und wechselten zu weniger brisanten Themen. Ryan erzählte von seinen jüngsten Abenteuern als Ranger im Nationalpark. May, Cole und Josephine tauschten sich über Kindererziehung aus, und Nova erzählte ein wenig von ihrer Großmutter, während Jax entspannt sein Bier trank und dem munteren Geplauder lauschte.

Der Abend schritt schnell voran. Als Nova schließlich aufstand und sich verabschiedete, schwankte sie leicht, und ihr Blick war glasig, weshalb auch Jax sofort auf den Beinen war. Ryan und Josephine wollten sich ihnen anschließen, doch May hielt ihre Freundin zurück, während Cole seinen Bruder in Beschlag nahm. So kam es, dass Nova und Jax sich unversehens allein auf der Straße wiederfanden. Aber im Gegensatz zu sonst schien es Nova nicht das Geringste auszumachen.

Neben seinem Wagen blieb sie stehen, klemmte sich die saubere Salatschüssel unter den Arm und lächelte mit geröteten Wangen zu ihm hoch. »Komm gut nach Hause.«

Jax' Brauen schossen in die Höhe. »Du willst zu Fuß gehen?«

Gelassen zuckte sie mit den Schultern. »Ein bisschen Bewegung wird mir guttun.«

»Okay.« Bevor sie sich dagegen wehren konnte, nahm er ihr die Schüssel aus der Hand, schloss sie in seinem Wagen ein und ließ ihr den Vortritt. »Auf geht's.«

Natürlich bewegte Nova sich nicht vom Fleck. Stattdessen trat eine kleine Falte auf ihre Stirn. »Was hast du vor?«

»Ich begleite dich.«

Ratlos musterte sie seinen Pick-up. »Willst du nicht lieber fahren?«

»Ich habe Bier getrunken«, erinnerte er sie.

Nun ja. Genau genommen hatte Jax über Stunden lediglich zwei kleine Flaschen gehabt. Bei Nova hingegen schien der letzte Drink gerade erst seine Wirkung zu entfalten.

»Das ist wirklich nicht nötig«, stammelte sie und nestelte verlegen am Riemen ihrer Handtasche.

»Wir sind jetzt Freunde, Sims. Wenn du glaubst, dass ich dich hier mutterseelenallein im Dunklen durch die Gegend tappen lasse, irrst du dich.« Erneut deutete er auf die Straße. »Nach dir.«

Sie zögerte. Dann straffte sie zu Jax' Erleichterung die schmalen Schultern. »Also gut.«

Jax verbiss sich ein Lachen, während sie sich umdrehte und mitten auf der Straße in Richtung Innenstadt schlenderte. So lässig hatte er sie noch nie erlebt. Das würde ein interessanter Spaziergang werden.

Kapitel 7

Jax

Einmal mehr erwies es sich als Vorteil, in einem einsamen Kaff wie Goodville zu wohnen, denn hier war es so ruhig, dass man ein herannahendes Auto schon von Weitem hören konnte. Nicht dass um diese Uhrzeit noch welche fuhren. Schließlich war es schon nach zehn. Da lagen die meisten braven Bewohner Goodvilles in ihren Betten, und der unartige Teil war im Nowhere versackt. Das Gleiche galt für die Touristen, die aufgrund der Nähe zum Nationalpark zuhauf nach Goodville kamen.

Der Himmel war klar und wolkenlos. Nur der Mond und die Laternen, die die Straße säumten, sandten schummriges Licht über den Asphalt, während Nova und Jax Seite an Seite durch die stille Nacht spazierten.

»Und worüber reden Freunde so?«, fragte sie nach einer Weile.

Jax war froh, dass sie endlich ihre Scheu überwand und etwas sagte. Aber er bremste seinen Wissensdurst und zuckte gleichmütig mit den Schultern. »Über alles, was ihnen gerade in den Sinn kommt. Eigentlich gibt es da weder Grenzen noch Regeln.«

»Hm«, machte Nova. »Was ist mit Aufrichtigkeit?«

Jax überlegte kurz. »Na schön, ein paar Regeln gibt es doch.«

»Ha!« Nova grinste triumphierend, ehe sie ihn mit funkelnden Augen ansah. »Erzählen Freunde wie wir sich auch Geheimnisse?«

»Sicher doch«, antwortete Jax wie aus der Pistole geschossen.

Ein Fehler, wie er erkannte, als Nova ihm einen herausfordernden Blick zuwarf. »Verrate mir etwas über dich, das niemand sonst weiß.«

Leider kamen Jax auf Anhieb nur zwei Dinge in den Sinn, die niemand wusste. Erstens: Er stand total auf Nova Sims. Zweitens: Er vögelte die Tochter seines Hauptinvestors. Vermutlich war es keine gute Idee, eine der beiden Informationen preiszugeben.

»Du zögerst?« Mit einem theatralischen Seufzen schüttelte Nova den Kopf. »Ich bin enttäuscht. Unter diesen Umständen sehe ich leider schwarz für unsere Freundschaft.«

Jax lachte leise. »Lass mich erst mal nachdenken. Das ist gar nicht so einfach.«

»Ich mag keine Cookies«, platzte Nova heraus.

Irgendwie erleichterte es Jax, zu hören, dass Ryan mit dem Spitznamen nicht punkten konnte. Trotzdem riss er mit gespieltem Entsetzen die Augen auf. »Wie kann man keine Kekse mögen? Das ist unnatürlich!«

Nova kicherte. »Und manchmal lache ich über Dinge, die gar nicht lustig sind.«

Jax stieß ein brüskes Schnaufen aus. »Sehr schmeichelhaft, Sims.«

Ihr Lachen stockte, und ihre Augen wurden groß. Dann brach sie erneut in Gelächter aus. »So hatte ich das nicht gemeint.«

»Schon klar.«

Aufgeregt klatschte sie in die Hände. »Ich weiß noch was: Ich hasse es, andere um Hilfe zu bitten.«

»Warum?«, fragte Jax erstaunt.

Sie zuckte mit den Schultern. »Ist eben so. Ich bin lieber diejenige, die hilft, weißt du? Oh! Und ich *liebe* Castingshows, sage aber allen, dass ich sie nur Granny zuliebe anschaue.«

Jax bedachte sie mit einem amüsierten Blick. »Ich bin schockiert.«

Er hatte Nova schon immer gemocht. Aber jetzt fand er sie geradezu hinreißend mit ihrem herzlichen Lachen und ihrer Offenheit. Das Einzige, was ihn störte, war die Tatsache, dass ihr Verhalten dem Alkohol geschuldet war. Wäre sie nüchtern gewesen, hätte sie sich mit Sicherheit mehr zurückgehalten. Jax konnte nur hoffen, dass sie im Lauf der Zeit lernte, auch ohne Rauschmittel derart locker mit ihm umzugehen. Das würde ihm wirklich gefallen.

»Jetzt bist du dran«, sagte Nova, während sie einen Ausfallschritt zur Seite machte, als wollte sie einen Baumstamm überwinden. Dabei lag auf der Straße lediglich ein dürres Zweiglein. Sie stolperte, schaffte es aber ohne Jax' Hilfe, sich abzufangen, und kicherte fröhlich. »Ups.«

Belustigt schüttelte Jax den Kopf und dachte darüber nach, welches weniger pikante Detail er aus seinem Leben enthüllen könnte. »Menschenansammlungen machen mich nervös«, gestand er schließlich.

»Ja, mich auch«, erwiderte sie leichthin. »Was noch?«

»Ich behaupte oft, ich wäre allergisch gegen Fisch. Dabei kann ich ihn einfach nicht ausstehen.«

Sie lachte. »Warum sagst du nicht die Wahrheit?«

Jax zuckte mit den Schultern. »Weil die Leute dann meistens verlangen, dass ich trotzdem einen Happen probiere.«

Sie riss den Zeigefinger in die Höhe und fuchtelte damit in der Dunkelheit herum. »Granny sagt immer, man muss alles im Leben mal ausprobiert haben.«

»Das ist eine ziemlich waghalsige Theorie.«

Nova nickte. »Das habe ich ihr auch gesagt.«

»Gibt es etwas, das du unbedingt mal erleben willst?«, fragte er weiter.

Ihre Miene wurde sehnsüchtig. »Ach, da gibt es viele Dinge.« Sie zuckte mit den Schultern. »Zum Beispiel würde ich gern mal Sushi probieren.«

»Sushi?«, fragte Jax irritiert.

»Dein Fischgeständnis hat mich draufgebracht.« Mit funkelnden Augen sah sie zu ihm auf. »Was steht auf deiner *Bucket List* ganz oben?«

Er schnitt eine Grimasse. »Eigentlich wollte ich diesen Sommer einen Monat lang jeden Morgen schwimmen gehen, egal wie kalt es ist.«

»Aber … aber *warum*?«

Sie klang so entsetzt, dass Jax lachen musste. »Ehrlich gesagt habe ich keine Ahnung. Ich dachte einfach, es wäre eine gute Idee, um den Kopf freizukriegen und fit zu bleiben.«

Ihr Blick glitt an seinem Körper herab. »Also, wenn du mich fragst, siehst du ziemlich fit aus.«

Jax konnte nicht leugnen, dass er sich über ihr Kompliment freute. Sehr sogar.

Novas Wangen röteten sich. Schnell wandte sie den Blick ab. »Hast du es geschafft?«

»Nicht mal annähernd.«

»Wie lange hast du durchgehalten.«

»Vier Tage.«

Sie grinste. »Du hättest dir einen Sparringspartner suchen sollen, der dich morgens aus dem Bett scheucht, wenn du zu faul bist.«

»Stimmt«, pflichtete Jax ihr bei. »Aber Cole war nicht zu überzeugen, und Ryan ist zu oft unterwegs. Ich schätze, ich versuche es einfach nächsten Sommer wieder.«

»Hey!« Plötzlich begann Nova auf der Stelle zu hüpfen. »Ich könnte dein Sparringspartner sein.«

»Was?« Jax gab einen Laut der Überraschung von sich, weil er gewiss nicht mit diesem Vorschlag gerechnet hatte. Die Vorstellung, bei Sonnenaufgang mit Nova zu schwimmen, war aufregend und elektrisierend. Aber einen Monat lang jeden Morgen? Das könnte ein bisschen viel des Guten sein. Davon abgesehen war sie beschwipst. Sicher bereute sie die Idee spätestens morgen früh. Also schüttelte er den Kopf. »Vergiss es!«

»Wieso denn nicht?« Mit einem Mal war sie gar nicht mehr zu bremsen. »Ich bin sowieso schon in aller Früh wach. Wir könnten kurz vor Sonnenaufgang zum Lake Buckeye rausfahren und dort ein paar Runden schwimmen, bevor der Alltag ruft.«

Jax zögerte. Es wäre die ideale Gelegenheit, Nova besser kennenzulernen, und wenn sie noch in der Lage war, an ihre Pflichten zu denken, war sie vielleicht doch nicht so beschwipst, wie er glaubte. Aber er wollte ihren Übermut nicht ausnutzen. »Lass uns nächste Woche noch einmal drüber reden, wenn du wieder nüchtern bist, du kleine Schnapsdrossel.«

»Hast du Angst, dass ich dir davonschwimme?«, fragte sie

spöttisch und wedelte mit den Armen in der Luft herum, als wollte sie einen Leistungssportler bei den Olympischen Spielen imitieren. »Ich bin eine ausgezeichnete Schwimmerin. Insofern könnte ich es durchaus verstehen, wenn du dich nicht blamieren willst.«

»Ich bin mir sicher, ich kann mit dir mithalten.«

Novas Hand schoss vor, und sie verlor um ein Haar das Gleichgewicht. »Dann ist es abgemacht! Wir ziehen das gemeinsam durch.«

Weil Jax einfach gar nicht anders konnte, schlug er ein. »Das wirst du bereuen.«

»Wahrscheinlich.« Lächelnd schüttelte sie seine Hand. »Trotzdem schwöre ich hiermit feierlich, dass ich dich mit allen Kräften motivieren und unterstützen werde, diesen Punkt auf deiner *Bucket List* zu erfüllen.«

Mit einem Mal wurde Jax stutzig. »Warum willst du das unbedingt?«

»Weil wir jetzt Freunde sind, Troy.«

Nachdenklich senkte Jax den Blick auf ihre verschlungenen Hände. Ein warmes Gefühl regte sich in seiner Brust, doch ehe er es richtig einordnen konnte, ließ Nova los und spazierte weiter.

Inzwischen waren die größeren Grundstücke den Stadthäusern gewichen. Haus um Haus reihte sich nun aneinander, und ein Stück weiter konnte Jax bereits das Nowhere sehen.

»Und abgesehen von Sushi«, griff er ihr ursprüngliches Thema wieder auf. »Was steht ganz oben auf deiner Liste?«

Nova blieb stehen, legte den Kopf in den Nacken und betrachtete die Sterne. »Hast du gewusst, dass eine Nova die Folge eines thermonuklearen Runaway ist?«

Jax gluckste. »Nein, ich dachte, der Name bedeutet *neuer Stern.*«

»Das glauben die meisten. Aber eigentlich ist es vielmehr so, dass Energie von einem massearmen Planeten weggestoßen und zu seinem Zwillingsplaneten geschoben wird. Durch die Explosion entsteht der Lichteffekt.«

»Ist ja verrückt.« Vor allem, dass sie in ihrem Zustand immer noch solch komplexe Zusammenhänge erklären konnte.

»Ja, oder?«, fragte Nova, ohne ihn anzusehen. Plötzlich schimmerten ihre Augen glasig. »Eine Nova war nie ein Stern – und wird nie einer sein.«

Diese Frau war ein wandelndes Rätsel. Jax verstand weder, was das mit ihren geheimen Wünschen zu tun hatte, noch, woher ihre plötzliche Schwermut kam. Dafür spürte er den Wunsch, sie aufzumuntern, umso deutlicher. Er sah ebenfalls zum Himmel empor. »Im Grunde ist es doch völlig egal, ob es sich um einen Stern oder einen Planeten handelt. Eine Nova ist auf jeden Fall etwas Besonderes.«

Am Rande seines Sichtfeldes registrierte er, wie sich Novas Lippen teilten. Aber sie blieb stumm.

Jax hatte keine Ahnung, ob er mit seinen Worten übers Ziel hinausgeschossen war. Aber die gedankenvolle Stille gefiel ihm nicht. Sachte stupste er sie mit seiner Schulter an. »Du musst lernen, Komplimente von deinem neuen besten Freund anzunehmen, Sims. Sonst könnte es peinlich werden.« Er lief weiter, ohne auf sie zu warten, und rief über seine Schulter hinweg: »Vor allem, weil du selbst angefangen hast mit den Komplimenten.«

»Habe ich nicht«, schoss sie zurück und schloss mit raschen Schritten zu ihm auf.

»Du hast gesagt, du findest mich heiß«, erinnerte er sie.

Prompt schnappte sie nach Luft. »Das … das habe ich nicht gesagt.«

»Na schön.« Er zuckte mit den Schultern. »Du findest mich *fit*. Das läuft aufs Gleiche hinaus.«

Erneut färbten sich ihre Wangen in einem hinreißenden Rot. Kurz überlegte Jax, sie weiter aufzuziehen, entschied sich jedoch, sie nicht weiter in Verlegenheit zu bringen.

Auf der gegenüberliegenden Straßenseite flog die Tür des Nowhere auf, und zwei junge Männer kamen lachend heraus. Sie nahmen keinerlei Notiz von ihnen und gingen fröhlich ihrer Wege.

»Da scheint noch ganz schön was los zu sein«, stellte Nova mit Blick auf Laurens Bar fest. Sie wirbelte zu Jax herum. »Willst du den Clubraum sehen?«

Ihr Angebot überraschte Jax, und noch verblüffter war er, als sie unvermittelt seinen Arm packte und ihn in Richtung Bar zog. Bevor er sie bremsen konnte, hatte sie die Tür aufgerissen.

Rockmusik drang in voller Lautstärke aus den Boxen und übertönte Gespräche und Gelächter der Gäste. Die Tische waren etwa zur Hälfte besetzt, genau wie der Tresen, hinter dem Lauren Biere zapfte. Sie war immer noch blass, scherzte aber mit Old Mick, einem ihrer Stammkunden.

Wie üblich hatte sie ihren Laden im Griff und bemerkte sofort, dass neue Gäste eingetroffen waren. Ihre Augen weiteten sich vor Überraschung, als sie Nova sah. Sie rief Stacy, der Kellnerin an diesem Abend, etwas zu, tauchte unter dem Trennbrett des Tresens hindurch und kam ihnen entgegen. »Hey, Leute, euch hätte ich hier ja am wenigsten erwartet.«

Breit grinsend zuckte Nova mit den Schultern. »Es war auch eher ein spontaner Entschluss.«

Lauren hob eine Braue, als sie Novas Zustand bemerkte. »Alles in Ordnung?«

»Klar.« Nova deutete auf die Seitentür. »Ich wollte Jax nur den Clubraum zeigen und vielleicht noch eine Kleinigkeit trinken, wenn das in Ordnung ist.«

»Natürlich«, antwortete Lauren und breitete die Arme aus. »Mi casa es su casa. Was wollt ihr trinken?«

Aufgeregt trat Nova von einem Fuß auf den anderen. »Wie wäre es mit einem Long Island Iced Tea?«

Lauren lachte. »Wow! Du lässt es ja heute richtig krachen, was?«

Nova nickte kichernd. »Ausnahmsweise.«

»Na dann.« Fragend wandte Lauren sich an Jax. »Für dich auch?«

»Für mich nicht, danke. Ich hätte lieber ein Bier.«

»Kommt sofort«, sagte Lauren und kehrte wieder hinter die Bar zurück, während Nova in die andere Richtung marschierte.

Vor einer Seitentür blieb sie stehen. Es schien sie vor eine beachtliche Herausforderung zu stellen, den Schlüssel in das Schloss zu pfriemeln. Als sie es endlich geschafft hatte, gab sie einen triumphierenden Laut von sich und öffnete die Tür. Sie betätigte einen Wandschalter, und schon leuchteten zwei Stehlampen auf, die den Raum in warmes Licht tauchten.

Jax hatte den Clubraum erst einmal kurz gesehen, und zu jener Zeit glich er eher einem vernachlässigten Lagerraum. Daher staunte er nicht schlecht, als er das gemütliche Ambiente in Augenschein nahm. Die Frauen hatten sich hier einen äußerst einladenden und gemütlichen Rückzugsort geschaffen, mit einer Sofalandschaft, bequemen Ohrensesseln und sogar einem kleinen Arbeitsplatz.

Jauchzend ließ Nova sich aufs Sofa fallen, auf dem unterschiedlich gemusterte Kissen lagen. »Und? Wie findest du es?«

»Es ist großartig«, antwortete Jax und trat langsam näher, während er überlegte, ob er sich zu ihr aufs Sofa setzen oder doch lieber mit einem Sessel vorliebnehmen sollte.

Da ging hinter ihm die Tür auf, und Stacy kam herein. Die Kellnerin war Ende dreißig, glücklich verheiratet und zählte zu Jax' Kumpelinen.

»Lauren ist gerade beschäftigt. Deshalb hat sie mich gebeten, euch eure Drinks zu bringen.« Mit einem Zwinkern drückte sie Jax das Bier in die Hand, ehe sie Nova das Cocktailglas reichte. »Laurens Spezialmischung.«

Sogleich nippte Nova an ihrem Drink und stieß ein verzücktes Seufzen aus. »Das schmeckt himmlisch.«

»Ich werde es ausrichten«, erwiderte Stacy belustigt und machte sich auf den Rückweg. Bevor sie die Tür schloss, ließ sie noch einmal einen süffisanten Blick über Jax und Nova gleiten. »Viel Spaß.«

Prompt brach Nova in Gekicher aus. Nachdem sie ihre Handtasche abgestreift hatte, schüttelte sie ihre Flipflops von den Füßen, zog die Beine hoch und drapierte den Stoff ihres Kleides über ihre nackten Beine.

»Was ist denn so lustig?«, fragte Jax und setzte sich in den Sessel. Natürlich hätte er das Sofa aus vielerlei Gründen bevorzugt. Aber da Nova beschwipst war, wollte er sich lieber wie ein Gentleman verhalten.

»Gar nichts.« Nova nahm erneut einen Schluck, ehe sie ihn

mit glasigen Augen musterte. »Nur, wie sie das gesagt hat … Sie klang, als würden wir sofort übereinander herfallen.«

»Was wir natürlich nicht tun werden«, erwiderte Jax in gespielter Entrüstung. »Schließlich sind wir Freunde.«

»Genau!« Sie nippte erneut an ihrem Glas, bevor sie unvermittelt die Stirn runzelte. »Denkst du, das könnte ein Problem werden?«, fragte sie und wischte mit einer fahrigen Geste in der Luft herum. »Du weißt schon … die Sache mit der Attraktivität.«

O ja! Das würde es definitiv. Vor allem, wenn Nova sich weiter in dieser sinnlichen Weise auf die Unterlippe biss.

Jax' Blick blieb auf ihrem Gesicht haften. Ganz ehrlich? Er wollte sie an sich ziehen und mit seinem Mund ihre Zähne verscheuchen. Er fragte sich, wie sie schmeckte, ob er ihr ein leises Stöhnen entlocken könnte und wie sie sich dicht an ihn gedrängt anfühlen würde …

»Jax?«

»Hm?« Jax blinzelte und sah Nova wieder klar vor sich.

Sie starrte ihn an, und Jax stellte schockiert fest, dass ihre großen, braunen Augen nicht mehr nur glasig vom Alkohol waren, sondern auch Verlangen in ihnen schimmerte. Lust schoss siedend heiß durch seine Adern.

Scheiße! Je mehr Zeit er mit dieser Frau verbrachte, umso mehr wollte er sie. Aber das war sicher nicht der richtige Zeitpunkt, ihr einen Kuss zu stehlen. Nicht, wenn sie derart betrunken war.

Nur mit äußerster Mühe gelang es ihm, unbeeindruckt mit den Schultern zu zucken. »Es wird nur dann ein Problem, wenn wir eins draus machen.«

Ihre Antwort kam verzögert. »Richtig.«

»Richtig«, wiederholte Jax, als müsste er sich selbst noch einmal die Korrektheit seiner Aussage versichern.

Novas Blick löste sich von ihm, wanderte durch den Raum und wieder zu ihm hin. Sie leckte sich über die Unterlippe.

Grundgütiger! Er brauchte dringend ein unverfängliches Gesprächsthema, um sich selbst von seinen lüsternen Gedanken abzulenken.

Im Barraum erklang ein Duett von Lady Gaga und Bradley Cooper. Sie hatten mit dem Song vor etlichen Monaten die Charts erobert, und bis heute hatte das Lied nichts von seiner Popularität eingebüßt. Die Menge johlte, und ein leises Lächeln schlich sich auf Novas Lippen. Sie trank gleich mehrere Schlucke, ehe sie das Glas absetzte und tief Luft holte.

»Willst du noch ein Geheimnis wissen, neuer Freund?«, fragte sie.

Frag nicht! Frag nicht!

»Welches?«

»Ich habe noch nie mit einem Mann getanzt«, gestand sie leise und lächelte traurig. »Noch ein Punkt auf meiner *Bucket List.*«

Fuck!

Jax wusste, dass es falsch war, ihr alkoholbedingtes Geständnis auszunutzen. Andererseits, was wäre er für ein Freund, wenn er ihr nicht den gleichen Dienst erwies wie sie ihm und half, Punkte auf ihrer Liste abzuarbeiten?

Ohne seinen Blick aus ihrem zu lösen, stand er auf, nahm ihr das inzwischen fast leere Glas ab und streckte ihr die Hand entgegen.

Nova zögerte nur eine Sekunde. Dann ließ sie sich von ihm auf die Füße ziehen. Er dirigierte sie neben das Sofa, legte ihr die freie Hand auf die schmale Hüfte und begann, sie beide im Takt zur Musik zu wiegen.

Jax hatte in seinem Leben unzählige Male mit einer Frau getanzt. Doch nie hatte sein verdammtes Herz dermaßen verrücktgespielt. Nova fühlte sich klein und zart in seinen Armen an. Als sie zittrig Luft holte, streifte ihre Brust seinen Oberkörper, und er spürte die Weichheit ihrer Kurven. Eine weitere Welle purer Lust schoss durch ihn hindurch. Unweigerlich senkte er den Kopf. Ihr süßer Duft strömte in seine Lungen, als sie den Kopf reckte.

Gott! Er wollte sie küssen.

Bevor er diesem irrsinnigen Verlangen tatsächlich nachgeben konnte, gab er ihr einen sanften Schubs und drehte sie in eine Pirouette.

Sie schnappte überrascht nach Luft und brach anschließend in fröhliches Gekicher aus. Es schien sie nicht im Geringsten zu stören, dass sie jedes Gefühl für ihr Gleichgewicht verloren hatte und ganz von seiner Führung abhängig war.

Jax hatte ein bisschen zu tun, sie so zu manövrieren, dass sie nicht gegen die Möbel stieß, aber ihr Lachen war ihm verrenkte Handgelenke allemal wert.

Der Song verklang und ging in einen schnelleren Hit über. Jax wusste nicht, ob er diesen Umstand bedauern oder erleichtert sein sollte. Er kam auch nicht mehr dazu, eine Entscheidung zu treffen, weil Nova plötzlich seine Hand losließ, die Arme in die Höhe riss und die Augen schloss.

Bedauern. Definitiv bedauern. Denn was er jetzt von der schüchternen Nova Sims zu sehen bekam, schockte ihn bis ins Mark.

Sie legte den Kopf in den Nacken und wiegte ihre Hüften

zur Musik. Eigentlich hätte sie vollkommen lächerlich aussehen oder wenigstens stolpern müssen. Doch auf wundersame Weise tänzelte sie mit sinnlicher Anmut durch den Raum. Jax fragte sich, woher ihr Rhythmusgefühl stammte, denn trotz ihres Alkoholpegels geriet sie kein einziges Mal aus dem Takt.

Bestimmt zwei weitere Songs lang stand Jax wie ein Idiot da und glotzte sie an. Dann öffnete sie flatternd ihre Lider und sah sich um. Offenbar hatte sie völlig vergessen, wo sie sich befand, denn ein erstaunter Ausdruck huschte über ihr Gesicht, ehe sie Jax ansah. Sie zuckte zusammen und senkte den Blick.

»Ich bin müde«, nuschelte sie.

Rasch zog er einen Zwanziger aus seiner Geldbörse, legte ihn auf den Tisch und nahm Novas Handtasche. »Na komm, ich bring dich nach Hause.«

Sie nickte und schmiegte sich an ihn, während er sie aus dem Clubraum führte. So gut es ging, versuchte er, Nova vor den Blicken der Gäste abzuschirmen, die bereits neugierig die Köpfe reckten.

Bis zum Souvenirshop war es nicht mehr weit. Nachdem sie vor dem Seiteneingang stehen geblieben waren, der hinauf in die Wohnung im ersten Stock führte, kramte Jax für Nova den Schlüssel aus der Tasche und schloss die Tür auf. »Schaffst du es allein die Treppen rauf, oder soll ich dich tragen?«

Sie musterte die Stufen, als würde sie ernsthaft darüber nachdenken. »Wenn ich runterpurzele, kann ich es ja noch mal versuchen.«

Jax musste wohl ziemlich entsetzt dreinschauen, denn sie kicherte prompt los. Als sie sich wieder eingekriegt hatte, grinste sie mit schläfrigem Blick zu ihm empor. »Das war ein schöner Abend.«

»Fand ich auch«, erwiderte Jax und strich ihr eine verirrte Haarsträhne hinters Ohr. Vielleicht sollte er diesen Quatsch mit der Freundschaft doch lieber lassen und sie gleich um ein Date bitten. Schließlich war da eindeutig ein Knistern zwischen ihnen. Zumindest, was Jax betraf. Bei Nova hingegen war er sich nicht sicher.

Ja, der Alkohol hatte sie locker und zugänglicher gemacht. Aber fühlte sie sich auch auf die gleiche Weise zu ihm hingezogen?

Forschend betrachtete Jax ihr hübsches Gesicht. Er war so konzentriert darauf, eine Antwort in ihren Augen zu lesen, dass er erst bemerkte, wie nah sie ihm gekommen war, als sie sich auf die Zehenspitzen stellte und ihre Arme um seinen Nacken legte. Bevor er wusste, was vor sich ging, kniff sie die Augen zu und drückte ihren Mund auf seinen.

Der Kuss war … grauenvoll.

Anders konnte Jax es beim besten Willen nicht beschreiben. Ihre Lippen waren hart und zu einer schmalen Linie zusammengepresst. Genau wie jeder ihrer Muskeln plötzlich angespannt zu sein schien. Von ihrer Weichheit war nichts mehr zu spüren.

Weil sie diesen Kuss erzwang.

Natürlich geriet Jax trotzdem in Versuchung, die Führung zu übernehmen und ihre unterbewussten Bedenken allesamt fortzuwischen. Aber dann zog er sich vorsichtig zurück.

Nova reckte sich ein weiteres Mal nach Jax, doch diesmal brachte er sich schnell genug aus ihrer Reichweite. Mit der Hand auf ihrer Hüfte versicherte er sich, dass sie festen Stand hatte. Anschließend ließ er sie los und trat auf den Bürgersteig.

»Gute Nacht, Nova.«

Sie blinzelte, dann wurde ihre Miene vollkommen leer. »Gute Nacht, Jackson.«

Ein unangenehmes Ziehen regte sich in Jax' Brust. Er wurde das Gefühl nicht los, dass er gerade einen Fehler gemacht hatte.

Kapitel 8

Nova

Novas Kopf drohte zu explodieren. Stöhnend zog sie sich die Decke über den Kopf und versuchte, das grelle Tageslicht auf diese Weise auszusperren und das Hämmern in ihren Schläfen abzumildern. Aber viel half es nicht.

Grundgütiger! Was hatte May in diese Bowle reingemischt?

Nur verzögert setzte Nova die Bruchstücke des vorangegangenen Abends zusammen. Sie hatte sich wunderbar amüsiert beim Grillfest ihrer Freundin und dann …

Novas Magen machte einen Satz, als ihr einfiel, dass Jax sie nach Hause begleitet hatte. Sie waren durch die Nacht spaziert, hatten geredet und gelacht und sich für ein allmorgendliches Wettschwimmen verabredet. Einen ganzen Monat lang.

Nova wünschte sich von Herzen, dass der Abend damit zu Ende gewesen wäre. Doch leider schwappten immer mehr Erinnerungen in ihr Bewusstsein. Sie hatte Jax ins Nowhere gezerrt und noch einen weiteren Cocktail getrunken. Laurens Drink musste ihr den Rest gegeben haben. Anders konnte Nova sich beim besten Willen nicht erklären, woher sie plötzlich das Selbstbewusstsein genommen hatte, Jax um einen Tanz zu bitten.

Ein Kribbeln rieselte ihr Rückgrat hinab. Eigentlich war es

ja ganz schön gewesen, und auch ihm schien es gefallen zu haben. Jedenfalls, bis sie vollkommen selbstvergessen vor ihm die Hüften geschwungen hatte. Mit Sicherheit hatte sie dabei total lächerlich ausgesehen. Sonst hätte Jax wohl kaum so fassungslos geguckt.

Und als wäre das Ganze noch nicht peinlich genug, hatte sie sich ihm vor ihrer Tür auch noch an den Hals geworfen.

Nova wimmerte.

Lieber Himmel! Sie hatte Jax geküsst. Einfach so.

Beschämt zog Nova den Kopf ein. Was hatte sie sich bloß dabei gedacht?

Dass er wahnsinnig schön ist. Das hatte sie gedacht. Und dass sie unbedingt wissen wollte, wie es sich anfühlte, einen Mann wie Jackson Troy zu küssen. Sie hatte nicht nachgedacht. Der viele Alkohol in ihrem Blut hatte sie übermütig werden lassen. Dabei hätte sie wissen müssen, dass sie sich genauso verbrennen würde wie eine Motte im Licht.

Jax hatte sie zurückgewiesen. Weil eine Frau wie sie einfach nicht seinem Beuteschema entsprach. Er bevorzugte eben selbstbewusste, attraktive und gebildete Frauen, die mit ihm auf Augenhöhe waren. Kein schüchternes Entlein, das die Schule hingeschmissen hatte und in seiner Gegenwart kaum einen vollständigen Satz herausbrachte. Altes Gift fraß sich durch Novas Adern. Sie war einfach nicht gut genug.

Gott! Sie wollte sterben. Gleich jetzt und hier.

Dummerweise ließ ihre Großmutter sie nicht. Stattdessen schlurfte sie mit einem kehligen Lachen zur Tür herein. »Guten Morgen, Sonnenschein.«

Nova brummte. »Geh weg.«

Natürlich tat Abigail ihr nicht den Gefallen. Stattdessen

packte sie einen Zipfel der Decke und zog mit erstaunlicher Kraft.

Da Nova sich schlecht gegen eine fast erblindete Frau wehren konnte, gab sie es auf, sich an das Leinen zu krallen, und ließ zu, dass das Abbild ihres Elends zum Vorschein kam. Vorwurfsvoll schaute sie zu ihrer Großmutter, deren Blick hinter der Hornbrille unfokussiert über das Bett schweifte.

Nova wusste genau, dass Abigail sie nur verschwommen wahrnehmen konnte. Aber das schien ihrer Belustigung keinen Abbruch zu tun. Tiefe Lachfalten hatten sich in ihr Gesicht eingegraben, während sie fröhlich vor sich hin gackerte.

»Hattest du einen schönen Abend?« Sie kräuselte die Nase. »Es riecht jedenfalls danach.« Ihre Lippen zuckten. »Wie in dieser Rockerbar, die ich in den Sechzigern öfter mit Elliot besucht habe.«

Peinlich berührt setzte Nova sich auf und strich über ihr zerknittertes Kleid. Offenbar hatte sie gestern Abend keine Muße mehr gehabt, es auszuziehen. »Du übertreibst maßlos, Granny.«

»Und du hast meine Frage nicht beantwortet.« Sie streckte die Hand aus und tastete nach dem Bett, ehe sie sich mit einem leisen Ächzen auf der Kante niederließ. »Also? Hast du dich gut amüsiert?«

Nova zog die Beine an, schlang die Arme um die Knie und bettete ihr Kinn darauf. »Ja, wir hatten viel Spaß.«

»Das freut mich.« Schmunzelnd beugte sie sich zu Nova. »Ich hoffe, du bist ausgeruht. Im Wohnzimmer wartet nämlich ein junger Gentleman auf dich.«

»Was?«

Novas Pulsschlag beschleunigte sich. War Jax gekommen,

um mit ihr über ihren peinlichen Auftritt zu reden? Erwartete er eine Erklärung und vielleicht sogar eine Entschuldigung? Oder wollte er ihr gleich die Freundschaft kündigen?

Abigail nickte begeistert. »Er sagt, ihr zwei wärt verabredet. Er hat sogar Blumen mitgebracht.«

Schlagartig wurde Nova klar, um wen es sich bei dem Gast handelte. Der Mann, der da draußen im Wohnzimmer wartete, war nicht Jax, sondern Deputy Steve Tautum.

Gerade so verkniff Nova sich einen Fluch, weil sie vergessen hatte, den Deputy anzurufen. Sie krabbelte aus dem Bett und lief zu dem kleinen Kleiderschrank an der gegenüberliegenden Wand, der ihre überschaubare Garderobe enthielt.

Hastig zerrte sie sich das Kleid über den Kopf und zog sich ein anderes über. Es war aus dunkelblauem Leinen, verziert mit hübschen weißen Blüten und einer langen Knopfleiste. »Ich muss ins Badezimmer. Könntest du vielleicht …«

»Schon unterwegs.« Abigail hatte sich inzwischen erhoben und watschelte aus dem Zimmer, bevor Nova hinter ihr über den Flur schlich.

Im Bad schaufelte sie sich eiskaltes Wasser ins blasse Gesicht und putzte sich die Zähne. Anschließend kämmte sie ihre verzottelten Haare, steckte sie mit einer Spange auf dem Hinterkopf zusammen und musterte unschlüssig ihr Spiegelbild. Normalerweise benutzte Nova nie viel Make-up. Aber nun war ihre Haut mit roten Flecken übersät, und die dunklen Schatten unter ihren Augen ließen sie verkatert aussehen.

Was sie streng genommen ja auch war.

Da die Kopfschmerzen bisher kein bisschen nachgelassen hatten, kramte Nova ein Aspirin aus dem Medikamentenschrank und spülte es mit Leitungswasser herunter. Während die Tablette ihre Wirkung entfaltete, legte Nova etwas Make-up auf, tuschte sich die Wimpern und benutzte sogar Lippenstift. Nicht weil sie besonders hübsch für den Deputy aussehen wollte, sondern um Zeit zu schinden.

Nova hatte wirklich keine Lust auf diese Verabredung. Stattdessen wollte sie sich viel lieber in ihrem Bett verkriechen und leiden.

Da das leider keine Option war, verließ sie schließlich doch das Badezimmer, um Steve zu begrüßen.

Er saß mit den Blumen in der Hand auf dem Sofa im Wohnzimmer und unterhielt sich angeregt mit Novas Großmutter. Als er sie bemerkte, stand er sofort auf und streckte den Rücken durch. Heute hatte er seine Uniform gegen ein blassblaues Hemd und eine Bundfaltenhose getauscht. Dazu trug er braune Mokassins. Mit einem strahlenden Lächeln trat er ihr entgegen und küsste sie auf die Wange. »Hallo, Nova. Schön, dich zu sehen.«

So weit waren sie also schon. Nova wusste nicht so recht, was sie davon halten sollte, aber angesichts der Tatsache, dass sie ihm gleich die Stadt zeigen würde, war das wohl in Ordnung. »Hallo, Steve.«

Stolz streckte er ihr die Blumen entgegen, ein wunderschöner Strauß mit weißen und rosafarbenen Hyazinthen. »Für dich.«

»Danke.« Lächelnd begutachtete Nova den Strauß. »Ich stelle den nur kurz ins Wasser, dann können wir los.«

Steve winkte ab. »Nur keine Eile.«

Aus Novas Sicht war durchaus Eile geboten, denn Abigail hatte bereits Herzchen in den trüben Augen. Steve schien sie mühelos um den Finger gewickelt zu haben.

Rasch stellte Nova die Blumen in eine Vase und holte ihre Handtasche. »Ich wäre dann fertig.«

»Es war mir eine Freude, Sie kennenzulernen, Abigail«, sagte Steve und verneigte sich.

Obwohl Novas Großmutter diese Geste sicher bloß verschwommen wahrnahm, kicherte sie wie ein Schulmädchen. »Die Freude war ganz meinerseits, Steve.«

Innerlich stöhnte Nova auf, kommentierte die Szene jedoch nicht, sondern verabschiedete sich von ihrer Großmutter, die auch dieses Mal lautstark betonte, dass Nova sich alle Zeit der Welt lassen sollte.

Da Nova überhaupt nicht mehr an das Treffen mit Steve gedacht hatte, hatte sie natürlich auch keinen Plan, wohin sie an diesem Sonntagvormittag gehen sollten. Mittlerweile war es elf Uhr, und die Sonne brannte glühend heiß vom Himmel. Am liebsten hätte Nova sich gleich wieder in den Schatten verkrochen. Aber heute hatten die Geschäfte nicht geöffnet, und das Gemeindezentrum machte erst am Nachmittag auf. Unentschlossen sah sie Steve an, der neben sie auf den Gehweg getreten war.

»Wohin zuerst?«, fragte er eifrig.

Nova lächelte verlegen. »Was möchtest du denn sehen?«

»Wie wäre es mit der Kirche?«

Beinahe zuckte Nova zusammen. »Dort findet im Moment noch die Sonntagsmesse statt.«

»Wunderbar. Dann lerne ich vielleicht noch ein paar Leute kennen, und danach lade ich dich als Dankeschön für die persönliche Tour zum Essen ein, was meinst du?«

Offensichtlich war die Frage rhetorisch gemeint, denn Steve wandte sich bereits ab und marschierte los. Obwohl Nova der

Gedanke nicht sonderlich behagte, gleich ein paar Bewohnern Goodvilles zu begegnen, wehrte sie sich nicht, sondern ging schweigend neben ihm her.

Sie war nie gut im Small Talk gewesen. Oberflächliche Themen lagen ihr einfach nicht. Schon gar nicht, wenn ihre Gedanken immer wieder in eine andere Richtung abschweiften. Sie fragte sich, was Jax inzwischen über sie dachte. Ob sie sich sehr zum Narren gemacht hatte? Hoffentlich war er nicht wütend wegen dem Kuss. Sollte sie sich entschuldigen? Oder machte sie die Sache damit noch viel peinlicher?

Möglicherweise machte sie sich ja auch umsonst verrückt. Er war es sicher gewohnt, dass Frauen jegliche Selbstbeherrschung vergaßen und versuchten, bei ihm zu landen. Aber warum hatte er dann so missmutig geguckt?

Gott! Nova würde nie wieder Alkohol trinken. So viel stand fest. Wäre sie nüchtern gewesen, wäre das alles niemals passiert.

»Das ist wirklich eine schöne Stadt«, sagte Steve.

Blinzelnd schaute Nova auf und stellte fest, dass sie schon ein ganzes Stück vorangekommen waren. Links neben ihnen befand sich die städtische Kindertagesstätte mit dem kunterbunt bemalten Lattenzaun und dem dahinter liegenden Spielplatz.

Endlich besann Nova sich auf ihren Auftrag und wies mit einer fahrigen Geste zu dem Holzgebäude, das mit bunten Abdrücken von Kinderhänden verziert war. »Das hier ist die Kita.«

»Ah!« Steve betrachtete die Einrichtung, als wäre sie im höchsten Maße interessant für ihn. »Es ist sicher schön für die Kleinen, hier den Tag zu verbringen.«

»Ich denke schon.«

Steve drehte den Kopf und musterte sie neugierig. »Möchtest du Kinder?«

Nova runzelte die Stirn. Sie fand diese Frage ziemlich persönlich angesichts der Tatsache, dass sie bisher kaum eine Stunde miteinander verbracht hatten. Andererseits war das Thema irgendwie naheliegend, wenn man vor einem Kindergarten stand. Daher zuckte Nova gleichmütig mit den Schultern und hielt ihre Antwort vage. »In ein paar Jahren vielleicht.«

»Erst in ein paar Jahren?« Schmunzelnd legte Steve den Kopf schief. »Ist das nicht ein bisschen spät?«

»Nun ja, aus meiner Sicht macht es schon Sinn, zunächst den Vater meiner Kinder kennenzulernen.«

Nicht dass sie wirklich daran glaubte, ihm jemals zu begegnen. Sie hatte einmal geglaubt, Zachary würde diese Rolle eines Tages einnehmen. Aber dann hatte die Realität ihre Träume zunichtegemacht.

Steve nickte bedächtig. »Und ich nehme an, du willst vorher auch heiraten.«

»Nein.«

»Nein?«, wiederholte er und schaute für einen Moment irritiert drein, weil diese Antwort nicht in sein Weltbild zu passen schien. Zumindest konnte Nova sich gut vorstellen, dass ein Mann wie Steve eher den konservativen Ablauf bevorzugte. Für Nova hingegen war ein Trauschein zweitrangig. Klar wäre Heiraten schön, aber es war keine Bedingung, um irgendwann eine Familie zu gründen.

Glücklicherweise kamen sie nicht mehr dazu, das Thema zu vertiefen, weil in dem Moment die Kirchenglocken erklangen. Die Sonntagsmesse war vorüber, und die Bewohner Goodvilles quollen in Scharen aus der Kirche auf der gegenüberliegenden Seite der Straße. Plaudernd und lachend fanden sie sich in kleinen Gruppen auf dem Vorplatz zusammen, wo uralte Buchen Schatten spendeten und auf Stehtischen Erfrischungsgetränke bereitstanden.

Zu Novas Leidwesen dauerte es nicht einmal eine Minute, bis Ashlyn Johnson – Vorsitzende des Veranstaltungskomitees, oberste Klatschhexe und nach eigenen Aussagen beliebteste Bürgerin der Stadt – den Kopf reckte, um zu sehen, wer sich da an Novas Seite verirrt hatte. Als sie den Deputy in seiner legeren Freizeitkleidung erkannte, riss sie den Arm in die Höhe und winkte erfreut.

Prompt drehte sich auch Ashlyns beste Freundin Patty Graham zu ihnen um. Aufregung funkelte in ihren Augen, weil sie neue Gewürze für die Gerüchteküche witterte.

Ashlyns Mann, der betagte, aber durchaus freundliche Gemeindearzt Dr. Johnson, hatte Nova ebenfalls bemerkt und winkte ihr ein wenig mitleidig zu, bevor er sich wieder in das Gespräch mit Mister Edison, dem Inhaber des Baumarkts, vertiefte.

»Wollen wir rübergehen und Hallo sagen?«, fragte Steve.

Sein Ton war zuvorkommend, doch ehe Nova verneinen konnte, legte er ihr bereits die Hand auf den Rücken und schob sie sanft in Richtung Kirche.

Nova war so perplex, dass sie es einfach geschehen ließ. An seiner Seite überquerte sie die Straße und fand sich unversehens im Kreis von Ashlyn und ihrem Gefolge wieder.

»Nova, wie geht es dir, meine Liebe?«, fragte sie, doch wie üblich wartete sie die Antwort nicht ab, sondern schenkte Steve ein breites Lächeln. »Steve! Wie schön, dass Sie doch gekommen sind.«

Steve nickte mit einem breiten Lächeln. Er schien alle hier bereits zu kennen. Zumindest wurde er niemandem mehr vorgestellt. Stattdessen erkundigte Ashlyn sich, ob er sich inzwischen gut eingelebt habe in der Stadt.

»Ja, so langsam fühle ich mich heimisch«, bestätigte Steve. »Alle sind so freundlich und aufgeschlossen. Ich bin sehr dankbar, dass ich so offenherzig in die Gemeinde aufgenommen wurde.«

Kichernd winkte Ashlyn ab. »Das ist doch selbstverständlich.«

Eine glatte Lüge. Novas Freundin May war nämlich keineswegs derart freundlich begrüßt worden. Stattdessen hatten ihr die Bürger der Stadt in vielerlei Hinsicht das Leben schwer gemacht. Und auch heute taten sie sich schwer mit Leuten, die aus der Reihe tanzten. Zum Beispiel machte Ashlyn für gewöhnlich nie einen Hehl daraus, wie sehr es ihr missfiel, dass Nova sich aus den Gemeindeaktivitäten weitestgehend heraushielt und nicht mit dem Strom schwamm, dessen Richtung sie vorgab.

Dabei war es gar nicht so, dass Nova sich nicht integrieren wollte. Eigentlich hatte sie schon vor der Gründung des Ladies Club Lust darauf gehabt, Projekte ehrenamtlich zu unterstützen. Allerdings war Ashlyn bisher nur darauf aus gewesen, Gelder aus dem Souvenirshop zu ziehen oder Nova zu stumpfsinnigen Backarbeiten zu verdonnern. Novas Ideen interessierten sie nicht. Das schien sich bis jetzt auch nicht geändert zu haben, wie Nova an dem durchtriebenen Funkeln in ihren Augen ausmachen konnte.

»Was ich dich noch fragen wollte, Nova«, sagte sie und legte ihr vertrauensvoll die Hand auf den Arm. »Du hast in deinem

Laden so hübsche Dekorationsartikel. Denkst du, wir könnten ein paar für unseren Maskenball ausleihen?«

Nova knirschte mit den Zähnen. Sie konnte es nicht leiden, wenn Ashlyn sie vor anderen derart in die Enge trieb. Hinzu kam, dass Ashlyn genau wusste, dass man gebrauchte Ware nicht zum selben Preis wie Neuware anbieten konnte. Wenn die Artikel denn überhaupt in einem Zustand zurückkamen, in dem man sie noch verkaufen konnte. Was meistens nicht der Fall war.

»Das ist eine tolle Idee«, schaltete Steve sich unvermittelt ein. »Diese vergoldeten Lichterketten würden sicher für eine großartige Stimmung am Abend sorgen. Oder wie wäre es mit den silbernen Deko-Spiralen?«

»Oh! Das wäre ja wunderbar«, rief Ashlyn verzückt aus, und ihre Freundin Patty nickte begeistert.

Nur mit Mühe gelang es Nova, nicht die Augen zu verdrehen. Stattdessen warf sie Steve einen irritierten Blick zu. »Du warst doch nur einmal kurz im Laden. Woher weißt du, welche Dekorationsartikel wir haben?«

Er zwinkerte ihr verschwörerisch zu. »Ich habe die Akademie nicht ohne Grund als Jahrgangsbester abgeschlossen.«

Das ergab natürlich Sinn, auch wenn Nova nicht vollends überzeugt war. Schließlich lagen die Dekoartikel im vorletzten Regal. Er hätte schon weiter als bis zur Kasse gehen müssen, um alles zu sehen. Wesentlich wahrscheinlicher war es da wohl, dass Ashlyn den neuen Deputy bereits instruiert hatte, welche Sachen sie gern für den Ball hätte – gratis, versteht sich.

»Also können wir mit deiner Unterstützung rechnen?«, hakte Ashlyn prompt nach.

Nova zögerte. Doch dann bemerkte sie Josephine, die an der Seite ihres Gatten Trevor Harris aus der Kirche trat, und stimmte zu, um der Diskussion ein Ende zu bereiten. »Ich schaue mal, was ich aus dem Lager entbehren kann. Bitte entschuldigt mich.«

Sie ließ Steve, Ashlyn und die anderen stehen und eilte ihrer Freundin entgegen, die sich, ebenfalls sichtlich erleichtert, von Trevor losmachte.

»Bin ich froh, dich zu sehen«, flüsterte Josephine und schaute genervt in Richtung ihres Mannes, der gerade dem Bürgermeister die Hand schüttelte. »Ich kann dieses Schaulaufen nicht ausstehen.«

»Warum kommst du dann her?«, fragte Nova überrascht.

»Trevor will es so. Er meint, wenn wir nebeneinander in der Kirche sitzen, sind seine Affären vergeben und vergessen.« Josephine stieß ein abfälliges Schnaufen aus, aber in ihren Augen waren ihre verletzten Gefühle deutlich zu erkennen. Ihr selbst schien gar nicht bewusst zu sein, dass sie das Wort *Affäre* in der Mehrzahl ausgesprochen hatte. Ein bitteres Grinsen hob ihre Mundwinkel. »Wahrscheinlich will er bloß die hässlichen Gerüchte zerstreuen, die seine Position im Stadtrat gefährden könnten.«

Vermutlich.

Nova empfand tiefes Bedauern für ihre Freundin. Aber da sie wusste, dass ihr das nicht im Geringsten weiterhelfen würde, sagte sie nur: »Wenn du reden willst, bin ich für dich da. Das weißt du.«

Josephines Züge wurden weich. »Danke. Das bedeutet mir viel.« Plötzlich runzelte sie die Stirn. »Warum bist du eigentlich hier? Normalerweise machst du doch immer einen großen

Bogen um die Sonntagsmesse. Ich dachte, du kannst Kirchen nicht leiden.«

Verlegen zuckte Nova mit den Schultern. »Die Kirchen sind nicht der Grund. Ich bin Atheistin. Ich käme mir wie eine Voyeurin vor, in der Kirche zu sitzen und anderen Leuten zuzusehen, wie sie ihren Glauben ausleben.«

»Verstehe«, erwiderte Josephine nachdenklich. Ihr Blick wanderte zu der kleinen Gruppe, mit der Nova sich gerade unterhalten hatte. Steves Blick lag unverwandt auf Nova, während Ashlyn ihn vollquasselte. Als er Nova winkte, schnappte Josephine leise nach Luft. »Warte mal, bist du etwa mit ihm hier?«

»Ja, irgendwie schon«, murmelte Nova und sah ihre Freundin hilflos an. »Eigentlich hat er mich bloß gebeten, ihm die Stadt zu zeigen. Aber dann sind wir hier gelandet.«

Belustigung blitzte in Josephines Augen auf. »Er steht auf dich.«

Novas Wangen wurden heiß. »Das will ich nicht hoffen.«

»Wieso?« Abwägend legte Josephine den Kopf schief und musterte Novas Begleiter. »Er ist doch ganz niedlich, und es schadet sicher nicht, bei dem neuen Deputy einen Stein im Brett zu haben. Natürlich reicht er nicht an einen gewissen Baugutachter heran, aber …« Josephine stutzte. »Meine Güte, Nova! Du wirst ja ganz rot.«

Lieber Himmel! Das wurde sie tatsächlich. Sie konnte praktisch spüren, wie ihr ganzes Gesicht bei der Erwähnung von Jax heiß wurde. Sie schämte sich noch immer bis ins Mark für ihren alkoholbedingten Aussetzer.

»O mein Gott!«, quietschte Josephine und rückte näher an Nova heran, damit die umstehenden Personen nichts von ihrem

Gespräch mitbekamen. »Er hat dich gestern nach Hause gebracht, nicht wahr? Was ist passiert?«

»Gar nichts. Wir haben bloß geredet. Das war alles.«

»Richtig«, erwiderte Josephine gedehnt, bevor sie über das ganze Gesicht grinste. »Weil ihr jetzt *Freunde* seid.«

»Ich weiß nicht, ob mir deine sonderbare Betonung gefällt.«

Josephine kicherte, kam aber nicht mehr dazu, etwas zu erwidern, weil Steve sich von Goodvilles Klatschweibern löste und zu ihnen kam. Er sagte kurz Hallo, bevor er sich nach Josephines Mann erkundigte. »Ich hatte bisher noch nicht das Vergnügen, ihn persönlich zu treffen. Wären Sie so freundlich, mich ihm vorzustellen?«

Josephine warf einen fragenden Blick in Novas Richtung, die jedoch nur mit den Schultern zucken konnte. »Mein Mann ist gleich dort drüben«, sagte sie und winkte Trevor heran.

Sogleich gesellten sich Trevor und zwei seiner Kollegen aus dem Stadtrat zu ihnen. Hände wurden geschüttelt, während sich die Männer gegenseitig in der Darstellung der Wichtigkeit ihres jeweiligen Amtes überboten.

Trevor Harris war auf den ersten Blick ein attraktiver, charismatischer Mann Anfang dreißig, mit dichtem braunem Haar und markanten Gesichtszügen. Sein Kinn war glatt rasiert, und sein grauer Anzug wies keine Falte auf. Diese Perfektion hatte Nova schon immer stutzig gemacht. Aber vor dem Hintergrund seiner Affären kannte sie nun sein wahres Gesicht. Er war arrogant, selbstgefällig, und – was am schlimmsten war – er hatte keine Achtung vor seiner Frau.

Mehrfach unterbrach er Josephine, die versuchte, sich an dem Gespräch über die Vorzüge der Stadt zu beteiligen. Und sie nahm die Demütigung einfach hin.

Nova konnte beim besten Willen nicht verstehen, warum Josephine sich das gefallen ließ. Einfach so verschwand die fröhliche, junge Frau, die Nova gerade noch aufgezogen hatte, im Schatten ihres blasierten Gatten.

Irgendwann konnte Nova einfach nicht länger zusehen. Sie hakte sich bei Josephine ein. »Meine Herren, bitte entschuldigt uns. Ich brauche dringend eine Erfrischung.«

»Wie wäre es mit dem Steak House?«, schlug Steve sogleich vor. »Das Essen dort soll fantastisch sein.«

»Eine gute Wahl«, lobte Trevor, bevor er seinerseits den Arm um Josephine legte. »Wir würden euch gern begleiten. Aber Vada wartet zu Hause auf uns.«

Josephine wurde so schnell weggeführt, dass Nova kaum Gelegenheit hatte, sich zu verabschieden. Nachdem auch der Bürgermeister gegangen war, streckte Steve seine Hand in Novas Richtung aus. »Wollen wir?«

Eigentlich wollte Nova nicht. Sie war müde, und ihr steckte der vorangegangene Abend gewaltig in den Knochen.

»Ich bin so froh, dass du dir heute extra Zeit für mich genommen hast«, sagte Steve, als hätte er ihre Zweifel gespürt. Er ließ die Hand wieder sinken und steckte sie in seine Hosentasche. »Die Aussicht, den Tag ganz allein zu verbringen, war offen gestanden ziemlich deprimierend.«

»Warum bist du nicht einfach allein hierhergekommen?«, fragte Nova. Schließlich schien er sich, umgeben von der Kirchenschar, pudelwohl zu fühlen.

Steve lächelte verlegen. »Ehrlich gesagt tue ich mich schwer damit, auf Fremde zuzugehen.«

»Wirklich? Den Eindruck hast du bei unserem ersten Kennenlernen eigentlich nicht gemacht«, wandte Nova ein, während sie den Kirchenvorplatz verließen. Auf dem Gehweg blieben sie stehen.

»Das lag daran, dass du so nett warst.« Fast schon unbeholfen zuckte Steve mit den Schultern. »Ich habe mich gleich wohl in deiner Nähe gefühlt.«

Ach, verdammt.

Jetzt schaffte Nova es natürlich nicht mehr, dieses Treffen rasch zu beenden. Sie seufzte innerlich auf, bevor sie nach links zeigte. »Zum Steak House geht es dort entlang.«

Während sie zum Restaurant spazierten, zeigte Nova ihm die wichtigsten Gebäude der Stadt, erzählte vom Gemeindezentrum und beantwortete Steves Fragen zu Goodvilles Stadtgeschichte, so gut sie konnte. Als sie wenig später das beliebte Restaurant erreichten, war die Stimmung zwischen ihnen etwas lockerer, was wohl auch an den neutralen Themen lag.

»Hinter dem Gebäude gibt es eine schöne Sonnenterrasse«, sagte Nova und wies auf den Eingang, der von alten Whiskeyfässern flankiert wurde. Der Inhaber hatte sie zu Blumenkübeln umfunktioniert, in denen nun weiße Hortensien vor der roten Backsteinfassade des Gebäudes blühten.

»Klingt gut.« Steve blieb stehen und inspizierte die Speisekarte, die in dem gläsernen Schaukasten aushing. Die Auswahl schien ihm nicht zuzusagen, denn er runzelte die Stirn. »Hier gibt es ja wirklich nur Steaks und Burger.«

»Na ja, es ist ein Steak House«, erwiderte Nova und verschränkte abwehrend die Arme. »Wenn dir die Auswahl nicht zusagt, müssen wir wohl auf das Essen verzichten. Dies ist das einzige Restaurant in der Stadt.«

»Tatsächlich?« Steve klang regelrecht ungläubig. »Und was ist mit dem Lorenzo's? Gibt es dort keine Pizza?«

»Bob verkauft nur Eiscreme, Kuchen und Crêpes.«

Die Falten auf Steves Stirn vertieften sich. »*Bob* klingt aber nicht sehr italienisch.«

Nova spürte, dass ihre Geduld mit dem neuen Deputy allmählich aufgebraucht war. Sie überlegte gerade, wie sie sich aus der Situation herauswinden könnte, als die Tür des Steak House aufging. Und weil das Leben manchmal einfach nur ungerecht war, erschien natürlich der Mann, den sie am wenigsten erwartet hatte und auf den sie demzufolge nicht im Mindesten vorbereitet war.

Kapitel 9

Jax

Wenn Jax Hunger hatte, glich er einem mürrischen Löwen. Er war ungeduldig und äußerst leicht reizbar. Sonderlich stolz war er auf diese Macke nicht, aber glücklicherweise versprachen der eingepackte Cheeseburger und die Süßkartoffelpommes, die er in der Hand hielt, schnelle Linderung für seinen grummelnden Magen. Im Geiste sah Jax sich bereits mit einem kühlen Eistee und dem köstlichen Essen auf seinem Sofa sitzen und die Berichterstattung über die Vorsaison der NFL verfolgen. Deshalb bemerkte er den schmächtigen Typen, der vor dem Eingang des Steak House herumlungerte, erst, als er ihn fast über den Haufen rannte.

Reflexartig machte Jax einen Ausfallschritt, nur um vor Überraschung beinahe über seine eigenen Füße zu stolpern. »Nova?«

Sie lächelte verhalten. »Hallo, Jackson.«

Innerlich stöhnte Jax auf, weil sie ihm genauso distanziert erschien wie vor dem gestrigen Abend. Dabei hatten sie sich stundenlang unterhalten, getanzt und zum krönenden Abschluss hatte sie ihn geküsst.

Zugegeben, der Kuss war nicht der Kracher gewesen, der nächste würde definitiv besser sein. Aus Jax' Sicht gab es also keinen Grund zur Schüchternheit. Vielleicht sollte er das gleich klarstellen.

»Was machst du denn hier?«, fragte er und grinste frech. »Brauchst du ein Katerfrühstück?«

Nova zuckte zusammen. »Ich … nun …«

»Sie ist mit mir hier«, unterbrach der Kerl ihr Gestammel und trat so dicht an sie heran, dass Jax ihn am liebsten weggeschubst hätte. Mit stolzer Miene streckte er Jax die Hand entgegen. »Ich glaube, wir hatten bisher noch nicht das Vergnügen. Ich bin Deputy Steve Tautum.«

Jax brauchte einen Moment, bis er ihm die Hand geben konnte. Und das lag nicht nur daran, dass er die Essenspäckchen in seine Linke jonglieren musste. »Jackson Troy.«

»Freut mich.«

»Ja.« Der Deputy schüttelte noch immer Jax' Hand, während dieser zwischen ihm und Nova hin- und herschaute.

Sie trat verlegen von einem Fuß auf den anderen, schien sich regelrecht ertappt zu fühlen. Am schlimmsten aber war, dass sie Jax nicht in die Augen sehen konnte. Stattdessen starrte sie zu Boden.

Endlich ließ Tautum Jax' Hand los. »Wir sehen uns in Zukunft sicher öfter. Und jetzt entschuldigen Sie uns bitte. Ich möchte diese hübsche Frau gern zum Essen ausführen.«

Seine Worte trafen Jax wie ein Schlag in den Magen. Er wusste selbst nicht so recht, woher diese plötzliche Enttäuschung kam. Vielleicht, weil er Nova niemals zugetraut hätte, dass sie eine von den Frauen war, die sich an einem Abend dem einen Mann an den Hals warfen, nur um sich am nächsten Tag von einem anderen abschleppen zu lassen.

Ja, gut, welche Absichten sie genau verfolgte, konnte Jax

nicht mit hundertprozentiger Sicherheit sagen. Aber die beiden hatten definitiv ein Date.

»Sicher«, sagte Jax gepresst und wartete, bis Nova ihn ansah. Ein zynisches Grinsen hob seine Mundwinkel. »Dann wünsche ich euch viel Vergnügen.«

Nur am Rande bekam Jax noch mit, wie Tautum wohlwollend nickte und Nova große Augen bekam. Wütend stapfte er durch den Vorgarten des Steak House, selbst ein bisschen überfordert von seiner heftigen Reaktion.

»Jax!«

Aufgewühlt drehte Jax sich zu Nova um, die ihm eilig gefolgt war. Steve verharrte vor dem Eingang und beobachtete sie mit Argusaugen. Der Ausdruck in seinem Gesicht gefiel Jax nicht.

Unmittelbar vor Jax blieb Nova stehen und rang nervös die Hände. »Ich … ich muss mich vermutlich bei dir entschuldigen.«

Jax zog eine Braue hoch. »Wofür genau?«

Sie presste die Lippen zusammen und wand sich, bevor sie ihn schuldbewusst ansah. »Laurens Drink war wohl etwas zu viel für mich. Ich hoffe, ich habe nichts Dummes gesagt … oder getan?«

Irritiert runzelte Jax die Stirn. Sie sagte das, als könnte sie sich an nichts erinnern, was nach ihrem Eintreffen im Nowhere passiert war. Deshalb hakte er sicherheitshalber nach. »Willst du sagen, du hast einen Filmriss?«

Sie zögerte erneut, dann besaß sie die Dreistigkeit zu nicken. »Ich fürchte schon.« Unbeholfen zuckte sie mit den Schultern. »Totaler Blackout.«

Was zur Hölle sollte das?

Sicher, sie war betrunken gewesen, aber nicht so sehr, dass sie nicht mehr wusste, was sie tat. Wollte sie einfach vorgeben, es wäre nichts passiert?

»Offen gestanden bin ich wirklich froh darüber, dass wir jetzt Freunde sind«, fuhr sie fort. »Ich würde es sehr bedauern, wenn mein … mein Fehlverhalten jetzt schon alles kaputtgemacht hätte.«

Mit anderen Worten: Sie bereute den Kuss.

Das wurde ja immer besser.

Jax war kurz davor, ihr zu sagen, wohin sie sich ihre Freundschaft stecken konnte. Andererseits neigte er auf nüchternen Magen häufig zu impulsiven Reaktionen, und ein Teil von ihm war noch nicht bereit, Nova wieder vom Haken zu lassen. Also pflasterte er sich ein unbekümmertes Lächeln ins Gesicht. »Keine Sorge. Es ist rein gar nichts geschehen, was dir peinlich sein müsste.«

Ihre Schultern sanken herab. »Dann ist alles in Ordnung zwischen uns?«

»Natürlich.« Er beugte sich ein Stück in ihre Richtung. »Ich freue mich schon auf unser Wettschwimmen morgen früh.«

Sie erstarrte. Genau wie Jax vermutet hatte, schien sie ihr Angebot inzwischen zu bereuen.

Eigentlich hatte er vorgehabt, sie von ihrem übermütigen Versprechen zu entbinden. Jetzt sah die Sache aber ein bisschen anders aus. Den Rückzieher konnte sie vergessen. »Ich finde es großartig, dass du dich bereit erklärt hast, mein Motivationscoach zu sein«, sagte er und schaute ihr tief in die Augen. »Es bedeutet mir echt viel, dass du mir helfen willst, einen Punkt auf meiner *Bucket List* abzuhaken. Du weißt hoffentlich, dass ich das Gleiche für dich tun würde.«

Ich habe das Gleiche für dich getan.

Nun standen sie einander gegenüber und dachten beide an ihren gemeinsamen Tanz. Jax konnte es in ihren Augen sehen. Sie konnte es leugnen, so viel sie wollte. Sie wusste noch alles.

Nova nickte benommen.

»Fantastisch.« Jax zog sich zurück und hielt demonstrativ sein Essen in die Höhe. »Ich muss jetzt los. Wir sehen uns morgen bei Sonnenaufgang am Lake Buckeye.«

»Okay«, krächzte Nova.

Jax' Blick flatterte zu Tautum, der mittlerweile mit verschränkten Armen und ernster Miene den harten Cop mimte. Für Jax' Empfinden machte er einen recht besitzergreifenden Eindruck. Andererseits ging es ihm ja nicht anders. Nova schien einfach diese Wirkung auf Männer zu haben.

Weil Jax nicht anders konnte, salutierte er in Richtung des Deputys und zwinkerte Nova zum Abschied zu. »Viel Spaß noch bei deinem Date, Sims.«

Ihr klappte der Mund auf. Doch Jax ließ ihr nicht das letzte Wort, sondern schlenderte betont gelassen zu seinem Pick-up. Er wusste schon jetzt, dass der Tag gelaufen war.

Seine Laune krachte allerdings noch weiter in den Keller, als er wenig später vor seinem Bungalow hielt und hinter dem Gartenzaun ein Kopf in die Höhe schnippte.

»Oh! Hallo, Jax«, rief seine Nachbarin Mallory Butcher erfreut, sobald er aus dem Wagen gestiegen war.

Innerlich stöhnte Jax auf. Mallory war Ende vierzig und verbrachte viel Zeit allein, weil ihr Mann andauernd unterwegs und die Kinder bereits aus dem Haus waren. Das schien ihr so sehr zuzusetzen, dass sie offenbar beschlossen hatte, ihrer

Einsamkeit ein Ende zu machen, indem sie den Typen von nebenan in ihr Bett zerrte.

Woher er das so genau wusste? Weil sie es ihm gesagt hatte. Mehrfach.

Und auch heute wieder musterte sie ihn mit gierigen Blicken. Sie stützte sich am Gartenzaun ab und drückte ihr Dekolleté in die Höhe, was Jax jedoch geflissentlich ignorierte.

Im Grunde war Mallory nicht unattraktiv. Sie hatte glänzendes braunes Haar, eine weibliche Figur und hübsche grüne Augen. Ihrer Aufdringlichkeit haftete allerdings eine Verzweiflung an, die Jax regelrecht abstieß. Trotzdem rang er sich zu einem freundlichen Lächeln durch.

»Hallo, Mallory.«

Sie bemerkte die Tüte in seiner Hand. »Hast du dir schon wieder dieses fettige Zeug aus dem Steak House besorgt?«

»Was soll ich sagen? Ich bin ein mieser Koch.«

Entgeistert riss sie die Augen auf. »Aber ich hätte dir doch etwas zubereitet. Etwas Gesundes und Nahrhaftes.«

Ja, klar. Und dann hätte sie ihn mit Haut und Haar zum Nachtisch vertilgt.

Nein, danke!

»Mach dir meinetwegen keine Umstände«, sagte Jax gleichmütig und hob demonstrativ die Tüte. »Ich muss los. Sonst wird mein Burger kalt.«

»Jax?«

Mit einem unterdrückten Seufzen hielt er inne. »Ja?«

Mallory strahlte ihn an. »Du könntest auch bei mir essen. Wir könnten ein bisschen *reden*.«

Grundgütiger! Diese Frau war wirklich hartnäckig. Es kostete Jax einige Mühe, höflich zu bleiben. »Danke für das Angebot. Aber ich habe noch etwas vor.«

Sie hob den Finger. Sicher wollte sie ihn auf einen anderen Tag festnageln. Doch Jax nickte ihr bloß freundlich zu. »Hab einen schönen Sonntag, Mallory.«

»Du auch«, flötete sie und schien seine Abfuhr keineswegs persönlich zu nehmen. Stattdessen wartete sie vermutlich einfach auf die nächste Gelegenheit, ihm auf die Nerven zu gehen. Genau wie unzählige andere Frauen in Goodville. Nur die eine, von der Jax sich diesen Eifer wünschte, ging lieber mit dem dürren Deputy aus.

Wenn das keine Ironie war.

***

Über den Baumwipfeln ging gerade die Sonne auf, als Jax seinen Pick-up auf der Wiese am Ufer des Lake Buckeye parkte. Der See lag etwa zehn Meilen südlich von Goodville inmitten der bewaldeten Ausläufer des Nationalparks. Hohe uralte Fichten ragten in den Himmel empor, dessen Dunkelgrau allmählich in ein sanftes Rosa-Orange überging. Der Anblick war irre kitschig – und wunderschön.

Jax stieg aus und schaute sich suchend um. Es überraschte ihn nicht, dass er der Erste war. Er rechnete nicht wirklich damit, dass Nova sich überhaupt dazu überwinden würde, heute Morgen herzukommen, sich vor ihm auszuziehen und ins eiskalte Wasser zu steigen.

Jax hatte die Temperatur von seinem letzten Ausflug hierher noch gut in Erinnerung. Er brauchte nur an den eiskalten See zu denken, und schon bekam er eine Gänsehaut. Trotzdem schnappte er sich sein Handtuch vom Beifahrersitz, legte es sich um den Nacken und schlenderte zum Wasser. Es konnte schließlich nicht schaden, sich schon mal ein bisschen zu akklimatisieren, bis Nova …

Abrupt blieb Jax stehen und musterte die zierliche Gestalt, die im Badeanzug und in ein Strandtuch gewickelt mit dem Rücken zu ihm auf einem großen Stein am Wasser saß. Sie hatte ihr Haar zu einem Knoten auf dem Hinterkopf zusammengebunden, weshalb nur noch einzelne Strähnen ihren schlanken Hals und ihren Nacken umspielten. Jax' Augen wurden groß, als er das Tattoo zwischen ihren Schulterblättern entdeckte. Filigrane Blüten wanden sich um einen fein gezeichneten Notenschlüssel.

Fasziniert trat Jax näher. Er hatte ja keine Ahnung gehabt, welches Geheimnis die braven Kleider verbargen. Es juckte ihn in den Fingern, jede feine Linie auf Novas Haut nachzufahren.

Doch da drehte sie sich zu ihm um und schaute ihn an. Ihr Lächeln war wie üblich schüchtern, aber wenigstens wirkte sie nicht mehr ganz so distanziert wie an der Seite des Deputys. »Guten Morgen.«

»Hey.« Jax legte den Kopf schief und musterte sie prüfend. »Du bist wirklich hier.«

Verlegen strich sie sich eine Haarsträhne hinters Ohr. »Das habe ich doch versprochen.«

Schon, aber sie hatte schließlich auch hinsichtlich ihrer Erinnerung gelogen. Zwar war Jax' Entrüstung mittlerweile abgeebbt, aber es gefiel ihm nach wie vor nicht, dass sie es bevorzugte, so zu tun, als wäre nichts passiert.

Weil er fürchtete, dass ihm seine Gedanken ins Gesicht geschrieben standen, reckte er den Kopf und sah sich suchend um. »Wo hast du geparkt?«

»Gleich hier drüben.« Sie zeigte nach links, wo ein Mountainbike an einem Baumstamm lehnte.

»Du bist mit dem Fahrrad bis hier rausgefahren?«

»Warum denn nicht?«

Das wusste Jax auch nicht so genau. Mit dem Fahrrad war die Strecke zum See in einer halben Stunde zu bewältigen. Nichts, was nicht zu schaffen wäre. Dennoch musste sie verdammt früh aufgestanden sein, um noch vor ihm hier zu sein. Er schmunzelte. »In dir steckt ja eine richtig ambitionierte Sportskanone.«

»Angst?«, fragte sie spöttisch.

Jax' Lippen zuckten. »Ein bisschen.«

Sie wandte sich ab und musterte den klaren See. Am Ufer auf der gegenüberliegenden Seite befand sich ein Holzsteg, der an den Wochenenden üblicherweise von den Badegästen überrannt wurde. Er war ein ideales Ziel. »Was genau hast du dir vorgenommen? Einmal bis dort rüber und zurück?«

Eigentlich war Jax ein bisschen ehrgeiziger gewesen, denn der Durchmesser des Sees betrug weniger als zweihundert Meter. Drei- oder viermal hatte er schon hin- und herschwimmen wollen. Aber trotzdem nickte er, da er Nova nach der Fahrradtour nicht überanstrengen wollte. »Jepp.«

»Okay.« Sie atmete tief durch und faltete das Handtuch auseinander, das sie vorsorglich um ihren schlanken Körper gewunden hatte. Zum Vorschein kam ein schlichter, schwarzer Badeanzug. »Auf geht's.«

Sie rutschte bis an den Rand der Felsenkante und streckte die Füße ins Wasser, als hätte es die ideale Temperatur. Dann stand sie auf und watete mit zielstrebigen Bewegungen in das eiskalte Nass. Dabei gab sie keinen Laut von sich.

Reife Leistung.

Jax hatte erheblich mehr Probleme, nicht wie ein Weichei zu quieken, nachdem er einen Fuß ins Wasser gesetzt hatte. Sein Handtuch und sein Shirt hatte er neben Novas Sachen auf dem Stein abgelegt, bevor er ihr mit zusammengebissenen Zähnen folgte.

Sie hatte bereits die kritische Hüfthöhe überwunden und ihren Körper bis zum Hals im See versenkt. Anmutig schwamm sie durchs Wasser, in Richtung des anderen Ufers.

Im Geiste sprach Jax sich Mut zu, dann stieß er sich ab und tauchte unter. Die Kälte stach wie Nadelspitzen in seine Haut, aber nach den ersten Zügen entspannten sich seine erschrockenen Muskeln, und er hatte Nova im Nu eingeholt. Er drehte sich auf den Rücken und schwamm vor ihr her.

»Ich will dich nicht demotivieren, aber ich denke, ich bin vor dir am anderen Ufer«, verkündete er grinsend.

Ihre Mundwinkel hoben sich. »Vielleicht spare ich ja bloß meine Reserven, um dich im letzten Augenblick abzuhängen.«

Jax warf einen Blick über die Schulter. Sie hatten gerade mal ein Drittel der Strecke geschafft. »Gute Taktik.«

Inzwischen hatte sich Jax' Körper an die Kälte gewöhnt, und eine angenehme Ruhe überkam ihn. Meilenweit schienen sie die einzigen Menschen zu sein. Stille breitete sich zwischen ihnen aus, während sie Meter für Meter zurücklegten.

»Und?«, fragte Jax, als er seine Neugier beim besten Willen nicht zurückhalten konnte. »Hattest du gestern noch ein nettes Date?«

Nova schnitt eine Grimasse. »Ich möchte wirklich nicht darüber reden.«

»Aber wir sind doch Freunde«, erwiderte er in gespielter Entrüstung. Gut möglich, dass er gerade ein bisschen dick auftrug, aber er wollte unbedingt wissen, was sie dazu bewogen hatte, mit dem Deputy auszugehen, nachdem sie ihn geküsst hatte.

»Nur weil wir jetzt Freunde sind, bedeutet das nicht, dass ich dir alles erzählen muss«, wandte Nova ein und zog mit drei erstaunlich effektiven Zügen an ihm vorbei.

»Aber du könntest.« Jax kraulte ein Stück, bis er sich wieder vor sie setzen und auf dem Rücken schwimmen konnte. »Ich bin nämlich ein verdammt guter Zuhörer. Falls dieses Date also nicht so gut gelaufen ist, dann könnte ich vielleicht …«

Nova seufzte. »Es war kein Date. Jedenfalls kein richtiges.«

Erleichterung wärmte Jax' Brust. »Nicht?«

»Nein.« Sie zögerte kurz, dann ging sie zu seiner Erleichterung mehr ins Detail. »Steve hat mich gebeten, ihm die Stadt zu zeigen. Also habe ich ihm den Gefallen getan, und zum Dank hat er mich zum Essen eingeladen. Mehr steckt nicht dahinter.«

Jax runzelte die Stirn. »Sicher, dass er das auch so empfindet?«

»Das habe ich nicht gesagt«, murmelte Nova und mied seinen Blick.

Interessant.

»Der Depp hat also eine Schwäche für dich«, sprach Jax aus, was sie beide im Grunde längst wussten.

»Nenn ihn nicht so.«

»Warum?«, fragte Jax unschuldig. »Das ist doch bloß eine harmlose Abkürzung für Deputy.«

Novas Lippen zuckten. »Ist es nicht, und das weißt du auch.«

»Du scheinst ja ziemlich große Stücke auf den Mann zu halten, wenn du seine Ehre derart vehement verteidigst.«

Jax schlug bewusst einen ironischen Ton an und hoffte, dass Nova ihm an dieser Stelle widersprach. Aber leider hielt sie ihre Antwort vage. »Er ist nett.«

»Okay.« Jax schwieg einen Moment, ehe er ihr einen flüchtigen Blick zuwarf. »Wirst du ihn wiedersehen?«

»Sicher«, antwortete Nova. »Wir leben in einer kleinen Stadt. Da läuft man sich zwangsläufig über den Weg.«

Jax schnaubte. »Das hatte ich nicht gemeint. Hör auf, mir auszuweichen.«

»Warum willst du das überhaupt wissen?«, fragte Nova gereizt. Ihr schien das Thema nicht sonderlich zu behagen.

Natürlich lag ihm die Antwort direkt auf der Zunge. Doch er hielt sich zurück und setzte ein argloses Lächeln auf. »Weil ich mich für das Wohlergehen meiner Freunde interessiere.«

»Das ist sehr aufmerksam von dir. Aber du musst dir um mich keine Gedanken machen.«

Bevor Jax noch etwas sagen konnte, tauchte sie plötzlich unter und verschwand in den grünen Tiefen des Sees. Jax trat auf der Stelle und wartete, dass sie wieder hochkam. Aber als sie die Wasserfläche durchbrach, befand sie sich gut zehn Meter vor ihm und wechselte von entspanntem Brustschwimmen in den Freistil. Erst jetzt bemerkte Jax, dass sie den See inzwischen fast durchquert hatten. Der Steg war vielleicht noch zwanzig Meter von ihr entfernt, und bei dem Tempo war sie locker vor ihm am anderen Ufer.

Sofort nahm er die Verfolgung auf. Mit kräftigen Bewegungen pflügte er durchs Wasser, aber ihr Vorsprung war zu groß.

Sie schlug die Hand gegen das Holz und stützte sich ab, während Jax den anderen Pfosten erreichte. Mit einem triumphierenden Grinsen wischte sie sich ein paar nasse Haarsträhnen aus dem Gesicht. »Gewonnen.«

»Du hast mich reingelegt«, erwiderte Jax mit schmalen Augen. Doch dass er verloren hatte, störte ihn nicht im Geringsten. Dazu war er viel zu fasziniert von dem Anblick, der sich ihm bot. Novas Atem ging stoßweise von der Anstrengung ihres Sprints. Feine Tröpfchen rollten von ihrem Gesicht hinab über ihren Hals und weiter zu ihrem Brustansatz, der über der Wasseroberfläche zu sehen war.

Jax konnte Novas Rundungen nur verschwommen ausmachen. Dafür erinnerte er sich allerdings lebhaft daran, wie sie sich angefühlt hatten, als sie ihm beim Tanzen näher gekommen war.

Lust schoss siedend heiß durch seinen Körper, und das Verlangen, sie an sich zu ziehen und ihr zu zeigen, wie ein erster Kuss sein sollte, wurde nahezu übermächtig. Aber er war gerade erst dabei, ihr Vertrauen zu gewinnen. Er wollte sich das nicht kaputtmachen, nur weil er seine Libido nicht im Griff hatte.

»Bereit für die Rückrunde?«, fragte er daher.

Als sie nickte, stieß er sich vom Steg ab und ließ sich durch das Wasser treiben.

Sie folgte ihm in gemächlichem Tempo. »Erzähl mir von deiner Familie.«

Ihre Bitte überraschte und freute ihn gleichermaßen. »Was willst du denn wissen?«

Sie lächelte. »Alles.«

Kapitel 10

Nova

Nova konnte nicht glauben, dass sie mit Jax durch den eiskalten Lake Buckeye schwamm und seinen Erzählungen lauschte. Es fühlte sich surreal an. Angefangen bei der malerischen Kulisse bis hin zu seiner Gesellschaft. Und doch ertappte sie sich dabei, dass sie aufhörte, die Situation zu hinterfragen, und anfing, das Geplänkel zu genießen.

Es gab schon eine ganze Menge, was sie über Jax wusste. Zum Beispiel, dass er Ingenieurwesen am Community College in Kansas City studiert hatte und nach seinem Abschluss direkt in Coles Baufirma angefangen hatte. Seit zwei Jahren lebte er nun in Goodville. Über seine Herkunft wusste sie allerdings noch recht wenig.

Eigentlich hatte sie angenommen, Jax wäre als Einzelkind in der Upperclass aufgewachsen. Sie hatte ihn als Captain einer erfolgreichen Highschool-Footballmannschaft gesehen, umschwärmt von Dutzenden Cheerleadern und Freunden. Daher war sie überrascht zu erfahren, dass er in seiner Jugend nur ein paar gute Freunde gehabt hatte und das jüngste von drei Geschwistern war.

»Meine Eltern besitzen eine Farm in der Nähe von Tobeka«, sagte er. »Dort gab es immer eine Menge zu tun. Ich hatte wenig Zeit für Freunde oder Hobbies. Meine älteste Schwester Judy, ihr Mann Brian und mein vierjähriger Neffe Joe leben heute noch auf der Farm. Juliette ist zwei Jahre älter als ich und hat im Sommer zum gefühlt zwanzigsten Mal ihr Hauptfach gewechselt. Sie studiert an der Kansas State University.«

»Du kommst also von einer Farm aus Kansas?«, fragte Nova erstaunt.

»Jepp.« Erneut präsentierte Jax sein Grübchen. »Aber wenn du mich jetzt *Dorothy* nennst, rede ich nie wieder ein Wort mit dir.«

Nova lachte. »Die Idee ist mir noch gar nicht gekommen. Aber jetzt, wo du es erwähnst …«

Belustigt legte Jax die Finger auf die Wasseroberfläche und spritzte ihr ein paar Tropfen ins Gesicht. »Untersteh dich, Sims.«

Das Gespräch war angenehm, und da Jax offenbar begriffen hatte, dass sie nicht über einen gewissen Deputy reden wollte, verzichtete sie darauf, ein weiteres Wettschwimmen anzustoßen.

Erst als sie wenig später den Ufergrund unter ihren Füßen spürte, kehrte ein wenig von ihrer Anspannung zurück. Der Weg ins Wasser war widerlich kalt gewesen. Doch die Aussicht, ihren spärlich bekleideten Körper vor Jax zu verstecken, hatte sie hinreichend motiviert.

Umgekehrt gestaltete sich der Weg allerdings schwierig. Das Handtuch lag immer noch auf dem Stein, doch Nova konnte es nicht einfach nehmen und sich darin einwickeln, weil es sonst klatschnass wurde.

Jax hatte natürlich keinerlei Scheu, halb nackt vor ihr herumzuspazieren. Er watete einfach aus dem Wasser, schnappte sich sein Handtuch und rubbelte sich die langen Haare trocken.

Kurz war Nova abgelenkt von seinem gewölbten Bizeps, den definierten Brustmuskeln und dem Waschbrettbauch, auf dem sich fein säuberlich sechs Muskelpakete abzeichneten. Dann ergriff sie ihre Chance, huschte aus dem Wasser und legte sich ihr riesiges Badetuch um die Schultern. Bibbernd setzte sie sich auf den Stein und versuchte, etwas von der Wärme aufzunehmen, die die Morgensonne abgab. Sie wollte den Adonis vor sich ignorieren. Aber leider klappte das kein bisschen. Jax' Körper war einfach atemberaubend. Als er das Handtuch sinken ließ und sie beim Starren ertappte, stahl sich ein freches Grinsen auf seine Lippen.

Schnell schaute Nova in eine andere Richtung. »Wie spät ist es?«

»Kurz vor halb acht.«

Wow, sie waren länger im Wasser gewesen, als Nova angenommen hatte. Sie würde sich ranhalten müssen, wenn sie den Laden pünktlich um neun Uhr aufschließen wollte. Weil es ja doch nichts nützte, griff sie nach ihrem Kleid und stülpte es sich über den Kopf. Der Stoff saugte sich sofort mit dem Wasser des Badeanzugs voll. Obwohl kein Wind ging, fror Nova entsetzlich, und plötzlich bereute sie, dass sie es für eine gute Idee gehalten hatte, mit dem Fahrrad herzukommen. Sie hatte geglaubt, den Weg zum See auf diese Weise zurückzulegen, würde sie einerseits von ihrer Nervosität ablenken und andererseits ihre Muskulatur aufwärmen. Eine Win-win-Situation, die sich gerade als totaler Flop erwies.

Ein Seufzen unterdrückend, richtete sie sich auf, zupfte sich das klamme Kleid vom Körper und faltete das Handtuch zusammen. Anschließend stopfte sie es in ihren Rucksack und schlüpfte in ihre Sandalen.

Jax hatte sich inzwischen die nassen Haare aus dem Gesicht gebunden und sein Shirt übergezogen, was wenigstens einen Teil seines Prachtkörpers verhüllte.

»Soll ich dich mit zurücknehmen?«, fragte er und zeigte auf seinen Wagen.

Diesmal kannte Nova kein Zögern. »Das wäre toll.«

Jax' Mundwinkel hoben sich. Er nahm ihr das Mountainbike ab und legte es vorsichtig auf die Ladefläche seines Pick-ups. Da Nova ganz sicher keine Pfütze auf dem Beifahrersitz hinterlassen wollte, zog sie das Handtuch wieder aus dem Rucksack und setzte sich darauf, ehe sie einstieg.

Jax beobachtete sie belustigt. »Ich hätte dir auch meinen Pullover gegeben.«

»Heb ihn lieber für Verbrennungen auf. Gegen Überschwemmung reicht mein Handtuch.«

Jax lachte, ließ den Wagen an und fuhr los. Er schaltete das Radio ein und summte zu einem Countrysong aus dem Radio mit, den Nova noch nie gehört hatte. Sein weiches Timbre hallte durch den Wagen, und kurz war sie versucht, einfach die Augen zu schließen.

Vergangene Nacht war sie so aufgeregt gewesen, dass an Schlaf natürlich nicht zu denken gewesen war. Dafür spürte sie die Erschöpfung jetzt umso deutlicher. Sie war schon ewig nicht mehr zum See gefahren, geschweige denn geschwommen.

Das letzte Mal musste Jahre her sein.

Nova blinzelte, als sie an ihren letzten Ausflug zum Lake Buckeye dachte. Es war in dem Sommer gewesen, als Zachary ihr das Herz gebrochen hatte.

Sechs Jahre war das jetzt her.

Und noch immer war der Schmerz präsent wie eine Wunde, die niemals heilen würde. Manchmal fragte Nova sich, ob sie jemals darüber hinwegkommen würde. An manchen Tagen glaubte sie es, an anderen eher nicht.

»Woran denkst du?«, fragte Jax unvermittelt.

Nova zwang sich zu einem Lächeln, obwohl ihr plötzlich nach Weinen zumute war. »Daran, dass ich einen Kaffee brauche.«

»Und woran noch?«

»Ich dachte, dass es Spaß gemacht hat, im See zu schwimmen.« Sie wandte den Blick ab und betrachtete die vorbeiziehenden Bäume. »Das letzte Mal ist lange her.«

Diesmal bohrte Jax nicht nach, und Nova war dankbar dafür.

Als sie wenig später die Stadt erreichten, war der Zauber des Morgens vorüber. Unzählige Kinder waren auf dem Weg zur Schule, während die Erwachsenen ihre Läden öffneten und die ersten Kunden des Tages begrüßten oder Warenlieferungen entgegennahmen.

Vor dem Souvenirshop hielt Jax an, sprang aus dem Wagen und hob das Mountainbike von der Ladefläche.

»Danke.« Nova stellte sich auf die andere Seite des Fahrrads und ergriff den Lenker. Sie konnte Jax' forschenden Blick auf sich spüren. Deshalb kostete es sie etwas Überwindung, wieder aufzuschauen. Sie lächelte. »Danke.«

»Zweimal?«, fragte er leise.

»Dreimal.«

Verständnis blitzte in seinen Augen auf. Einmal danke für das Fahrrad, ein zweites Mal fürs Mitnehmen, ein drittes Mal für sein Schweigen im richtigen Moment.

»Wenn du willst, hole ich dich morgen früh ab«, bot er an.

Kurz schwankte Nova. Immerhin hatte das Fahrradfahren wesentlich dazu beigetragen, dass sie wenigstens den Anschein von Gelassenheit erwecken konnte, nachdem sie sich hinsichtlich ihres Kusses so peinlich herausgeredet hatte. Aber jetzt schienen die Dinge zwischen ihnen geklärt. Jax hatte mehrfach betont, dass er ihr Freund sein wollte.

Mehr nicht.

Ein Stich fuhr ihr in die Brust, als sich das Gefühl, einfach nicht gut genug zu sein, erneut bemerkbar machte. Doch es gelang ihr, den vertrauten Schmerz schnell zu verdrängen. »Okay, das ist wirklich nett von dir.«

»Nett«, wiederholte Jax widerwillig und lehnte sich plötzlich über das Fahrrad, ohne seinen Blick aus ihrem zu lösen. Seine Augen wurden dunkel. »Nur um das klarzustellen, Sims. Der Depp ist *nett*. Ich bin es nicht.«

Etwas in seinem Ton sorgte dafür, dass Nova schlagartig heiß wurde. »Nein?«

Jax grinste teuflisch. »Nein.«

Er beugte sich vor und hauchte ihr einen Kuss auf die Wange. »Ich bin morgen um sechs Uhr hier.«

Nova nickte benommen, während Jax zu seinem Wagen spazierte, als hätte er ihren Puls nicht gerade in die Höhe getrieben. Nur weil sie nicht wie eine Idiotin mitten auf dem Gehweg stehen bleiben wollte, schaffte sie es, sich aus ihrer Schockstarre zu lösen und ihren durchgefrorenen Körper nach oben zu schleppen.

Im Badezimmer entledigte sie sich ihrer durchweichten Klamotten und wusch sich unter der heißen Dusche die Kälte und den Duft des Waldsees ab. Als sie wenig später in die Küche trat, war ihre Großmutter bereits auf den Beinen und hantierte in der Küche herum. Es roch köstlich nach Kaffee.

»Guten Morgen, Kindchen. Wie war's am See?«

Nova verdrehte die Augen. Gestern Abend hatte sie Abigail gegenüber lediglich erwähnt, dass sie heute Morgen ein wenig früher unterwegs wäre. Dabei hatte sie weder den See noch Jax zur Sprache gebracht. Und trotzdem schien Abigail bestens Bescheid zu wissen.

»Es war sehr schön.« Leicht genervt, weil Gerüchte in dieser Stadt so wahnsinnig schnell die Runde machten, lehnte Nova sich gegen die Küchenanrichte und verfolgte, wie Abigail zwei Tassen Kaffee einschenkte. Ihre Bewegungen waren routiniert, doch die angespannte Haltung und der schief gelegte Kopf verrieten, dass Abigail auf das Geräusch des fließenden Kaffees lauschte, weil sie den Rand der Tasse nicht mehr klar erkennen konnte.

Novas Brust begann schmerzhaft zu pochen, wie jedes Mal, wenn sie dieses Prozedere beobachtete, das mit der Zeit immer auffälliger geworden war.

»Wer ist diesmal deine Quelle?«, fragte sie schließlich, um sich von ihrer wachsenden Sorge um ihre Großmutter abzulenken.

»Du selbst.« Glucksend drehte Abigail sich um, hob die Hand und tastete durch die Luft, bis sie Novas Wange fand, die sie liebevoll tätschelte. »Als du gerade zur Tür hereingeschlichen bist, hast du nach Seetang, Kiefern und Mann geduftet.«

»Ich habe nicht nach Mann geduftet«, erwiderte Nova entrüstet. »Das sagst du nur, um mich aus der Reserve zu locken.«

Abigail grinste noch breiter. »Es stimmt, was man über Menschen sagt, die einen Sinn einbüßen: Ihre anderen Sinne werden dafür umso schärfer. Vielleicht hast du nicht nach einem Mann gerochen, aber du hast definitiv einen getroffen.«

»Kann ich denn nicht einfach nur um meinetwillen morgens zum See fahren und eine Runde schwimmen?«

»Lass mich kurz nachdenken«, sagte Abigail. »Nein.«

Mit einem Stöhnen nahm Nova die Tassen und ging zum Esstisch, den sie schon vor ihrem Aufbruch vorsorglich gedeckt hatte. Darauf standen frischer Obstsalat, zwei Müslischalen, Abigails Lieblingshaferflocken mit Schokoladenstückchen und ein Krug Milch.

Obwohl Nova nicht mehr viel Zeit hatte, setzte sie sich an den Tisch und füllte eine Schale für ihre Granny, bevor sie selbst einen Schluck Kaffee trank.

Abigail, die in der Zwischenzeit ebenfalls Platz genommen hatte, rückte ihre dicke Hornbrille zurecht und wartete geduldig, bis Nova ihr Schweigen aufgab. Wie immer.

»Jax möchte gern einen Monat lang jeden Morgen durch den See schwimmen. Ich habe angeboten, ihm dabei zu helfen, dieses Vorhaben in die Tat umzusetzen, und er hat zugestimmt.«

»Jax?» Abigails Brauen schossen in die Höhe. »Dieser göttliche Kerl mit den langen Haaren und dem knackigen Hintern, von dem Priscilla letztens so geschwärmt hat?«

Beinahe hätte Nova ihren Kaffee über den Tisch gespuckt. Sie hustete, bis ihre Kehle brannte. Dann sah sie Abigail entgeistert an. »Du machst dir wirklich keine Vorstellung davon, wie schräg es ist, wenn du solche Sachen sagst, *Großmutter*.«

Abigail kicherte, ging aber nicht weiter auf Novas Kommentar ein, sondern lehnte sich konzentriert nach vorn. »Und, magst du ihn?«

Da Leugnen sowieso keinen Zweck hatte, versuchte Nova es gar nicht erst. »Ja, ich kann ihn gut leiden. Ich schätze, wir sind jetzt Freunde.«

Abigail runzelte die Stirn, wodurch sich tiefe Falten in ihr Gesicht gruben. »Er will nur mit dir befreundet sein?«

»Das hat er jedenfalls gesagt.«

»Aber wieso?«, fragte Abigail fassungslos.

Betreten senkte Nova den Blick auf ihre Tasse. »Du weißt, wieso.«

»Papperlapapp!« Abigail nahm ihren Löffel und fuchtelte damit vor Novas Gesicht herum. »Kein Mann verbringt freiwillig jeden Morgen mit einer Frau in Badesachen, wenn er keine eindeutigen Absichten hat.«

Voller Scham dachte Nova an den Kuss. Die Bestimmtheit, mit der Jax sie zurückgewiesen hatte, ließ keinen Raum für Zweifel. »Dieser schon.«

»Dann solltest du deine Zeit nicht verschwenden und dich stattdessen auf den Deputy konzentrieren. Er scheint mir recht in Ordnung zu sein.«

In Ordnung war er schon. Allerdings konnte Nova ihn immer noch nicht so richtig einschätzen. Bei dem Spaziergang und während des Essens im Steak House war er freundlich und zuvorkommend gewesen. Sie hatte sich nicht unwohl gefühlt, aber wirklich wohl eben auch nicht, denn gelegentlich war auch eine selbstbewusste, fast schon herrische Seite in ihm zum Vorschein gekommen, die Nova irritierte. »Ich denke nicht, dass Steve und ich sonderlich gut zueinanderpassen würden.«

»Hast du ihm denn überhaupt eine Chance gegeben?«

»Wozu?« Nova grinste bitter. »Wir wissen doch alle, wie es endet.«

»Schmonzes! Ich bin fast blind, und doch sehe ich klarer als du. Das Problem sind nicht die Männer, sondern deine Unsicherheit.«

»Es ist, wie es ist«, erwiderte Nova leise. »Lass es gut sein.«

»Nein, diesmal nicht!« Abigail schnaubte erbost. »Deine Eltern und dieser Junge haben es total versaut. Kein Wunder, dass du niemanden mehr an dich heranlässt. Nimm ihnen endlich diese Macht. Sonst wird sich dein Leben niemals ändern.«

Wie üblich, wenn ihre Großmutter einen der drei erwähnte, machte Nova dicht. Anders ertrug sie den Schmerz nicht, den es verursachte, an sie zu denken. »Das will ich auch gar nicht. Ich bin glücklich, Granny.«

Das war eine Lüge – und sie beide wussten es.

Abigails Miene wurde weich. »Ich werde nicht ewig hier sein.«

Okay, das reichte!

Eilig stand Nova auf und drückte ihrer Großmutter einen Kuss auf die Stirn. »Ich muss runter in den Laden. Daisy kommt gleich.«

Erneut gab Abigail einen unwirschen Laut von sich, und Nova machte, dass sie wegkam. Leider war sie nicht schnell genug.

»Du bist es wert, geliebt zu werden, Nova«, rief Abigail ihr nach. »Lass nicht zu, dass dir deine Zweifel jede Chance auf wahres Glück zerstören.«

Wenn das bloß so einfach wäre.

Frustriert ging Nova nach unten in den Laden. Sie holte die Geldkassette aus dem Tresor im Lagerraum, setzte ihn in die Kasse und schloss die Tür auf. Zum Glück dauerte es nicht lange, bis die ersten Kunden kamen, um vor der Arbeit schnell noch ein paar Briefe aufzugeben oder ein Präsent zu kaufen.

Daisy erschien pünktlich und ging gleich nach oben, um Abigail bei der täglichen Pflege zu helfen. Gegen Mittag kam das Postauto und brachte einen ganzen Berg an Waren. Während Nova versuchte, Ordnung in das Chaos zu bringen, kamen immer wieder Touristen vorbei und suchten interessante Souvenirs.

Über die viele Arbeit hätte Nova froh sein müssen. Stattdessen ertappte sie sich ständig dabei, wie sie über die Worte ihrer Großmutter nachdachte.

Nova war nicht dumm. Natürlich war ihr klar, dass sie sich selbst im Weg stand. Doch das Leben hatte sie gelehrt, dass jeder Mensch gewisse Erwartungen an sein Gegenüber stellte, und Nova hatte diese Erwartungen bisher noch nie erfüllen können. Warum sollte es diesmal anders sein?

Steve mochte ein netter Kerl sein, aber ihm war deutlich anzumerken, dass er konkrete Ziele hinsichtlich seiner Lebensplanung hatte. Nova war nicht sicher, inwieweit er dabei auch einen Platz für Nova in Betracht zog. Doch wahrscheinlich würde es ohnehin nicht lange dauern, bis ihm aufging, dass sie ihm nicht gewachsen war.

Und Jax?

Jax hatte lediglich eine Freundschaft mit ihr im Sinn. Den wirklichen Grund für sein plötzliches Interesse kannte Nova zwar nicht, aber trotzdem sollte sie sich wohl damit begnügen, anstatt sich in ihrer Schwärmerei für ihn zu verlieren. Am Ende machte sie sich doch nur lächerlich. Das hatte sie ja Samstagnacht eindrucksvoll bewiesen.

Scham erfüllte sie, während sie eine Luftpolsterfolie mit dem Cutter zerschnitt. Als Nova merkte, wie befreiend das war, jagte sie den Cutter gleich mit neuem Eifer über die Oberfläche. Ploppend verloren die prallen Noppen Luft. Es wäre schön, wenn sich Zweifel auch so unkompliziert verflüchtigen würden. Einfach hineinpieken, und – *Pfft!* – weg waren sie.

Ein Räuspern unterbrach Novas Überlegungen. Sie schaute auf und ließ überrascht den Cutter sinken. »Oh! Hallo, Steve.«

»Guten Tag, Nova.« Sein Blick huschte zwischen ihr und der zerhäckselten Folie hin und her. »Ist alles in Ordnung?«

Da es sicher keinen guten Eindruck machte, wenn der neue Deputy sie für eine Psychopathin hielt, legte Nova schnell das Cuttermesser beiseite. »Sicher. Die Klinge war bloß stumpf. Deshalb ging das Zerschneiden etwas schwer.«

Er nickte irritiert. »Verstehe.«

»Was kann ich für dich tun?«, fragte sie, während sie die Folie zusammenknüllte. Sie stopfte das Bündel in den Mülleimer und schaute Steve an.

Nervös strich er den dunkelblauen Schlips seiner Uniform glatt. »Ich möchte dich gern zum Essen ausführen.«

»Du hast mich doch schon gestern eingeladen«, erwiderte Nova ausweichend.

»Richtig.« Lächelnd nahm Steve seine Schirmmütze ab. »Und ich fand es sehr schön. Deshalb hatte ich gehofft, wir könnten das Ganze wiederholen. Offiziell, meine ich.«

Tja, und nun?

Nova hatte keine Ahnung. Sie hatte geglaubt, sie würde ihre Geschichte bereits kennen. Ein schlichtes Leben mit ihrer Großmutter, dem Souvenirshop und kleinen Glücksmomenten hier und da. Es wäre in Ordnung gewesen. Nova hatte es akzeptiert. Aber vielleicht war das zu einfach.

Tief in ihrem Inneren wusste Nova, dass Abigail recht hatte. Seit Zachary sie so tief verletzt und verlassen hatte, suchte sie immerzu nach Ausflüchten, wenn jemand Interesse an ihr zeigte. Weil sie Angst hatte, sich jemandem zu öffnen und wieder verletzt zu werden.

Steve lachte ein schüchternes, warmes Lachen. »Du lässt mich aber ganz schön zappeln.«

»Tut mir leid«, erwiderte Nova zerknirscht. Ihre Unsicherheit ließ sie tatsächlich zögern. Steve war gut aussehend, klug und wollte offensichtlich mehr als eine harmlose Freundschaft. Wenn Nova es zuließ, könnte sich vielleicht eine Beziehung auf Augenhöhe entwickeln. Vielleicht würde sie ja einmal in ihrem Leben jemandem genügen.

Also fasste sie sich ein Herz und nickte. »Unter der Woche ist es in nächster Zeit nicht so günstig, und am nächsten Wochenende habe ich bis in den späten Abend hinein Termine mit Handelsvertretern. Ich fürchte, es klappt frühestens am darauffolgenden Samstagabend.«

Im ersten Moment schien Steve nicht sonderlich glücklich zu sein, dass sie erst in gut zwei Wochen mit ihm ausgehen würde. Doch dann strahlte er sie an. »Fantastisch.«

Er versprach, sie pünktlich um acht Uhr abzuholen, und wünschte ihr einen schönen Tag, bevor er den Laden verließ.

Nova schaute ihm mit gemischten Gefühlen hinterher. Sie konnte nur hoffen, dass sie das nicht bereuen würde.

Kapitel 11

Jax

Jeden Morgen mit Nova raus an den Lake Buckeye zu fahren, wurde schnell zu Jax' neuer Lieblingsbeschäftigung. Eine Woche lang holte er sie in der Dämmerung ab und verbrachte Zeit mit ihr.

Zeit, in der sie nur ihm gehörte und in der sie zusehends ihre Zurückhaltung aufgab. Sie erzählte ihm viel von sich, doch es gab Grenzen, die sie nicht überschritt.

Einmal fragte er sie nach ihrem Tattoo, und sie berichtete ihm lächelnd, dass sie ihr ganzes Leben lang eine tiefe Verbindung zur Musik gespürt hatte. Mit neunzehn hatte sie sich schließlich dazu entschieden, auch auf ihrer Haut ein Statement zu setzen – und war dabei prompt in Ohnmacht gefallen. Seiner Frage, ob sie ein Instrument spielte, wich sie allerdings aus.

Genauso verhielt es sich mit anderen Themen, zum Beispiel ihrer Kindheit. Jax erfuhr, dass sie in Seattle geboren und als Einzelkind aufgewachsen war. Viele Freunde hatte sie anscheinend nicht gehabt. Allerdings verstand Jax nicht, warum das so war, und sie erklärte sich auch nicht.

Eigentlich hatte er gehofft, die Stunden am Wochenende etwas auszudehnen, aber sie kraulte durch den See, als wäre ein Hai hinter ihr her. Als er sie auf ihr Tempo ansprach, berichtete sie ihm von all den neuen Produkten, die sie für den Shop bestellen wollte, die sie allerdings erst noch kalkulieren musste. Sie wirkte gestresst und verabschiedete sich, sobald Jax sie zu Hause absetzte.

In der folgenden Woche war sie etwas entspannter. Allerdings gab sie auch jetzt nur Alltägliches preis und wich Fragen, die ihr unangenehm waren, einfach mit Gegenfragen aus.

Jax überlegte, ob sie mit diesem Verhalten eine Strategie verfolgte. Aber meistens schien sie sich dessen nicht mal bewusst zu sein, und weil er sie nicht in die Enge treiben wollte, ließ er sich stets auf den Themenwechsel ein.

Er erzählte ihr, was es Neues auf der Baustelle gab, über welche Kollegen er sich ärgerte und wie sehr ihn O'Donnells Leute in den Wahnsinn trieben mit all den nervtötenden Anrufen. Nur über Shannon verlor er kein Wort, weil er fürchtete, dass Nova dann ein völlig falsches Bild von ihm bekam.

Erst der nächste Freitag offenbarte endlich ein neues Geheimnis der rätselhaften Nova Sims: Ihr Körper war der Hammer.

Okay, das hatte Jax bereits geahnt. Allerdings hatte er sie nie *gesehen*, weil es ihr die ganze Zeit über gelungen war, sich rechtzeitig zu verhüllen. Da sie sich in seiner Anwesenheit jedoch zunehmend wohler zu fühlen schien, wurde sie unaufmerksam und stand nach dem Schwimmen plötzlich ohne den Schutz ihres riesigen Badetuchs vor ihm. Sie sprach von irgendeiner Liste, die sie Lauren am Abend vorbeibringen wollte, und war so abgelenkt, dass sie schlichtweg vergessen hatte, sich zu bedecken.

Eine Gänsehaut überzog ihren Körper, und ihre Nippel

zeichneten sich deutlich unter dem nassen Nylonstoff ihres Badeanzugs ab. Es juckte Jax in den Fingern, damit zu spielen und anschließend die Kontur von Novas Körper nachzufahren. Sie war von Natur aus schlank, aber sie besaß auch Kurven, die es sich zu erkunden lohnte, die man greifen konnte …

Verlangen bündelte sich in Jax' Unterleib, während seine Fantasie vollkommen durchdrehte. Unzählige Bilder schossen ihm durch den Kopf. Kein einziges davon war jugendfrei.

Grundgütiger!

Hastig wandte Jax sich ab und konzentrierte sich darauf, sich abzutrocknen, um wieder Herr der Lage zu werden. Als er Nova erneut ansah, hatte sie sich in das riesige Handtuch gehüllt, was sofort Bedauern in ihm auslöste. Andererseits hatte die Art, wie sie ihren Hals abtupfte, auch etwas für sich …

»Na, jedenfalls bin ich gespannt, was die anderen meinen«, sagte sie und schaute Jax unsicher an.

Was? Ach, richtig. Die Liste.

»Sie werden sicher begeistert sein«, antwortete Jax.

Nova runzelte die Stirn. »Kann sein. Aber ich wäre schon lieber persönlich dabei gewesen.«

Wobei?

Verdammt! Jax hatte völlig den Faden verloren, seit sie aus dem Wasser gestiegen war. Sie schien das ebenfalls zu begreifen, denn ihre Augen wurden schmal. »Du weißt gar nicht, wovon ich rede, oder?«

Er lachte verlegen. »Ehrlich gesagt, nicht wirklich, nein.«

Jede andere Frau wäre empört gewesen und hätte ihm einen Vortrag gehalten. Aber Nova wandte sich schweigend ab, zerrte sich einen dicken Wollpullover über den Kopf und ging zum Wagen.

Fluchend zog Jax sich an. »Können wir noch mal ein paar Minuten zurückspulen?«, bat er, sobald er ebenfalls beim Wagen angelangt war.

Sie mied seinen Blick. »Schon in Ordnung. War sowieso nicht weiter wichtig.«

Mit einem Seufzen stieg Jax ein und wartete, bis sie neben ihm saß. »Alles, was du sagst, ist wichtig, Sims. Es tut mir leid, dass ich dir nicht zugehört habe. Dein Anblick hat mich einfach aus dem Konzept gebracht.«

Als sie begriff, worauf er hinauswollte, wurden ihre Augen kugelrund.

Jax lachte. »Jetzt guck nicht so erschrocken. Ich bin ein Mann, und du warst halb nackt. Wie hätte ich da wegsehen können?«

»Ich … also … tut mir leid. Das war mir nicht bewusst.«

»Du musst dich nicht entschuldigen.« Jax grinste frech. »Schon gar nicht für diese wundervolle Aussicht.«

Sie wurde auf die süßeste Weise feuerrot, und Jax startete zufrieden den Wagen.

»Also, bitte noch mal von vorn«, sagte er, während sie über den Waldweg fuhren, der vom See wegführte. »Was ist das für eine Liste?«

Nova zögerte kurz, dann atmete sie tief durch. »Wir hatten ja bei der Grillparty darüber geredet, uns bald konkrete Projekte vorzunehmen. Eigentlich wollten wir morgen darüber abstimmen. Aber meine Eltern haben ihren Besuch angekündigt. Deshalb werde ich das Treffen absagen müssen.«

»Nur weil deine Eltern kommen?«, fragte Jax verwirrt.

Sie verzog das Gesicht. »Mein Vater will etwas Wichtiges besprechen und hat auf meine Anwesenheit bestanden.«

Das klang ja nicht gerade vielversprechend.

Nova war ihre Sorge über den bevorstehenden Besuch deutlich anzumerken. Aber wie so oft, wenn ihr etwas zu viel wurde, lenkte sie ab. »Na, jedenfalls hoffe ich, dass ein oder zwei meiner Vorschläge die Zustimmung der anderen finden. Ich will auf jeden Fall ein Projekt mit Kindern betreuen und Spielenachmittage für Senioren veranstalten.«

»Das klingt beides großartig«, erwiderte Jax lächelnd. Spontan kam ihm eine Idee. »Nehmt ihr eigentlich auch männliche Mitglieder bei den Soul Sisters auf oder müsste ich eine Perücke aufsetzen?«

Nova kicherte. »Keine Ahnung. Ich frage aber gern nach, wenn du ernsthaftes Interesse hast.«

»Vielleicht könnte ich euch zumindest bei Bastelprojekten unterstützen. Wenn May sich ins Zeug legt, sponsert Avens & Baxter sicher die Materialien dafür.«

Novas Augen leuchteten auf. »Wirklich?«

»Klar! Vogelhäuschen werden immer gebraucht.«

»Das wäre toll.«

Novas Begeisterung war regelrecht ansteckend, und plötzlich hatte Jax richtig Lust, in der Stadt ein wenig aktiver zu werden. »Sag mir einfach Bescheid, was ihr braucht.«

»Danke.« Als sie wenig später vor dem Souvenirshop hielten, lehnte sie sich über die Mittelkonsole und drückte Jax einen Kuss auf die Wange. »Wir sehen uns morgen.«

»Sicher«, erwiderte Jax und versuchte, nicht allzu sehr über die Tatsache nachzudenken, wie gut sich ihre weichen Lippen auf seiner Wange anfühlten und wo er sie noch gern spüren wollte.

Nova hüpfte aus dem Wagen und winkte, bevor Jax sich

besann und davonfuhr. Er machte einen kurzen Abstecher nach Hause, um sich frisch zu machen, bevor er mit deutlich weniger Elan ins Büro ging.

Da er überwiegend auf den Baustellen unterwegs war, hatte er seinen Arbeitsplatz im Großraumbüro. Es war mehr ein modernes Loft mit hohen Wänden, Echtholzparkett und acht weißen Designerschreibtischen, die paarweise angeordnet waren.

Noch war niemand da, weshalb Jax sich erst mal einen Kaffee in der Bistroecke machte, während sein Computer hochfuhr. Sein Posteingang quoll schon wieder über mit Mails, die größtenteils von der Nervensäge Farraday stammten. Die Frau ließ einfach nicht locker mit dem ganzen Dekokram. Die Augen verdrehend, leitete Jax die Nachrichten an Sally weiter, bevor er die Liste der Firmen durchging, denen er aufgrund von Lieferverzögerungen schon wieder auf die Finger klopfen musste.

Jax hasste diese Anrufe, aber offenbar würde er sie so lange tätigen müssen, bis diese Typen endlich kapiert hatten, dass sie ihm trotz seines vergleichsweise jungen Alters nicht auf der Nase rumtanzen konnten. Gerade überlegte er, ob er sich zuerst den Fliesenleger oder den Elektriker vornehmen sollte, als ihm ein Anruf auf dem Festnetzanschluss die Entscheidung abnahm.

»Troy«, meldete er sich knapp und bereute sofort, dass er nicht das Display gecheckt hatte, als ein sanftes Kichern erklang. Normalerweise rief Shannon ausschließlich auf seinem Handy an, doch da Jax ihre Anrufe in letzter Zeit ignoriert hatte, schien sie es nun über den offiziellen Weg zu versuchen.

»So ernst?«, schnurrte sie und schnalzte mit der Zunge. »Du

bist doch nicht etwa im Stress wegen unseres kleinen Projektes?«

»Keine Sorge. Ich habe alles im Griff«, versicherte er ihr, bevor er sich räusperte. »Was kann ich für dich tun?«

Wieder lachte sie leise. »So förmlich heute?«

»Ich bin im Büro, Shannon.«

»Das hat dich bisher auch nicht davon abgehalten, mir versaute Nachrichten zu schicken.«

Ein unangenehmes Ziehen machte sich in Jax breit. Er hatte ihr *einmal* geschrieben, dass ihm ihre erste gemeinsame Nacht gefallen hatte, und war dabei vielleicht ein wenig zu sehr ins Detail gegangen. Zu jener Zeit hatte er allerdings noch die Hoffnung gehegt, dass mehr aus ihnen werden könnte. Doch die hatte er längst begraben. Außerdem gab es jetzt Nova.

Jax war klar, dass er mit Shannon darüber würde reden müssen, dass ihre Affäre vorbei war. Aber das machte er sicher nicht am Telefon. »Hör mal, meine Kollegen werden jeden Moment hier reinschneien. Lass uns am Montag zusammen zum Lunch gehen.«

Leider verstand Shannon ihn komplett falsch. Sie senkte die Stimme zu einem Raunen. »Sicher, Darling. Ich lasse uns einen Tisch im *Supreme* reservieren.«

Dort hatte ihre Affäre ihren Anfang gefunden.

Shit! Wahrscheinlich buchte sie die Suite gleich mit.

Angespannt biss Jax die Zähne aufeinander und unterließ es, sie um eine andere Location zu bitten, weil sie sonst zwangsläufig nach dem Grund gefragt hätte.

»Guten Morgen, Jax.«

Jax zuckte zusammen, als Sally an ihm vorbeischlurfte und die Kaffeemaschine ansteuerte. »Hey, Sally.«

Am anderen Ende der Leitung erklang ein missbilligendes Schnaufen. Shannon hasste es, unterbrochen zu werden.

»Sorry«, murmelte Jax und spähte zu seiner Kollegin, die allerdings noch viel zu müde wirkte, um sich dafür zu interessieren, mit wem er sprach. »Ich muss los. Wir haben gleich ein Meeting.«

»Bis Montag«, schnurrte Shannon. »Und, Jackson?«

»Hm?«

»Enttäusch mich nicht noch einmal, Darling. Das würde mir nicht gefallen.«

Sie legte auf, bevor Jax noch etwas sagen konnte. Ihm brach der Schweiß aus. Wütend auf sich selbst knallte er den Hörer auf den Apparat und rieb sich über das Gesicht.

»Alles in Ordnung?«, fragte Sally.

Jax stieß ein bitteres Lachen aus. Er war so bescheuert gewesen, sich auf eine Affäre mit der Investorentochter einzulassen, die er nun ganz offensichtlich nicht mehr loswurde und die eine Zurückweisung auch nicht sonderlich gut aufnahm. Jax würde sogar so weit gehen zu behaupten, dass sie unberechenbar wurde, wenn ihr jemand ihr Spielzeug wegnahm. Ihre Leichtsinnigkeit war eine Sache gewesen, aber sollte sie sich rächen wollen, war er definitiv am Arsch.

Also, nein, verdammt noch mal. Es war rein gar nichts in Ordnung.

Vor allem, weil es allein Jax' Schuld war. Er hätte sich nie auf diese Affäre einlassen dürfen. Zwar war ihm vorher schon bewusst, dass es heikel war. Aber ihm war nicht klar gewesen, wie fest sich die Schlinge um seinen Hals bereits zugezogen hatte.

Kapitel 12

Nova

Am Freitagabend, kurz nach dem Abendessen, ging Nova ins Nowhere. Es war noch nicht viel los. Lediglich drei Tische waren besetzt. An einem scherzte Stacy gerade mit den Gästen und nahm ihre Bestellungen auf. Lauren stand hinter der Bar und zapfte Biere. Als sie Nova entdeckte, hoben sich ihre Lippen zu einem schwachen Lächeln. »Hey.«

Besorgt trat Nova an den Tresen. Lauren war schon immer ein blasser Hauttyp gewesen. Aber heute kam sie Nova noch bleicher vor als sonst. Dunkle Ringe lagen unter ihren grünen Augen, die nicht wie sonst vor Lebensfreude funkelten, sondern matt und kummervoll erschienen. »Geht es dir gut, Lauren?«

»Sicher.« Sie schluckte angestrengt. »War bloß eine harte Woche, und bei dir?«

Eigentlich war Novas Woche recht angenehm gewesen. Das Baden mit Jax am See verschaffte ihr ein erstaunlich gutes Gefühl. Darüber hinaus lief auch im Laden alles bestens, weil der Spätsommer noch ein paar Touristen in die Gegend gelockt hatte. »Alles in Ordnung.«

Lauren nickte geistesabwesend.

»Ich will dich gar nicht lange stören«, fuhr Nova fort und hielt ihrer Freundin die Liste mit ihren Ideen entgegen. Eigentlich hätte sie ihre Vorstellungen auch einfach in die Chatgruppe schreiben können, aber sie wollte wenigstens eine Reaktion live miterleben, und da Lauren ihre Meinung stets unverblümt kundtat, war sie Novas erste Wahl. »Ich wollte dir bloß das hier vorbeibringen, weil ich morgen leider doch nicht bei unserem Treffen dabei sein kann. Mir ist etwas dazwischengekommen.«

Etwas, an das Nova am liebsten überhaupt nicht denken wollte. Ihr graute schon jetzt vor dem Besuch ihrer Eltern, denn wenn die beiden persönlich in Goodville auftauchten, bedeutete das nie etwas Gutes.

Lauren faltete das Blatt auseinander und überflog die Zeilen. Dann gab sie Nova den Zettel zurück. »Wir verschieben unser Meeting.«

»Was? Aber das müsst ihr doch nicht«, widersprach Nova. »Nicht meinetwegen.«

»Sei nicht albern! Deine Ideen sind toll. Du solltest nicht als Letzte erfahren, wie die anderen darüber denken.«

»Aber ihr habt euch alle extra den Nachmittagmorgen frei gehalten.«

»Wir finden einen neuen Termin«, erwiderte Lauren, zückte ihr Handy und schrieb eine Nachricht, die sie offenbar gleich in die Gruppe schickte. »Erledigt.«

Irritiert packte Nova den Zettel wieder ein, wegen dem sie gekommen war. Sie wusste nicht so recht, was sie von Laurens hastiger Absage halten sollte. Sie wirkte irgendwie verändert. Allerdings konnte Nova nicht so recht ausmachen, was genau an ihr anders war.

»Willst du was trinken?«, fragte sie und warf Nova einen belustigten Blick zu. »Wieder meine Spezialmischung?«

Nova zuckte zusammen. »Bitte nicht.«

»Hat dir der Cocktail etwa nicht geschmeckt?«, fragte Lauren überrascht.

»Doch. Er war wahnsinnig lecker, aber der Mix hat mir am Samstag echt den Rest gegeben.«

Lauren runzelte die Stirn. »Was meinst du?«

»Offenbar vertrage ich einfach keinen Alkohol«, erwiderte Nova seufzend.

Lauren stützte sich auf die Theke. »Was hast du denn angestellt, während du unter dem Einfluss meiner Spezialmischung standest?«

Novas Wangen wurden heiß, und sie verbarg das Gesicht in den Händen. Eigentlich wollte sie nicht darüber reden. Niemals. Aber sie schleppte dieses Geheimnis jetzt schon seit zwei Wochen mit sich herum, und obwohl sich zwischen ihr und Jax eine angenehme Freundschaft entwickelt hatte, ließ sie das Thema einfach nicht los.

»Ich habe Jax angemacht«, nuschelte sie schließlich.

Als Lauren nichts sagte, spähte Nova zwischen ihren Fingern hindurch. Der Gesichtsausdruck ihrer Freundin wäre witzig gewesen, hätte Nova ihn nicht verursacht.

»Es war furchtbar«, jammerte sie. »Ich meine, wir haben zusammen getanzt, und das war echt schön. Aber dann habe ich ihn vor meiner Haustür geküsst …« Nova verzog das Gesicht. »Er hat mich natürlich abblitzen lassen. Mir war das Ganze so peinlich, dass ich bei unserem nächsten Wiedersehen behauptet habe, dass ich mich an nichts erinnern könnte.«

»Und wie hat er reagiert?«, fragte Lauren.

»Zum Glück hat er mir geglaubt.«

Die Falten auf Laurens Stirn vertieften sich. »Sicher?«

»So betrunken, wie ich war? Hundertprozentig!« Missmutig schüttelte Nova den Kopf. »Ich werde jedenfalls nie wieder einen Tropfen Alkohol anrühren.«

»Hm.« Lauren legte den Kopf schief. »Du hast also komplett die Kontrolle verloren, weil du von meinem Cocktail so betrunken warst?«

»Ja!« Nova nickte nachdrücklich. »Natürlich lag das am Alkohol. Nüchtern hätte ich so etwas niemals gewagt.«

Plötzlich fingen Laurens Lippen an zu zucken, als müsste sie sich mit aller Kraft das Lachen verkneifen. »Ich hätte da zwei Anmerkungen.«

»Und welche?«, fragte Nova.

Lauren grinste. »Erstens bist du eine grottenschlechte Lügnerin, und zweitens war in der Spezialmischung kein Tropfen Alkohol.«

Vor Bestürzung blieb Nova der Mund offen stehen. »Wie bitte?«

Sichtlich amüsiert griff Lauren nach einem Lappen und wischte über den Tresen. »Du glaubst doch nicht ernsthaft, dass ich dir einen Long Island Iced Tea serviere, wenn du schon Holunderschnaps und Sekt im Magen hast. Ich bin deine Freundin, Nova. Deine *Seelenschwester*. Es wäre unverantwortlich von mir gewesen, dir etwas anderes als Multivitaminsaft mit einem Schuss Grenadine zu geben.«

»Aber … aber ich hatte einen furchtbaren Kater«, stotterte Nova.

»Das glaube ich dir gern. Du warst definitiv angeheitert, als ihr hier aufgeschlagen seid, aber nicht sturzbetrunken. Was immer zwischen dir und Jax passiert ist, ist passiert, weil du es wolltest, und nicht, weil deine niederen, alkoholgesteuerten

Instinkte die Macht übernommen haben. Aber im Grunde weißt du das längst, nicht wahr?«

Betreten starrte Nova zu Boden. Natürlich tat sie das. Allerdings war es angenehmer gewesen, sich einzureden, sie hätte nicht gewusst, was sie tat. Das war jetzt vorbei. »Denkst du, Jax ahnt, dass ich gelogen habe?«

Lauren dachte einen Moment nach. Dann seufzte sie. »Keine Ahnung, Nova. Aber vielleicht solltet ihr ...«

Mit einem Mal wurden ihre Augen groß. Bevor Nova noch irgendetwas sagen konnte, wirbelte sie herum und stürzte in Richtung Toiletten davon.

Erschrocken sah Nova ihr nach. Sie überlegte gerade, ob sie ihrer Freundin nachlaufen sollte, als Stacy neben sie trat.

»Wo ist Lauren?«, fragte die Kellnerin.

»Kurz auf Toilette.«

Stacy stöhnte. »Nicht schon wieder.«

»Was hat sie denn?«, fragte Nova. »Ist sie krank?«

Die Kellnerin nickte mitleidig. »Magen-Darm-Grippe. Das geht schon fast die ganze Woche so.«

»Wie schrecklich.«

»O ja«, pflichtete Stacy ihr bei. »Das reinste Elend. Eigentlich gehört sie ins Bett. Aber ausgerechnet heute hat Theo ein Date, Franky ist verreist, und allein kann ich den Laden nicht schmeißen. Schon gar nicht an einem Freitagabend.«

Wie aufs Stichwort kam eine Truppe junger Leute herein. Sie waren nicht aus der Gegend. Sonst hätte Nova sie erkannt. Sicher Touristen, die nach einer Tour durch den Nationalpark ein nettes Plätzchen zum Versacken suchten.

»Verdammt«, murmelte Stacy und sah zwischen dem Bestellzettel und der Gruppe hin und her.

Kurz entschlossen riss Nova ihr den Zettel aus der Hand. »Ich mach das. Kümmere du dich um die Gäste.«

Stacy war so erleichtert über die unverhoffte Unterstützung, dass sie keine Fragen stellte. »Alles klar. Beim Zapfhahn musst du aufpassen. Wir haben gerade erst das Fass gewechselt.«

»Okay«, erwiderte Nova, obwohl sie die Anweisung nicht wirklich verstand.

Glücklicherweise hatten die Gäste überwiegend Longdrinks bestellt. Nova eilte hinter die Bar und stellte Gläser bereit. Dann zückte sie ihr Handy und googelte schnell die Rezepte.

Zwei Gin Tonics und drei Rum Cola später trat Stacy wieder an den Tresen. Sie musterte die Drinks und nickte zufrieden, ehe sie Nova einen weitere Zettel reichte: Eine normale Cola, ein Soda, zwei Desperados und zwei weitere Gin Tonic.

So weit, so gut.

Nova flitzte hinter dem Tresen umher und suchte die Sachen für Stacy zusammen. Da kehrte Lauren zurück. Sie war aschfahl im Gesicht und ziemlich wackelig auf den Beinen. »Was machst du da?«

»Wonach sieht es denn aus?«, erwiderte Nova und schaufelte Eiswürfel in die Longdrinkgläser.

Lauren seufzte matt. »Du musst das nicht tun.«

»Ich will aber.« Lächelnd nickte Nova ihrer Freundin zu. »Geh nach oben und ruh dich aus.«

Mit einer zittrigen Geste strich Lauren sich eine verschwitzte Haarsträhne hinters Ohr. »Du willst den ganzen Abend hier bedienen?«

»Ich stehe sonst auch den lieben langen Tag hinter einer Ladentheke, oder nicht?«, erinnerte Nova sie. »Ich krieg das schon hin.«

»Aber …«

»Stopp!« Nova sah ihre Freundin streng an. »Du bist krank, und du gehörst ins Bett. Lass mich dir einfach helfen, okay?«

»Und Granny Sims?«

»Ich rufe sie gleich an und sage ihr Bescheid, dass es später wird. Sie hat mir sowieso befohlen, heute Abend etwas Zeit an deiner Theke zu verbringen.«

Lauren lächelte schwach. »Ich bin mir ziemlich sicher, sie meinte die andere Seite.«

»Und wenn schon.« Nova zuckte mit den Schultern, ehe sie Lauren beruhigend anlächelte. »Du würdest das Gleiche für mich tun. Also erspar uns weitere Diskussionen und lass mich einfach deine Soul Sister sein, ja?«

Laurens Augen wurden glasig. »Danke.«

»Ab ins Bett mit dir«, erwiderte Nova sanft.

Lauren nickte kraftlos, ließ es sich aber nicht nehmen, Nova zu versichern, dass dies eine einmalige Sache wäre und dass sie nur so lange bleiben sollte, wie Stacy ihre Hilfe brauchte. Dann schleppte sie sich aus dem Nowhere, während Nova sich zufrieden lächelnd der nächsten Bestellung widmete.

Zwei Stunden später lächelte sie allerdings nicht mehr.

Innerhalb von Minuten hatte sich das Nowhere zum Bersten gefüllt. Stacy rannte von einem Tisch zum nächsten, und Nova hatte alle Mühe, mit den Aufträgen hinterherzukommen. Als aus dem Zapfhahn nur noch Schaum kam, war sie der Verzweiflung nahe. Sie hätte nicht für möglich gehalten, wie schnell sich so ein Fass Bier leerte. Ersatz stand schon bereit, aber wie zum Teufel sollte sie dieses Ding anschließen?

»Auf die Geschichte bin ich wirklich gespannt«, erklang da eine vertraute Stimme von der anderen Seite des Tresens.

Nova riss den Kopf hoch. »Jax! Was machst du denn hier?«

»Eigentlich sind wir jeden Freitag da«, antwortete er und deutete auf einen Tisch, an dem ein paar Leute aus seiner Firma saßen. Dann lehnte er sich auf den Bartresen und grinste sie an. »Und wie kommst du hierher?«

»Lange Geschichte.« Hoffnungsvoll sah Nova ihn an. »Du weißt nicht zufällig, wie man ein Bierfass wechselt, oder?«

»Zufällig doch.« Seine Lippen zuckten. »Bittest du mich etwa um Hilfe?«

Da Nova viel zu gestresst war, um sich über etwas anderes als die nächste Bestellung Gedanken zu machen, nickte sie nur beiläufig. »Zumindest würde ich nicht ablehnen, wenn du sie mir anbietest.«

Er hob eine Braue. »Wie heißt das Zauberwort?«

Nova blinzelte. »Ernsthaft?«

Seine Zähne blitzten auf, als er sie breit angrinste. »Es ist wirklich nicht schwer, jemanden um Hilfe zu bitten, weißt du? Versuch's mal!«

Sie kniff die Augen zu schmalen Schlitzen zusammen. Wie es schien, erinnerte er sich noch sehr genau an ihre peinlichen Geständnisse und wollte sie nun aus der Reserve locken. Mal schauen, wie ihm das gefiel: Sie stützte sich auf den Tresen, lehnte sich vor und begann leise und nur für ihn hörbar die erste Strophe aus dem Beatles-Klassiker *Help* zu singen. »*When I was younger, so much younger than today I never needed anybody's help in any way.*«

Jax warf den Kopf in den Nacken und lachte. »O Gott! Das ist die lausigste Bitte um Hilfe, die ich jemals gehört habe.«

Ein Kichern platzte aus Nova heraus. »Hey! Beleidige nicht die Beatles.«

»Würde mir nicht im Traum einfallen, Lennon.« Mitleidig schüttelte Jax den Kopf, während er hinter den Tresen trat. »Aber was dich betrifft, müssen wir definitiv noch üben.«

»Von mir aus.« Nova trat einen Schritt beiseite, um Jax Platz zu machen. »Nur könntest du dich vielleicht erst um das Bierfass kümmern? *Bitte?*«

Ihr flehender Tonfall sorgte dafür, dass Jax kurz innehielt. Er öffnete den Mund, doch es kam keine freche Erwiderung. Stattdessen sah er sie unverwandt an und löste damit ein Flattern in ihrem Magen aus.

»Hey, ihr Traumtänzer!«, rief Stacy plötzlich. »Wo bleiben die Drinks?«

Hastig wandte Nova den Blick ab. »Schon unterwegs.«

In Windeseile mixte sie die Cocktails zusammen, während Jax ein neues Bierfass anschloss. Doch kaum hatte sie die Gläser bereitgestellt, klatschte Stacy ihr einen neuen Zettel hin. Gleichzeitig winkten drei Leute am anderen Ende des Tresens.

Nova schwirrte der Kopf. Es war ihr ein Rätsel, wie Lauren diesen Wahnsinn tagtäglich auf die Reihe kriegte und dabei auch noch lässig mit den Gästen plauderte. Aber vielleicht war einfach die Routine das Geheimnis.

»Hey, Mann, was darf's sein?«, fragte Jax einen jungen Mann, der unmittelbar vor ihm auftauchte.

Er zückte einen Zwanziger. »Zwei Bier vom Fass und zwei Wodka Shots.«

Jax nickte und begann damit, die Biere zu zapfen, während Nova die Shotgläser aus dem Regal holte. Sie goss die Gläser randvoll – was Lauren ihr hoffentlich nachsehen würde – und stellte sie vor dem Typen ab. »Das macht achtzehn Dollar.«

Der Kerl reichte ihr den Geldschein. »Der Rest ist für dich, Süße.«

Nova stammelte ein Dankeschön und wandte sich der Kasse zu, während Jax bereits den nächsten Kunden bediente. Überrascht drehte sie sich um, doch er zwinkerte ihr bloß zu und machte sich wieder am Zapfhahn zu schaffen.

Ganz ehrlich?

Nova hätte ihn küssen können. Aber natürlich hütete sie sich, etwas derart Dummes zu tun. Stattdessen konzentrierte sie sich auf ihre Aufgaben.

In den folgenden Stunden wich Jax ihr nicht von der Seite und arbeitete sämtliche Bestellungen mit ihr zusammen ab, die Stacy brachte. Die arme Kellnerin hatte sicher inzwischen Blasen an den Füßen. Nova übernahm die Cocktails und alkoholfreien Getränke, Jax kümmerte sich um Biere und Wein. Sie waren ein gutes Team. Für andere musste es so aussehen, als stünden sie schon jahrelang gemeinsam hinter dem Tresen.

Als sich die Situation gegen Mitternacht endlich entspannte, bot Nova an, ihn in den wohlverdienten Feierabend zu entlassen. Aber davon wollte Jax nichts wissen. Er bediente weitere Gäste, alberte mit seinen Kollegen herum, die gelegentlich zum Tresen kamen, und nickte im Takt der Musik mit dem Kopf.

Nova konnte nicht anders, als ihn aus dem Augenwinkel heraus immer wieder zu beobachten. Die Art, wie sich sein Bizeps spannte, wenn er am Hebel zog, bot einfach einen zu faszinierenden Anblick. Genauso wie diese lange Haarsträhne, die ihm ständig ins Gesicht fiel und die er sich geistesabwesend hinters Ohr strich. Der Mann war insgesamt unglaublich attraktiv, aber seine Hände waren besonders schön.

Unweigerlich musste Nova an die Unterhaltung zwischen ihrer Großmutter und Priscilla denken und kicherte unvermittelt los.

Jax drehte den Kopf und musterte sie mit einer hochgezogenen Braue. »Was ist so lustig?«

Nova wurde rot. »Nichts. Ich habe nur gerade an zwei alte Schachteln gedacht.«

Sicherlich wurde Jax nicht schlau aus ihren Worten, aber er grinste trotzdem, woraufhin sich sein Grübchen zeigte.

Himmel! Diese Vertiefung in seiner Wange machte sie fix und fertig.

Und dann lief plötzlich der Song, zu dem sie getanzt hatten. Erinnerungen strömten auf Nova ein. Von dem Gefühl seiner starken Arme, die sie umschlossen. Von seinen Bartstoppeln, die leicht an ihrer Stirn kratzten. Von seinem herben Duft nach Sandelholz. Ein Kribbeln schoss durch ihren Unterleib.

Weil Nova fürchtete, ihre Gedanken stünden ihr ins Gesicht geschrieben, wollte sie den Blick abwenden. Doch seine blauen Augen ließen sie nicht los, während sie zwei Meter von ihm entfernt stand und ihn atemlos anstarrte.

Nur weil ein besonders nerviger Kerl nicht aufhörte, Jax anzuquatschen, brach schließlich der Bann zwischen ihnen, und auch Nova schaffte es, sich wieder auf ihre Aufgabe zu konzentrieren.

Eine Stunde später beglich die letzte Gruppe endlich die Rechnung und verließ das Nowhere. Jax wischte gerade die Theke ab, und Nova spülte die letzten Gläser, als Stacy sich mit einem erleichterten Seufzen auf den Barhocker fallen ließ.

»Ganz ehrlich, Leute. Danke. Keine Ahnung, wie das ohne euch heute hätte funktionieren sollen.«

»Braucht ihr morgen auch noch Hilfe?«, fragte Jax.

Stacy schüttelte den Kopf. »Theo und Franky sind morgen wieder da. Selbst wenn Lauren nicht wieder fit ist, sollten wir das allein schaffen.«

Sorge zeichnete sich in Jax' Miene ab. »Ist Lauren etwa immer noch krank?«

Die Kellnerin schnaubte. »Sie gönnt sich ja nie eine Pause.«

»Hoffentlich konnte sie sich heute auskurieren«, sagte Nova und ließ das Wasser aus der Spüle.

»Ja, das wäre gut.« Stacy reckte sich gähnend. »Ihr könnt euch auch auf den Weg machen. Den Rest schaffe ich allein.«

Stacy begleitete Nova und Jax zur Tür und schloss hinter ihnen ab. Sie winkte noch einmal durchs Fenster und verschwand im Inneren der Bar.

Unbeholfen blieb Nova vor Jax stehen und nestelte nervös am Riemen ihrer Handtasche. »Danke für deine Hilfe.«

Jax lächelte. »Keine Ursache.«

Das wäre jetzt ein guter Moment, um sich zu verabschieden. Doch wie so oft machte Novas Körper in Jax' Gegenwart partout nicht, was er sollte. Sie bewegte sich nicht vom Fleck.

Goodville lag in friedlicher Stille. Nur hier und da zirpten ein paar Grillen. Die heißen Sommertage hatten sich bloß geringfügig abgekühlt, weshalb Nova in ihrem luftigen Kleid nicht einmal fror.

Jax schaute auf seine Armbanduhr. »Gleich zwei.«

Sie nickte. »Dann sehen wir uns in vier Stunden?«

»Ich bin mir nicht sicher, ob ich es morgen früh aus dem Bett schaffe«, gestand er. »Ehrlich gesagt bin ich überhaupt noch nicht müde.«

Das war Nova auch nicht, obwohl sie es nach dem stundenlangen Stress eigentlich hätte sein müssen. Sie hätte sich gern eingeredet, dass sie einfach zu aufgeputscht war. Doch sie kannte die Wahrheit. Je weiter die Nacht voranschritt, umso eher kam der Morgen, und umso früher musste sie sich mit ihren Eltern auseinandersetzen. Sie verzog das Gesicht. Wahrscheinlich würde sie heute Nacht überhaupt nicht mehr schlafen. Die Aussicht, dass sie sich morgen früh nicht einmal mit Jax ablenken könnte, machte sie noch unruhiger.

»Wir könnten jetzt zum See fahren«, platzte sie heraus.

Jax' Brauen schossen in die Höhe. »Jetzt?«

»Na ja, streng genommen ist heute ein neuer Tag. Also könntest du dein Ziel weiterhin erreichen.« Sie unterbrach sich selbst, als ihr klar wurde, wie absurd dieser Vorschlag war. »Vergiss es! Das war eine blöde Idee. Vielleicht sollten wir einfach …«

»Nein!«, unterbrach er sie. »Das ist sogar eine großartige Idee.«

»Aber wir haben gar keine Badesachen dabei.«

»Trägst du Unterwäsche?«

»Natürlich«, erwiderte Nova verdattert.

»Gut.« Mit einem verschwörerischen Grinsen lehnte er sich vor. »Nur so am Rande: Wenn du Nein gesagt hättest, wäre ich auf der Stelle tot umgefallen.«

Eine seltsame Mischung aus Verwirrung und Unsicherheit breitete sich in Nova aus. Ein bisschen Empörung war auch dabei. »Ist diese Vorstellung so entsetzlich?«

»Äh, nein.« Jax lachte. »Eher im Gegenteil.« Er zeigte auf seinen Pick-up, der ein paar Meter weiter am Straßenrand parkte. »Dadrin sind mindestens ein Handtuch und der Verbrennungspullover. Das sollte reichen. Fahren wir?«

Unschlüssig musterte Nova den Wagen und versuchte herauszufinden, ob es wirklich so eine gute Idee war, im Mondschein schwimmen zu gehen. Und das auch noch in Unterwäsche. Taten Freunde so etwas normalerweise?

»Jetzt komm schon, Sims«, rief Jax, legte ihr einen Arm um die Schulter und dirigierte sie zu seinem Wagen. »Du kannst nicht mit so einem coolen Vorschlag um die Ecke kommen und dann einen Rückzieher machen.«

Tja, nun, da hatte er wohl recht.

Wie es schien, taten Freunde so etwas.

Kapitel 13

Jax

»Wehe, du guckst!«, rief Nova, während sie hinter dem Pick-up hervorlugte, der direkt am Ufer des Lake Buckeye parkte.

Jax stand in schwarzen Boxer Briefs bis zum Bauchnabel im See und lachte. »Es ist stockdunkel. Ich sehe kaum meine Hand vor Augen.«

Was wirklich bedauerlich war. Schließlich ging es nicht spurlos an ihm vorbei, zu wissen, dass Nova nur noch ihre Unterwäsche trug. Er fragte sich, ob sie eher der Typ weißer Blümchen-BH oder rote Spitze war. Früher hätte er die Antwort auf diese Frage sofort mit »Blümchen« beantwortet. Doch inzwischen war er sich nicht mehr so sicher. Es gab viel, das Nova vor ihrer Umwelt verbarg. Warum nicht auch sinnliche Dessous?

Weil er Angst hatte, dass sie letztlich doch kneifen würde, drehte er sich um und watete tiefer ins Wasser.

Hinter ihm war leises Geplätscher zu hören, als Nova ihm folgte. Sie gab einen erstickten Laut von sich. »Ich glaube, ich bin gerade mit einem Frosch zusammengestoßen.«

»Hat er den Aufprall überlebt?«, fragte Jax belustigt.

»O ja!« Nova erreichte ihn und schaute voller Entrüstung zu ihm auf. »Er hat Fahrerflucht begangen.«

Jax' Mundwinkel zuckte. »Dieser Bastard!«

Er gab sein Bestes, ihr weiter in die Augen zu sehen. Aber er konnte der Versuchung nicht widerstehen und ließ den Blick langsam weiter hinabwandern. Das Wasser reichte ihr bis zum Schlüsselbein. Unter der Oberfläche schimmerte ihre zarte Haut porzellanweiß, wurde aber schnell von Schwärze verschluckt, sodass Jax nur dunkle Konturen ihres BHs ausmachen konnte.

Schwarz.

Sexy.

»Denkst du, die Viecher lassen uns in Ruhe?«, fragte Nova und schaute sich argwöhnisch um.

»Schätze schon. Solange wir in Bewegung bleiben.« Jax stieß sich ab und verkniff sich ein Fluchen, als ihn das Wasser umhüllte. Die Temperatur war nicht so beißend wie bei Sonnenaufgang, verursachte ihm aber trotzdem eine Gänsehaut.

Nova glitt neben ihm durchs Wasser. Sie gab wie üblich keinen Mucks von sich oder beschwerte sich gar über die Kälte. Stattdessen schaute sie zum Himmel empor.

Umgeben von all der Dunkelheit konnte man die Sterne mit solcher Klarheit erkennen, dass der Anblick schier überwältigend war.

Jax dachte daran, wie Nova ihm auf dem Nachhauseweg von Mays Grillfest erklärt hatte, was ihr Name bedeutete. »Woher weißt du eigentlich das ganze Zeug über die Sterne und Planeten?«

Sie versteifte sich. Er konnte praktisch zusehen, wie sie ihre Mauern hochzog, kaum dass sie sie heruntergelassen hatte. »Mein Vater ist Professor für Astrophysik und besessen von seiner Arbeit.«

Sie sagte das, als wäre es keine große Sache. Doch inzwischen kannte Jax sie gut genug, um zu wissen, dass mehr dahintersteckte. Da war etwas Kummervolles in ihrem Gesicht, als sie sich vom Sternenhimmel abwandte. So als könnte sie dessen Schönheit plötzlich nicht mehr ertragen. Nicht zum ersten Mal ballte sich Frust in Jax' Magen zusammen, weil sie ab einem bestimmten Punkt immer dichtmachte.

Eigentlich rechnete er damit, dass sie wie sonst auch das Thema wechselte. Doch zu seinem Erstaunen sprach sie weiter: »Als ich klein war, hat er immer nur über Astronomie gesprochen. Außer Mom war da. Dann ging es meistens um Wirtschaftsökonomie.«

Prompt tauchte in Jax' Kopf das Bild einer kleinen, schüchternen Nova auf, die im Schatten ihrer intellektuellen Eltern beinahe verschwand. Er drehte sich auf den Rücken und schwamm vor ihr her. »Klingt anstrengend.«

Sie lächelte traurig. »Stimmt, das war es.«

Vielleicht sollte Jax aufhören, Nova mit Themen zu löchern, die sie augenscheinlich belasteten. Andererseits war es ihr Vorschlag gewesen. Möglicherweise wollte sie ja darüber reden?

»Ist das der Grund, warum dich ihr Besuch so nervös macht?«, fragte er vorsichtig.

Wieder zögerte sie. Doch dann stieß sie ein leises Seufzen aus. »Ehrlich gesagt, ja. Wir haben kaum miteinander geredet, seit ich die Schule abgebrochen habe.«

Überrascht sah Jax sie an. »Du hast keinen Abschluss?«

Nicht dass es wirklich wichtig gewesen wäre.

»Ich bin gerade sechzehn geworden, als ich wie jedes Jahr für die Sommerferien nach Goodville kam. Ich war immer gern hier. Seattle ist riesig, laut. Nach einer Weile fiel mir auf, dass Granny ständig falsche Münzen herausgab, wenn sie Kunden bediente. Sie suchte nach Gegenständen, die eigentlich direkt vor ihrer Nase waren, oder gab falsche Warenbestellungen auf. Auch zu Hause passierten ihr ständig kleine Missgeschicke. Also überredete ich sie dazu, einen Spezialisten aufzusuchen, und kurze Zeit später hatten wir die Diagnose: eine seltene Form der Makuladegeneration.« Nova schluckte schwer. »Eines Tages wird sie erblinden. Der Arzt sagte damals, mit einer konsequenten Behandlung könnte man den Prozess verlangsamen, aber nicht aufhalten. Also entschied ich mich zu bleiben.«

Mitgefühl regte sich in Jax. Dass Abigail Sims mit der drohenden Blindheit zu kämpfen hatte, war in ganz Goodville bekannt. Trotzdem tat die alte Dame Jax in dieser Nacht noch mehr leid als sonst. Für Nova empfand er hingegen nichts als Bewunderung. »Das war verdammt selbstlos von dir.«

»Was hätte ich anderes tun sollen?«, fragte sie leise. »Zulassen, dass Granny in einem Pflegeheim untergebracht wird? Fortgerissen aus ihrer Heimat, umgeben von lauter Fremden?« Angewidert schüttelte sie den Kopf. »Nein! Da war es einfacher, gar nicht erst nach Seattle zurückzukehren. Ich wollte die Highschool hier beenden, doch dann verschlechterte sich Grannys Augenlicht rapide. Der Souvenirshop warf kaum Gewinne ab, sodass ich niemanden einstellen konnte. Also habe ich die Highschool hingeschmissen, auch wenn ich nicht gerade stolz darauf bin.«

Jax schnaubte. »Das solltest du aber sein. Ich kenne nicht viele Leute, die ihre eigenen Wünsche einem anderen Menschen zuliebe aufgeben würden.«

Schon gar nicht in so jungen Jahren.

Nova zuckte mit den Schultern und gab weiter vor, ihrem fehlenden Abschluss gegenüber gleichgültig zu sein. Aber Jax sah, dass das nicht stimmte. Es belastete sie, obwohl es dafür eigentlich keinen Grund gab. Schließlich hatte sie es auch ohne Abschluss geschafft, den Souvenirshop nicht nur zu retten, sondern über Jahre hinweg erfolgreich zu führen. Außerdem hatte sie mit Mays Kunstwerken sogar eine zusätzliche lukrative Einnahmequelle aufgetan. Der Laden mochte immer noch kein Vermögen abwerfen, aber es reichte offenbar, um die nicht unerheblichen Arztrechnungen für Abigail zu begleichen, eine Pflegekraft zu beschäftigen und selbst ein angenehmes Leben zu führen.

»Meine Eltern haben das nicht verstanden.« Nicht zum ersten Mal zeigte sich ein bitteres Lächeln in Novas Gesicht. »Als sie erfuhren, dass ich die Schule nicht beendet habe, brachen sie den Kontakt weitestgehend ab. Ich schätze, ein unbedeutendes Leben in Colorados Niemandsland war nicht das, was sich eine Koryphäe wie Professor Doktor Leroy Sims von seiner einzigen Tochter erhofft hatte. Von meiner Mutter, der Wirtschaftsexpertin, die stundenlang über Chancen am Arbeitsmarkt philosophieren konnte, ganz zu schweigen.«

Was für Idioten! Sie sollten stolz auf ihre Tochter sein und sie nicht mit Missachtung strafen.

Jax wollte Nova gerade genau das sagen, als er eine Bewegung an der Wasseroberfläche wahrnahm. Sein Kopf fuhr herum. »Was war das?«

»Ich weiß nicht. Ein Hecht vielleicht?«

Nova suchte aufmerksam die nähere Umgebung ab. Aber sie konnte vermutlich genauso wenig erkennen wie er.

Mit einem angespannten Lachen zog Jax die Füße ein. »Ich

will mich nicht als Weichei outen, aber dass in unserer Nähe etwas rumschwimmt, das groß und womöglich aggressiv ist, bereitet mir gerade leichtes Unbehagen.«

»Okay«, sagte Nova gedehnt. »Dann ist das wahrscheinlich nicht der beste Zeitpunkt, um dir zu sagen, dass es auch eine Wassermokassinotter sein könnte, oder?«

»Eigentlich finde ich diese Kerlchen ganz niedlich.«

»Ich meinte nicht den Wassermarder, sondern die Giftschlange.«

Okay, das war's.

Jax machte auf der Stelle kehrt. »Ich denke, wir haben unsere Mission für heute erfüllt. Schwimmen wir zurück.«

Kichernd setzte Nova ihm nach. »Das war nur ein Scherz. Hier leben bloß Ringelnattern.«

Ach, na dann.

»Ich habe ein weiteres Geheimnis für dich, Sims«, sagte Jax und wartete ungeduldig, bis sie ihn eingeholt hatte.

»Und welches?«, fragte sie neugierig.

Er verzog das Gesicht. »Ich stehe nicht sonderlich auf Schlangen.«

Entgeistert riss sie die Augen auf. »Warum planschst du dann mitten in der Nacht in einem See herum?«

»Weil du es vorgeschlagen hast.«

Nova schnappte nach Luft. »Ich dachte, wenn es zu gefährlich ist, würdest du mir schon widersprechen.«

»Warum ich?«, fragte Jax perplex. »Ich habe keinen Schimmer von Tieren. Ich kann gerade so einen Bären von einem Grizzly unterscheiden.«

»Aber du bist doch ständig auf der Baustelle. Findest du da nie Schlangen oder Skorpione oder Eidechsen oder so was?«

»Nur, wenn sie durch das frisch gegossene Fundament krabbeln.«

»Wie bitte?«

Plötzlich musste Jax lachen. »Kein Witz! Das ist uns wirklich passiert, als wir die Bodenplatte des Hotels gegossen haben. Allerdings war es ein Salamander, und wir haben ihn zum Glück rechtzeitig gefunden.«

Nova lachte – zumindest, bis zwei Meter rechts von ihr etwas durch die Wasseroberfläche brach. Es verschwand so schnell, dass Jax nicht mal erkennen konnte, zu welcher Gattung das Vieh zählte.

»Wettschwimmen?«, platzte er heraus.

Nova nickte hektisch. »Der Erste kriegt das Handtuch.«

Bevor Jax widersprechen konnte, kraulte sie davon. Mit schnellen Zügen holte er sie ein, blieb jedoch dicht neben ihr, während sie zum Ufer zurückschwammen. Als er endlich den Boden unter seinen Füßen spürte, schnappte er sich Novas Hand und zog sie mit sich.

Gemeinsam kämpften sie sich auf dem weichen Grund voran. Nova schien genauso versessen darauf zu sein wie er, wieder an Land zu kommen, und vergaß darüber offensichtlich ihre Scheu, sich halb nackt vor ihm zu zeigen.

Wasser spritzte und entblößte erst einen schlichten schwarzen BH, der sich um ihre hübschen Brüste schmiegte, dann ihren flachen Bauch, schwarze Hotpants und schließlich schlanke, wohlgeformte Schenkel. Bei ihrem Anblick stolperte Jax beinahe über seine eigenen Füße.

Himmel! Er führte sich echt auf wie ein Typ, der noch nie eine Frau in Unterwäsche gesehen hatte. Fehlte nur, dass sein Penis auch seine Meinung dazu äußerte.

Wie aufs Stichwort zuckte Verlangen durch seinen Körper, aber glücklicherweise lenkte Nova ihn mit ihrem Lachen ab. Sie kicherte atemlos vor sich hin, während sie Hand in Hand auf die Wiese traten.

Ihre Unbeschwertheit löste ein warmes Gefühl in Jax' Brust aus, und er lachte ebenfalls. Er ließ sie erst los, als er die Beifahrertür öffnete und das Handtuch herausholte.

Mit einem provokativen Grinsen hielt er es in die Höhe. »Nur, um das klarzustellen: Ich habe gewonnen.«

»Richtig«, stimmte Nova ihm zitternd zu und schlang die Arme um ihren Oberkörper, um sich notdürftig zu bedecken. »Wir hatten auch geklärt, dass du nicht nett bist. Aber du wirst mir das Handtuch trotzdem geben.«

Natürlich würde er das.

Allerdings war er gespannt, was sie tat, wenn er sie noch ein bisschen zappeln ließ. »Und wieso sollte ich das tun?«

Ein Schauer jagte über Novas Körper. Kurz glitt ihre Aufmerksamkeit zu seinem nackten Oberkörper. Dann holte sie tief Luft, trat dicht vor ihn und bedachte ihn mit einem Blick, der seine Knie in Butter verwandelte. In ihren Augen stand purer Sex, genau die richtige Mischung aus Hingabe und Selbstvertrauen. Ein süffisantes Lächeln hob ihre sinnlichen Lippen. »Weil du ein Gentleman bist.«

Klasse! Jetzt war er erregt.

Er gab ein Stöhnen von sich, als sie ihm das Handtuch wegschnappte. Aber sie deutete seine Qual natürlich falsch.

»Ich beeile mich«, versprach sie und huschte auf die andere Seite des Wagens, aus seiner Sicht.

Und da stand Jax nun.

Klatschnass. Durchgefroren. Besiegt.

Sein Herz raste immer noch. Aber ihm war klar, dass sein schneller Puls nicht den unsichtbaren Gefahren im See geschuldet war.

»Gott, ist das kalt«, schimpfte sie auf der anderen Seite seines Pick-ups, ehe sie lauter rief: »Darf ich mir bitte deinen Pullover leihen?«

»Klar.«

Auf der anderen Seite des Wagens klappte die Tür, ehe sie wieder um die Motorhaube herumkam und ihm das Handtuch hinhielt. Sein Pullover war ihr mindestens drei Nummern zu groß und reichte bis zur Mitte ihrer Oberschenkel. Trotzdem stellte es seltsame Dinge mit Jax an, sie so zu sehen.

Ihr Blick glitt erneut über seine nackte Brust. Doch diesmal schaute sie nicht weg, sondern senkte die Lider und musterte ihn schweigend. Schon wieder legte Jax' Puls an Tempo zu, und zum ersten Mal in seinem Leben fragte er sich, ob der Frau, die seinen nackten Körper betrachtete, gefiel, was sie sah. Sie hatte zwar behauptet, dass sie ihn recht fit fand, aber zu jener Zeit war sie betrunken gewesen. Jetzt war sie nüchtern. Allerdings schien es keinen Unterschied zu machen, denn Nova zog geistesabwesend die Unterlippe zwischen ihre Zähne und knabberte darauf herum.

Verdammt! Er wollte sie küssen. Diesmal ohne Bedenken oder Zurückhaltung.

Aber weil Jax sie nicht überrumpeln wollte, nahm er schließlich das Handtuch an sich und begann, sich abzutrocknen.

Nova blinzelte, als erwachte sie aus einer Trance, und wandte sich eilig ab. Sie wartete, bis er sich seine Jeans und ein Shirt übergezogen hatte. Dann sah sie ihn wieder an. »Danke für dieses Abenteuer.«

»Keine Ursache«, erwiderte Jax betont gelassen.

»Denkst du, du kannst jetzt schlafen?«

Sicher nicht! Wahrscheinlich würde er die ganze Nacht lang wach liegen und bereuen, dass er gerade gekniffen hatte. »Ich werde es zumindest versuchen.«

Sie nickte und strich sich eine feuchte Haarsträhne hinters Ohr. »Wenigstens kannst du morgen ausschlafen.«

Das war noch so ein Punkt, der Jax störte. Er war es mittlerweile gewohnt, mit Nova in den Tag zu starten, mit ihr zu reden und wenigstens einen kleinen Anteil an ihrem Leben zu haben. Es gefiel ihm nicht, dass er nun zwei Tage warten musste, bis sie sich wiedersahen.

Er streckte den Arm aus und stützte sich am Rand der Ladefläche ab. »Wie wäre es, wenn du morgen Abend bei mir vorbeikommst«, schlug er vor. »Ich könnte etwas zu essen besorgen, und du könntest mir erzählen, was deine Eltern hier wollten.«

Das klang doch ganz nett, oder nicht?

Lässig. Unverfänglich. Freundschaftlich.

Jax war eigentlich ziemlich zufrieden mit sich. Nova hingegen wirkte schlagartig nervös. Mit sichtlichem Unbehagen trat sie von einem Fuß auf den anderen. »Morgen Abend habe ich keine Zeit.«

»Werden deine Eltern länger bleiben?«, fragte Jax verwundert.

»Das ist es nicht.« Wieder zögerte sie. »Die Sache ist die … Ich bin morgen Abend mit Steve verabredet.«

Ungläubig starrte Jax sie an. Er musste sich verhört haben. »Ihr habt ein Date?«

Sie lächelte angespannt. »Sozusagen.«

Er konnte es immer noch nicht fassen. »Nur, damit ich das richtig verstehe: Du gehst morgen Abend mit dem Deppen aus?«

Missmutig verschränkte Nova die Arme. »Nenn ihn nicht so.«

»Verzeihung«, erwiderte Jax sarkastisch. »Du hast also ein Rendezvous mit Steve.«

»Das habe ich doch gerade gesagt.«

Na, das war ja großartig. Jax hielt sich also zurück, damit sie mit einem anderen anbandeln konnte. Was war er doch für ein Idiot!

»Wir sollten fahren«, sagte er kühl und trat an ihr vorbei, um einzusteigen.

Nova bewegte sich nicht vom Fleck. »Warum bist du denn auf einmal sauer?«

Jax stieß ein hartes Lachen aus, da er fand, dass das eigentlich ziemlich offensichtlich war. Er war auf dem besten Weg, sich in diese widersprüchliche Frau zu verlieben. Weil sie einerseits schüchtern, süß und selbstlos war und andererseits mutig, willensstark und klug … Aber offensichtlich hatte sie in nüchternem Zustand keinerlei Interesse an ihm. Stattdessen zog sie es vor, ihren Kuss zu leugnen, und ging lieber mit dem Deppen aus.

»Ich bin nicht sauer«, knurrte er.

»Blödsinn«, widersprach Nova leise und musterte ihn unsicher. »Habe ich irgendwas falsch gemacht?«

Na gut, wenn sie es genau wissen wollte …

Er trat dicht vor sie und schaute auf sie hinab. »Ich schätze es einfach nicht, wenn man Spielchen mit mir spielt.«

Ihre Augen weiteten sich. »Aber ich spiele nicht mit dir.«

»Ach nein?«, fragte er mit erzwungener Ruhe. »Ich habe dich gefragt, ob du ihn wiedersehen wirst, was du *verneint* hast …«

»Weil ich es da noch nicht wusste«, unterbrach sie ihn empört. »Er hat mich erst *nach* diesem Gespräch gefragt.«

Und sie hatte zugestimmt. Wenn das mal nicht ernüchternd war.

»Warum hast du mir nichts davon erzählt?«, wollte Jax wissen, obwohl ihm klar war, dass es ihn im Grunde überhaupt nichts anging. Schließlich war es nicht ihr Problem, dass er Gefühle für sie hegte.

Novas Nasenflügel blähten sich. Mit einem Mal schien sie genauso wütend zu sein wie er. »Ich dachte nicht, dass es wichtig ist.«

»Was?«, rief er ungläubig aus. »Nachdem du *mich* geküsst hast?«

Sie zuckte zusammen. »Ich habe …«

»Hör auf, mich zu verarschen, Nova. Wir wissen beide, dass du dich an jede Sekunde dieses Abends erinnern kannst.«

»Und wenn schon!«, fauchte sie und stieß ihm mit erstaunlicher Kraft den Zeigefinger gegen die Brust. »Du hast mich zurückgewiesen!«

»Weil du betrunken warst!«, erwiderte Jax scharf und schüttelte angewidert den Kopf. »Glaubst du wirklich, ich bin einer von den Scheißkerlen, die so was ausnutzen, nur um eine schnelle Nummer zu schieben? Du wusstest kaum, was du da tust.«

Ihre Augen sprühten Funken vor Zorn. »Natürlich wusste ich es, Jax. Ich habe dich geküsst, weil ich es *wollte*.«

»Und willst du es jetzt immer noch?«, blaffte er.

»Ja!«

Geschockt starrte Jax sie an. Er hatte nicht im Entferntesten mit dieser Antwort gerechnet. Aber sie hatte keine Sekunde überlegt, und auch jetzt nahm sie es nicht zurück, sondern schaute mit trotzigem Stolz zu ihm auf.

Langsam hob Jax die Hände und umfasste behutsam ihre Wangen, während er ihr tief in die Augen schaute. »Ich will nicht, dass du mit ihm ausgehst«, gestand er leise. »Nicht bevor wir herausgefunden haben, was da zwischen uns ist.«

Sie atmete zittrig ein. »Du hast gesagt, du willst bloß mein Freund sein.«

»Nicht nur«, korrigierte Jax sie mit sanfter Verzweiflung. »Ich will auch dein Vertrauter sein, dein Liebhaber und dein Gefährte. Ich will…« Hilflos zuckte er mit den Schultern. »…alles eben. Gib uns eine Chance, okay?«

Diesmal brauchte Nova wesentlich länger für eine Antwort, während Jax vor Aufregung die Luft anhielt. Und dann endlich erlöste sie ihn mit einem zaghaften Lächeln.

»Okay«, wisperte sie.

Erleichtert senkte Jax den Kopf und küsste sie.

Dieser Kuss war genau so, wie der erste hätte sein sollen. Jax kostete die Weichheit ihrer Lippen voll aus, bevor er sie behutsam teilte und mit der Zunge ihren Mund eroberte.

Nova keuchte überrascht auf. Gleichzeitig krallte sie die Finger in sein Shirt und zog ihn dichter zu sich heran.

Verlangen überwältigte Jax. Er drehte sie sanft in seinem Arm, bis sie mit dem Rücken an seinem Pick-up lehnte, und presste sich an sie. Plötzlich verfluchte er sich selbst, weil er ihr seinen Pullover geliehen hatte, denn als seine Hände an ihren Seiten hinabfuhren, war überall Wolle. Am liebsten hätte er ihr diesen dämlichen Pullover vom Leib gerissen und jeden

Zentimeter ihres Körpers erkundet. Doch gerade rechtzeitig erinnerte er sich daran, dass er noch vor wenigen Minuten behauptet hatte, keiner von diesen Typen zu sein, die es auf schnellen Sex anlegten.

Nova verdiente mehr als einen Quickie am See, auch wenn die Vorstellung durchaus ihren Reiz hatte. Jax nahm sich vor, diese Idee irgendwann noch einmal aufzugreifen. Aber jetzt und hier mäßigte er seine Leidenschaft und entschleunigte das Tempo. Zu seiner Überraschung quittierte Nova seine Bemühungen mit einem unzufriedenen Brummen.

Belustigt senkte er den Kopf und saugte an der empfindlichen Stelle unter ihrem Ohr. »Sehen wir uns morgen Abend?«

Sie stöhnte verwirrt. »Was?«

»Sehen wir uns morgen Abend?«, wiederholte er und lehnte sich zurück, um sie anzusehen.

Gott! Sie sah hinreißend aus. Ihr Blick war verhangen vor Lust, und eine leichte Röte zeichnete ihre Wangen. Sie schürzte die sinnlichen Lippen. »Ich denke schon.«

Jax hob die Brauen. »Denkst du es oder weißt du es?«

Ein Lächeln breitete sich auf ihrem Gesicht aus.

Das war schon mal ein guter Anfang.

Kapitel 14

Nova

»Hallo, Steve, hier ist Nova.«

»Nova! Wie schön, von dir zu hören.«

Das würde er in zwei Minuten sicher nicht mehr sagen. Beklommen starrte Nova auf die Liste mit Bestellungen, die vor ihr auf dem Verkaufstresen lag. Samstagmittags war nie viel los im Laden, weil die meisten ihre Einkäufe am Vormittag erledigten und die Touristen noch im Steak House saßen. Daher nutzte Nova meistens die Zeit für Inventuren – oder in diesem speziellen Fall: um ein Versprechen einzulösen.

»Wie geht es dir?«, fragte sie, um das Unvermeidliche noch ein wenig hinauszuzögern. Dabei wollte sie das Date mit Steve auf jeden Fall absagen. Sie hatte sich schon vorher nur bedingt darauf gefreut, aber nach letzter Nacht führte kein Weg mehr zu einer zweiten Verabredung mit dem Deputy.

»Mir geht es wunderbar.« Er senkte die Stimme zu einem Raunen. »Ich freue mich schon sehr auf heute Abend. Diese zwei Wochen kamen mir vor wie eine Ewigkeit.«

Nova schluckte. »Ja, deswegen rufe ich an. Ich fürchte, ich muss unsere Verabredung absagen.«

Am anderen Ende der Leitung wurde es still. Kurz glaubte Nova, das Gespräch wäre aufgrund einer technischen Störung unterbrochen worden, doch dann hörte sie, wie Steve geräuschvoll Luft holte.

»Dann ein anderes Mal«, entschied er. »Wie wäre es nächste Woche? Da habe ich jeden Abend Zeit und richte mich gern nach dir. Du wirst es doch sicher einrichten können, nicht wahr?«

Da Nova nicht damit gerechnet hatte, dass er gleich einen Ersatztermin ausmachen wollte, war sie prompt überfordert. »Ähm, ich … also eigentlich passt es mir … *gar nicht.*«

»Oh«, erwiderte Steve tonlos. »Ich verstehe.«

Seine Stimme klang gepresst, weshalb Nova ein schlechtes Gewissen bekam. Sie hatte Steve nicht vor den Kopf stoßen wollen. Aber wie es schien, hatte sie es trotzdem getan.

»Tut mir leid«, stammelte sie, weil sie nicht wusste, was sie sonst sagen sollte. »Mach's gut, Steve.«

Sie legte auf, bevor er noch etwas erwidern konnte.

Ja, das war feige. Andererseits war ein persönliches Gespräch immerhin besser als eine Absage per Kurznachricht.

Froh, weil sie diesen unangenehmen Anruf hinter sich gebracht hatte, widmete Nova sich wieder der Warenliste. Es gelang ihr allerdings nicht sonderlich gut, sich auf die Zahlen zu konzentrieren.

Immer wieder schweiften ihre Gedanken zwischen Jax und dem bevorstehenden Besuch ihrer Eltern hin und her. Sie hatte immer noch keine Idee, was der Zweck dieses Besuches war. Interesse an ihrem und Grannys Leben mit Sicherheit nicht. Andernfalls hätte es ihr Vater doch schon eher auf die Reihe gekriegt, sich nach dem Befinden seiner eigenen Mutter zu erkundigen. Oder Novas Mutter hätte sich mal gemeldet, um zu fragen, wie ihre Tochter in Goodville zurechtkam. Aber nichts dergleichen war in den letzten Jahren geschehen.

Ihre Eltern waren nur ein einziges Mal persönlich in Goodville gewesen – und zwar als sie Nova zurück nach Seattle schleifen wollten. Damals hatte Nova alles auf eine Karte gesetzt und damit gedroht, ihren Schulabschluss so kolossal zu vermasseln, dass sich ihre Eltern in Grund und Boden schämen würden. Und weil Erin und Leroy Sims um ihren guten Ruf als Universitätsdozenten fürchteten, wenn bekannt wurde, dass sie eine dumme Tochter hatten, nahmen sie ihr lediglich das Versprechen ab, die Highschool in Goodville mit Bestnoten abzuschließen, und waren unverrichteter Dinge wieder abgezogen.

Im ersten Moment hatte Nova nichts als Erleichterung verspürt, weil sie sich gegen ihre snobistischen Eltern durchgesetzt hatte. Doch ziemlich schnell musste sie erkennen, dass sie mit ihrem naiven Plan, gleichzeitig für eine kranke Großmutter zu sorgen, den Laden zu führen *und* einen Schulabschluss zu machen schlichtweg überfordert war.

Ein Jahr lang gelang es ihr, sowohl ihrer Großmutter als auch ihren Eltern zu verheimlichen, dass sie die Highschool gerade mal drei Monate durchgehalten hatte, bevor der Zeitmangel sie zum Aufgeben zwang. Als Abigail es herausfand, flehte Nova sie an, kein Wort zu sagen, bis sie volljährig war. Und obwohl es ihrer Großmutter missfiel, verriet sie Nova nicht.

Natürlich waren ihre Eltern außer sich gewesen, als Nova ihnen schließlich die Wahrheit beichtete. Hässliche Worte waren gefallen. Danach hatte es praktisch keinen Kontakt mehr zwischen ihnen gegeben.

Jahrelang waren förmliche Glückwunschkarten an Weihnachten und Geburtstagen die einzigen Lebenszeichen, die Nova von ihren Eltern erhielt. Sie waren vor drei Jahren von

Seattle nach Providence auf die andere Seite des Kontinents gezogen, um beide an der Brown University zu unterrichten. Aber das wusste Nova nur, weil eines Tages zwei Kartons mit ein paar ihrer persönlichen Sachen in den Souvenirshop geliefert worden waren.

Seither hatte Funkstille geherrscht – bis ihr Vater vor zwei Tagen aus heiterem Himmel angerufen hatte.

Nova hatte kein gutes Gefühl bei der Sache und war strikt gegen dieses Treffen. Aber Abigail hatte dem Besuch zugestimmt, und sie hatte nun mal das letzte Wort in dieser Angelegenheit. Blieb nur zu hoffen, dass sie das nicht bereuen würden.

Angespannt massierte Nova ihre Schläfen. Sie stand jetzt schon so unter Strom, dass sie ernsthaft eine Eskalation fürchtete, wenn sie ihren Eltern in drei Stunden gegenüberstand. Sie konnte die Vorwürfe, die sie ihr machen würden, jetzt schon hören. Und dann erst die enttäuschten Mienen, weil ihre Tochter eine Versagerin war.

Ihr einziger Lichtblick war, dass sie sich später am Abend mit Jax treffen würde.

Vorfreude ließ einen Schwarm von Schmetterlingen durch Novas Bauch flattern und verdrängte die beklemmenden Gefühle, die sich bei den Gedanken an ihre Eltern in Nova breitgemacht hatten. Sie konnte immer noch nicht glauben, dass er sich tatsächlich genauso zu ihr hingezogen fühlte wie sie sich zu ihm. Aber der Kuss, den er ihr heute Morgen kurz vor Sonnenaufgang vor ihrer Haustür gegeben hatte, ließ keinen Raum für Zweifel. Er war zärtlich gewesen und voller Versprechen, die ihren Puls in die Höhe trieben.

Nova biss sich auf die Lippe und versuchte, ein breites Grinsen zu unterdrücken. Dann fiel ihr auf, dass sie ja ganz allein im Souvenirshop war, also kostete sie den Glücksmoment einfach aus. Sie spulte die Einzelheiten ihres nächtlichen Abenteuers am See wieder und wieder vor ihrem inneren Auge ab, bis es drei Uhr schlug, Zeit, den Laden abzuschließen. Danach machte sie einen Abstecher zur Bäckerei, um einen Kuchen abzuholen, den ihre Großmutter bestellt hatte.

Wäre es nach Nova gegangen, hätten ihre Eltern nicht mal einen Kaffee erhalten. Aber für Abigail gebot es der Anstand, Kaffee und Kuchen anzubieten.

Als Nova wenig später die Wohnung betrat, hatte Abigail es irgendwie geschafft, das feine handbemalte Porzellan herauszuholen, das sie schon seit dreißig Jahren besaß, und sie war gerade dabei, alles an seinen Platz zu rücken. Ihrem konzentrierten Gesichtsausdruck nach versuchte sie dabei, sich die genauen Positionen des Geschirrs einzuprägen, damit ihr später kein Missgeschick passierte.

»Hey, Granny.« Nova nahm den Kuchen aus der Schachtel und stellte ihn in die Mitte des gedeckten Tisches. »Einmal Apfel-Mascarpone wie gewünscht.«

Abigail nickte zufrieden. Doch im Gegensatz zu sonst lächelte sie nicht, sondern schob einen weiteren Teller zurecht.

Nova biss die Zähne zusammen. Es gefiel ihr nicht, dass Abigail dermaßen angespannt war. Normalerweise erzählte sie Nova von dem neusten Klatsch, den sie bei ihrer samstäglichen Zockerrunde mit Priscilla durchgehen würde. Doch natürlich war auch diese Verabredung geplatzt, weil Novas Eltern sich die Ehre gaben.

Leroy und Erin Sims klingelten auf die Minute genau um vier Uhr.

Nova hatte überlegt, sich noch einmal umzuziehen, dann jedoch entschlossen, dass das schlichte grüne Kleid, das sie trug, vollkommen ausreichend war. Sie fühlte sich wohl darin. Doch der scharfe Blick ihrer Mutter gab ihr trotzdem das Gefühl, einen Kartoffelsack zu tragen.

Obwohl Erin schon in den Fünfzigern war, sah sie aus wie Mitte vierzig und hatte die Figur eines Models. Ihr schlanker Körper war in ein kostspieliges cremefarbenes Etuikleid gehüllt, und trotz der Hitze trug sie ein weißes Seidentuch um den Hals, das wunderbar mit ihrer Handtasche von Dior und den glänzenden Pumps harmonierte. Teurer Schmuck zierte ihren Hals und ihre Finger. Make-up und Frisur saßen perfekt. Rein äußerlich betrachtet, war nicht der kleinste Makel an dieser Frau zu erkennen.

Nova hatte die schlanke Gestalt von ihrer Mutter geerbt. Die braunen Augen und das dunkle Haar hingegen kamen eindeutig aus der Linie ihres Vaters.

Er trug einen grau melierten maßgeschneiderten Anzug mit einer Krawatte im selben Farbton wie Erins Kleid. Doch an ihm hatten die vergangenen Jahre Spuren hinterlassen. Kleine Falten durchzogen sein Gesicht, und Nova fragte sich zwangsläufig, ob es Lachfalten waren. Sie hatte ihren Vater nur selten lachen gesehen. Aber vielleicht hatte sich das ja inzwischen geändert.

»Hallo, Nova«, sagte Erin kühl und trat an ihr vorbei, ohne auf eine weitere Einladung zu warten. Es folgte weder eine herzliche Umarmung noch ein freundliches Wort. Stattdessen marschierte sie schnurstracks ins Wohnzimmer.

Leroy nickte Nova zu, ehe er Erin nachging.

Nur knapp widerstand Nova dem Impuls, einfach abzuhauen, und schloss die Tür.

»Guten Tag, Mutter.«

Leroy trat zu Abigail, die neben dem gedeckten Esstisch stand und sich an einem Stuhl abstützte. Immerhin hatte er den Anstand, ihr zur Begrüßung einen Kuss auf die Wange zu geben, wohingegen Erin ihr lediglich die Hand hinstreckte.

Abigail schien diese Geste nicht wahrzunehmen. Zumindest reagierte sie nicht darauf, sondern bat Novas Eltern, sich zu setzen.

Sie nahmen allesamt Platz, und einen Moment lang herrschte eine unangenehme Stille am Tisch.

»Wer möchte Kuchen?«, fragte Abigail schließlich und schaute zwischen Novas Eltern hin und her, unfähig, echten Blickkontakt herzustellen.

»Für mich nur einen Kaffee«, antwortete Novas Mutter.

Leroy entschied sich für Kaffee und Kuchen.

Sofort sprang Nova wieder auf und schenkte Kaffee ein. Anschließend tat sie ihrem Vater, Abigail und auch sich selbst ein Stück Apfelkuchen auf, obwohl sie überhaupt keinen Hunger hatte. In ihrem Magen schienen Steine zu liegen, und je mehr sie sich bemühte, ihre zittrigen Hände ruhig zu halten, umso schlimmer wurde es.

Erin und Leroy verfolgten jede ihrer Bewegungen mit Argusaugen, und plötzlich fühlte Nova sich wieder wie ein junges Mädchen, das sich unter dem kritischen Blick ihrer Eltern am liebsten in Luft aufgelöst hätte.

»Nun«, sagte Abigail, die trotz ihrer Sehschwäche zu spüren schien, dass die Aufmerksamkeit allein bei Nova lag. Sie rückte ihre Brille zurecht. »Wie ist es in Providence? Habt ihr euch gut eingelebt?«

Leroy nickte. »Alles läuft ganz hervorragend.«

»Ganz hervorragend«, stimmte Erin ihm zu. Ihr Gesicht nahm einen verstörend hingerissenen Gesichtsausdruck an. »Die Brown ist eine ausgezeichnete Universität. Hochbegabte Studenten. Wundervoller Campus. Individuelle Studiengänge. Nicht umsonst zählt das College zur Ivy League der Vereinigten Staaten.«

Abigail lächelte dünn. »Dann seid ihr dort ja bestens aufgehoben.«

Leroy nickte. »Ich werde im Herbst die Leitung eines Komitees übernehmen.«

»Herzlichen Glückwunsch«, erwiderte Abigail unbeeindruckt.

»Danke.« Leroy räusperte sich, ehe er sich an Nova wandte. »Es ist nicht irgendein Komitee.«

»Ach, nein?« Mit geheucheltem Interesse lehnte Nova sich zurück, während sie sich im Geiste auf einen neuen Monolog über Astrophysik vorbereitete. Andererseits hatte sie gut zehn Jahre Pause gehabt, und außerdem war Astrophysik bei Weitem das unverfänglichste Thema, das sie zur Verfügung hatten.

Allerdings kam er nicht dazu, seinen neuen Posten genauer zu erklären, denn das übernahm Erin für ihn.

»Er wird Leiter des Auswahlkomitees für Studienbewerbungen«, verkündete sie und klang mit einem Mal so euphorisch, als stünde die nächste Hochkonjunktur an. Sie strahlte Nova an. »Weißt du, was das bedeutet, Liebling?«

Liebling? Das bedeutete definitiv nichts Gutes.

Das miese Gefühl, das Nova schon den ganzen Tag in Bezug auf diesen Besuch gequält hatte, verstärkte sich, bevor ihr Vater ausdruckslos fortfuhr: »Du wirst an die Brown gehen.«

Bestimmt zehn Sekunden lang starrte Nova ihn voller Unglauben an. Dann brach sie in Gelächter aus. »Das soll wohl ein Witz sein.«

Sofort verpuffte Erins Begeisterung und machte der üblichen kühlen Fassade Platz. »Keineswegs. Die neue Position deines Vaters ist deine Eintrittskarte zu einer der elitärsten Universitäten der Welt. Zeig gefälligst ein wenig Dankbarkeit für unsere Bemühungen.«

Der Wunsch aufzuspringen und zu fliehen war überwältigend. Doch Nova konnte sich nicht rühren. Stattdessen sah sie geschockt zwischen ihren Eltern hin und her. Die beiden meinten das wirklich ernst.

Ihre Großmutter legte den Kopf schief. »Und die Aufnahme ist absolut sicher?«

Leroy nickte wieder. »Hundertprozentig.«

Die Tatsache, dass Novas Studium für ihn bereits festzustehen schien, weckte sie endlich aus ihrem Schockzustand. »Auch ohne Schulabschluss?«, fragte Nova spitz. »Schwer vorstellbar.«

Ein Muskel zuckte an Leroys Kiefer, weil er so fest die Zähne aufeinanderbiss.

»Du wirst natürlich eine Aufnahmeprüfung ablegen müssen«, sagte Novas Mutter. »Aber da du schon in der Highschool einen Einserschnitt hattest, dürfte das für dich kein Problem sein.«

Ach, auf einmal?

Übelkeit regte sich in Novas Magen. Für sie hatte es immer nur einen Weg gegeben, die Achtung ihrer Eltern zu erlangen, und das waren hervorragende Schulnoten. Dafür hatte sie gebüffelt bis zum Umfallen. Sie hatte keine Freunde gehabt und keine Freizeit. Der einzige Luxus, den sie sich je gegönnt hatte, wenn sie nachmittags allein zu Hause saß, war ihre Violine gewesen. Aber nicht einmal dafür hatten ihre Eltern Verständnis aufgebracht. Stattdessen hatten sie Nova vorgeworfen, dass sie bloß ihre Zeit verschwendete, und ihr eingeredet, dass sie niemals gut genug wäre, um es als Musikerin zu etwas zu bringen. Überhaupt müsse sie noch sehr viel mehr lernen, um noch besser zu werden.

Und Nova hatte ihnen geglaubt. Immer.

Sie war nie gut genug gewesen.

Im Grunde war es eine Frechheit, dass die beiden nach all der Zeit hier aufkreuzten und von Nova verlangten, ihr komplettes Leben umzukrempeln. Aber ignorant, wie sie waren, machte ihnen das offenbar nicht das Geringste aus. Es interessierte sie nicht, ob sie und Abigail zurechtkamen oder ob Nova glücklich war. Sie wollten nicht wissen, ob sie nette Leute kennengelernt hatte oder vielleicht sogar einen Mann liebte. Das alles war ihnen egal.

Weil Nova ihnen egal war.

Ihnen ging es ausschließlich darum, einen Parameter in der Gleichung ihres Lebens an den dafür vorgesehenen Platz zu rücken.

Aber das konnten sie vergessen.

Nova hatte Abigail und ihre Soul Sisters und Jax. Inzwischen liebte sie es sogar, ihre eigene Chefin zu sein. Keine zehn Pferde würden sie dazu bringen, dieser Stadt den Rücken zu kehren. Entschlossen sah sie ihren Vater an. »Ich werde Goodville auf keinen Fall verlassen«, sagte sie und war stolz darauf, dass ihre Stimme nun etwas fester klang. »Solltet ihr nur deswegen hergekommen sein, war eure Reise umsonst.«

Früher hätte sie aus purer Gewohnheit ein »Tut mir leid« hinzugefügt. Aber die Zeiten, in denen sie sich für ihre Entscheidungen entschuldigte, waren vorbei.

Erin gab einen Laut der Empörung von sich.

Leroy hingegen schien nicht wirklich überrascht zu sein. Mit ausdrucksloser Miene wandte er sich an Abigail. »Wenn du sie nicht überzeugst, werde ich es tun.«

Erin nickte nachdrücklich. »Das hier ist ihre allerletzte Chance, und wir werden sie auf keinen Fall verstreichen lassen.«

Das war doch lächerlich!

Demonstrativ verschränkte Nova die Arme. »Mein Entschluss steht fest. Ich bleibe hier.«

Ihr Vater reagierte nicht auf den Einwurf. Stattdessen lag seine Aufmerksamkeit ausschließlich bei Abigail. »Wir hatten eine Vereinbarung, Mutter.«

»Was für eine Vereinbarung?«, fragte Nova irritiert.

Abigail öffnete den Mund, doch sie brachte keinen Ton hervor.

Nova brach der Schweiß aus. »Granny?«

Ein selbstgefälliges Lächeln huschte über Leroys Züge. »Nachdem du deinen Schulabschluss so fahrlässig in den Wind geschlagen hattest, kamen deine Großmutter und ich überein, dass sie dich nicht länger aufhält, wenn sich ihr Gesundheitszustand massiv verschlechtert und wir eine Möglichkeit gefunden haben, dich deinen Fähigkeiten entsprechend zu fördern. Bedauerlicherweise hat das länger gedauert als anfangs gedacht. Aber besser spät als nie, nicht wahr?«

Entgeistert sah Nova ihren Vater an. »Hast du mir nicht zugehört? Ich sagte, ich werde auf keinen Fall …«

»Du wirst«, unterbrach Leroy sie scharf. »Deine Großmutter hat zugestimmt, in eine Einrichtung für betreutes Wohnen zu ziehen, sobald ihre Sehschärfe unter die Fünfprozentmarke fällt. Das ist bereits seit über einem Monat der Fall.«

Misstrauisch kniff Nova die Lider zusammen. »Woher wisst ihr das? Ärzte haben eine Schweigepflicht.«

Leroy nickte in Richtung Abigail, die zu Novas Entsetzen den Kopf senkte. Der Schock fuhr ihr in sämtliche Glieder. »Du hast es ihnen gesagt?«

»Es war Teil des Vertrags«, verkündete Novas Mutter mit einem derart triumphierenden Grinsen, dass Nova es ihr am liebsten aus dem Gesicht gewischt hätte.

Erst mit einiger Verzögerung drangen ihre Worte zu Nova durch. »Was für ein Vertrag?«

»Der Kaufvertrag natürlich.« Sie wedelte unwirsch mit der Hand. »Für dieses Haus, den Laden, einfach alles.«

Mit einem Mal war Nova so schlecht, dass sie kurz davor war, sich zu übergeben. »Es gehört euch?«, brachte sie mit zittriger Stimme hervor.

Leroy nickte. »Das war der Preis für unsere Geduld. Wir haben ihn nicht gern gezahlt, aber hinsichtlich deiner Aussichten an der Brown war es das Opfer wert.«

Fassungslos starrte Nova erst ihren Vater, dann ihre Mutter an. Es war ihr ein Rätsel, wie sie von zwei solch skrupellosen, gefühlskalten Menschen abstammen konnte.

Abigail, die noch immer den Kopf gesenkt hielt, schniefte leise.

Hätte sie nicht so jämmerlich und elend ausgesehen, wäre Nova spätestens jetzt verdammt wütend geworden. Schließlich musste Abigail gewusst haben, was bei diesem Besuch auf dem Programm stand. Aber sie hatte kein Wort gesagt, sondern Nova ohne Vorwarnung ins offene Messer laufen lassen.

Unzählige Fragen brannten Nova auf der Seele. Sie wollte wissen, wie es zu diesem unmoralischen Deal gekommen war, wann diese Vereinbarung getroffen wurde und ob sie vielleicht anfechtbar war. Vor allem jedoch wollte sie verstehen, warum Abigail in diesen Irrsinn eingewilligt hatte.

»Ich denke, es ist besser, wenn ihr jetzt geht«, sagte Nova tonlos.

Fast hätte sie mit Gegenwehr gerechnet. Doch ihre Eltern erhoben sich auf der Stelle.

Leroy strich sich das Jackett glatt. »Du wirst demnächst eine Einladung für den Eignungstest an der Brown erhalten. Ich erwarte also, dich im November entsprechend vorbereitet in Providence zu sehen.«

Weil Nova zu geschockt war, um noch länger zu diskutieren, nickte sie stumm.

Erin öffnete ihre Handtasche und legte einen Stapel Prospekte auf dem Tisch ab. »Hier sind Informationen über ein Seniorenheim im Valley. Es ist nicht weit von der Universität entfernt. Ihr könnt euch also weiterhin sehen. Die Einrichtung ist äußerst luxuriös und verfügt über einen erstklassigen Ruf.«

Sie legte eine Pause ein, doch als die Dankesbezeugungen, die sie offenbar erwartet hatte, ausblieben, verabschiedete sie sich kühl und stakste davon.

Langsam hob Nova den Kopf und sah ihren Vater an. Ihre Augen füllten sich mit Tränen, während ihr ganzes Leben und alles, was sie sich in den letzten Jahren hier in Goodville aufgebaut hatte, wie ein Kartenhaus in sich zusammenfiel. »Bitte, Dad«, krächzte sie. »Tu uns das nicht an.«

Bedauern blitzte in Leroys Miene auf. Dann wurden seine Züge hart. »Es ist zu eurem Besten. Eines Tages wirst du das verstehen.«

Er verabschiedete sich ebenfalls mit einem knappen Gruß, ehe er entschlossenen Schrittes hinausging. Die Tür fiel leise ins Schloss.

Zurück blieb nichts als Stille.

Novas Blick fiel auf den Tisch. Weder sie noch Abigail hatten den Kuchen angerührt. Lediglich ihr Vater hatte ein halbes Stück gegessen. Wahrscheinlich der Höflichkeit wegen.

»Es tut mir leid«, krächzte Abigail schließlich.

Mit einem Mal wurde Nova doch wütend. Sie sprang von ihrem Stuhl auf und schaute aufgewühlt auf ihre Großmutter hinab. »Wieso um alles in der Welt hast du das getan?«

Sie seufzte. »Als die Diagnose kam, empfahl mir der Arzt, einen Betreuer zu bestimmen, der im Zweifel meine Angelegenheiten klärt, wenn ich dazu nicht mehr in der Lage bin. Da du noch nicht volljährig warst, schlug dein Vater vor, das zu übernehmen, und ich willigte ein, weil ich annahm, es wäre ohnehin nur eine Formsache.«

»Aber das war es nicht«, erwiderte Nova leise.

»Nein.« Abigail seufzte schwer. »Als er von deinem verpatzten Schulabschluss erfuhr, wollte er sofort aktiv werden. Doch du hattest damals gerade Zachary kennengelernt und wirktest so glücklich. Ich wollte nicht, dass er dir das kaputtmacht. Also bat ich ihn, dir noch etwas Zeit zu geben. Er weigerte sich, bis ich mich bereit erklärte, ihm das Haus zu überschreiben, und versprach, dir keine Steine in den Weg legen, sollte es ihm gelingen, dich auch ohne Schulabschluss auf ein Elitecollege zu bringen.«

Nova schluckte den Kloß in ihrem Hals herunter. »Hast du wirklich geglaubt, er würde scheitern?«

»Ehrlich gesagt, ja. Schließlich stand für ihn stets seine eigene Karriere im Vordergrund. Als die Jahre vergingen und nichts passierte, dachte ich, er hätte seinen Plan aufgegeben.« Sichtlich unglücklich schüttelte Abigail den Kopf. »Dabei hätte ich wissen müssen, dass das ein Trugschluss war. Leroy war schon immer verbissen, wenn es darum ging, seine Ziele zu erreichen. Ich fürchte, das hat er von deinem Großvater.«

Und das sollte Nova jetzt trösten, oder was?

Sie presste die Lippen zusammen, um den Fluch zurückzuhalten, der ihr auf der Zunge lag. Schließlich half es weder ihr noch Abigail, wenn sie jetzt die Beherrschung verlor.

»Gibt es irgendeine Möglichkeit, diesen Vertrag anzufechten?«, fragte Nova.

Abigail zögerte. »Das will ich nicht.«

»Was?«, stieß Nova hervor und musterte ihre Großmutter ungläubig. »Das kann nicht dein Ernst sein.«

Erschöpft lehnte Abigail sich auf ihrem Stuhl zurück und schaute in Novas Richtung, ohne ihren Blick einfangen zu können. »Seien wir realistisch, Liebes. Mir bleibt nicht mehr viel Zeit, bis die Welt um mich herum schwarz wird. Ich habe vielleicht ein halbes Jahr, und dann werde ich noch viel mehr auf Hilfe angewiesen sein. Das kann ich nicht von dir verlangen.«

»Das tust du doch auch gar nicht. Ich habe mich dafür *entschieden.*«

Ein trauriges Lächeln huschte über Abigails Gesicht. »Hast du das wirklich? Oder war es nicht vielmehr so, dass dir meine Krankheit keine Wahl gelassen hat?«

Nova öffnete bereits den Mund, um zu widersprechen.

Dann fiel ihr jedoch auf, dass sie ganz ähnliche Worte gegenüber Jax verwendet hatte.

»Diese Stadt war niemals deine Entscheidung, Nova.« Abigail seufzte traurig. »Du bist meinetwegen geblieben, und das weiß ich zu schätzen. Aber wenn ich vorher gewusst hätte, was du alles dafür aufgibst, hätte ich niemals zugelassen, dass du bleibst.«

Nova zuckte zusammen. »Sag so was nicht.«

»Du kannst dich nicht ewig vor der Wahrheit verschließen.«

»Das tue ich nicht«, widersprach Nova scharf. »Ich habe meine Entscheidung, hier mit dir in Goodville zu leben, nie bereut.«

»Und was ist mit Zachary?«

Ein fieser Schmerz fuhr Nova in die Brust. Obwohl Abigail ihren Gesichtsausdruck sicher nicht erkennen konnte, wandte sie sich eilig ab. »Das hat überhaupt nichts mit ihm zu tun.«

»Nova«, sagte Abigail eindringlich. »Dieser Junge hat dich gebeten, mit ihm zu gehen, weil er sich ein Leben mit dir aufbauen wollte. Mit dir und der Musik, die ihr beide so sehr liebt. Und du hast meinetwegen darauf verzichtet.«

»Nicht deinetwegen«, widersprach Nova leise.

Zumindest nicht ausschließlich.

Abigail seufzte. »Er war verletzt. Bestimmt hat er nicht gemeint, was er dir damals an den Kopf geworfen hat.«

»Lass es gut sein, Granny. Es ist nicht mehr wichtig.«

Sie beide hörten die Lüge in Novas Stimme. Denn ihr Herz brannte noch heute, wann immer sie an Zachs ätzende Worte vor seiner Abreise dachte: »Ist auch besser so. Aus dir wäre sowieso nie eine Stargeigerin geworden. Du hast einfach nicht das Zeug dazu.«

Solche Äußerungen waren ja an sich nichts Neues für Nova gewesen, aber sie ausgerechnet von dem Mann zu hören, den sie aufrichtig geliebt und dem sie vertraut hatte und der genau gewusst hatte, wie sehr Nova sich mit ihrer Unsicherheit und dem Gefühl der Unzulänglichkeit quälte, hatte sich angefühlt wie ein Schlag ins Gesicht. Sie hatte ihn nicht aufgehalten, als er ging. Stattdessen blieb sie gedemütigt und mit einem gebrochenen Herzen zurück.

Danach hatte es Jahre gedauert, bis Nova es über sich gebracht hatte, ihre Violine erneut zur Hand zu nehmen und noch länger, um ihr Töne zu entlocken, denn Zachs Worte waren ab diesem Zeitpunkt untrennbar mit ihren geplatzten Träumen verbunden.

»Zachary magst du verloren haben«, fuhr Abigail fort. »Aber du kannst dir wenigstens deine Träume zurückholen. Noch ist es nicht zu spät. Du könntest Musik an der Brown studieren und das Handwerk von Grund auf lernen. Deinen Eltern ist es sicher egal, welchen Studiengang du wählst, solange du diesmal einen Abschluss machst.«

Wow. Nun kämpfte Abigail aber mit ganz harten Bandagen.

Tränen schossen Nova in die Augen, und aus einem Grund, den sie selbst nicht recht verstand, fühlte sie sich plötzlich verraten. »Nein.«

»Schlag diese Chance nicht aus Stolz aus, Liebes. Du hast so viel Talent, aber in dieser Stadt kann es sich nicht entfalten. Das weißt du genauso gut wie ich. Denk wenigstens darüber nach.«

Nova stieß ein bitteres Lachen aus. »Du sagst das, als hätte ich eine Wahl.«

»Nun ja, es kann dich niemand zwingen, an die Brown zu gehen.«

»Aber Dad kann mich trotzdem jederzeit vor die Tür setzen, weil du ihm die Macht dazu gegeben hast.«

Nova kannte ihren Vater gut genug, um zu wissen, dass er als Erstes den Souvenirshop schließen würde. Der Laden war ihm immer schon ein Dorn im Auge gewesen, weil er aus seiner Sicht zu wenig Gewinn abwarf und so *gewöhnlich* war. Damit hätte Nova jede Möglichkeit verloren, ihren Lebensunterhalt zu bestreiten.

Und dann?

Natürlich hatte sie Ersparnisse, mit denen sie eine Weile zurechtkäme. Doch abgesehen davon hatte sie nichts. Keine Ideen. Keine Perspektiven. Keine Ziele.

Plötzlich begann ihre Zukunft sich vor ihren Augen zu verdunkeln, bis nur noch Schwärze übrig blieb. Ein eisernes Band legte sich um ihre Brust, und das Atmen fiel ihr zunehmend schwerer. Zum ersten Mal fühlte sie sich fremd in diesem Haus und unsicher. Dabei war dieser Ort immer ihre Zuflucht gewesen. Und dafür verantwortlich war ausgerechnet die Person, der Nova am meisten vertraute. Die sie nun auch noch versöhnlich anlächelte, als hätte sie nicht gerade ihr Leben bis in seine Grundfesten erschüttert.

Abigail strich sich eine Haarsträhne aus der Stirn. »Ich weiß, es fällt dir schwer, das zu glauben, aber ich bereue nicht, was ich getan habe. Du warst damals glücklich mit Zachary. Und auch wenn dieser Trottel zum Schluss alles vergeigt hat, hat er dich zumindest für eine Weile ermutigt, das zu tun, was du liebst. Und daran hat sich nichts geändert. Es wird Zeit, dass du deinen Traum wieder in Angriff nimmst.«

Mit Tränen in den Augen schüttelte sie den Kopf. »Hör auf.«

»Die Musik ist ein Teil von dir, Liebes«, fuhr Abigail fort, als hätte Nova nichts gesagt. »Das war sie schon immer, und ich werde nicht mehr dulden, dass du sie ignorierst. Ich war lange genug egoistisch. Jetzt bist du dran.«

Der Raum begann sich zu drehen. Das war alles zu viel.

»Du willst, dass ich egoistisch bin? Das kannst du haben.« Aufgewühlt ergriff Nova ihre Handtasche. »Ich muss hier raus.«

Kapitel 15

Jax

Jax war ziemlich zufrieden mit sich. Er hatte den Nachmittag auf der Baustelle zugebracht, wo er in Ruhe die Fortschritte der vergangenen Woche dokumentiert hatte. Anschließend hatte er im dreißig Meilen entfernten Silverton ein paar Sachen besorgt, unter anderem eine Überraschung für Nova, die nun auf der Rückbank in einer Kühlbox lagerte. Inzwischen befand er sich auf dem Rückweg, aber es war erst fünf Uhr. Also lag er gut in der Zeit.

Sie hatten nichts Konkretes ausgemacht. Allerdings hatte Nova versprochen, gleich nach dem Treffen mit ihren Eltern bei ihm vorbeizukommen. Irgendwie wurde Jax das Gefühl nicht los, dass die beiden ziemliche Arschlöcher waren. Der Ausdruck in Novas Gesicht hatte ihm jedenfalls nicht gefallen, als sie über die beiden sprach.

Jax fuhr gerade an der letzten Farm etwa drei Meilen vor Goodville vorbei, als ihm eine schmale Gestalt am Straßenrand auffiel. Ungläubig beugte er sich über das Lenkrad und kniff die Lider zusammen.

Kein Zweifel.

Nova ging auf dem schmalen Seitenstreifen in Richtung Nirgendwo. Der nächste Ort war meilenweit entfernt. Sie schien überhaupt nichts von ihrer Umwelt wahrzunehmen, hatte die Arme um ihren Körper geschlungen und den Kopf gesenkt.

»Shit«, murmelte Jax und verringerte sein Tempo, bis er kurz vor ihr zum Stehen kam. Er setzte den Warnblinker, obwohl das auf der wenig befahrenen Straße kaum nötig war, sprang aus dem Wagen und lief ihr entgegen.

»Nova!«

Sichtlich überrascht hob sie den Kopf. Sie sah fix und fertig aus. Offenbar war das Treffen mit ihren Eltern noch mieser gelaufen, als sie befürchtet hatte. »Jax?«

»Hey.« Unmittelbar vor ihr blieb er stehen. »Wo willst du denn hin?«

»Ich hab meine Autoschlüssel vergessen. Deshalb bin ich zu Fuß los.«

»Das sehe ich.« Er legte den Kopf schief. »Und wohin?«

Sie biss sich auf die Unterlippe. »Weg.«

»Das ist ein sehr dehnbarer Begriff«, merkte er an und betrachtete sie abwägend. Ihr Wiedersehen hatte er sich definitiv anders vorgestellt, erst recht im Hinblick auf ihren Abschied heute Morgen. Kurz entschlossen reichte er ihr die Hand. »Wir sollten erst mal von der Straße runter.«

Sie senkte den Blick und musterte seine dargebotene Hand, als würde sie ihm nicht über den Weg trauen. Das gefiel Jax gleich noch viel weniger. Was zum Teufel war da nur passiert?

»Ich will nicht zurück«, sagte sie schließlich leise. »Kannst du mich irgendwo anders hinbringen?«

Tausend Fragen geisterten ihm durch den Kopf. Aber die Landstraße war sicherlich nicht der richtige Ort, um Probleme zu diskutieren. »Klar.«

Er führte sie zu seinem Wagen und half ihr beim Einsteigen,

ehe er sich selbst hinters Steuer setzte. Kurz erwog er, zum See zu fahren. Aber um diese Uhrzeit war am Wochenende sicher noch die Hölle los, genau wie an den anderen schönen Plätzen der Gegend.

Weil ihm bloß ein Ort einfiel, an dem sie ungestört wären, lenkte er den Wagen Richtung Osten. Während der ganzen Fahrt sagte Nova kein Wort, sondern starrte nur mit verlorenem Gesichtsausdruck zum Fenster hinaus. Erst als er vor dem Bauzaun des Hotels hielt, flackerte ein Hauch Neugier in ihren Augen auf, und sie lehnte sich zur Seite, um an dem fünfstöckigen Gebäude hochzublicken.

Der Rohbau erhob sich wenig prunkvoll zwischen den hohen Bäumen. Trotzdem zückte Jax seine Schlüssel, schnappte sich ein Handtuch von der Rückbank und forderte Nova auf, ihm zu folgen.

Nachdem sie den Zaun durch einen schmalen Spalt passiert hatten, schloss Jax die Sicherheitstür des Eingangsbereichs auf und ließ Nova eintreten.

Mit großen Augen schaute sie sich in der lichtdurchfluteten Halle um, und Jax war froh, dass sie schon nicht mehr ganz so verloren wirkte.

Lächelnd nahm er sie erneut an die Hand und zog sie mit sich durch das Foyer. In ein paar Wochen würden hier marmorne Stufen hinauf in den ersten Stock führen, wo sich auch der Speisesaal befand. Aber im Moment gelangte man nur über die hölzerne Bautreppe weiter hinauf.

Jax hielt Nova ein bisschen fester, bevor er sich an den Aufstieg machte. Für ungeübte Besucher waren diese Stufen stets eine Herausforderung, weil die Abstände deutlich größer waren als normalerweise. Trotzdem beklagte Nova sich nicht, sondern folgte ihm immer weiter hinauf, bis ins oberste Geschoss, wo Jax eine weitere Sicherheitstür aufsperrte. Dahinter befand sich die Dachterrasse, die einen Wahnsinnsblick auf den Avon River bot.

»Ich hoffe, du bist schwindelfrei«, sagte Jax und führte Nova behutsam zur Dachkante.

Sie keuchte überrascht auf.

Da hier oben gläserne Absperrungen vorgesehen waren, gab es keine störenden Mauern. Stattdessen konnte man ungehindert über die breite Flusskurve blicken, die vom Wald flankiert wurde und im Schein der tief stehenden Sonne glitzerte. Schon bald würde sie hinter dem Horizont untergehen und die ganze Gegend in rötliches und goldenes Licht tauchen.

»Gefällt es dir?«, fragte Jax, obwohl er die Antwort bereits von ihrem Gesicht ablesen konnte.

Zum ersten Mal, seit er sie vorhin am Straßenrand aufgegabelt hatte, hob ein Lächeln ihre Mundwinkel, während sie die Aussicht auf sich wirken ließ. »Es ist wunderschön.«

»Ich hatte gehofft, dass du das sagen würdest.« Schnell breitete Jax das Handtuch auf dem Boden aus, dann deutete er eine Verbeugung an. »Madame.«

Sie schmunzelte leicht, als sie sich auf das Handtuch setzte, die Beine anzog und den Stoff des Kleides über ihren Knien zurechtzupfte.

Jax ließ sich neben ihr im Schneidersitz nieder und schaute über den Fluss. Er überlegte, ob er Nova einfach fragen sollte, was vorgefallen war. Aber sie war eigen, wenn es um Persönliches ging. Es schien ihr schwerzufallen, anderen zu vertrauen.

Eigentlich war Jax der Ansicht gewesen, dass es mit ihren

täglichen Badesessions besser geworden war und er letzte Nacht eine weitere Hürde genommen hatte. Doch ihr Schweigen verriet, wie sehr er sich diesbezüglich irrte. Nova Sims war verschlossen wie eh und je, und das frustrierte ihn mehr, als er sich selbst eingestehen wollte.

Irgendwann hielt er die Stille nicht mehr aus. Er zeigte auf ein Motorboot, das weit entfernt über den Fluss peitschte. »Wenn ich mal groß bin, kaufe ich mir auch so eins.«

Sie runzelte die Stirn. »Warum?«

Jax lachte leise. »Weil es Spaß macht.«

»Bist du schon mal so ein Teil gefahren?«, fragte sie und warf ihm einen neugierigen Blick zu.

Er nickte, und weil er froh war, dass sie endlich von ihren tristen Gedanken abließ, erzählte er ihr von dem Bootstrip, den er sich mal mit Freunden vom College gegönnt hatte, als er noch jünger war. Gut möglich, dass er dabei ein wenig zu sehr ins Detail ging, aber sie schien sich nicht zu langweilen, sondern hörte ihm aufmerksam zu.

»Wie ist das so, das Studentenleben?«, fragte sie dann.

»Bisher meine beste Zeit überhaupt.« Er zuckte mit den Schultern. »Klar, die Prüfungszeit war stressig. Aber ich weiß noch, wie frei ich mich damals gefühlt habe.«

Sie blinzelte irritiert. »Wie meinst du das?«

»Auf der Ranch musste ich oft noch vor oder nach der Schule mit anpacken«, erinnerte er sich. »Das war okay. Es gehörte eben einfach zum Farmalltag. Aber am College hat niemand auf die Uhr gesehen, wann ich nachts ins Bett gefallen bin, oder mich doof angemacht, wenn ich erst am Nachmittag aufstand. An manchen Tagen hing ich einfach mit ein paar Leuten auf dem Campus rum, an anderen habe ich mich um meinen Kram gekümmert. Ich konnte tun und lassen, was ich wollte. Es war phänomenal.«

»Und deine Kurse?«

»Zu den meisten bin ich gern gegangen«, berichtete er, und weil sein Herz tatsächlich noch immer an dieser wilden, wunderbaren Lebensphase hing, erzählte er Nova ein paar Geschichten von seiner Zeit am Community College.

Als die Sonne längst hinter dem Horizont verschwunden war und sich der Himmel merklich verdunkelt hatte, unterbrach ein Gurgeln seinen Redeschwall.

Verdutzt hielt Jax inne. »Was war das?«

»Nichts«, kiekste Nova, wurde aber gleichzeitig knallrot vor Verlegenheit.

Jax' Brauen schossen in die Höhe. »Du hast Hunger.«

Sie schnitt eine Grimasse. »Schon, ein bisschen. Aber ich will hier noch nicht weg.«

Jax konnte nicht leugnen, dass er sich darüber freute, denn auch er fand es schön, hier mit ihr zu sitzen. Zwar hatte er noch immer keine Ahnung, was sie überhaupt so aufgewühlt hatte, doch wenn sie noch Zeit brauchte, würde er sie ihr geben. »Warte hier einen Moment, ja?«

Er sprang auf die Füße und bat Nova, sich nicht vom Fleck zu rühren, bevor er sich eilig zu seinem Wagen aufmachte. Im Rohbau war es inzwischen ziemlich düster, doch Jax war diese Stufen so oft hoch- und runtergelaufen, dass er sie auch im Schlaf hätte überwinden können.

Wenig später kehrte er mit der Kühlbox in den Händen zurück. Nova saß immer noch auf dem Handtuch und schob gerade ihr Handy zurück in ihre Tasche. Ihr Blick war wieder ernst, als sie aufsah.

»Alles okay?«, fragte Jax.

»Ja. Ich habe nur kurz mit Priscilla telefoniert.«

Jax setzte sich wieder neben sie und betrachtete sie abwartend, doch sie führte den Inhalt des Gespräches nicht weiter aus, sondern spähte zur Kühlbox. »Was ist dadrin?«

Nur mühsam unterdrückte Jax ein Seufzen, ehe er den Deckel entriegelte. Kalte Luft kam ihm entgegen. »Ich habe heute Nachmittag ein paar Wege in Silverton erledigt. Da fiel mir ein Laden ins Auge.«

Er holte eine große eisgekühlte Plastikschale heraus und hielt sie Nova hin.

Sie schnappte nach Luft. »Du hast Sushi besorgt?«

»Ja, na ja. Ich hatte gehofft, du freust dich.« Jax zuckte mit den Schultern. »Eigentlich hatte ich angenommen, wir würden heute Abend auf meiner Veranda sitzen, aber die Aussicht hier ist ja im Grunde auch nicht schlecht, oder was meinst du?«

»Das stimmt«, erwiderte sie und sah ihn unsicher an. »Aber du hasst Fisch.«

»Jepp.« Jax grinste. »Allerdings wollte ich gern miterleben, wie du zum ersten Mal in deinem Leben Sushi isst. Also, dachte ich mir, was soll's? Außerdem habe ich auch vegetarische Varianten und marinierte Hähnchenspieße mitgenommen.«

Behutsam löste Jax den Plastikverschluss und hob den Deckel. In der flachen Schale waren verschiedenste Maki-Rollen mit Lachs, Thunfisch, Avocado und Gurke platziert. Daneben lagen fein säuberlich angeordnet Nigiri mit Eistich, Shiitake, Weißfisch und Garnelen. In einer kleinen zusätzlichen Schale war Platz für die Sojasoße. Alles in allem sah das eigentlich gar nicht so schlecht aus – wäre nur nicht dieser penetrante Meeresgeruch gewesen.

Jax kramte in der Kühlbox und holte Essstäbchen aus einer Papiertüte. Ein Paar reichte er Nova und zwinkerte ihr zu. »Na los. Tob dich aus.«

Zögernd nahm sie die Stäbchen und musterte die Auswahl. »Was ist das alles?«

Jax fischte den Flyer aus der Tüte und hob ihn sich dicht vors Gesicht, damit er etwas erkennen konnte. »Keine Panik! Ich lotse uns da durch.«

Nova kicherte leise, während sie sich die Stäbchen in die Finger legte. Probehalber machte sie ein paar Trockenübungen, bevor sie sich von Jax erklären ließ, was sie da überhaupt vor sich sah. Es kostete sie sichtlich Überwindung, sich für ein Stück zu entscheiden, und noch viel mehr, den rohen Lachs in die mit Wasabi gewürzte Sojasoße zu tauchen und dann tatsächlich zu essen. Aber sie überwand sich, und Jax wurde mit ihren großen, staunenden Augen belohnt.

»Und?«, fragte er und beugte sich dichter zu ihr.

»Es ist köstlich!« Kauend legte sie den Kopf schief. »Ein bisschen scharf und süßlich, und die Konsistenz ist cremig und zart. Wirklich gut.«

Jax versuchte zur Sicherheit erst mal ein Stück mit Avocado. Der kalte Reis und der Seetang waren definitiv gewöhnungsbedürftig.

»Und?«, fragte Nova und musterte ihn neugierig.

Mit etwas Mühe würgte Jax die eigenartige Masse in seinem Mund herunter. »Hab schon Schlimmeres gegessen.«

Belustigt hob Nova eine Braue. »Was denn?«

»Tja.« Jax lachte ertappt auf. »Da muss ich erst mal nachdenken.«

Wieder ließ Nova ein Lachen erklingen, bevor sie sich die

nächste Rolle aussuchte. Es war faszinierend, mitanzusehen, wie sie sich mehr und mehr in seiner Gesellschaft entspannte. Sie alberte mit Jax herum, legte Favoriten fest und horchte ihn weiter aus. Es machte ihm nichts aus, ihr Rede und Antwort zu stehen. Allerdings wäre ihm lieber gewesen, sie hätte erzählt, was passiert war.

»Ein Punkt auf deiner *Bucket List* wäre damit abgehakt«, meinte Jax zufrieden, nachdem er die Verpackungen wieder in die Kühlbox geworfen hatte. »Was steht noch drauf?«

Obwohl er Nova kaum noch erkennen konnte, spürte er, wie sie sich kurz versteifte, ehe sie mit den Schultern zuckte. »Nicht besonders viel.«

Eine glatte Lüge. »Vor einer Woche hast du noch das Gegenteil behauptet.«

»Da war ich übermütig und betrunken.«

Wow. Schon wieder spielte sie ihre gemeinsamen Erlebnisse herunter. Wenn das mal keine Klatsche war. Schweigend streckte er die Füße aus und starrte hinab in die Dunkelheit. Der Fluss war kaum mehr zu erkennen. Nur vereinzelt brachen sich Wellen im Licht des aufgehenden Mondes. Als sich die Stille zwischen ihnen ausdehnte und zunehmend angespannter wurde, überlegte Jax schon, ob er Nova vorschlagen sollte zurückzufahren. Doch da bewegte sie sich plötzlich.

Jax' Herz geriet ins Stolpern, während sie sich auf seinen Schoß setzte, sodass sie sich auf Augenhöhe befanden.

Sie holte tief Luft, als würden ihr die nächsten Worte alles abverlangen. »Ich habe noch nie einen Mann auf einem Hoteldach geküsst.«

Das war eine Information, die Jax zweifellos begrüßte. Dennoch wurde er das Gefühl nicht los, dass sie vom eigentlichen

Thema ablenken wollte. Jax war nicht sicher, ob er ihr das durchgehen lassen sollte. Allerdings nahm sie ihm die Entscheidung ab, indem sie sich vorbeugte und ihre weichen Lippen auf seinen Mund legte.

Kurz ärgerte Jax sich noch darüber, wie wehrlos Nova ihn machte. Dann gewann sein Verlangen nach ihr die Oberhand, und er schlang die Arme um sie.

Nova keuchte auf und grub die Finger in sein langes Haar.

Normalerweise mochte Jax das nicht sonderlich. Aber aus irgendeinem Grund sandten ihre Berührungen Lustschauer durch seinen Körper. Weil er einfach nicht anders konnte, intensivierte er den Kuss und labte sich an den süßen Lauten, die sie von sich gab. Er strich ihren Rücken hinab und umfasste ihre schmale Taille.

Und dann tat Nova etwas, das Jax nie im Leben von ihr erwartet hätte: Sie begann, sich zu bewegen. Dabei rutschte der Stoff ihres Kleides bis auf ihre Oberschenkel hoch.

Jax konnte nicht widerstehen. Seine Hände schlüpften unter ihr Kleid und umfassten ihren Hintern. Als er die seidenweiche Haut spürte, stieß er einen kehligen Laut aus. Ihm wurde zunehmend heißer, und er merkte, dass er kurz davor war, die Kontrolle zu verlieren. Lust vernebelte sein Gehirn, und nun spielte er ernsthaft mit dem Gedanken, sich die Klamotten vom Leib zu reißen und Nova unter den Sternen zu vernaschen.

Aber war das richtig?

Dass Nova vernascht werden wollte, stand wohl angesichts ihres leidenschaftlichen Überfalls außer Frage. Dennoch wurde diese nervige Stimme in Jax' Kopf immer lauter, die ihn daran erinnerte, wie verstört und unglücklich er sie erst vor wenigen Stunden angetroffen hatte.

Ein Beben ging durch Novas Körper, und sie ließ von seinen Haaren ab, um sein Shirt nach oben zu schieben.

Mit aller Willenskraft, die Jax aufbringen konnte, ergriff er ihre Handgelenke und zog den Kopf zurück, um den Kuss zu unterbrechen.

Schwer atmend starrte sie ihn an. »Was … was machst du?«

Das wusste er selbst auch nicht so genau. Offensichtlich war er komplett übergeschnappt, nun schon zum zweiten Mal die Hitze zwischen ihnen runterzukühlen. Er zügelte sein Verlangen und zwang sich zu einem Lächeln. »Ich versuche, mich anständig zu verhalten.«

Nova blinzelte. »Aber das musst du nicht.«

Ein gequältes Lachen platzte aus ihm heraus. Das war nicht gerade die Erwiderung, die ihn in seinem Entschluss bestärkte. Sie zog die Arme zurück, um aufzustehen. Doch Jax gab sie nicht frei.

»Rede mit mir«, bat er sanft.

Betreten senkte sie den Kopf. »Ich dachte, ich hätte deutlich gemacht, was ich will.«

Stimmt, das hatte sie. Mehr als deutlich. Genau das machte Jax stutzig. Diese fast schon aggressive Initiative passte einfach nicht zu der Frau, die Jax kannte.

»Ich denke nicht, dass du das wirklich willst«, erwiderte er sanft.

»Tatsächlich?« Mit einem Mal blitzte Wut in ihren Augen auf. »Dann klär mich mal auf. Was will ich denn?«

»Vergessen.«

Nova zuckte zusammen, und er wusste, dass er ins Schwarze getroffen hatte. Er ignorierte den Stich in seiner Brust.

»Rede mit mir«, forderte er sie erneut in sanftem Tonfall auf. »Was hat dich heute so aus der Fassung gebracht?«

Sie atmete zittrig ein. Dann zog sie sich zurück.

Diesmal hielt Jax sie nicht auf, als sie von seinem Schoß kletterte und aufstand. Einen Moment lang verharrte sie reglos vor ihm. Dann straffte sie die Schultern. »Bring mich bitte nach Hause.«

Das schmerzhafte Ziehen in seiner Brust war beinahe unerträglich. Bittere Enttäuschung fegte durch seine Adern. Er hatte so sehr gehofft, dass Nova ihm eine echte Chance geben würde. Aber offensichtlich war sie nicht bereit, sich auch auf emotionaler Ebene aus ihrer Komfortzone zu wagen.

Kapitel 16

Nova

Es kostete Nova einige Mühe, Haltung zu bewahren und nicht vor Jax in Tränen auszubrechen, als er die Kühlbox an sich nahm, sein Handy einschaltete und die Taschenlampe aktivierte. Obwohl er auf dem Weg durch das stockdunkle Hotel kein Wort sagte, achtete er genau darauf, dass Nova sämtliche Hürden sicher überwand.

Beim Wagen angekommen, wartete er, bis sie eingestiegen war, ehe er die Kühlbox auf die Rückbank stellte und sich hinters Steuer setzte. Sie sprachen auch während der Fahrt nicht miteinander, und als Jax schließlich vor dem Souvenirshop hielt, schaute er stur geradeaus. Fast so, als könnte er ihren Anblick nicht länger ertragen. Und das tat verdammt weh.

»Bis dann«, krächzte Nova, ehe sie aus dem Pick-up und ins Innere des Hauses floh.

Erst nachdem sie die Tür hinter sich geschlossen hatte, ließ sie ihren Tränen freien Lauf. Im Geiste klopfte sie sich selbst auf die Schulter. Seit Monaten schwärmte sie für Jax, und er schien gegen alle Logik ein ernsthaftes Interesse an ihr entwickelt zu haben. Doch sie hatte es in weniger als vierundzwanzig Stunden geschafft, ihn zu vergraulen. Sie war wirklich eine Versagerin.

Wütend auf sich selbst wischte Nova ihre Tränen weg. Sie hatte Jax nicht verletzen wollen. Aber seine Neugier war ihr einfach zu viel gewesen. Wie sollte sie ihm denn sagen, was sie sich vom Leben erträumte, wenn sie es selbst nicht wusste? Wenn sie urplötzlich vor einem Scherbenhaufen stand und ihre ganze Zukunft ein einziges Fragezeichen war?

Ja, sie hatte vergessen wollen, und da niemand sonst solche Gefühle in ihr auslösen konnte, hatte sie seine Nähe gesucht. Sie hatte gehofft, dass dieser Endorphinrausch einfach alle tristen Gedanken und Sorgen überschwemmen würde. Dabei hätte ihr eigentlich klar sein müssen, dass das ein Trugschluss war.

Ein Schluchzen brach aus Nova hervor, und sie hielt sich die Hand vor den Mund, als das Echo im Korridor widerhallte. Man sollte doch meinen, dass Jax wie jeder Kerl reagieren würde, wenn sich eine Frau auf ihn warf. Aber stattdessen hatte er sie schon wieder abblitzen lassen, und nun fühlte sie sich gedemütigt und allein. Und das Schlimmste war, dass niemand anderes als sie selbst die Schuld daran trug.

Oben öffnete sich die Tür der Wohnung, und die Lampe im Treppenhaus ging an.

»Und du bist ganz sicher, dass du allein zurechtkommst, Abi?«, erklang Priscillas besorgte Stimme. Sie war also tatsächlich gleich hergekommen, nachdem Nova sie angerufen hatte.

»Ja, ich brauche nur etwas Ruhe«, erwiderte Novas Großmutter. »Das war ein harter Tag.«

»Du hast das Richtige getan.« Priscilla seufzte schwer. »Eines Tages wird sie es verstehen.«

Was?

Novas Kopf fuhr hoch. Sie konnte nicht fassen, was sie da

hörte. Starr vor Schreck verharrte sie bei der Eingangstür, bis Priscilla sich von Abigail verabschiedet hatte und auf dem oberen Treppenabsatz erschien.

Als sie Nova entdeckte, riss sie die Augen auf. »Oh, Nova! Was drückst du dich denn hier im Hausflur herum?«

Wütend starrte Nova zu ihr empor. »Warum meinen immer alle zu wissen, was das Richtige für mich ist?«

Priscillas Züge wurden weich. »Weil sie dich besser kennen, als du glaubst.«

»Ich bin eine erwachsene Frau.«

»Das stimmt.« Langsam kam die alte Frau die Treppe herunter und blieb unmittelbar vor Nova stehen. »Und die warst du schon als kleines Mädchen. Es wird Zeit, dass du dich selbst findest und die ganze Verantwortung, die du dir aufgebürdet hast, loslässt.«

»Ich will aber nichts loslassen«, erwiderte Nova zähneknirschend. »Schon gar nicht diese Stadt. Ich bin glücklich hier.«

Überraschung huschte über Priscillas Miene. »Ist das so?«

Genervt warf Nova die Arme in die Luft. »Was dachtest du denn?«

»Das, was alle denken, Kindchen«, gab Priscilla mit weichem Blick zurück. »Dass du für Abi dein eigenes Leben aufgegeben hast.«

Erneut füllten sich Novas Augen mit Tränen. »Mein Leben war völlig in Ordnung. Jedenfalls, bis meine Eltern hier aufgekreuzt sind und es mir weggenommen haben.«

»Hm.« Priscilla legte den Kopf schief. »Na, dann würde ich vorschlagen, du holst es dir zurück.«

Als wenn das so einfach wäre. Die Vorstellung, wie Nova zu ihrem Vater ging und ihn bat, ihr das Haus zu überlassen, damit sie weiter für Abigail sorgen und den Laden führen konnte, war dermaßen absurd, dass sie nur frustriert den Kopf schütteln konnte. Leroy Sims würde niemals von seinen Plänen für seine einzige Tochter abweichen. Ihr waren die Hände gebunden. »Ich kann nicht.«

»Lass dir von einer alten Schachtel einen gut gemeinten Rat geben«, sagte Priscilla und tätschelte mit einem vielsagenden Blick Novas Arm. »Es gibt immer einen Weg. Man muss es nur wollen.«

Bevor Nova ihr sagen konnte, was sie von solchen Kalendersprüchen hielt, hatte Priscilla ihr einen Kuss auf die Wange gedrückt und war verschwunden.

Wie paralysiert verharrte Nova im Korridor. Dann machte sie sich seufzend an den Aufstieg. Sobald sie die Wohnungstür aufschloss, hörte sie Abigails kratzige Stimme. »Nova?«

»Ja, ich bin's.«

Abigail lugte aus ihrem Zimmers heraus. Sie sah todunglücklich aus, während sie sich am Türrahmen abstützte. »Wo warst du denn so lange? Ich habe mir Sorgen gemacht.«

Da Abigail Novas Miene nicht erkennen konnte, mühte sie sich nicht damit ab, ihre Gesichtszüge unter Kontrolle zu halten, und verdrehte die Augen. »Ich war mit einem Freund unterwegs.«

Interesse blitzte in Abigails Zügen auf, doch sie hakte nicht nach, und da Nova immer noch sauer auf ihre Großmutter war und auch keine Lust hatte, den verpatzten Abend mit Jax zu erörtern, wandte sie sich ihrem Zimmer zu. »Ich gehe schlafen. Brauchst du noch etwas?«

Betrübt schüttelte Abigail den Kopf. »Komm einfach zu mir, wenn du reden willst.«

Nova hielt inne. »Bist du bereit, das Haus zurückzufordern?«

Ein trauriges Lächeln erschien auf Abigails Lippen. »Nein.«

»Dann haben wir nichts zu besprechen«, erwiderte Nova kühl. Sie wandte sich ab, um in ihr Zimmer zu gehen.

Doch Abigail stellte sich ihr mit unsicheren Schritten in den Weg. »Versuch doch zu verstehen, dass ich nur das Richtige tun will.«

Schon wieder dieses Wort!

»Das Richtige?«, fauchte Nova. »Wie kann es richtig sein, seine gesamte Existenz so einfach aufzugeben? Du lebst seit deiner Geburt in dieser Stadt. Du bist hier aufgewachsen, hast geheiratet und ein Kind großgezogen.« Aufgewühlt deutete Nova zum Schlafzimmer ihrer Großmutter. »Ich höre jede Nacht, wie du dadrin mit Grandpa sprichst. Warum willst du all das hinter dir lassen?«

Bei Novas Worten war Abigail merklich blasser geworden. Dennoch schüttelte sie entschieden den Kopf. »Du liegst falsch, Liebes. Ich lasse nur zurück, was ich nicht brauche. Die wichtigsten Erinnerungen nehme ich in meinem Herzen mit.«

»Und was ist mit den Augenblicken, die noch gar keine Erinnerung sind?«

»Etwas, das man nicht kennt, kann man nicht vermissen«, schoss Abigail unbeirrt zurück. »Anders verhält es sich hingegen mit Träumen. Sie lassen einen niemals los.« Mit einem vielsagenden Blick nickte sie in Richtung Wohnzimmer. »Spiel, und dann frag dich selbst, ob du bereit bist, diese Chance ungenutzt zu lassen und dein restliches Leben hinter der Ladentheke eines winzigen Souvenirshops mitten im Nirgendwo zu verbringen anstatt auf den Bühnen dieser Welt. Wenn du danach immer noch das Haus zurückwillst, überlegen wir uns was.«

»Fein!« Entschlossen wandte Nova sich ab und lief zur Kommode. Sie zog die Schublade auf und streckte die Hand nach ihrer Violine aus. Das erste Stück, das ihr in den Sinn kam, war *Partida No. 1*, ein Violinsolo von Johann Sebastian Bach.

Es war schnell. Es war wütend. Es war alles, was Nova in diesem Moment empfand. Und doch erstarrte sie mitten in der Bewegung, als das vertraute Vibrieren durch ihren Körper strömte.

Lange stand Nova reglos da und musterte ihr Instrument, während die unterschiedlichsten Gefühle in ihr tobten. Zuerst war sie sich absolut sicher, die Antwort auf Grannys Frage zu kennen. Dann erhoben sich jedoch leise Zweifel in ihr. Sie hatte felsenfest behauptet, dass dieses Leben genau das war, was sie wollte.

Aber was, wenn sie sich etwas vormachte?

***

Die Soul Sisters schienen es nicht erwarten zu können, endlich in Goodville aktiv zu werden, und legten den Ersatztermin für das ausgefallene Treffen spontan auf Sonntag. Obwohl Nova nicht in der besten Stimmung war, ging sie trotzdem am Nachmittag ins Nowhere. Sie wollte gerade in den Clubraum abbiegen, als Lauren ihr mit einem Tablett in den Händen entgegenkam. »Hey.«

Nova lächelte. »Na, wie fühlst du dich?«

»Deutlich besser«, erwiderte Lauren, die tatsächlich wieder etwas mehr Farbe hatte. »Danke, dass du mir am Freitag den Rücken frei gehalten hast.«

»Nicht der Rede wert.« Nova folgte Lauren in den Clubraum und sah zu, wie ihre Freundin das Tablett abstellte und sich dann auf das Sofa lümmelte.

»Die anderen müssten auch gleich da sein.« Sie deutete auf die Cocktailgläser, die randvoll mit Eiswürfeln und einer orangeroten Flüssigkeit gefüllt waren. »Bedien dich!« Sie zwinkerte Nova zu. »Das ist meine Spezialmischung.«

Nova zuckte zusammen. Sie setzte sich auch aufs Sofa, streckte den Rücken durch und bettete ihre Handtasche auf ihrem Schoß. Als sie bemerkte, dass Lauren sie aufmerksam betrachtete, runzelte sie die Stirn. »Was ist denn?«

Lauren wandte sich ihr zu und stützte das Kinn auf die Hand. »Ein Vögelchen hat mir gezwitschert, dass du am Freitag unverhofft Verstärkung hinter der Bar gekriegt hast und bemerkenswert viele Funken geflogen sind.«

Novas Wangen wurden heiß. Bei dem, was in der Bar los gewesen war, hätte man doch annehmen sollen, dass Stacy ihre gesamte Konzentration fürs Verteilen der Getränke gebraucht hatte. »Sollten deine Mitarbeiter nicht diskreter sein?«

Amüsiert lachte Lauren auf. »Machst du Witze? Ich bezahle sie unter anderem dafür, mir jeden Klatsch brühwarm zu erzählen. Wie, glaubst du, habe ich das Nowhere sonst über Jahre hinweg gegen den Willen des Stadtrats halten können?«

»Punkt für dich«, murmelte Nova.

»Und?«, hakte Lauren nach, als Nova stumm blieb. »Läuft da was zwischen euch?«

Diesmal schaffte Nova es nicht, ihre Reaktion unter Kontrolle zu halten, weshalb Lauren prompt nach Luft schnappte.

»O mein Gott! Es stimmt!«

»Nein«, erwiderte Nova, knickte aber unter dem forschenden Blick ihrer Freundin sofort ein. »Ich meine, ja … da war etwas zwischen uns. Aber vermutlich habe ich es inzwischen versaut.«

Laurens Erheiterung erstarb. »Wie das?«

Angespannt schüttelte Nova den Kopf. »Ist nicht mehr wichtig.«

Jax hatte offensichtlich schon genug von ihrer komplizierten Art und sie einfach abserviert. Heute Morgen hatte er sich nicht mal mehr die Mühe gemacht, ihr zu sagen, dass ihre gemeinsamen Schwimmausflüge gestrichen waren. Deshalb hatte sie kurz vor Sonnenaufgang wie eine Idiotin an der Straße gestanden und gewartet. Aber er war nicht gekommen.

»Quatsch!«, widersprach Lauren entschieden. »Natürlich ist es wichtig, wenn es dich unglücklich macht, Schwester. Also erzähl mir, was los ist.«

Nova seufzte. »Vielleicht ist dir aufgefallen, dass es mir nicht leichtfällt, mich anderen gegenüber zu öffnen.«

»Geringfügig«, scherzte Lauren.

Ein gequältes Lächeln huschte über Novas Lippen. »Das Problem ist, dass es bei Männern noch schwieriger für mich ist, und Jax ist … nun ja … er ist neugierig und wissbegierig. Mir war das alles zu viel, verstehst du?«

Zu Novas Überraschung erschien aufrichtiges Mitgefühl in Laurens Gesicht. »Ja, das kann ich sogar sehr gut nachvollziehen. Ich fühle mich auch schnell in die Ecke gedrängt.«

Beklommen rieb Nova sich über die Stirn. »Vermutlich habe ich mich nicht gerade geschickt dabei angestellt, von bestimmten Themen abzulenken, die mir unangenehm waren. Deshalb war Jax' Geduld recht schnell aufgebraucht. Ich denke, er hat einfach das Interesse an mir verloren.«

»Jetzt mach aber mal einen Punkt!« Schnaubend wischte

Lauren sich eine Haarsträhne aus der Stirn. »Alles, was du wolltest, war Zeit. Du hast dich ihm ja nicht an den Hals geschmissen und ihn zu deinem neuen Toyboy degradiert, oder?«

Nova entglitten sämtliche Gesichtszüge. »Könnte er das denken?«

Ungläubig sah Lauren sie an. »Du hast schon mitgekriegt, wie ihm die Weiber hier hinterhersabbern, oder?«

»Wer hat das nicht?«, erwiderte Nova schwach.

»Eben!« Angewidert schüttelte Lauren den Kopf. »Ich mag mir gar nicht vorstellen, wie ätzend es sein muss, wenn man permanent auf seinen Körper reduziert wird. Letzte Woche habe ich Mallory dabei beobachtet, wie sie mit so einem widerlichen Grinsen in seinem Haar rumgewuschelt hat. Die Frau ist fast *fünfzig*. Das ist doch abartig.«

Ein ungutes Gefühl regte sich in Novas Magen, während sie über Laurens Worte nachdachte. Sie kam allerdings nicht mehr dazu, etwas zu erwidern, weil Helen, May und Josephine in den Clubraum spazierten.

»Hallo, Ladies.« Das älteste Clubmitglied setzte sich in den linken Ohrensessel und musterte die Frauenrunde mit unverhohlener Begeisterung. Es war für alle eine Überraschung gewesen, dass Helen als Gattin des angesehenen Sheriffs und Mutter von Cole und Ryan ebenfalls bei den Soul Sisters mitmischen wollte. Aber sie schien sich in der Truppe pudelwohl zu fühlen.

Josephine quetschte sich neben Nova aufs Sofa und langte sogleich nach der eisgekühlten Erfrischung, während May stehen blieb und theatralisch die Arme ausbreitete. »Seid gegrüßt, Schwestern!«

Nova verbiss sich ein Lächeln, wohingegen Lauren ungeniert losprustete. »Du siehst aus wie eine durchgeknallte Priesterin.«

Belustigt verdrehte May die Augen, ließ sich in den Sessel hinter sich fallen und zog die Beine unter ihren Hintern. »Ich wollte lediglich meiner Freude Ausdruck verleihen.«

»Oh, das hast du, Herzchen«, kommentierte Helen und schob sich eine Strähne ihres weißblonden Bobs hinters Ohr.

»Lecker!« Josephine stellte mit einem verzückten Seufzen das Glas ab. »Können wir jetzt loslegen? Ich platze fast vor Ideen.«

Sofort schoss Laurens Hand in die Höhe. »Ich auch.«

»Eine nach der anderen, Ladies«, rief May kichernd. »Ich würde vorschlagen, wir sammeln erst mal alle Ideen und legen danach eine Strategie fest. Einverstanden?«

»Klingt gut«, meinte Nova und bot an, Protokoll zu führen. Sie hoffte, dass sie das von ihren Problemen ablenken würde. Aber leider war das nicht der Fall. Ihre Gedanken kreisten unentwegt um das Gespräch mit Lauren über Jax, aber auch um ihre ungewisse Zukunft, um Abigail und um das Haus. Was Letzteres betraf, hatte sie immer noch keinen Schimmer, was sie tun sollte. Aber in Bezug auf Jax reifte die Erkenntnis in ihr, dass es nicht nur ihre Verschlossenheit an sich war, mit der sie ihn verletzt haben könnte, sondern auch ihr Verhalten.

Zwei Stunden später hielt Nova eine Liste in den Händen, konnte sich jedoch kaum daran erinnern, sie geschrieben zu haben.

»Also, erstens«, fasste Lauren zusammen und schielte auf den Block auf Novas Schoß. »Wir veranstalten nächsten Samstag eine offizielle Einweihungsparty im Nowhere, damit die Idioten aus der Stadtverwaltung nicht behaupten können, wir würden unser eigenes Süppchen kochen. Zweitens hängen wir dort gleich die Anmeldeformulare für einen Kreativkurs für Kinder, Familien-Bingo und den Senioren-Kochkurs aus. Josephine, May und Helen kümmern sich um die Vorbereitungen der jeweiligen Kurse. Die Materialbeschaffung übernehme ich, und Nova macht die Budgetplanung. Sind alle einverstanden?«

May, Helen und Josephine nickten, weshalb Nova ebenfalls zustimmte, obwohl sie beim besten Willen nicht mehr nachvollziehen konnte, wann sie eingewilligt hatte, sich um die Buchhaltung zu kümmern.

»Ich rede mit dem Leiter des Gemeindezentrums und verhandle mit ihm wegen verfügbarer Räume und Materialien«, ergänzte Helen. »Vielleicht können wir so Kosten sparen.«

»Wir werden trotzdem Spendengelder sammeln müssen«, erwiderte May nachdenklich. »Auf Dauer können wir diese Aktionen unmöglich aus eigener Tasche finanzieren.«

Grinsend deutete Josephine zu dem pinken Sparschwein, das mittlerweile im Bücherregal thronte. »Dann kriegt Molly eben einen Extraplatz bei der Party.«

»Bis wann brauchen wir die Einladung«, fragte May.

Lauren lehnte sich zurück. »Montag oder Dienstag sollte genügen, oder?«

»Ja, wir können sie dann wieder im Laden kopieren, und ein paar Materialien könnte ich auch noch stiften«, antwortete Nova und verdrängte den bitteren Gedanken, dass es ihr Geschäft wohl bald nicht mehr geben würde, wenn ihr Vater seine Drohung wahr machte. Aber bis dahin wollte sie wenigstens etwas Gutes für Goodville bewirken und ihren Freundinnen eine Stütze sein.

Und noch etwas war Nova inzwischen klar geworden: Sie musste Jax erklären, dass er sie falsch verstanden hatte, auch wenn sie dieses Gespräch immense Überwindung kosten würde und der Ausgang ungewiss war.

Kapitel 17

Jax

Jax fuhr am Sonntagabend zum See, als sich dort der größte Familienansturm gelegt hatte. Nur ein paar Jugendliche saßen noch auf einer Decke, spielten Karten und hörten Musik. Nach einem zermürbenden Tag, an dem er permanent zwischen verletztem Stolz und einem schlechten Gewissen, weil er Nova versetzt hatte, hin- und hergerissen gewesen war, fühlte er sich niedergeschlagen und frustriert. Deshalb durchschwamm er das Gewässer nicht einmal, sondern fünfmal. Danach waren seine Beine und Arme Wackelpudding, aber wirklich besser ging es ihm nicht.

Ohne Nova war es einfach nicht dasselbe. Er vermisste sie. Gleichzeitig saß die Enttäuschung immer noch tief, weil sie ihn lieber vögeln wollte, als sich ihm wirklich zu öffnen.

Jax überlegte, ob es vielleicht zu früh gewesen war, ihr seine wahren Absichten zu gestehen. Wären sie in der Freundschaftszone geblieben, hätte sie ihm gestern Nacht auf dem Hoteldach jedenfalls nicht so einfach ausweichen können. Andererseits spielte das vermutlich sowieso keine Rolle mehr. Wo kein Vertrauen da war, war keins da, und offensichtlich hatte Nova nicht vor, etwas daran zu ändern.

Schnaubend rubbelte Jax sich trocken, warf das Handtuch

auf den Fahrersitz und stieg in den Pick-up. Eine seltsame Taubheit hatte von ihm Besitz ergriffen. Vielleicht würde ja eine heiße Dusche helfen.

Wie üblich hatte Jax es nicht sonderlich eilig, in seinen einsamen Bungalow zurückzukehren. Trotzdem machte er sich auf den Weg. Er hoffte inständig, dass Mallory nicht schon wieder am Gartenzaun rumhing und versuchte, ihm ein Gespräch ans Knie zu nageln, denn er war wirklich nicht in Stimmung für eine Fünfzigjährige in der Midlife-Crisis, die ihr Ego aufpolieren wollte.

Als er eine Viertelstunde später in der Einfahrt parkte, war er also entsprechend auf der Hut. Deshalb bemerkte er die schmale Gestalt, die auf den Stufen zu der kleinen Veranda saß, auf den ersten Blick.

Nova.

Mit klopfendem Herzen stieg Jax aus und eilte zu ihr. Im Augenwinkel registrierte er, wie seine Nachbarin tatsächlich neugierig über den Zaun lugte. Aber mit ihr konnte Jax sich nun wirklich nicht befassen.

Unmittelbar vor Nova blieb Jax stehen. »Hey.«

Sie hob den Kopf und eine Falte bildete sich auf ihrer Stirn, weil er lediglich Badeshorts und Schlappen trug. »Du warst am See.«

Sofort regte sich aufs Neue das schlechte Gewissen in Jax. »Musste ein bisschen Dampf ablassen.«

Sie schnitt eine Grimasse, und Jax wurde klar, dass seine Worte wie ein Vorwurf geklungen hatten. Das war nicht seine Absicht gewesen. Aber er nahm es nicht zurück. »Was machst du hier?«

»Kann ich bitte kurz mit dir reden?«

»Sicher.« Er deutete auf die Eingangstür, weil ihm klar war, dass Mallory bereits Elefantenohren gewachsen waren. »Gehen wir rein.«

Nova erhob sich und folgte ihm ins Innere des Bungalows, wo sie sich interessiert umsah. Er war nicht sehr groß, und die Einrichtung war unspektakulär. Im Wohnzimmer befanden sich nur ein beigefarbenes Sofa, eine TV-Kommode mit Plasmafernseher und ein Tischchen. Jax hatte den Bungalow möbliert gemietet, weil er schlichtweg keine Lust gehabt hatte, groß auf Shoppingtour zu gehen. Die einzigen persönlichen Einrichtungsgegenstände waren das große Bett im Schlafzimmer nebenan, weiße Bilderrahmen auf dem Kaminsims, die Fotos von seiner Familie zeigten, und ein Kaktus, den Judy ihm geschenkt hatte.

»Wenn der länger als drei Monate überlebt, bist du bereit für was Ernstes, Brüderchen«, hatte sie ihm bei seinem Umzug mit auf den Weg gegeben.

Und siehe da, der Kaktus lebte noch. Mehr oder weniger.

Die Fenster zeigten auf einen kleinen Garten hinter dem Haus, den man durch eine Tür in der angrenzenden offenen Küche erreichen konnte. Dort saß Jax öfter in einer durchgesessenen Hollywoodschaukel auf der Veranda und telefonierte mit seiner Familie oder genoss ein kühles Feierabendbier, während er Unterlagen für die Arbeit durchging.

Jax überlegte, ob er sich mit Nova nach draußen setzen sollte. Andererseits hatte er keine Ahnung, wie sich dieses Gespräch entwickeln würde, und seiner Erfahrung nach sollte er es sich besser nicht gemütlich machen, wenn es ernst wurde, weil Nova einen ausgeprägten Fluchtinstinkt besaß.

Reserviert sah Jax sie an und erwischte sie dabei, wie sie ihn eingehend betrachtete. Sie war wunderschön, wie sie da ein bisschen verlegen und mit geröteten Wangen vor ihm stand. Ihr braunes Haar fiel ihr offen auf den Rücken. Sie trug ein rotes Sommerkleid, das sich genau an den richtigen Stellen um ihre Kurven schmiegte. Und wie so oft knabberte sie gedankenversunken auf ihrer Unterlippe.

Der Drang, Nova an sich zu ziehen und zu küssen, war überwältigend. Nur leider waren sie auch an diesem Punkt schon einmal gewesen, und es hatte nicht gut geendet. Jax wollte mehr für sie sein als ein kurzes Sexabenteuer. Sein Körper mochte anders denken, aber sein Herz hatte eine klare Meinung dazu. Wenn Nova nichts Ernstes wollte, verzichtete er lieber.

»Ich bin gleich zurück«, sagte er und ging durch einen schmalen Flur ins Badezimmer, um sich den Seegeruch abzuwaschen und etwas Trockenes anzuziehen.

Als er wenige Minuten später zurückkehrte, war Nova zu den Fotografien auf dem Kaminsims getreten und betrachtete sie nachdenklich.

»Es muss schön gewesen sein, in so einem Umfeld aufzuwachsen«, meinte sie und lächelte traurig.

»Ja.« Jax stellte sich neben sie und musste ebenfalls lächeln, als er die Schnappschüsse aus seiner Jugend sah. »Es ging immer ziemlich laut und verrückt zu auf der Farm. Aber wenn es hart auf hart kam, waren wir füreinander da.«

Es wurde still zwischen ihnen.

»Für mich war niemand da«, gestand sie schließlich leise, sah ihn aber nicht an, sondern starrte weiter auf die Bilder. »Meine Eltern hatten selten ein freundliches Wort für mich übrig. Eigentlich nur, wenn ich mit Bestnoten nach Hause kam.

Wenn nicht, haben sie mich Versagerin oder Schlimmeres genannt und so lange ignoriert, bis ich meine Leistung verbessert hatte.«

Mitgefühl regte sich in Jax' Brust. Er hatte geahnt, dass die Beziehung zu ihren Eltern kompliziert war, aber dass es so schlimm gewesen war, überstieg seine Vorstellungskraft. »Du bist keine Versagerin.«

Ihr Lächeln wurde bitter. »Wenn es nach meinen Eltern geht, schon. Sie konnten es gar nicht oft genug betonen.«

»Aber das ist nicht wahr«, stieß Jax hervor.

»Trotzdem fängt man irgendwann an, es zu glauben, Jax.« Geistesabwesend verschränkte Nova die Arme. Sie schien noch etwas sagen zu wollen, doch dann zuckte sie lediglich mit den Schultern. »Vermutlich sollte ich dankbarer sein. Immerhin hat es mir nie an etwas gemangelt, und sie haben mich auch nie geschlagen oder so.«

Das vielleicht nicht. Aber dafür hatten sie Nova über Jahre hinweg seelisch misshandelt. Das war Jax' Ansicht nach mindestens genauso schlimm.

Kopfschüttelnd wandte Nova sich von den Bildern ab. Allerdings brachte sie noch immer nicht den Mut auf, ihn direkt anzusehen. »Was ich damit eigentlich sagen will, ist, dass ich nie gelernt habe, jemandem zu vertrauen. Meine Großmutter war die Einzige, die mich je akzeptiert hat, wie ich bin. Sie hat versucht, mich zu bestärken. Allerdings haben wir uns damals nur selten gesehen, und gewisse Verhaltensweisen haben sich im Laufe der Zeit einfach in mir manifestiert.«

Sie sah so beschämt aus, dass Jax sie unterbrechen wollte. Doch sie fuhr bereits fort: »Mit meinem Umzug nach Goodville wurde es besser. Aber mir fällt es auch heute noch schwer,

Kontakte zu knüpfen oder mich jemandem zu öffnen.« Nervös befeuchtete sie ihre Lippen. »Ich möchte gerne, aber ich weiß oft nicht, wie, und dann mache ich ziemlich dumme Sachen, wie, mich dir … na ja … aufzudrängen.« Ihre Wangen röteten sich, während sie zu Boden starrte, als wünschte sie sich sehnlich ein Loch herbei, um darin zu verschwinden. »Ich war nie an deinem Körper interessiert. Ich meine, das war ich schon. Nur eben nicht ausschließlich. Ich hätte dich auch gern als Freund gehabt. Das Problem ist: Du löst sehr viele wunderschöne Gefühle in mir aus, gegen die ich total machtlos bin und die mir Angst machen. Ich sehe ein, dass mein Verhalten unangemessen war, und es tut mir leid, wenn ich dich damit herabgewürdigt habe. Das war nicht meine Absicht. Du bist ein toller Mann – äußerlich wie innerlich –, und ich habe die Zeit mit dir sehr genossen. Dafür wollte ich dir neben meiner Entschuldigung auch danken. Ich hoffe, du kannst mir irgendwann verzeihen.«

Sie machte einen Schritt in Richtung Ausgang, um ihre Flucht anzutreten – genau wie Jax vorausgesehen hatte. Aber er würde einen Teufel tun und das zulassen.

Entschlossen stellte er sich ihr in den Weg. »Darf ich jetzt auch mal was sagen?«

Sie riss erschrocken die Augen auf. »Ja?«

Jax atmete tief durch. »Erstens finde ich schrecklich, was du in der Kindheit und Jugend durchmachen musstest. Ich mag mir gar nicht ausmalen, wie grauenvoll dein Leben mit dem permanenten Leistungsdruck und der psychischen Belastung gewesen sein muss. Zweitens – und das kann ich gar nicht oft genug betonen – bist du keine Versagerin. Was du mit deiner Sorge für Abigail und dem Souvenirshop leistest, ist erstaunlich und bewundernswert und ganz sicher kein Zeichen von Schwäche. Drittens: Wenn du Zeit brauchst, um mit mir über unangenehme Themen zu reden, dann sag es einfach. Ich behaupte nicht, dass es mir immer gefallen wird, aber ich verspreche, ich werde mich um Geduld bemühen, bis du so weit bist. Und viertens …«

Jax hielt inne und wartete, bis sie sich endlich überwand und ihn ansah.

Sie schluckte angespannt. »Viertens?«

Behutsam legte Jax die Hand an ihre Wange und streichelte mit dem Daumen über die zarte Haut. Sein Herz klopfte schneller, als wollte es Beifall spenden, weil er sie endlich wieder berührte. »Viertens ist prinzipiell überhaupt nichts dagegen einzuwenden, wenn du dieser Anziehung zwischen uns nachgibst. Denn offen gestanden fällt es mir genauso schwer, in deiner Gegenwart nicht andauernd die Beherrschung zu verlieren.«

Das Erstaunen, das sich nun in ihrem Gesicht zeigte, war absolut hinreißend. Wobei Jax sich schon fragte, wo sie mit ihren Ohren gewesen war, als er sie um eine Chance gebeten hatte.

»Wirklich?«, fragte sie perplex.

Jax lachte ungläubig auf. »Glaubst du etwa, ich reagiere bei jeder Frau so empfindlich, nur weil sie mir nicht sofort ihre intimsten Gedanken auf einem Silbertablett serviert?«

Nova runzelte die Stirn. »Das … also, ich weiß nicht, ob ich das kann.«

Ein Seufzen entwich Jax' Kehle. »Das musst du auch gar nicht. Es tut mir leid, dass ich so ungeduldig war. Das war dir gegenüber nicht fair.«

»Nein«, erwiderte sie schnell. »Du konntest es ja nicht wissen.«

Das vielleicht nicht. Aber er hätte sich denken können, dass es einen Grund dafür gab, warum sie nach all den Jahren kaum Freundschaften in Goodville geschlossen hatte. Wenn er es recht bedachte, hatte erst der Kontakt mit May und Lauren sie zugänglicher gemacht. Nur deshalb war Jax ja überhaupt aktiv geworden, obwohl er sie schon viel länger kannte.

»Also sind wir noch Freunde?«, fragte sie zögernd.

Jax' Mundwinkel zuckten. »Wir können sein, was immer du willst. Hauptsache, du bist ehrlich zu mir und vergisst nicht, mich gelegentlich zu küssen.«

Ein schelmischer Glanz trat in ihre schokoladenbrauen Augen. »Ich denke, das kriege ich hin.«

Erwartungsvoll neigte Jax den Kopf und genoss die Funken, die zwischen ihnen hin- und herflogen. Aber sie kam ihm nicht entgegen, sondern schaute ihn einfach nur an.

»Jetzt, Sims!«

»Oh.«

Die Sache mit der Geduld hatte er echt noch nicht raus. Glücklicherweise nahm Nova ihm das nicht übel, sondern schlang die Arme um seinen Nacken und legte ihre Lippen auf seine. Ihr Kuss war sanft und verführerisch zugleich, eben der Inbegriff von Nova.

Lust schoss durch Jax' Adern, und er zog sie näher zu sich heran, bis kein Blatt Papier mehr zwischen sie passte. Es war verlockend, sich in dem Moment zu verlieren. Viel fehlte nicht mehr, und Jax hätte seine guten Vorsätze über Bord geworfen und sie wie ein Höhlenmensch in sein Schlafzimmer geschleppt. Aber diesmal war es Nova, die den Kuss abbrach.

Vorsichtig lächelte sie ihn an. »Ich möchte dir gern etwas zeigen.«

Obwohl ein Teil von ihm bedauerte, dass sie sich vom Schlafzimmer entfernten, ließ er sich widerstandslos von Nova mitziehen. Sie schnappte sich seine Wagenschlüssel vom Küchentresen und klimperte damit vor ihm herum. »Was dagegen, wenn ich fahre?«

Jax grinste. »Keineswegs.«

Gemeinsam gingen sie hinaus. Schon wieder zuckte Mallorys Kopf hoch, dann verfolgte sie mit sichtlicher Neugier, wie Jax und Nova in den Pick-up stiegen.

»Diese Frau ist echt unglaublich«, stieß Nova hervor, sobald sie den Fahrersitz nach vorn gestellt hatte, damit sie an die Pedale kam.

Jax schmunzelte. »Bist du etwa eifersüchtig auf meine heiße Nachbarin?«

Sie blinzelte kurz, bevor sie anfing zu kichern. »Wie hältst du das bloß aus?«

Es war typisch für Nova, dass sie kein böses Wort über Mallory verlor. Gehässige Sprüche lagen einfach nicht in ihrer Natur.

Vielsagend wackelte Jax mit den Augenbrauen. »Glaub mir, sie ist zuverlässiger als jeder Wachhund.«

»Dir ist schon klar, dass morgen die ganze Stadt über uns Bescheid weiß, oder?«, fragte Nova und biss sich besorgt auf die Unterlippe.

Für den Bruchteil einer Sekunde war Jax von diesem verlockenden Anblick abgelenkt. Dann schaute er ihr forschend in die Augen. »Ist das ein Problem?«

»Nein«, erwiderte Nova sofort und musterte ihn mit einem Hauch Unsicherheit. »Für dich?«

Demonstrativ beugte Jax sich zu ihr und drückte ihr einen

kurzen, aber intensiven Kuss auf die Lippen. »Ich hoffe, das beantwortet deine Frage.«

»Äh, ja … Das war ziemlich deutlich.«

»Gut.« Zufrieden lehnte Jax sich zurück und schaute sie erwartungsvoll an. »Fahren wir?«

Nova nickte nervös, startete den Pick-up und fuhr los. Während sie den Wagen stadtauswärts in Richtung Norden lenkte, überlegte Jax, sie nach ihrem Tag zu fragen. Doch zu seiner Überraschung eröffnete Nova aus eigener Initiative das Gespräch und berichtete von ihrem Treffen mit den Soul Sisters. Wie es schien, hatten die Ladies große Pläne mit ihrem Club, und es berührte Jax, dass Nova durch ihre Freundschaft mit den Frauen aufblühte.

Nach ein paar Meilen bog sie auf eine schmale Schotterstraße ab.

»Ich hoffe, am Samstag kommen ein paar Leute«, sagte sie, während sie auf eine bewaldete Gebirgskette zufuhren. »Der Termin ist etwas kurzfristig. Aber wir wollten endlich loslegen.«

Beruhigend legte Jax ihr eine Hand auf den Oberschenkel. »Ich denke, was das betrifft, kannst du unbesorgt sein. Du weißt doch, wie die Leute hier sind. Bei einer Party kann niemand widerstehen.«

Nova nickte geistesabwesend. »Wir werden auf jeden Fall einige Bierbänke und Stehtische aufstellen. Und wenn wir den Hinterhof etwas schmücken, wird es sicher sehr schön.«

»Ich kann euch beim Aufbauen helfen«, bot Jax an.

Ein strahlendes Lächeln war seine Belohnung. »Das wäre toll.«

Jax nickte. »Also ist das abgemacht.«

»Okay.« Plötzlich lenkte Nova den Wagen an den Wegrand und schaltete in den Parkmodus. »Wir sind da.«

Neugierig schaute Jax aus dem Fenster. Die Dämmerung hatte bereits eingesetzt. Aber der Pfad, der direkt in den Wald zu seiner Rechten führte, war noch gut zu erkennen. Nova stieg aus und sah dem Wald lächelnd entgegen. »Wir müssen noch ein Stück zu Fuß gehen.«

Jax zog eine Braue hoch. »Du schleppst mich kurz vor Einbruch der Nacht in einen abgelegenen Wald?«

Kichernd ergriff Nova seine Hand. »Was soll ich sagen? Nicht nur du hast eine teuflische Seite.«

»Das klingt nicht sonderlich beruhigend, Sims.«

Sie warf ihm einen koketten Blick über die Schulter zu. »Keine Angst. Ich werde dich beschützen.«

Jax lachte. »Na dann.«

In gemächlichem Tempo spazierten sie in den Wald, durch dessen Baumwipfel der rötliche Abendhimmel zu sehen war. Abseits der beliebten Wanderwege, die sich ein ganzes Stück weiter nördlich befanden, schien die Natur hier vollkommen unberührt zu sein. Kräuter und Stauden in satten Farben schmückten den moosbedeckten Boden. Es duftete herrlich nach Holz und saftigen Wildbeeren. Und in der Ferne zwitscherten ein paar Vögel vergnügt ihr Abendlied.

Es war Idylle pur, und Jax sog die Atmosphäre gierig in sich auf. Erstaunt sah er Nova an, die seine Reaktion sichtlich amüsiert verfolgt hatte.

Die Traurigkeit war aus ihren schönen Augen verschwunden. Nun leuchteten sie vor Wärme und Ruhe.

»Es gefällt dir hier«, stellte sie zufrieden fest.

»Soll das ein Scherz sein?« Mit einer ausladenden Geste deutete Jax auf die Umgebung. »Ich kann nicht glauben, dass ich diesen Ort bisher verpasst habe.«

»Oh, es wird gleich noch viel besser.«

»Kann ich mir ehrlich gesagt nicht vorstellen, Sims«, erwiderte er grinsend. »Aber ich lasse mich gern eines Besseren belehren.«

Er hatte kaum zu Ende gesprochen, da zog sie ihn mit sich nach links, direkt ins Dickicht. Zweige knackten unter ihren Füßen, als sie vorsichtig ein paar Äste von Sträuchern beiseiteschob.

Mit seinem viel breiteren Körper hatte Jax Mühe, sich durch die dichten Sträucher zu zwängen. Aber er wurde belohnt, als sich vor ihm eine kleine Lichtung auftat und er auf eine alte Ruine blickte. Obwohl das Dach fehlte und das Mauerwerk vollkommen zerfallen und von Pflanzen überwuchert war, konnte man die ursprüngliche Form des Gebäudes noch gut erkennen. Es musste eine kleine Kapelle oder etwas dergleichen gewesen sein. Zumindest deuteten die Formen der Fensteraussparungen in der hinteren Wand darauf hin.

Nova ließ Jax los und eilte mit routinierten Schritten durch das Unterholz auf das zerfallene Gebäude zu, wo sie durch ein Loch schlüpfte und im Inneren verschwand.

Jax folgte ihr und fand sie auf einer niedrigen Steinmauer sitzend inmitten der Ruine. Sie hatte sich auf die Hände gestützt und schaute lächelnd hinauf in den Himmel.

»Das ist mein Rückzugsort«, sagte sie leise, während Jax vorsichtig neben sie rutschte. »Meistens komme ich her, wenn ich allein sein will oder nachdenken muss.«

Hierher war sie also gestern unterwegs gewesen, als er sie auf der Straße aufgegabelt hatte.

Nachdenklich schaute Jax sich um. Es bedeutete ihm viel, dass Nova ihn hergebracht hatte.

Natürlich hätte er sie immer noch gern gefragt, was gestern Nachmittag mit ihren Eltern vorgefallen war. Aber er hatte ihr versprochen, sie nicht mehr zu bedrängen. Und er wollte sein Versprechen unbedingt halten. Deshalb hakte er nicht weiter nach, sondern stieß sie sanft mit seiner Schulter an. »Danke, dass du diesen Ort mit mir geteilt hast, Sims.«

Mit einem schüchternen Lächeln strich sie sich eine Haarsträhne hinters Ohr. »Hast du auch einen Lieblingsplatz?«

O ja, den hatte Jax allerdings. Nur dass dieser Platz streng genommen kein Ort war, sondern die bezaubernde Person neben ihm. Aber vermutlich hätte er Nova mit diesem Geständnis ziemlich erschreckt. Daher entschied er sich für einen Kompromiss. »Wenn ich so darüber nachdenke, ist mir im Moment der See am liebsten.«

»Wirklich?« Nova grinste. »Nachts scheint er nicht so dein Fall zu sein.«

Belustigt lehnte Jax sich zu ihr hinüber und senkte die Stimme. »Dafür mag ich die Ruhe, die er im Morgengrauen ausstrahlt, umso mehr.«

»Guter Punkt«, erwiderte Nova ebenso leise und richtete ihre Aufmerksamkeit auf seine Lippen.

Gott! Er wollte sie küssen.

Wieder und wieder.

Da jedoch die realistische Chance bestand, dass Jax nicht mehr damit aufhören konnte, wenn er erst mal angefangen hatte, rief er sich zur Ordnung und erkundigte sich, wie Nova die Ruine gefunden hatte.

Ihr verhangener Blick klärte sich etwas – und dann fing sie

an, ihm von jenem Sommertag zu erzählen, an dem sie ziellos durch den Wald spaziert und auf diesen verwunschenen Ort gestoßen war. Damals war sie gerade einmal vierzehn Jahre alt gewesen, hatte mit dem Fahrrad die Gegend erkundet und schlichtweg die Freiheit genossen, die ihre Großeltern ihr boten.

Sie unterhielten sich über die Ferien, die sie als Kind hier in Goodville verbracht hatte, und wie es sich für sie angefühlt hatte, Seattle hinter sich zu lassen. Auch Jax erzählte von seinen ersten Eindrücken in der winzigen Stadt und seinen skurrilsten Begegnungen. Es war ein schönes Gespräch, und sie lachten viel zusammen.

Wäre es nach Jax gegangen, wären sie wohl die ganze Nacht lang einfach hier sitzen geblieben und hätten geredet. Aber schon bald wurde es so dunkel, dass man kaum noch die Hand vor Augen sehen konnte, und Nova musste zurück nach Hause zu Abigail.

Sein einziger Trost bestand in der Tatsache, dass Nova genauso betrübt über die bevorstehende Trennung zu sein schien wie er. Als sie ihn vorsichtig fragte, ob sie am nächsten Morgen wieder zusammen schwimmen gingen, machte sein Herz vor Freude einen Sprung.

Er lächelte und drückte ihr einen sanften Kuss auf die Lippen, ehe er nickte. »Ich bin bei Sonnenaufgang da.«

Kapitel 18

Jax

Die Krawatte, die Jax um den Hals trug, drückte ihm die Kehle zu, und er zerrte sich das Teil wieder ab, während er auf den Eingang des verglasten Bürogebäudes starrte. Leute strömten durch die Drehtür in den siebenstöckigen Bau, und ein älterer Mann war damit beschäftigt, die hoch aufragenden Palmen zu wässern, die den Vorplatz schmückten.

Jax war eine halbe Stunde zu früh dran für seinen Zehn-Uhr-Termin, was nicht gerade dazu beitrug, dass sich seine angespannten Nerven beruhigten. Eigentlich hatte er gehofft, dass ihn der gemeinsame Badeausflug mit Nova hinreichend von dem Treffen mit den Investoren ablenken würde. Aber so sehr Jax die Zeit mit ihr auch genossen hatte, in dem Moment, in dem sie ihm einen schönen Tag und viel Erfolg in Farmington gewünscht hatte, war ihm der Magen bis in die Kniekehlen gerutscht, wo er jetzt noch hing.

Dabei war es nicht die Besprechung an sich, die Jax nervös machte. Auf der Baustelle lief alles nach Plan, und Sally hatte die Liste der nervigen Farraday mit dicken grünen Häkchen versehen und Jax ausgedruckt. O'Donnell würde zufrieden sein – soweit ein Mann wie er je zufrieden sein konnte. Was seine Tochter betraf, war Jax allerdings weniger optimistisch.

Wie durch ein Wunder war es ihm gelungen, Shannon und ihre wenig subtile Drohung das ganze Wochenende über aus seinem Bewusstsein zu verbannen. Aber jetzt sauste dieses verdammte Damoklesschwert auf ihn herab, und Jax wusste einfach nicht, wie er es aufhalten sollte. Er konnte sich lediglich an die Hoffnung klammern, dass Shannon das Ende ihrer Affäre mit Fassung tragen und akzeptieren würde, dass er nun eine andere Frau begehrte.

Eine Frau, die sein Bewusstsein in den letzten Tagen komplett für sich vereinnahmt hatte und die Jax ganz sicher nicht hintergehen würde, indem er Shannon weiterhin bei Laune hielt.

Als er das bevorstehende Treffen nicht länger hinauszögern konnte, riss er sich zusammen, stieg aus dem Wagen und marschierte mit dem Laptop unterm Arm ins Bürogebäude. Wie üblich wurde er im obersten Stockwerk von O'Donnells Assistentin empfangen, die ihn in den Konferenzraum führte.

Jax war gerade dabei, den Laptop anzuschließen, als die Tür aufging und Shannon erschien. Mit einem lasziven Lächeln schlenderte sie auf Jax zu.

»Hallo, Darling.«

Sie wusste genau, dass Jax es nicht mochte, wenn sie ihn so nannte. Aber dies war wohl kaum der richtige Moment, um sie darauf hinzuweisen. Also ignorierte Jax den dämlichen Kosenamen und nickte knapp. »Guten Morgen, Shannon.«

Ihr Blick glitt über seinen Oberkörper, und ihre Hand zuckte vor, als wollte sie ihn berühren. Doch da marschierte Miss Faraday in den Raum, und Shannon hielt sich glücklicherweise zurück.

»Ah, Mister Troy. Gut, dass Sie da sind«, plapperte sie los

und ließ einen Stapel Kataloge auf die Tischplatte fallen. »Wir müssen dringend über die Blumenvasen reden.«

Gute Güte! Die Frau machte Jax noch wahnsinnig mit ihrem Dekotick. Andererseits war Jax erleichtert, mit ihr einen Puffer im Raum zu haben.

Sichtlich gelangweilt schlenderte Shannon weiter, nahm am Ende des Tisches Platz und zog ihr Handy hervor.

Miss Farraday schlug den obersten Katalog auf und tippte auf ein Produktfoto von einem blauen Glasungetüm. »Wie schnell können Sie fünfzig Stück von denen besorgen?«

Innerlich stöhnte Jax auf, doch er blieb freundlich. »Das weiß ich leider nicht genau, aber ich werde Miss Reed sofort darauf ansetzen, sobald ich im Büro bin.«

Jeder andere wäre mit dieser Aussage vermutlich zufrieden gewesen. Nicht so die nervige Farraday. »Das hat von nun an höchste Priorität, Mister Troy. Ist das klar?«

»Ja, Ma'am.« Nur mühsam verkniff Jax sich die Frage, ob die Priorität auch höher lag als der Abschluss der aktuellen Bauphase. Aber zum Glück marschierten O'Donnell und sein Gefolge in den Konferenzraum und beendeten das Gespräch. Wobei den sauren Mienen der Hauptsponsoren nach zu urteilen wohl von Glück eher keine Rede war.

O'Donnell setzte sich ans Tischende und durchbohrte ihn mit seinem Blick. »Wie ich höre, gibt es Probleme mit dem Sanitärbereich.«

Stirnrunzelnd stemmte Jax die Hände in die Hüften. »Nein, Sir. Alles verläuft nach Plan. Wer behauptet das?«

O'Donnell schenkte ihm ein überhebliches Lächeln. »Ich habe meine Quellen, Mister Troy.«

Jaja, du bist der Allergrößte, Kumpel.

»Nun, dann haben Ihre Quellen Sie falsch unterrichtet«, erwiderte Jax betont freundlich und öffnete die vorbereitete Präsentation, die nun über den Beamer an die Wand hinter ihm geworfen wurde. Langsam klickte er die Seiten durch. »Wie Sie den Bildern entnehmen können, wurden sämtliche Leitungen wie erwartet fertiggestellt.«

Sowie Shannon die Worte vernahm, hob ein dreckiges Grinsen ihre knallrot geschminkten Lippen. »Ich schätze es sehr, wenn Rohre wunschgemäß verlegt werden.«

Ernsthaft? Das war ja ein ganz neues Niveau.

Jax überging ihren Einwurf und fuhr mit seiner Präsentation fort. Obwohl er bestens vorbereitet war, jeden Quadratmillimeter des Baukomplexes kannte und es im Grunde nichts zu beanstanden gab, rann ihm schon bald der Schweiß zwischen den Schulterblättern hinab. Ihm war klar, dass sein Körper nur auf seine innere Anspannung reagierte, aber er hatte noch nie besonders gut mit Druck umgehen können. Egal wie lässig Jax sich nach außen gab, tief in ihm drin hatte ein Teil furchtbare Angst, es kolossal zu versauen.

Wieder dauerte es fast zwei Stunden, bis Jax die Besprechung endlich hinter sich gebracht hatte. O'Donnell schien zufrieden zu sein, denn er nickte knapp, bevor er es seiner rechten Hand – dem schleimigen Doyle – überließ, das Meeting zu beenden.

Diesmal verließ Shannon mit ihrem Vater und den anderen den Konferenzraum, weshalb Jax kurz in Versuchung geriet, sie einfach zu versetzen und direkt den Rückweg anzutreten. Aber das wäre feige gewesen, und so ein Mann wollte Jax nicht sein. Streng genommen hatte er dieses Gespräch sowieso schon viel zu lange hinausgezögert.

Er packte seinen Kram zusammen und machte sich auf den Weg ins Supreme, das zwei Querstraßen von O'Donnells Bürogebäude entfernt war. Das Nobelrestaurant lag deutlich über seiner Gehaltsklasse. Anzugträger und Frauen saßen an den aufwendig gedeckten Tischen. Zahlreiche Kellner schwirrten umher, um den Gästen jeden noch so kleinen Wunsch zu erfüllen. Nur die erlesensten Weine wurden gereicht, und die Gerichte waren als kleine Kunstwerke auf den Tellern arrangiert.

Jax ließ sich von einem Frackträger zu einem Tisch führen, der sich im hinteren Teil des Restaurants vor den bodentiefen Fenstern befand. Obwohl die Klimaanlage auf eine angenehme Temperatur eingestellt war, war Jax unerträglich heiß. Er hätte alles dafür gegeben, jetzt mit Nova am Lake Buckeye zu sein.

Der Gedanke ließ ihn kurz lächeln, obgleich seine Laune angesichts des bevorstehenden Gesprächs nicht die beste war.

Wie üblich ließ Shannon ihn warten. Noch so ein Machtspielchen, das Jax nicht leiden konnte. Trotzdem blieb er sitzen, spielte mit dem Wasserglas in seiner Hand und ging in Gedanken seine Rede durch, während der Kellner ungeduldig um ihn herumschlich.

Mit zwanzigminütiger Verspätung tauchte Shannon schließlich auf. Allerdings schien sie zu Jax' Überraschung diesmal ernsthaft verärgert zu sein.

»Tut mir leid, Darling«, sagte sie, sobald sie sich gesetzt hatte. »Ich wurde aufgehalten.« Sie wandte sich dem Kellner zu und bestellte einen trockenen Martini.

Der Kellner nickte und huschte beflissen davon.

»Gab es Ärger im Büro?«, erkundigte Jax sich, obwohl er nicht wirklich eine Antwort auf diese Frage erwartete.

Schmerz flackerte in Shannons Augen auf, bevor sich ihre Lippen zu einem bitteren Lächeln verzogen. »Mein Vater hat mir gerade mitgeteilt, dass er beschlossen hat, wieder zu heiraten.«

Jax' Brauen schossen in die Höhe. »Diese Fanny?«

»Genau die«, sagte sie mit einem bitteren Lachen, und ihre Augen füllten sich mit Tränen.

Oh! Das war nicht gut.

»Sie ist fünfundzwanzig, und er kennt sie gerade mal *vier* Monate.« Angewidert schüttelte Shannon den Kopf. »Das hält ihn aber nicht davon ab, ihr noch in diesem Jahr einen fetten Diamantring an den Finger zu stecken. Ist das zu fassen?!«

Der Kellner kehrte mit dem Martini zurück. Shannon nahm das Glas und stürzte den Inhalt herunter, während sich der Kellner entfernte. Er war offensichtlich gut genug in seinem Job, um zu kapieren, dass sie so schnell kein Essen bestellen würden.

Mitgefühl regte sich in Jax. Shannon war keine Frau, die ihre Gefühle gern nach außen trug. Die Tatsache, dass sie inmitten dieses schicken Restaurants jede Etikette vergaß, zeigte deutlich, wie aufgewühlt sie war. Es war genau wie damals, als ihre Affäre ihren Anfang genommen hatte. Nur dass ihre verletzliche Seite diesmal keinerlei Faszination mehr auf ihn ausübte. Ganz kalt ließ es ihn aber auch nicht, sie derart niedergeschlagen zu sehen.

Sobald sie das Glas auf den Tisch zurückgestellt hatte, legte er ihr tröstend die Hand auf den Unterarm. »Es tut mir leid, Shannon.«

Verloren starrte sie auf die Stelle, an der er sie berührte. »Ich halte das nicht aus, Jax. Wenn ich diese Tussi nur sehe, möchte ich mich übergeben. Wie kann mein Vater eine Frau vögeln, die mit mir zur Schule gegangen ist? Das ist abartig.«

Am Tisch neben ihnen ließ eine ältere Dame ihr Besteck auf den Teller fallen und schaute empört in ihre Richtung.

Jax warf ihr einen beschwichtigenden Blick zu, ehe er sich wieder an Shannon wandte. »Ja«, stimmte er ihr mit gesenkter Stimme zu, denn erstens wollte er sie nicht noch mehr aufregen, und zweitens konnte er tatsächlich nichts Reizvolles an einem derart großen Altersunterschied finden.

Erneut setzte Shannon das Glas an und leerte ihren Drink auf ex. Dann straffte sie die Schultern. »Lass uns von hier verschwinden.«

Jax zuckte zusammen. »Wir haben noch gar nicht gegessen.«

»Ich habe keinen Hunger.« Angespannt strich sie sich die Haare glatt, während ihre Miene zunehmend an Ausdruck verlor. Sie schottete sich ab und verdrängte sichtbar all die hässlichen Gefühle, die sie quälten. Ungeduldig nickte sie in Richtung Seiteneingang, der direkt zur Hotellobby führte. »Gehen wir.«

Auf keinen verdammten Fall!

Jax bewegte sich nicht vom Fleck. »Ich weiß nicht, Shannon. Vielleicht solltest du lieber darüber reden.«

Sie schnaubte. »Glaub mir, Darling, das Letzte, was ich jetzt will, ist reden.«

Genervt knirschte Jax mit den Zähnen. Was stimmte eigentlich nicht mit ihm, dass die Frauen ihn lieber ins Bett zerrten, anstatt offen über ihre Gefühle zu sprechen? Hielten sie ihn für emotional unterbelichtet, oder was?

Innerlich kochte Jax vor Wut, weil er sich schon wieder benutzt fühlte. Er riss sich nur zusammen, weil er keinen Streit provozieren wollte. »Es gibt noch genug andere Themen, über die wir uns unterhalten können.«

Eine kleine Falte erschien auf ihrer Stirn. »Warum sollten wir das tun?«

»Weil du meiner Ansicht nach keinen Mitleidssex brauchst, sondern einen Freund – und der will ich für dich sein.«

Sie kniff die Augen zu schmalen Schlitzen zusammen. »Schwachsinn!«

»Shannon«, sagte er leise. »Du bist total neben der Spur. Ich werde nicht …«

»Soll das heißen, du willst mich nicht?«, unterbrach sie ihn scharf und wirkte mit einem Mal regelrecht verletzt.

Zugegeben, für den Bruchteil einer Sekunde überlegte Jax, seine Antwort vage zu halten. Aber er wollte weder Nova noch sich selbst verraten, indem er vorgab, sie noch zu begehren. Denn das tat er nicht. Kein bisschen.

»Ich weiß, dass es mieses Timing ist, und das tut mir leid«, erwiderte Jax daher. »Aber wir wissen beide, dass das mit uns nicht funktioniert. Deshalb …«

Mit einem Zischen schoss Shannon von ihrem Stuhl hoch und schaute voller Verachtung auf ihn hinab. Plötzlich sah sie ihrem Vater so ähnlich, dass es fast schon gruselig war. »Das wirst du noch bereuen, Arschloch!«

Bevor Jax noch etwas sagen konnte, hatte sie auf ihren hohen Absätzen kehrtgemacht und stolzierte aus dem Restaurant.

Frustriert rieb Jax sich über das Gesicht.

Na, das war ja spitzenmäßig gelaufen.

Kapitel 19

Nova

In ihrem ganzen Leben konnte Nova sich an keine Situation erinnern, in der die Stimmung zwischen ihr und Abigail dermaßen schlecht gewesen war. Die Anspannung, die in der Luft lag, war zermürbend. Nach Samstagabend hatten sie nicht noch einmal über den Besuch von Novas Eltern gesprochen. Aber Abigail war seitdem schweigsam und in sich gekehrt. Nicht mal für die Castingshow am Sonntagabend hatte sie sich groß interessiert. Stattdessen hatte sie sich bereits nach der Hälfte in ihr Zimmer zurückgezogen.

Erst hatte Nova überlegt, noch einmal zu Jax zu gehen. Nach ihrer Versöhnung drängte es sie danach, bei ihm zu sein und sich in seinen Armen zu verkriechen. Aber dann hätte sie ihm von allem erzählen müssen – und dazu war sie noch nicht bereit.

Sie brauchte erst einmal Klarheit für sich, bevor sie mit Jax sprach. Aber da lag genau das Problem: Nova wusste nicht, was sie wollte.

Ein Seufzen entwich ihrer Kehle. Sie sollte etwas tun und nicht länger sinnlos in die Gegend starren. Schließlich war bereits früher Nachmittag. Schon bald würde sie den Laden wieder schließen, ohne wirklich produktiv gewesen zu sein.

Entschlossen schnappte sie sich den Staubwedel. Doch kaum hatte sie sich den hinteren Regalen zugewandt, drifteten ihre Gedanken erneut ab.

In den letzten Jahren hatte sie sich damit abgefunden, dass die Musik in ihrem Leben keine Rolle mehr spielte. Es war einfach zu schmerzhaft, nachdem Zach sie verlassen hatte. Wenn Nova sich doch einmal überwunden hatte, ihre Violine zu spielen, hatte sich jeder Ton entsetzlich falsch angehört, und egal wie sehr sie sich bemüht hatte, keine Melodie klang wirklich richtig. Irgendwann war Nova klar geworden, dass nicht ihr Violinenspiel das Problem war, sondern ihre eigene Unsicherheit. Sie war nie gut genug gewesen.

Nicht für ihre Eltern.

Nicht für Zach.

Nicht für ihre Träume.

Es war hart gewesen, sich ihr Versagen einzugestehen. Doch danach war es leichter geworden. Die Töne waren wieder an ihren rechten Platz gerückt. Nur der Schmerz und die Enttäuschung waren geblieben.

Gedankenversunken betrachtete Nova die Staubkörnchen, die sie aufgewirbelt hatte. Sie tanzten wirr durch die Luft und spiegelten das Chaos wider, mit dem Nova innerlich rang.

Sie konnte immer noch nicht fassen, dass ein verloren geglaubter Traum plötzlich wieder in greifbare Nähe gerückt war. Sie hatte die Möglichkeit, an einer der angesehensten Universitäten des Landes zu studieren, was zwangsläufig hoch dotierte Engagements mit sich bringen würde. Nicht mal Gedanken um die Aufnahmeprüfung musste sie sich machen. Das war natürlich nicht ganz fair gegenüber den Studenten, die jahrelang hart gearbeitet hatten, um ebenfalls einen Studienplatz an der Brown zu erhalten. Andererseits hatte auch Nova geschuftet, um sich hier eine Existenz aufzubauen.

Abigails Zustand verschlechterte sich deutlich langsamer als prognostiziert. Der Souvenirshop war inzwischen gut aufgestellt. Von den Gewinnen konnte Nova nicht nur ihren Lebensunterhalt bestreiten, sondern sich sogar eine kompetente Pflegerin für ihre Großmutter leisten. Außerdem hatte sie jetzt Freundinnen. Die Soul Sisters mochten sie, schätzten ihre Meinung und rechneten sogar fest mit ihrer Unterstützung bei den unterschiedlichen Projekten.

Und es gab Jax.

Nova hatte es geschafft, sich ihm ein Stück weit zu öffnen, und er hatte sie danach nicht mitleidig oder geringschätzig angesehen, sondern schien sie umso mehr zu wollen. Ihre Beziehung hatte womöglich tatsächlich eine Chance.

Konnte Nova das wirklich aufgeben, um ihren Traum zu leben?

Zuerst war die Antwort in ihrem Kopf sehr deutlich gewesen. Aber es war mehr Rebellion als alles andere. Nova hatte einfach nicht gewollt, dass ihre Eltern zu guter Letzt doch noch ihren Willen durchsetzten. Diese Stimme war jetzt leiser, unsicherer. Hinzu kamen Bilder, die Nova einfach nicht ignorieren konnte.

Jax hatte ihr das Studentenleben und die damit verbundenen Freiheiten in so schillernden Farben beschrieben, dass sie es beinahe vor sich sah, wie sie tagtäglich das tat, was sie liebte, wie sie über den gepflegten Campus der Brown spazierte und nach einer professionellen Ausbildung eines Tages vielleicht Konzertsäle füllte.

Die Türglocke schellte und riss Nova jäh aus diesem schönen Traum. Eilig richtete sie sich auf und zuckte zusammen, als sie Steve entdeckte, der sich suchend umsah. Am liebsten wäre sie sofort wieder in Deckung gegangen. Doch da hatte er sie bereits gesehen und kam lächelnd näher. »Hallo, Nova.«

Sie räusperte sich verlegen. »Guten Tag, Steve. Wie geht's?«

Er verzog leidend das Gesicht. »Ehrlich gesagt nicht so gut.«

Vermutlich hoffte er, Nova mit dieser Antwort dazu zu bewegen, nach den Gründen für sein Unwohlsein zu fragen. Aber weil sie fürchtete, die Antwort bereits zu kennen, rang sie sich nur zu einem mitfühlenden Lächeln durch. »Das tut mir leid.«

Sie ging an ihm vorbei und verstaute den Staubwedel unter dem Ladentisch, während Steve sie genau beobachtete. Nova hatte sich nie sonderlich wohl mit zu viel Aufmerksamkeit gefühlt. Aber bei Steve war es ihr noch unangenehmer, weil sie zusätzlich mit ihrem schlechten Gewissen rang. Inzwischen bereute sie es sehr, dass sie ihm falsche Hoffnungen gemacht hatte.

Er nestelte an seiner Polizeiuniform herum, während er vor den Ladentisch trat. »Hast du Lust, in nächster Zeit etwas zu unternehmen?«

Entgeistert sah Nova ihn an. Eigentlich hatte sie angenommen, dass sie ziemlich deutlich am Telefon gewesen war, was künftige Verabredungen betraf.

Der Gedanke musste ihr ins Gesicht geschrieben stehen, denn Steve zog sofort die Schultern hoch. »Natürlich akzeptiere ich deinen Korb, was ein Date betrifft. Aber das heißt ja nicht, dass wir nicht trotzdem etwas Zeit miteinander verbringen können, oder? Ich habe mir überlegt, wenn du mich ein bisschen besser kennenlernst, änderst du deine Meinung vielleicht.«

Betreten trat Nova von einem Bein auf das andere. Schließlich war es mehr als unwahrscheinlich, dass sie plötzlich den Drang verspüren könnte, doch mit Steve auszugehen. Aber das konnte sie ihm doch nicht so einfach vor den Kopf schleudern. Außerdem gab es jetzt Jax. So, wie er sie gestern vor Mallory geküsst hatte, würde es nicht lange dauern, bis die ganze Stadt Bescheid wusste.

Völlig unangebracht tanzten Schmetterlinge durch Novas Bauch, während Steve sie mit unverhohlener Hoffnung musterte. Nova räusperte sich. »Die Sache ist die … Ich bin sozusagen vergeben.«

Überraschung blitzte in Steves Augen auf, bevor seine Miene ganz starr wurde. »Seit wann?«

»Noch nicht sehr lange«, antwortete Nova, obwohl ein Teil von ihr der deutlichen Auffassung war, dass das Steve eigentlich nichts anging.

Wie aufs Stichwort tauchte Jax im Laden auf. Er schien direkt aus Farmington zu kommen und mit seinen Gedanken noch bei der Besprechung zu sein. Zumindest wirkte er abgelenkt und nahm erst mit einiger Verzögerung Notiz von Steve. Sofort wurde er wacher. »Oh! Hallo, Deputy.«

»Mister Troy, richtig?«, fragte Steve, obwohl Nova sich sicher war, dass er genau wusste, wen er vor sich hatte.

»Genau.« Ohne ihn weiter zu beachten, drehte Jax sich zu Nova um und bedachte sie mit einem Lächeln. »Hey, Engel.«

Seine Stimme war sanft wie eine Liebkosung, und auch der Kosename war neu.

Nova zog eine Braue hoch, während Jax' Mundwinkel zuckte. Man musste wohl kein Genie sein, um zu verstehen, was Jax hier trieb. Trotzdem war Nova froh, ihn zu sehen. Alles wirkte plötzlich leichter, wenn er da war.

Steve räusperte sich, womit er Novas Aufmerksamkeit wieder auf sich zog. »Lass mich wissen, wie du dich entschieden hast. Einen schönen Tag noch.«

Bevor Nova noch etwas sagen konnte, hatte er sich umgedreht und mit gestrafften Schultern den Laden verlassen. Nachdem die Tür hinter ihm ins Schloss gefallen war, stieß Jax einen Pfiff aus. »Ich bin mir nicht sicher, ob mir die Hartnäckigkeit dieses Deppen gefällt.«

Nova verdrehte die Augen. »Und ich bin mir nicht sicher, ob mir mein neuer Spitzname gefällt.«

Belustigt legte Jax den Kopf schief. »Tatsächlich?«

Betont gelassen zuckte Nova mit den Schultern.

Der Blick, mit dem Jax sie nun bedachte, hatte etwas Feuriges. Langsam umrundete er den Verkaufstresen, streckte die Arme aus und zog Nova an sich. Er war so viel größer als sie, dass sie den Kopf in den Nacken legen musste, um ihm weiterhin in die Augen sehen zu können. Sein Atem strich über ihre Lippen.

»Meine Gedanken an dich haben mir heute den Tag gerettet«, murmelte er. »Also bist du mein persönlicher Engel. Find dich besser damit ab.«

Nun ja, wie sollte Nova da widersprechen?

Lächelnd hob sie die Hand und streichelte Jax' Wange. Da fiel ihr auf, wie erschöpft er aussah. »Gab es heute Probleme bei dem Meeting?«

»Nein, die Baubesprechung war okay«, erwiderte er ausweichend. »Ich muss gleich noch mal zur Baustelle, wollte dich vorher aber kurz sehen.«

Mit dem Daumen rieb Nova zärtlich über sein Grübchen, während erneut ein Kribbeln durch ihren Bauch strömte. Sie wollte Jax sagen, wie sehr sie sich über seinen spontanen Besuch freute, entschied jedoch, es ihm einfach zu zeigen.

Lächelnd reckte sie sich auf die Zehenspitzen und legte ihre Lippen auf seinen Mund. Sofort wurde sein Griff fester. Ein leises Stöhnen entrang sich seiner Kehle und sorgte dafür, dass Nova weiche Knie bekam.

Lust durchströmte jede ihrer Zellen, und auch wenn Nova es sehr löblich fand, dass Jax die Dinge zwischen ihnen langsam angehen wollte, so fühlte sie doch eine wachsende Ungeduld in sich aufsteigen. Es war so lange her, seit sie zuletzt Intimität und Nähe gespürt hatte. Sie wollte wissen, wie sich Jax' Haut unter ihren Fingerspitzen anfühlte, wie er auf ihre Berührung reagierte und wie es wäre, eins mit ihm zu sein.

Begierig presste sie sich an ihn, und Hitze durchströmte ihren Unterleib, als sie spürte, dass Jax sie genauso sehr wollte, wie sie ihn. Er stöhnte, eine Mischung aus Lust und Qual. Dann löste er sich von ihren Lippen und musterte sie schwer atmend. »Sehen wir uns heute noch?«

Nova nickte aufgeregt. »Ich komme gleich nach dem Abendessen vorbei, okay? Passt es dir gegen acht?«

»Perfekt.« Er küsste sie noch einmal, bevor er sich auf den Weg machte.

Noch lange danach rauschten Glückshormone durch Novas Adern. Doch sie alle verpufften, als sie am frühen Abend die Wohnung betrat.

Daisy, Abigails Pflegerin, war vor gut einer Stunde gegangen. Für gewöhnlich verbrachte Abigail die Zeit, bis Nova hochkam, mit Fernsehen oder telefonierte mit Priscilla. Aber heute hallte weder ihre kratzige Stimme noch der Fernseher durch die Räume. Es war gespenstisch still.

»Granny?«, rief Nova und kämpfte gegen eine leise Panik an, als ihre Großmutter nicht antwortete.

Sie suchte zuerst in Abigails Zimmer und wurde zum Glück gleich fündig. Die alte Frau saß im Sessel und wischte sich hektisch über die Wangen. Ihre trüben Augen waren gerötet.

Nova eilte zu ihr, kniete sich vor sie und ergriff ihre Hand. »Granny? Was hast du?«

Schniefend schüttelte Abigail den Kopf. Sie sah untröstlich aus, und Nova wünschte, sie würde mit ihr reden.

»Sag mir doch, was dich bedrückt«, bat Nova und streichelte die kühle, faltige Hand der alten Frau. »Geht es dir schlechter? Oder bist du traurig, weil du eigentlich gar nicht aus Goodville wegwillst?«

Abigail kniff die Lippen zusammen, und plötzlich kochte ein ungeheurer Frust in Nova hoch. Wenn Jax sich so auf dem Hoteldach gefühlt hatte, wunderte es Nova nicht, dass er wütend geworden war. Diese Hilflosigkeit war einfach nur schrecklich.

Da Nova klar wurde, dass Abigail ihren Kummer nicht mit ihr teilen würde, erhob sie sich seufzend. »Ich mache uns Abendessen.«

Immerhin nickte Abigail diesmal, bevor sie die Zeigefinger unter die dicken Gläser ihrer Brille schob und sich die Augen rieb.

»Hast du auf etwas Bestimmtes Appetit?«, fragte Nova in der Hoffnung, ihrer Großmutter endlich ein paar Worte zu entlocken.

»Mach dir meinetwegen keine Umstände.«

Jetzt reichte es aber!

»Das ist doch lächerlich«, presste Nova hervor. »Ich mache

seit zehn Jahren das Essen, und es hat mir noch nie etwas ausgemacht. Warum sollte das jetzt plötzlich anders sein?«

Abigail senkte den Blick. »Es wäre doch möglich.«

Gott! Diese Unsicherheit war so untypisch für sie. Normalerweise machte sie nie einen Hehl aus ihren Wünschen. Aber auf einmal schien sie sich wie ein Klotz an Novas Bein zu fühlen.

Nova beugte sich hinab, bis ihr Gesicht nur noch Zentimeter von dem ihrer Großmutter entfernt war, und redete erst weiter, als sich Abigails ernste, blassblaue Augen auf sie richteten.

»Du bist keine Belastung für mich«, sagte Nova streng. »Verstehst du mich? Niemals!«

Abigail schluckte schwer. Dann senkte sie die Lider.

Sture Frau!

Sie hätte Novas Eltern nie erlauben sollen, auch nur einen Fuß über die blöde Türschwelle zu setzen. Die beiden waren wie Gift. Nur dass sie diesmal nicht Novas Selbstvertrauen mit ihrer Herablassung zerstört hatten, sondern ausgerechnet das ihrer lebensfrohen Großmutter.

Seufzend richtete Nova sich auf. »Ich bin in der Küche, falls du mich brauchst.«

Sie verließ den Raum und machte sich daran, den Kühlschrank zu durchforsten. Abigail erhielt täglich ein gutes Mittagessen über den Lieferdienst von Miss McKennan, das sie meistens in Daisys Gesellschaft einnahm, während Nova im Laden zu tun hatte. Aber wie es schien, hatte sie das Essen von heute kaum angerührt.

Da die hausgemachte Pasta mit Tomaten und Kräutern wirklich gut roch, entschied Nova, sie noch einmal aufzuwärmen. Miss McKennan schickte immer so große Portionen, dass es für zwei reichte. Mit ein bisschen frischem Salat und aufgebackenen Brötchen hatte Nova im Handumdrehen ein leckeres Abendessen zubereitet. Sie stellte gerade die Teller auf den Esstisch, als Abigail aus ihrem Zimmer schlurfte.

»Komm und iss mit mir«, forderte Nova sie auf und hoffte inständig, dass sich ihrer beider Laune dadurch hob.

Leider bekamen sie beide kaum einen Bissen hinunter, während sie sich in angespanntem Schweigen gegenübersaßen.

Nova beschloss, einen erneuten Vorstoß zu wagen. »Ich bin jetzt mit Jax zusammen.«

Abigail, die lustlos in ihrem Nudelgericht herumgestochert hatte, riss schlagartig den Kopf hoch und starrte mit großen Augen über den Tisch. »Wie bitte?«

Ein triumphierendes Lächeln huschte über Novas Lippen, bevor sie lässig an ihrem Eistee nippte. »Wie es scheint, hattest du recht, was die Absichten eines Mannes betrifft, der sich jeden Morgen bei Sonnenaufgang aus dem Bett quält.«

Zum ersten Mal seit zwei Tagen kräuselten sich Abigails Lippen zu einem Lächeln. Doch dann runzelte sie die Stirn. »Ist es etwas Ernstes?«

»Ich weiß nicht. Ich denke schon.«

Sorge grub sich in Abigails Miene. »Hältst du das für eine gute Idee?«

Novas Puls schoss in die Höhe. »Wirklich?«, stieß sie fassungslos hervor. »Monatelang bearbeitest du mich, damit ich einem netten Mann endlich eine Chance gebe, und kaum tue ich das, fällt dir nichts Besseres ein, als Zweifel in mir zu säen?«

Abigail schob trotzig das Kinn vor. »Ich frage mich bloß, ob es ein guter Zeitpunkt ist, wenn du im Herbst in einen anderen Bundesstaat ziehst.«

Aus einem Impuls heraus wollte Nova widersprechen. Doch die Worte kamen ihr nicht über die Lippen.

Als hätte Abigail diese Reaktion vorausgesehen, lächelte sie verständnisvoll. »Vielleicht hast du recht. Genieß die Zeit mit dem jungen Mann. Nur sei fair zu ihm.«

Kapitel 20

Jax

Eigentlich war Jax nie ein Mann gewesen, der einem Date voller Ungeduld und Aufregung entgegensah. Aber jetzt stand er regelrecht orientierungslos in seinem Wohnzimmer herum und erwartete Novas Ankunft.

Sie nach dem ätzenden Tag in Farmington im Laden zu besuchen, hatte seine angespannten Nerven sofort beruhigt. Zwar fürchtete Jax nach wie vor, dass Shannon alles aus purer Rache ans Licht bringen würde, aber immerhin hatte sich seine Panik inzwischen auf ein erträgliches Maß gesenkt. Schließlich war Shannon mehr wegen ihres Vaters aufgewühlt gewesen, als dass sie wirklich traurig über das Ende ihrer lockeren Affäre schien. Jax konnte nur hoffen, dass sie sich bald beruhigte und dass mit der Zeit Gras über die Sache wachsen würde.

Und falls nicht …

Tja, dann hätte Jax seinen Boss gründlich blamiert, wäre seinen Job los und hätte sein Traumprojekt in den Sand gesetzt. Alles in allem wäre das wohl ein ziemliches Desaster.

Angespannt rieb Jax sich über das Kinn. Er wollte nicht länger darüber nachdenken. Für heute hatte er genug Probleme gewälzt. Zum Glück stand Nova pünktlich auf die Minute vor der Tür.

Eigentlich hatte Jax vorgehabt, sie sofort in eine stürmische Umarmung zu ziehen. Doch ihr Gesichtsausdruck war ein ziemlicher Stimmungskiller. Mit weit aufgerissenen Augen stand sie vor ihm und krallte sich an einem Koffer fest, als hätte sie Angst, sonst davonzufliegen.

»Komm rein«, sagte Jax und trat beiseite.

Sie marschierte an ihm vorbei, womit sich seine Hoffnung auf einen Begrüßungskuss endgültig in Luft auflöste.

In seinem Wohnzimmer hielt sie abrupt inne. »Kannst du dich bitte in den Sessel da setzen?«

»Sicher«, erwiderte Jax, obwohl ihn ihr Verhalten wirklich irritierte. Eigentlich hatte er geglaubt, zwischen ihnen wäre alles in Ordnung. Aber sie war das reinste Nervenbündel.

Als er saß, beobachtete er, wie sie den Koffer auf dem Couchtisch ablegte. Ihre Hände zitterten, als sie sich dem Verschluss näherten.

Was immer sie vorhatte, kostete sie enorm viel Überwindung. Deshalb sagte Jax keinen Ton, sondern überließ es ihr, das Tempo zu bestimmen. Sie nahm mehrere tiefe Atemzüge, ehe sie mit dem Daumen die kleinen vergoldeten Riegel aufschnappen ließ und den Koffer aufklappte. Zum Vorschein kam eine Violine, rötlich und matt schimmernd im Schein der Abendsonne.

Jax' Lippen teilten sich vor Erstaunen. Das war also ihr Instrument. Darauf wäre er nie gekommen.

Einige Sekunden lang starrte Nova auf die Violine, während ihre Fingerspitzen beinahe zärtlich über das dunkle Holz fuhren. Dann griff sie beherzt zu und hob das Instrument aus dem Koffer. Die Violine schmiegte sich mit einer Selbstverständlichkeit in Novas Halsbeuge, als gehörte sie genau dorthin.

Nova hob auch den Bogen und schloss die Augen. Jegliche Anspannung fiel von ihr ab, genau wie die Maske, die ihr stets einen gleichmütig-freundlichen Ausdruck verlieh. Zum Vorschein kam all das, was Nova wirklich fühlte.

Furcht. Liebe und Hingabe.

Und dann ertönte die schönste Melodie, die Jax je gehört hatte. Ein zarter Klang, der etwas tief in seinem Inneren berührte.

Fasziniert lehnte Jax sich weiter vor und stützte die Ellenbogen auf die Knie, während er gebannt zuhörte. Das Stück wollte ihn verleiten, die Augen zu schließen und sich mitreißen zu lassen. Aber Jax war unfähig, auch nur eine Sekunde den Blick von Nova abzuwenden.

Am liebsten hätte er ein Foto von ihr gemacht. Sie sah atemberaubend aus. Zart und verletzlich. Gleichzeitig offenbarten sich aber auch ihr Stolz und ihre Entschlossenheit, als die Melodie einen wilderen Takt anschlug.

Ziemlich sicher war das der Moment, in dem Jax beschloss, Nova eines Tages zu heiraten. Denn er wäre ein absoluter Vollidiot, wenn er sich diese Frau durch die Lappen gehen ließe.

Minuten flossen dahin, während Nova ihren Zauber um ihn webte. Am liebsten hätte Jax ihr die ganze Nacht lang zugehört. Doch es kam der Moment, an dem sie ein letztes Mal mit dem Bogen über die Saiten strich. Als die Melodie verklungen war, legte sie den Kopf in den Nacken und atmete tief durch. Dann ließ sie Violine und Bogen sinken, öffnete die Augen und schaute Jax unsicher an.

»Wenn du jetzt um meine Hand anhalten würdest, würde ich, ohne mit der Wimper zu zucken, Ja sagen«, platzte Jax heraus.

Ihre Augen weiteten sich, und ihm wurde klar, dass er vielleicht ganz kurz hätte nachdenken sollen, bevor er so einen Spruch raushaute. Er lachte verlegen. »Das war ein Scherz.« Er schüttelte den Kopf. »Natürlich würdest du das nicht tun … Ich bin nur …« Ein weiteres Lachen platzte aus ihm heraus. »… völlig von den Socken. Ehrlich! Du haust mich um.«

Gott! Was redete er denn da?

Jax spürte, wie er feuerrot wurde. Auch das war neu.

Bevor er sich noch länger um Kopf und Kragen redete, stand er auf und küsste Nova, um seiner leidenschaftlichen Bewunderung besser Ausdruck zu verleihen. Doch im Gegensatz zu sonst ließ sie sich nicht gegen ihn sinken, sondern zog sich zurück und legte die Violine vorsichtig im Koffer ab.

»Wie hieß dieses Stück?«, fragte Jax.

»*Méditation*«, antwortete Nova, ohne ihn anzusehen. »Es ist von Jules Massenet.«

»Der Mann war zweifellos ein Genie. Aber deine Interpretation war der Wahnsinn. Wie lange spielst du schon?«

Mit einem letzten zärtlichen Blick auf das Instrument klappte Nova den Deckel wieder zu. »Seit ich zwölf bin.«

»Du musst dein ganzes Leben mit Üben zugebracht haben, so gut, wie du bist.«

»Ja.« Verlegen zuckte sie mit den Schultern. »Das war damals meine einzige Freude. Musik war … Sie *ist* alles für mich.«

Jax nickte verständnisvoll. Schließlich war ihre Liebe beinahe mit Händen zu greifen gewesen, als sie eben gespielt hatte. Dennoch wunderte er sich, dass noch nie eine ihrer Freundinnen erwähnt hatte, dass ein solches Talent in Nova schlummerte. Andererseits hatte er selbst ja auch keine Ahnung gehabt.

»Wir feiern so viele Feste in dieser Stadt«, sagte Jax nachdenklich. »Warum bist du nie aufgetreten?«

Nova schluckte. »Weil ich den Traum, eines Tages von der Musik zu leben, vor langer Zeit aufgegeben habe. Die Einzige, die überhaupt davon weiß, ist meine Großmutter – und jetzt du.«

Wärme flutete Jax' Brust. Dass sie ihn an ihrer Leidenschaft hatte teilhaben lassen, bedeutete ihm viel. Trotzdem verstand er es nicht. Sie war Violinistin mit Leib und Seele. Sie sollte spielen.

»Ich gebe zu, Goodvilles Möglichkeiten für ein dauerhaftes Engagement sind begrenzt«, sagte er und stützte die Hände in die Hüften, um sich selbst daran zu hindern, erneut nach ihr zu greifen. »Aber wenn du mich fragst, ist es schade, dass du dein Talent vor der Welt verbirgst. Alle sollten dich hören.«

Ein trauriges Lächeln huschte über ihre Lippen. »Irgendwie hatte ich befürchtet, dass du das sagen würdest.«

Jax runzelte die Stirn. »Meine Einschätzung scheint dich nicht sonderlich glücklich zu machen.«

»Sie freut mich«, widersprach Nova und verschränkte die Arme. »Gleichzeitig macht sie es mir aber auch noch schwerer.«

Ein ungutes Gefühl regte sich in Jax. »Was entgeht mir hier?«

»Meine Eltern waren am Wochenende nicht ohne Grund in Goodville.« Angespannt befeuchtete Nova ihre Lippen. »Sie bieten mir einen Studienplatz an der Brown.«

Einen Moment lang starrte Jax sie fassungslos an.

»Die Eliteuni in Rhode Island?«, hakte er dann nach – nur um sicherzugehen, dass er sich nicht verhört hatte.

Nova nickte. »Genau die.«

Jax' Herz begann zu rasen. »Aber die ist mehr als zweitausend Meilen entfernt.«

»Zweitausendzweihundertdreiundsechzig«, flüsterte Nova.

Eine leise Panik machte sich in Jax breit. »Und Abigail?«

»Mein Vater hat vor, das Haus einschließlich des Souvenirshops zu verkaufen. Meine Großmutter soll auch nach Providence ziehen.«

Was zur Hölle …?

»Soll das bedeuten, du gehst weg?«, fragte Jax mit rauer Stimme, während die fantastische Vorstellung von einer gemeinsamen Zukunft wie eine Seifenblase in seinem Kopf zerplatzte.

»Ich weiß es nicht, Jax.« Unsicher senkte Nova den Blick. »Aber ich wollte dich nicht im Dunkeln darüber lassen, dass die Möglichkeit durchaus besteht.«

Erschüttert wich Jax zurück, während sich absolute Ratlosigkeit in ihm ausbreitete. Und Frust.

Da überwand Nova ihre Zurückhaltung, riss ihre Mauern ein und gewährte ihm einen Blick auf ihr Inneres, und gleich danach erklärte sie ihm, dass sie vielleicht schon bald ans andere Ende des Landes ziehen würde? So eine Scheiße!

»Es tut mir leid«, krächzte sie niedergeschlagen. »Ich sollte wohl besser gehen.«

Ein Ruck ging durch Jax' Körper, und er schüttelte entschieden den Kopf.

Gut möglich, dass sie sich in ein paar Wochen dazu entschied, ihren Traum zu leben. Aber noch war sie hier. Und er würde den Teufel tun und sie jetzt gehen lassen.

Er trat dicht vor sie und umfing ihre Wangen mit seinen Händen. »Bleib, bitte.«

Das Bedauern in ihren Augen versetzte ihm einen Stich. »Aber ich kann dir nur das Hier und das Jetzt bieten.«

Zugegeben, das war längst nicht alles, was Jax wollte, und es entbehrte nicht einer gewissen Ironie, dass Nova beinahe dieselben Worte verwendete, die Jax auch schon von Shannon gehört hatte. Doch er war genug in diese Frau verknallt, um sich zur Not auch mit weniger zufriedenzugeben. »Es wird genügen müssen.«

»Bist du sicher?«

»Ich möchte, dass du bleibst«, wiederholte Jax und verbarg seine Enttäuschung, indem er provokativ eine Braue hob. »Und du?«

Nova schluckte schwer, und für einen kurzen Moment bekam Jax Angst, dass sie trotz seiner Bitte gehen würde. Doch dann lächelte sie zittrig. »Ich möchte auch bleiben.«

Mehr musste Jax im Moment nicht wissen. »Gut.«

Bevor sie irgendwelche Einwände erheben konnte, versiegelte er ihre Lippen mit einem Kuss. Ihm war wohl bewusst, dass er damit exakt das tat, was er Nova noch vor wenigen Tagen vorgeworfen hatte. Aber er konnte jetzt nicht länger darüber reden, dass sie womöglich wegziehen würde.

Er brauchte sie. Brauchte alles von ihr.

Und wenn er ihre fiebrige Reaktion richtig deutete, empfand sie die gleiche verzweifelte Sehnsucht wie er.

Ihre Zunge strich über seine Unterlippe, eine sanfte Liebkosung, die bis in seine Nervenenden vordrang und ihn von Kopf bis Fuß unter Strom setzte. Ein leises Knurren entwich seiner Kehle. Ungeduldig fuhr er ihren Rücken hinab, ließ die Hände über ihre Seiten wandern und verfolgte jede Kurve, die sich unter dem dünnen Kleid verbarg.

Unterdessen drängte Nova sich noch dichter an ihn. Als sie fühlte, wie sehr er sie wollte, stöhnte sie leise auf und rieb ihren Bauch an seiner harten Mitte. Es war die reinste Provokation, und Jax war nicht fähig, sich länger zurückzuhalten. Er senkte den Kopf und knabberte an der empfindlichen Stelle unterhalb ihres Ohres.

»Willst du mich?«, murmelte er.

Dem Himmel sei Dank nickte sie – und zwar nachdrücklich.

Erleichtert hob Jax sie hoch und fing erneut ihre Lippen ein, während er sie nach nebenan ins Schlafzimmer trug. Vorsichtig ließ er sie auf sein großes Bett sinken und starrte ehrfürchtig auf sie hinab.

Ihre Lippen waren kirschrot und geschwollen von seinem gierigen Kuss, und ihre Brüste hoben und senkten sich hektisch. Pures Verlangen schimmerte in ihren Augen. Ihr braunes Haar ergoss sich wie auf seiner himmelblauen Bettwäsche.

Jax' Hand zitterte, als er sich über sie beugte und die Knöpfe einen nach dem anderen löste, die sich zwischen ihren Brüsten entlangzogen. Obwohl er ihr am liebsten in Windeseile die Klamotten vom Leib gerissen und sich tief in ihr vergraben hätte, zügelte er sich und packte Nova aus wie ein kostbares Geschenk.

Jedes Stück zarter Haut, das er freilegte, feierte er. Er ließ hier seine Zunge über sie gleiten, tupfte dort einen Kuss auf ihren empfindsamen Körper und zeichnete mit den Lippen ihre wunderschöne Tätowierung nach, wie er es hatte tun wollen, seit er sie zum ersten Mal erblickt hatte. Lange liebkoste er sie auf diese Weise, nahm ihren Körper in Besitz und erforschte ihre Reaktionen.

Nova gab sich seinen Liebkosungen selbstvergessen hin, bog

sich ihm entgegen und grub die Finger in sein Haar, während sich ihre Atmung zusehends beschleunigte.

Schließlich lehnte Jax sich zurück, um sie zu betrachten. Plötzlich bedauerte er es, dass er zuvor nicht daran gedacht hatte, wenigstens die Nachttischlampe einzuschalten, denn der silbrige Mondschein, der durch das Fenster fiel, spendete kaum genug Licht. Was er allerdings sah, verschlug ihm die Sprache.

In perlweißen Dessous lag sie vor ihm, wunderschön und mit einem sanften Lächeln auf den Lippen. Ein Band aus glänzender Seide betonte die Rundungen ihrer Brüste, und durch den zarten Stoff zeichneten sich ihre zwei hübschen kleinen Nippel ab, die geradezu um Jax' Aufmerksamkeit bettelten.

»Jax«, wisperte Nova und streckte ungeduldig die Hand nach ihm aus. »Ich will dich berühren.«

Ihre heiseren Worte fuhren ihm direkt in den Schritt. Mit einer fließenden Bewegung zog Jax sich das Shirt über den Kopf und neigte sich ihr entgegen. Als ihre Fingerspitzen seinen flachen Bauch erreichten, zuckte er zusammen, und sie ließ das sinnlichste Lachen erklingen, das Jax je gehört hatte.

Gott! Sie war so verdammt süß.

»Bist du kitzelig?«, fragte sie, und ihre dunklen Augen blitzten amüsiert in der Dunkelheit auf.

Jax hielt inne und schüttelte bedächtig den Kopf. Er war nicht kitzelig, sondern sensibel. Offenbar hatte sie immer noch keine Ahnung, welche Wirkung sie auf ihn hatte. Er stieß ein raues Lachen aus. »Ich habe so oft darüber nachgedacht, wie es sein würde, dich auf diese Weise zu berühren, und doch reicht meine Fantasie nicht an die Realität heran.«

Die Belustigung verschwand aus ihrem Blick. »Ich habe davon geträumt, seit ich dich zum ersten Mal gesehen habe.«

Entgeistert riss Jax die Augen auf. »Aber das ist Jahre her. Warum hast du nie etwas gesagt?«

Verlegen zuckte sie mit den Schultern. »Ich habe nicht geglaubt, dass du an mir interessiert sein könntest.«

Bei der Erkenntnis, dass sie so viel Zeit verschwendet hatten, machte sich ein schmerzhaftes Ziehen in Jax' Brust breit. Es kam ihm wie ein grausamer Witz des Universums vor, dass sie ausgerechnet jetzt zueinanderfanden, wo Novas Zukunft im Ungewissen lag. Aber darüber wollte er jetzt lieber nicht nachdenken. Also schlug er einen neckenden Tonfall an. »Oh, ich bin definitiv interessiert an dir, Sims. Lass mich dir zeigen, wie sehr …«

Bevor Nova noch etwas erwidern konnte, ließ Jax sich auf sie sinken und fing ihre Lippen erneut ein. Diesmal erwiderte Nova seinen Kuss ohne jede Zurückhaltung und offenbarte damit eine Leidenschaft, die Jax nie für möglich gehalten hätte. Er hatte angenommen, Nova wäre eher passiv im Bett, was gewiss nichts Schlechtes war, da Jax nur zu gern die Rolle des Verführers einnahm. Doch es dauerte nicht lange, bis sie ihn allein mit ihren Erkundungen so weit hatte, dass er kurz davor war, komplett den Verstand zu verlieren.

Sein Körper kribbelte vor Lust und aufgestautem Verlangen. Und auch Novas Wangen glühten, als sie weiter seinen Körper erkundete. Es dauerte nicht lange, bis sie sich zur Knopfleiste seiner Jeans vorgearbeitet hatte und ihn dort berührte, wo er es sich am sehnlichsten wünschte. Stöhnend senkte Jax den Kopf, schob den Stoff ihres BHs beiseite und leckte über ihren Nippel.

Nova stieß ein Wimmern aus und reckte sich ihm entgegen, während sie ihn weiterstreichelte.

Jax brach der Schweiß aus. Eigentlich hatte er so viele Pläne mit Nova gehabt. Aber all das musste warten. Er konnte sich einfach nicht länger zurückhalten. Es war ein Kraftakt, ihre verschlungenen Körper von den restlichen Kleidungsstücken zu befreien und ein Kondom aus der Nachttischschublade zu fischen. Und dann nahm er Nova endlich in Besitz.

Sie stöhnten beide auf, als Jax mit einer fließenden Bewegung in sie eindrang. Nova schlang die Beine um ihn und kippte ihr Becken, sodass er sie intensiver spüren konnte.

Himmel!

Ihre Hingabe machte ihn völlig fertig. Jax versuchte gar nicht erst, sich zusammenzureißen und das Tempo zu zügeln, denn er spürte instinktiv, dass Nova das nicht wollte. Stattdessen schien sie derselbe Hunger gepackt zu haben wie ihn.

Während er sie mit langen, tiefen Stößen nahm, fuhr sie über seine Seiten hinab zu seinem Hintern und krallte ihre kurzen Nägel in sein Fleisch. Der bittersüße Schmerz jagte einen Schauer nach dem anderen über Jax' Rücken.

Keuchend drückte er die Lippen auf ihren Hals und biss zärtlich zu. »Nova, mein Engel. Ich werde verdammt noch mal nicht ohne dich kommen. Sag mir, was du brauchst.«

Sie holte zittrig Luft. »Mehr.«

Ihre Bitte war Fluch und Segen zugleich, aber Jax war nur allzu bereit, ihr diesen Wunsch zu erfüllen. Er verschränkte seine Finger mit ihren und drückte sie über ihrem Kopf aufs Kissen, bevor er tief in sie stieß und jeden Millimeter von ihr ausfüllte. Er labte sich an ihrer heißen Enge, während sie mit lustverzerrter Miene den Kopf in den Nacken warf und hemmungslos stöhnte.

Ein Kribbeln schoss seine Wirbelsäule hinab – und als Nova kam, stürzte er mit ihr direkt in den Himmel. Weiße Blitze tanzten vor seinen Augen. Zugleich fluteten Glückshormone seine Blutbahn. Der Höhepunkt erschütterte ihn bis ins Mark.

Bebend ließ Jax den Kopf auf ihre Brust sinken und rang nach Atem. Ihr Herz schlug mindestens genauso schnell wie seins. Was ihm jedoch ein träges Grinsen entlockte, war die Tatsache, dass Nova noch immer nicht genug von ihm zu haben schien.

Mit bedächtigen Bewegungen ließ sie ihre Fingerspitzen über seinen verschwitzten Rücken tanzen und spielte mit seinen Haaren.

Tiefer Frieden breitete sich in Jax aus. Doch gleichzeitig kratzte Panik an seinem Herzen. Zwar hatte er Nova gesagt, dass es genug war, nur den Moment zu genießen. Aber er war nicht sicher, ob er sie je wieder gehen lassen könnte.

Kapitel 21

Nova

»Möchtest du etwas trinken?«, fragte Jax und hob den Kopf, um Nova anzusehen.

Lächelnd strich sie ihm eine verstrubbelte Haarsträhne aus der Stirn. »Nein, danke.«

»Bin gleich zurück.« Jax drückte ihr einen zärtlichen Kuss auf die Lippen, ehe er aufstand und aus dem Zimmer ging.

Verzückt betrachtete Nova seinen nackten Hintern und stieß ein leises Seufzen aus, sobald er außer Hörweite war. Sie fühlte sich auf wundervollste Weise erschöpft. Gleichzeitig summte ihr Körper vor Zufriedenheit. Nie im Leben hätte sie gedacht, dass sich dieser Abend auf diese Weise entwickeln würde. Vielmehr hatte sie angenommen, dass Jax sich zurückziehen würde, nachdem sie ihm von der Brown erzählt hatte. Stattdessen hatte er ihr gezeigt, dass er sie trotz allem wollte.

Ein Kribbeln jagte durch Novas Magen, als sie sich an seinen ehrfürchtigen Gesichtsausdruck erinnerte. Vor ihm zu spielen, war gleichermaßen nervenaufreibend wie befreiend gewesen. Nun war Nova froh, dass sie auf Abigails Ratschlag gehört und Jax alles erzählt hatte. Zwar verschaffte ihr die Beichte nach wie vor keine Klarheit hinsichtlich ihrer Zukunft, aber zumindest kannte er nun die ganze Wahrheit.

Mit einem Glas Wasser in der Hand kehrte Jax zurück und ließ sich auf die Bettkante sinken.

Fasziniert beobachtete Nova ihn dabei, wie er das Glas mit gierigen Schlucken halb leerte. Sein Adamsapfel hüpfte und lenkte ihre Aufmerksamkeit auf die Stelle an seinem Hals, wo er am intensivsten nach Sandelholz und Jax roch. Er setzte das Glas ab und leckte sich über die Unterlippe.

Prompt zog sich Novas Unterleib erneut vor Lust zusammen. Sie wollte die Hand nach ihm ausstrecken und die seidige Haut berühren, die sich über seinen Muskeln spannte, doch da drehte er sich bereits zu ihr und hielt das Glas zwischen sie. »Und du willst wirklich nichts?«

Da Novas Kehle tatsächlich ein wenig ausgetrocknet war, änderte sie ihre Meinung und trank einige Schlucke, ehe sie das Glas auf den Nachttisch stellte.

Jax streckte sich neben ihr auf dem Bett aus und fuhr andächtig über ihren nackten Körper. Er wirkte nachdenklich. »Bis wann musst du dich entscheiden?«

Sofort legte sich der altbekannte Druck auf Novas Herz. »Der Eignungstest findet Anfang November statt. Studienbeginn wäre im Januar.«

Damit blieben ihnen nicht ganz vier Monate, falls Nova wirklich wegzog.

Ein Muskel zuckte an Jax' Kiefer. Aber er beklagte sich nicht über die wenige Zeit, sondern nickte nur stumm.

Plötzlich traten Nova Tränen in die Augen. »Ich fühle mich so zerrissen, Jax.«

Seine Miene wurde weich. Er rückte näher an sie heran, zog sie in eine Umarmung und streichelte tröstend ihren Rücken.

Eingehüllt in einen Mantel aus Geborgenheit, kämpfte sie

nicht länger gegen Angst und Verwirrung an, sondern ließ heraus, was sie von innen aufzufressen drohte.

»Ich weiß einfach nicht, was ich tun soll«, gestand sie verzweifelt.

Jax seufzte leise. »Wenn ich könnte, würde ich dir die Entscheidung abnehmen, Engel. Aber es ist dein Leben. Du bestimmst den Weg und niemand sonst.«

Bei Jax hörte sich das so einfach an. Nur was, wenn sie die falsche Wahl traf? Was, wenn sie in Goodville blieb, mit Jax eine ernste Beziehung aufbaute, die Freundschaftsbande zu den Soul Sisters verstärkte und sich beruflich neu orientierte, um dann festzustellen, dass Reue ihre Seele zerfraß, weil sie diese Chance verpasst hatte?

Musik zu leben, war Novas Traum gewesen, seit sie als junges Mädchen zum ersten Mal eine Violine in der Hand gehalten hatte, und plötzlich war dieser Traum in greifbare Nähe gerückt. Wenn sie an die Brown ging, ließ sie jedoch einen Teil ihres Herzens in dieser Stadt zurück. Sie könnte einsam und unglücklich auf einem fremden Campus enden, nachdem sie alles für ebenjenen Traum geopfert hatte. Egal, welchen Weg Nova einschlug, sie würde etwas Kostbares verlieren.

Sie seufzte. »Ich wünschte, ich könnte zwei oder drei Jahre in die Zukunft sehen, um herauszufinden, ob ich mich richtig entschieden habe.«

Jax gab ein ersticktes Lachen von sich. »Wo bliebe denn da der Nervenkitzel, Sims?«

Sein neckender Tonfall löste etwas von dem Druck, der ihren Brustkorb zusammendrückte. »Na ja, ich bin eben ein Fan von Sicherheit.«

»Leider gibt es im Leben keine Garantien«, erwiderte er

und lehnte sich zurück, um ihren Blick einzufangen. Zärtlich wischte er ihre Tränen weg. »Du kannst nur versuchen, jeden einzelnen Moment in der Gegenwart zu genießen.« Unfassbar sanft strich er mit seinem Mund über Novas Lippen. »Und jetzt bist du hier. Bei mir. Fühlt sich das nicht gut an?«

Nova lächelte schwach. »Doch.«

»Hm.« Ihre Antwort schien ihn nicht zufriedenzustellen. Er beugte sich vor und knabberte zärtlich an ihrem Schlüsselbein. »Wie ist es damit?«

»Besser«, hauchte Nova.

Mit einem Funkeln in den Augen richtete Jax sich auf und arbeitete sich weiter hinab bis zu ihrem Dekolleté. »Und jetzt?«

Nova schnappte nach Luft, als er die Zunge um ihren Nippel kreisen ließ, ehe er sanft zubiss. Sie stieß die Finger in sein weiches, verwuscheltes Haar. »Wird wärmer.«

Jax lachte heiser, rutschte weiter nach unten und tupfte unzählige Küsse auf Novas Bauch. »Hier?«

Novas Lider schlossen sich flatternd. »Noch wärmer.«

Ein leises Brummen entrang sich seiner Kehle, während er noch tiefer rutschte und Nova vor freudiger Erwartung der Kopf schwirrte. Es schien ihm Spaß zu machen, sie zu reizen, denn er ließ seine Lippen langsam über ihren linken Beckenknochen zu ihrem Bein gleiten und widmete sich in aller Ruhe der Innenseite ihres Oberschenkels, bevor er ihr Knie anvisierte.

»Es wird wieder kälter«, krächzte Nova, was ihn noch mehr zu amüsieren schien. Zumindest spürte sie das Beben seines Körpers, als er unterdrückt lachte.

Sie zappelte, konnte die Erregung kaum aushalten. Doch sein kräftiger Unterarm schoss nach oben und nagelte ihren

Unterleib auf der Matratze fest. »Moment noch«, murmelte er dicht an ihrer Haut. »Ich hab's gleich gefunden.« Er leckte über ihre Kniekehle. »Hier irgendwo muss dein Glückszentrum sein.«

Nova lachte zittrig. »Ich will dich nicht entmutigen. Aber das befindet sich definitiv weiter nördlich.«

»Keine Sorge«, raunte Jax belustigt. »Ich weiß, wo es langgeht. Und wenn ich es gefunden habe, werde ich es behalten.«

Ein wohliger Schauer rieselte Novas Rückgrat hinab. Einen kurzen Augenblick lang fragte sie sich, ob sie beide noch von dem gleichen Ort sprachen, denn es hatte sich fast so angehört, als meinte er eigentlich ihr Herz. Doch dann zerstreute seine findige Zunge jeden Gedanken, bis nichts mehr blieb als pure Ekstase.

***

»Du hattest Sex!«

»O mein Gott, Lauren!«, stieß Nova entrüstet hervor, während May sich die Hand vor den Mund schlug, um nicht lauthals loszulachen. In der anderen Hand hielt sie die Einladungen für die offizielle Einweihungsfeier, die sie wie versprochen gebastelt hatte.

»Was denn?« Mit einem unschuldigen Augenaufschlag trat Lauren vor den Verkaufstresen des Souvenirshops und betrachtete Nova eingehend. »Stimmt doch, oder nicht?«

Novas Wangen begannen zu glühen. »Es ist neun Uhr morgens. Können wir vielleicht bis zum Mittag warten, ehe ihr über mein Liebesleben herzieht?«

»Auf keinen Fall!«, insistierte Lauren. »Schlimm genug, dass ich seit Monaten auf dem Trockenen sitze. Da will ich mich wenigstens an deinen Abenteuern erfreuen.«

»Ist ja nicht so, als ob du keine Angebote hättest«, merkte May an.

Lauren verdrehte die Augen. »Ich habe keine Zeit für Männer. Die Bar hält mich schon genug auf Trab.«

»Dann gönn dir eine Pause und genieß auch mal die schönen Dinge des Lebens«, riet May, bevor sie Nova ihre Aufmerksamkeit widmete und breit grinste. »Stimmt's, Nova?«

»Ihr seid unmöglich!« Hastig nahm Nova ihrer Freundin den Zettel ab und floh zum Kopiergerät, das etwas abseits in der Ladenecke stand.

»Du verrätst echt nicht mal ein winziges schmutziges Detail?«, jammerte Lauren hinter ihr.

Nova seufzte. »Schon mal was von Privatsphäre gehört, McGreedy?«

»Nicht in unserem Club«, schoss Lauren zurück.

»Nur weil die beiden jetzt zusammen sind, heißt das doch nicht, dass sie gleich wie die Wilden übereinander herfallen«, wandte May ein, musterte Nova jedoch mit unverhohlener Neugier.

»Ich bitte dich!« Sichtlich unzufrieden lehnte Lauren sich an die Wand neben dem Kopierer. »Jax ist heiß und völlig vernarrt in unser Mädchen. Nachdem sie ihn endlich erhört hat, will ich doch schwer hoffen, dass die beiden kaum noch aus dem Bett rauskommen.«

Tatsächlich war es nicht leicht gewesen, Jax gestern Abend zu verlassen. Am liebsten hätte Nova die ganze Nacht in seinen Armen verbracht. Aber sie hatte ihre Großmutter nicht so lange allein lassen wollen. Nicht, nachdem Abigail vorher so trübsinnig gewesen war. Zum Glück hatte Jax verständnisvoll reagiert und sie nach Hause gebracht.

Danach hatte Nova die Stunden gezählt, bis sie sich zum Schwimmen trafen. Wobei sie es gerade mal bis zur Mitte des Sees geschafft hatten, ehe sie umkehrten und den restlichen Morgen knutschend in Jax' Pick-up verbrachten. Noch immer kribbelten Novas Lippen von seinen hungrigen Küssen.

»Woher wisst ihr überhaupt davon?«, fragte sie, um sich selbst von ihren Erinnerungen und ihre Freundinnen von ihrer hitzigen Debatte über ihr Sexleben abzulenken.

Missbilligend schüttelte May den Kopf. »Cole hat es mir erzählt. Er hat es von Miss Bodine erfahren, als er Brötchen holen war, und die hatte es von Mallory, die euch in flagranti in Jax' Wagen erwischt hat.«

»Und ich weiß es von Tony, der mir heute Morgen die Post gebracht hat«, ergänzte Lauren. »Allerdings habe ich keinen Schimmer, woher er es weiß.« Sie zwinkerte Nova zu. »Er war übrigens sehr unglücklich, dass du jetzt vergeben bist.«

Stöhnend rieb Nova sich die Stirn, während Lauren und May in Gelächter ausbrachen.

»Ich vermisse die Zeit, als niemand groß von mir Notiz genommen hat«, brummte Nova.

»Glaub mir, Schwester. Jetzt wissen alle, wer du bist«, erwiderte Lauren und himmelte Nova an, als wäre sie eine Superheldin.

Nova verzog das Gesicht. »Das ist wirklich nicht hilfreich.«

Tröstend tätschelte May ihren Arm. »Ach, komm! So schlimm ist das nun auch wieder nicht. Du weißt doch, wie die Leute hier drauf sind. Deine Lovestory ist sicher bald Schnee von gestern.«

»Genau!« Voller Tatendrang rieb Lauren sich die Hände. »Sobald wir die Einladungen verteilen, wird es nur noch ein Thema in dieser Stadt geben, und das ist unser phänomenaler Club.«

Verzückt betrachteten die drei die Einladung. May hatte sich wahnsinnig viel Mühe mit der Gestaltung gegeben. Auf einem pink-violetten Farbverlauf in Aquarelloptik hatte sie das Wort *Soul Sisters* in geschwungenen Lettern geschrieben. Darunter war in schlichten, klaren Buchstaben die eigentliche Einladung platziert. Willkommen waren alle, die Lust hatten, mehr über den Ladies Club zu erfahren, oder ihre Sache vielleicht sogar unterstützen wollten.

Lauren stieß einen leisen Pfiff aus. »Du bist wirklich eine Künstlerin, Maikätzchen.«

May winkte verlegen ab, während Nova spöttisch eine Braue hob. »Und ich dachte immer, Ryan wäre der Einzige, den du mit albernen Spitznamen versiehst.« Sie legte das Blatt in den Scanner und stellte hundert Farbkopien ein, bevor sie den Druckvorgang startete.

»Wo wir gerade davon sprechen, *Cookie*«, sagte Lauren mit süffisantem Unterton. »Wie nennt Jax dich doch gleich?«

Er hatte sie *Engel* genannt.

»Das werde ich dir nicht verraten«, erwiderte Nova und spürte, wie ihr Gesicht vor Freude erstrahlte.

May legte sich eine Hand aufs Herz. »Awww! Du siehst so glücklich aus.«

»Das bin ich«, erwiderte Nova und lachte zittrig auf. »Jax ist … Er ist einfach toll.«

»Jepp! Da hast du einen guten Fang gemacht«, stimmte Lauren ihr anerkennend zu. »Und in dieser Stadt gibt es wahrlich nicht viele Kerle, von denen man das behaupten kann.«

»Er hat versprochen, uns am Samstag beim Aufbau zu helfen«, berichtete Nova aufgeregt.

Ein durchtriebenes Funkeln trat in Laurens Augen. »Hervorragend! Dann kannst du den Cougars gleich klarmachen, dass sie in Zukunft die Finger von ihm lassen sollen.«

Novas Nacken prickelte. Sie war nie eine von den Frauen gewesen, die ihre Beziehung groß nach außen trugen. Sie hatte mit ihren Ex-Freunden weder Händchen gehalten noch andere Zuneigungsbekundungen in der Öffentlichkeit ausgetauscht. Nicht einmal mit Zach, den sie aufrichtig geliebt hatte. Aber plötzlich erkannte sie, dass sie all das mit Jax tun wollte – und zwar nicht wegen der gierigen Frauen, die hinter ihm her waren, sondern weil sie ihn gar nicht oft genug berühren konnte.

»Ich denke, die Damen werden es auch kapieren, wenn Nova keine Show abzieht«, wandte May ein.

Laurens Mundwinkel zuckten. »Ich hätte nur zu gern Ashlyns Gesicht gesehen, als sie es erfahren hat.«

May lachte. »O ja, die Queen war sicher begeistert.«

»Vielleicht ist es ihr auch egal«, sagte Nova, machte sich zugleich aber nicht allzu viele Hoffnungen, dass Goodvilles selbst ernannte Herrscherin ihren neuen Beziehungsstatus dauerhaft unkommentiert ließ.

Ihre Freundinnen schienen das genauso zu sehen, denn Lauren warf ihr einen zweifelnden Blick zu. »Das glaube ich kaum. Schließlich steckt diese Frau ihre Nase ständig in Angelegenheiten, die sie nichts angehen.«

Der Kopierer piepte und signalisierte das Ende des Druckvorgangs, woraufhin Nova den Papierstapel aus dem Ablagefach nahm. »Vielleicht lenkt sie das ja hinreichend ab.«

May klatschte in die Hände. »Da könntest du allerdings recht haben. Wir sollten auf jeden Fall …«

Ein dumpfer Schlag ertönte, und die drei Frauen rissen zeitgleich den Kopf hoch, um zur Decke zu schauen.

»Was war das?«, fragte Lauren alarmiert.

Nova antwortete ihr nicht, sondern stürzte bereits aus dem Verkaufsraum. Nackte Angst verknotete ihre Eingeweide, während sie mehrere Stufen gleichzeitig nahm. Sie stieß die Wohnungstür auf. »Granny?«

»Ich bin hier«, kam Abigails kratzige Stimme aus dem Schlafzimmer.

Sofort eilte Nova in den Raum. Ihr blieb beinahe das Herz stehen, als sie ihre Großmutter auf dem Fußboden sitzen sah. Ihre Augen waren weit aufgerissen. Ihr Blick huschte ziellos umher, während ihr Körper benommen vor und zurück schwankte.

»O Gott! Was ist passiert?«, rief Nova und ging neben ihr in die Hocke.

»Nichts.« Abigail schüttelte den Kopf. »Nur eine kleine Schwindelattacke.«

May und Lauren waren Nova nach oben gefolgt und traten zu ihnen.

»Granny Sims«, sagte Lauren unendlich sanft. »Ich bin's, Lauren. May ist auch hier.«

Missmutig verzog Abigail das Gesicht. »Ist noch jemand Zeuge dieses peinlichen Zwischenfalls?«

»Nein«, antwortete Nova und ergriff ihre Hand. »Kannst du aufstehen?«

Abigail nickte und ließ sich reichlich widerwillig von den drei Frauen auf die Beine helfen.

»Setz dich erst mal hin«, sagte Nova und dirigierte ihre Großmutter sanft zum Bett. Sobald sie sicheren Halt hatte, setzte Nova sich neben sie, ließ aber ihre Hand nicht los. »Ich rufe Dr. Johnson an.«

»Ich brauche keinen Arzt«, widersprach Abigail schroff. »Das war nichts weiter.«

»Aber, Granny …«

»Es geht mir gut.« Mit gezwungener Lässigkeit tätschelte Abigail Novas Hand. »Ich war nur ein bisschen unterzuckert. Sobald ich etwas im Magen habe, bin ich wieder fit.«

Ratlos schaute Nova ihre Freundinnen an, die beide ebenso wenig von Abigails Behauptung überzeugt schienen wie sie.

May klappte ihre Hippiehandtasche auf und wühlte darin herum, bis sie fündig wurde. »Ich habe Traubenzuckerbonbons dabei.«

Interessiert hob Abigail den Kopf. »Mit Erdbeergeschmack?«

»Ja.« May lächelte. »Die mögen die Mädchen am liebsten.«

»Ich auch«, erwiderte Abigail und streckte ihre freie Hand aus.

Das Papier knisterte, als Novas Großmutter das Bonbon auswickelte und sich in den Mund steckte. Eine unangenehme Stille breitete sich aus, während Nova ihre Großmutter sorgenvoll musterte.

»Du bist ziemlich blass«, sprach Lauren schließlich das aus, was sie vermutlich alle dachten.

Nova drückte Abigails Hand. »Mir wäre es wirklich lieber, wenn der Doc dich untersucht.«

Abigail knirschte mit den Zähnen. »Mir fehlt nichts. Bewertet das nicht über, ja?«

Das sagte sich so leicht. Leider kannte Nova ihre Großmutter gut genug, um zu wissen, dass diese nicht freiwillig zum Arzt gehen würde. Deshalb lenkte sie schließlich ein. »Na schön. Aber wenn das noch einmal vorkommt, gibt es keine weitere Diskussion, verstanden?«

Abigail verdrehte die trüben Augen, widersprach aber nicht. »Geh wieder nach unten und kümmere dich um den Laden. Ich komme hier schon zurecht.«

Auch davon war Nova nicht überzeugt. »Aber Daisy kommt erst in einer Stunde.«

»Wir können so lange unten die Stellung halten«, bot May an, während Lauren zustimmte.

Dankbar nickte Nova den beiden zu.

Ein Lächeln zupfte an Abigails Mundwinkeln, als May und Lauren gegangen waren. »Diese Frauen sind wirklich gute Freundinnen für dich geworden, nicht wahr?«

»Sie sind großartig«, erwiderte Nova, während sich ein dumpfer Schmerz auf ihr Herz legte. Wenn sie Goodville verließ, würde sie May, Lauren und die anderen sehr vermissen.

Beiläufig tätschelte Abigail Novas Knie und kämpfte sich auf die Füße. Ihre Bewegungen waren schon seit geraumer Zeit stockend, aber jetzt kamen sie Nova noch unsicherer vor. Sie folgte ihrer Großmutter nachdenklich, als diese aus dem Zimmer schlurfte.

Gut möglich, dass Abigail die Wahrheit gesagt hatte und der Schwindel nichts weiter bedeutete. Aber was, wenn nicht? Was, wenn sie noch einmal umkippte und Nova diesmal nicht in der Nähe war?

Beklommen rieb Nova sich über die Stirn. Eigentlich hatte sie den Abend mit Jax verbringen wollen. Allerdings hatte sie kein gutes Gefühl dabei, ihre Großmutter über mehrere Stunden allein zu lassen, solange sie nicht sicher war, wie es ihr wirklich ging. Es wäre leichter für Nova gewesen, wenn sie Abigails Worten hätte glauben können. Doch seit dem Besuch ihrer Eltern hatte ihr Vertrauen in die alte Frau ziemlichen Schaden genommen.

Schweren Herzens sagte Nova also die geplante Verabredung mit Jax ab und verbrachte auch die nächsten Tage pausenlos an der Seite ihrer Großmutter, wenn die Pflegerin nicht bei ihr war. In diesen Tagen war May ihr eine große Stütze, denn sie half vormittags im Laden aus, solange ihre Nichten in der Schule waren.

Nova sah Jax nur, wenn sie sich morgens eine Stunde davonstahl, um mit ihm schwimmen zu gehen. Weil sie unbedingt wollte, dass er den Wunsch von seiner *Bucket List* streichen konnte, zwang sie ihn trotz der sinkenden Temperaturen ins Wasser, ehe sie sich in seinem Pick-up mit heißen Küssen wieder aufwärmten.

Nova genoss diese leidenschaftlichen Momente mit Jax, auch wenn sie alles andere als befriedigend waren, weil sie jedes Mal aufhören mussten, sobald die ersten Angler eintrafen.

Am Samstagmorgen war Nova dermaßen gierig auf ihn, dass es ihr sogar egal war, ob sie beim Rummachen erwischt wurden. Kurzerhand kletterte sie auf Jax' Schoß, und er zog sie mit einem Knurren in seine Arme.

Seine rechte Hand schlüpfte unter den dicken Wollpullover, den sie sich zuvor übergezogen hatte. Abgesehen von dem weiten Oberteil trug sie nur Rock und Slip, worüber sie sehr froh war, als Jax' linke Hand ihren nackten Oberschenkel hinaufwanderte.

Er hatte sich nach dem Baden lässige Sportshorts und eine

Kapuzenjacke angezogen, deren Reißverschluss Nova nun ungeduldig nach unten zog. Als sie ihre kalten Finger auf seine Haut legte, zuckte er zusammen, beschwerte sich aber nicht, sondern streichelte sie so intensiv und so drängend, als wollte er sich unbedingt jeden Zentimeter von ihr einprägen.

Stöhnend presste Nova die Lippen auf seinen Hals und sog gierig seinen Duft nach See, Sandelholz und Jax ein, der sie berauschte und das Verlangen befeuerte, das in ihr tobte. Als er mitten in der Bewegung innehielt, stieß Nova ein Wimmern aus. Voller Ungeduld ließ sie ihr Becken kreisen. Sie wollte ihn in sich spüren. Sofort.

»Gott, Nova«, stöhnte er, als ein Beben seinen Körper durchlief. Der Griff auf ihrem Schenkel wurde fester. »Wir sollten wirklich nicht …«

Er hatte recht. Bestimmt sogar. Aber nach einer Woche war Nova halb verrückt vor Begierde. »Ich brauche dich.«

Jax gab einen gequälten Laut von sich. Dann berührte er sie endlich dort, wo sie es sich am sehnlichsten wünschte. Hitze bündelte sich in ihrem Unterleib, während sie ihn voller Leidenschaft küsste. Seine geschickten Finger liebkosten sie, doch es war einfach nicht genug.

»Jax«, wimmerte sie.

»Ich weiß«, stieß er atemlos hervor. Die Bewegungen seiner Hand wurden schneller, wilder, während sie sich nun voller Ekstase an ihm rieb. Sie gab sich seiner süßen Folter hin und übte zugleich genug Druck auf seine Erektion aus, um ihm den Schweiß auf die Stirn zu treiben. Höher und höher bäumten sich die Wellen über ihnen auf und dann …

… zerriss ein Hupen ihr Keuchen.

Erschrocken fuhren Nova und Jax auseinander.

Nova hatte sich kaum aus ihrer Benommenheit gelöst, da tuckerte ein alter Geländewagen an ihnen vorbei. Die amüsierten Mienen der beiden älteren Männer in dem Fahrzeug waren wie ein Kübel Eiswasser. Sie winkten fröhlich und suchten sich einen Parkplatz ganz in der Nähe des Ufers.

Ächzend ließ Jax den Kopf gegen die Nackenstütze fallen. Er schloss die Augen, musste sich erst einmal sammeln. Dann zog er behutsam die Hand unter Novas Rock hervor.

Sie zuckte zusammen und gab einen peinlich wehklagenden Laut von sich.

Jax blinzelte und schaute unter schweren Lidern zu ihr auf. »Komm mit zu mir.«

Jede Zelle in Novas Körper schrie *Ja!* – und doch schüttelte sie bedauernd den Kopf. »Ich kann nicht.«

Frust flackerte in Jax' schönen blauen Augen auf. Es war das erste Mal, dass er mit seinem Verständnis sichtlich an seine Grenzen stieß. Langsam beugte er sich vor und knabberte an Novas Unterlippe. »Warum nicht? Abigail geht es doch gut.«

Das mochte stimmen. Allerdings hatte Nova ernsthaft Sorge, dass sie nie wieder aus seinem Bett herauskommen würde, wenn sie erst einmal drinlag. Wenn dann doch etwas passierte, würde sie sich das niemals verzeihen.

Betrübt streichelte sie seine kratzige Wange. »Es geht wirklich nicht.«

Er seufzte, schien jedoch noch nicht bereit aufzugeben. »Und später? Wenn Abis Pflegerin da ist?«

»Ich muss bis zum Mittag im Laden sein und danach gleich zum Nowhere, um den anderen bei den Vorbereitungen für das Fest zu helfen.«

Jax lehnte die Stirn gegen Novas Brust, um seine Enttäuschung zu verbergen. Aber Nova sah sie trotzdem. »Tut mir leid.«

»Schon okay«, grummelte er und küsste zärtlich ihr Kinn. Als er aufsah, war der unglückliche Zug um seine Lippen verschwunden. Stattdessen grinste er frech. »Dann renne ich eben stundenlang mit einem Harten auf dem Grillfest herum und himmle dich aus sicherer Entfernung an.«

Seine derben Worte trieben Nova die Röte in die Wangen. Gleichzeitig perlte ein atemloses Lachen ihre Kehle hinauf. »Du musst mir ganz bestimmt nicht fernbleiben.«

Spöttisch zog Jax eine Braue nach oben. »Das hatte ich auch nicht wirklich vor. Allerdings sollte ich dich wohl warnen. Es besteht die reelle Chance, dass ich deinen hübschen Hintern in euren Clubraum zerre und dich dort besinnungslos vögele.«

Seine Worte sorgten dafür, dass Nova schlagartig heiß wurde. »Schätze, das würde den Ladies eher weniger gefallen.«

Jax' Mundwinkel zuckten. »Aber wenn ich diesen Blick richtig deutete, dir umso mehr.«

Ganz ehrlich? Mittlerweile war Nova der Ort völlig egal, solange sie Jax endlich wieder spüren konnte. Das Problem war nur, dass sie keine Lust auf weitere Unterbrechungen hatte. »Vielleicht könnten wir uns kurz vom Fest wegschleichen?«

Damit hatte sie sein Interesse. »Definiere kurz.«

Diesmal war sie es, die frech grinste. »Das hängt ganz von deinen Fähigkeiten ab, du Teufel.«

Sein dunkler Blick jagte ein Prickeln durch ihren Körper. Es breitete sich bis in ihre Fingerspitzen und die Zehen aus. »Glaub mir, Sims. Wenn es um dich geht, verfüge ich quasi über Superkräfte.«

»Gut zu wissen«, erwiderte Nova belustigt. Sie drückte ihm einen letzten keuschen Kuss auf die Lippen, um nicht schon wieder die Beherrschung zu verlieren. Anschließend rutschte sie auf den Beifahrersitz. »Also haben wir ein Date?«

Jax nickte nachdrücklich. »Hundertprozentig.«

Kapitel 22

Nova

Direkt hinter dem Nowhere befand sich ein karger, von hohen Holzzäunen umgebener Hof, den man über ein Metalltor von der Seitenstraße erreichte. Normalerweise nahm Lauren hier die Getränkelieferungen entgegen und nutzte die Fläche als Kundenparkplatz. Aber heute war der Platz mit Stehtischen und einigen Bierbänken versehen.

May hatte hübsche Blumengestecke und anderen Tischschmuck gebastelt, den ihre Nichten gerade eifrig auf den Papiertischdecken verteilten. Cole und seine Eltern waren dabei, den Grill vorzubereiten, während Josephine sich einen Platz fürs Kinderschminken einrichtete. Ihre zwölfjährige Tochter Vada stand mit verschränkten Armen und trotzigem Gesichtsausdruck neben ihr. Sie schien nicht wirklich hier sein zu wollen. Aber davon ließ Josephine sich nicht beirren. Gut gelaunt drückte sie ihrer Tochter Malvorlagen in die Hand, die diese auslegen sollte.

»Hey, Nova«, rief Lauren, sobald sie Nova entdeckte.

»Entschuldigt die Verspätung«, erwiderte Nova und lud einen Karton mit Lampions und Lichterketten auf einem Tisch ab. »Ich wollte gerade schließen, als noch eine Truppe Touristen kam. Deshalb hat es etwas länger gedauert.«

Lässig winkte Lauren ab. »Kein Problem. Kommt Abigail später auch vorbei?«

Nova schüttelte betreten den Kopf. »Sie wollte lieber zu Hause bleiben.«

»Schade.« Besorgt runzelte Lauren die Stirn. »Hat sie sich denn immer noch nicht von ihrem Sturz erholt?«

»Es geht ihr schon viel besser. Allerdings hatte sie Bedenken wegen der ungewohnten Umgebung.« Außerdem wollte sie niemanden sehen. Wie immer, wenn sie in einer depressiven Phase steckte.

Ein Kloß bildete sich in Novas Kehle. Es war nicht das erste Mal, dass das passierte. Die Ärzte hatten ihr prophezeit, dass es immer wieder dazu kommen würde. Aber die drohende Erblindung war diesmal eben nicht der einzige Grund für die gedrückte Stimmung. Ob Abigail es nun zugab oder nicht, die Aussicht, ihre Heimat zu verlassen, um in einer wildfremden Umgebung neu anzufangen, betrübte sie. Aber solange sie eisern an ihrem irren Plan festhielt, waren Nova die Hände gebunden. Sie konnte nur hoffen, dass Abigail möglichst bald zu ihrer alten Stärke zurückfand und neue Hoffnung schöpfte.

Ryan schleppte eine Bierbank über den Hof. Als er Nova sah, zwinkerte er ihr zu. »Hey, Cookie, alles klar?«

Nova lächelte. »Ja, danke, und selbst?«

»Kann nicht klagen.« Er wandte sich an Lauren. »Wohin mit den Teilen, du Sklaventreiberin?«

Lauren zeigte zur linken Seite des Hofes. »Stell sie am besten dort hin. Und wenn du schon dabei bist, bau sie gleich auf, ja?«

»Sehr wohl, meine Königin.« Er stapfte davon und rief Cole zu: »He, Bruderherz. Zeit für ein kleines Work-out! Da liegen noch zehn Bänke im Keller.«

Cole, der gerade mit seinem Vater um den Grillanzünder stritt, gab den Kampf auf und schloss sich seinem Bruder an.

»Ist Jax noch gar nicht da?«, fragte Nova und schaute sich suchend um. »Er wollte eigentlich längst hier sein.«

Lauren schüttelte den Kopf. »Hab ihn nicht gesehen.«

Stirnrunzelnd zog Nova ihr Handy aus der Tasche. Aber sie hatte keine Nachricht von ihm erhalten.

»Er ist sicher gleich hier«, meinte Lauren und grinste breit. »Hältst du es so lange aus?«

Nova verdrehte die Augen. »Was haben wir noch zu tun?«

»Wir liegen gut im Plan. May und Helen haben drinnen schon das Kuchenbuffet aufgebaut. Eigentlich müssen wir nur noch den Innenhof schmücken, und dann kann die Party steigen.«

»Hoffentlich kommt überhaupt jemand«, erwiderte Nova, während sie geschwind den Papierschmuck auffaltete.

Lauren lächelte. »Ich bin da ganz optimistisch.«

»Findest du es nicht seltsam, dass niemand groß auf unsere Einladungen reagiert hat?«, fragte Nova.

Gleichmütig zuckte Lauren mit den Schultern. »Ein paar Reaktionen gab es ja schon.«

Zugegeben, ein paar hatten sich wohlwollend und interessiert gezeigt. Aber die meisten waren eher skeptisch gewesen. »Die Leute scheinen nicht wirklich etwas mit unserem Club anfangen zu können.«

»Dann erklären wir ihnen eben, was wir vorhaben«, gab Lauren leichthin zurück. »Apropos. May hat noch ein paar unglaubliche Plakate für die Workshops gebastelt. Sie hat wirklich ein Händchen für diesen grafischen Kram.«

Wie aufs Stichwort tauchte das Multitalent des Clubs mit einer Plakatrolle in der Hand auf. »Habt ihr Klebestreifen?«

»Ja, hier drin muss irgendwo welcher sein«, erwiderte Nova und durchwühlte die Kiste, die sie mitgebracht hatte.

May strahlte. »Großartig. Ich hänge die noch schnell auf, dann muss ich dringend los, um die Steaks abzuholen.«

»Wenn du willst, kann ich das übernehmen«, bot Nova an und streckte die Hand aus.

»Super, danke.« May drückte ihr die Plakatrolle in die Hand, drehte sich um und stieß einen schrillen Pfiff aus, woraufhin sich Cole und ihre Nichten schlagartig zu ihr umdrehten.

»Meine Fresse«, murmelte Lauren neben Nova. »Die hat sie aber gut dressiert.«

Nova verbiss sich ein Lachen und nickte. Da die Mädchen weiter bei den Partyvorbereitungen helfen wollten, machten May und Cole sich allein auf den Weg.

»Kommt mir ja nicht vom Weg ab«, rief Lauren ihnen gut gelaunt hinterher, woraufhin May mit einem unschuldigen Augenaufschlag über die Schulter schaute.

Sobald die beiden aus ihrer Sicht verschwanden, stieß Lauren ein Grunzen aus. »Die beiden können echt nicht die Hände voneinander lassen. Ich wette zehn Dollar, dass sie zu spät kommen werden.«

»Schätze, da könntest du recht haben«, murmelte Nova, die den Blick zurück zur Straße schweifen ließ.

Von Jax war immer noch nichts zu sehen. Dabei hatte er ihr versprochen, gleich zu Beginn der Partyvorbereitungen vorbeizukommen. Wo steckte er bloß?

»He, Rotschopf!«, rief Ryan, der inmitten unzähliger Biergarnituren stand, und winkte Lauren zu. »Ich könnte hier mal deinen Support gebrauchen.«

Sofort eilte Lauren zu ihm, um ihm beim Zurechtrücken

der Sitzgelegenheiten zu helfen. Unterdessen widmete Nova sich wieder dem bunten Papierschmuck, der den tristen Hinterhof verschönern sollte.

Nachdem sie sämtliche Lampions aufgefaltet hatte, zog sie die Girlanden hervor und begann damit, sie am nächsten Holzzaun zu befestigen. Allein war diese Arbeit etwas mühselig, aber da alle anderen beschäftigt waren, musste es eben so gehen. Sie stellte sich auf einen Stuhl und reckte sich, um eine Kette aus Papierblumen aufzuhängen. Da erklang hinter ihr ein tiefes Räuspern.

Nova schaute über die Schultern und spürte einen Stich der Enttäuschung, weil nicht Jax, sondern Steve vor ihr stand. Eine Pilotensonnenbrille saß auf seiner Nase. Deshalb konnte sie seine Augen nicht erkennen. »Das sieht ziemlich waghalsig aus.«

Er hatte recht. Der Klappstuhl, auf dem sie balancierte, war wirklich nicht die beste Wahl für diese Arbeit. Trotzdem kam Nova gut klar. Beruhigend lächelte sie auf Steve hinab. »Es geht schon.«

Nachdenklich legte Steve den Kopf schief. »Soll ich das vielleicht übernehmen?«

»Nicht nötig, vielen Dank.« Nova wandte sich wieder ab und wickelte das Ende der Blumengirlande um den Zaunpfahl. »Was machst du schon hier? Die Party fängt doch erst in einer Stunde an.«

»Ich dachte, ihr könntet vielleicht noch Hilfe gebrauchen.« Zuvorkommend streckte er Nova eine Hand entgegen, als sie von dem Stuhl heruntersteigen wollte.

Aus einem Reflex heraus griff sie zu und stützte sich bei ihm ab. Sobald sie festen Boden unter den Füßen hatte, ließ sie allerdings sofort wieder los. »Danke.«

»Keine Ursache.« Steve nahm den Stuhl, auf dem Nova gestanden hatte, und trug ihn für sie ein paar Meter weiter. Anschließend hielt er ihr mit einem sanften Lächeln erneut die Hand hin.

Es war eine nette Geste, aber diesmal zögerte Nova. Für ihren Geschmack war seine Miene ein bisschen zu hoffnungsvoll. Andererseits deutete sie vielleicht auch zu viel hinein, denn er runzelte die Stirn, als verstünde er nicht, wo das Problem lag. Da Nova ihn keinesfalls beleidigen wollte, ergriff sie schließlich doch seine Hand und kletterte wieder auf den Stuhl.

»Vielleicht noch ein Stückchen höher«, empfahl Steve, als sie sich langmachte, um den Faden festzubinden.

Nova folgte seinem Rat. »Könntest du mir bitte den gelben Lampion dort auf dem Tisch bringen?«

»Klar.« Sichtlich erfreut über ihre Bitte eilte er davon und kehrte gleich darauf mit dem gewünschten Stück zurück. Dankbar nahm Nova es entgegen und befestigte es ebenfalls, während Steve sie aufmerksam beobachtete. »Wie geht es Abigail?«

Im ersten Moment fragte Nova sich, ob er vielleicht über die Gerüchteküche gehört hatte, dass Novas Großmutter Anfang der Woche einen Schwächeanfall erlitten hatte. Doch außer May, Lauren und Jax wusste niemand davon, und sein Blick war arglos. Er schien sich aus reiner Höflichkeit zu erkundigen. »Gut.«

»Das freut mich.« Er deutete auf den Tisch mit dem aufgefalteten Papierschmuck. »Soll ich noch die andere Girlande holen? Das würde sicher nett aussehen.«

Er bemühte sich so sehr darum, ihr zu helfen, dass Nova nicht anders konnte, als seine Freundlichkeit zu erwidern. »Das wäre super. Danke.«

Erstaunlich schnell fanden sie eine Routine, während sie sich unterhielten. Als Nächstes erkundigte Steve sich nach dem Laden und ob sich die Kundschaft anständig benahm. Anschließend berichtete er ihr von seiner Arbeit auf dem Polizeirevier. Das Gespräch plätscherte angenehm dahin, und schon bald war der Innenhof mit Girlanden, Papierblumen und Lampions geschmückt.

Als sie fertig waren, bot Steve an, ihnen etwas zu trinken zu holen. Er ging ins Nowhere, während Nova auf einer Bank Platz nahm und sich umschaute.

Lauren war inzwischen in der Bar, um die ersten Getränke auszugeben, während Ryan mit seinen Eltern am befeuerten Grill stand. Josephine saß auf einem Stuhl und schminkte Lilly, während Cathy und Vada jeden Pinselstrich aufmerksam verfolgten. Wie von Lauren vermutet, waren May und Cole noch nicht wiederaufgetaucht.

Ein Knoten bildete sich in Novas Magen. Sie hatte sich darauf gefreut, diesen Nachmittag an Jax' Seite zu verbringen. Ihr war bewusst, dass sie unzählige neugierige Blicke auf sich ziehen würden. Trotzdem hatte Nova sich in den schillerndsten Farben ausgemalt, wie sie sich mit Jax amüsieren würde, bevor sie sich heimlich von der Party schlichen, um endlich etwas Zeit zu zweit zu verbringen.

Inzwischen war es allerdings fast drei Uhr, und er war immer noch nicht da. Er hatte ihr auch keine Nachricht mit einer Erklärung geschickt, und ihr Anruf wurde nach kurzem Klingeln auf die Mailbox umgeleitet. Nova fragte sich, was das zu bedeuten hatte. Während die altbekannte Unsicherheit in ihr aufflammte.

Hatte er seine Meinung vielleicht geändert? War es ihm zu

anstrengend, andauernd darauf zu warten, dass sie ein bisschen Zeit für ihn erübrigen konnte? Oder zog er sich zurück, weil sie immer noch nicht entschieden hatte, ob sie nach Providence ziehen oder für eine Zukunft in Goodville kämpfen wollte?

Beklommen rieb Nova sich über die Stirn, fand jedoch keine Antwort auf diese Fragen.

Steve kehrte zurück und überreichte ihr eine eisgekühlte Cola. »Hier, bitte.«

»Danke«, murmelte Nova, steckte ihr Handy weg und nahm das Glas entgegen, während Steve sich neben sie auf die Bank setzte.

Er musterte sie aufmerksam. »Du siehst traurig aus. Stimmt etwas nicht?«

»Alles in Ordnung«, erwiderte Nova, weil sie ganz sicher nicht mit Steve über Jax reden wollte.

So ganz schien er ihr nicht zu glauben. Doch er hakte nicht weiter nach, sondern richtete seinen Blick aufs Tor, wo gerade die ersten Gäste eintrafen. Zuerst kam Jeff, der den erhofften Posten als Nachfolger des Sheriffs an Steve verloren hatte. An seiner Hand ging seine schwangere Frau, die einen Strauß Blumen dabeihatte. Die beiden schauten sich neugierig um, bevor sie von Helen und ihrem Mann herzlich begrüßt wurden.

»Vielleicht sollten wir auch hingehen und Hallo sagen«, schlug Steve vor.

Er meinte es sicher bloß nett. Aber irgendwie gefiel Nova der Gedanke nicht, an seiner Seite dazustehen und Leute zu begrüßen. Sicher, sie war eine der Gastgeberinnen. Aber Steve hatte so eine einnehmende Art an sich. Deshalb fürchtete Nova, es könnte ein völlig falscher Eindruck von ihrer Beziehung entstehen. Sie schüttelte lächelnd den Kopf. »Ich denke,

Helen kommt ganz gut allein zurecht. Lass uns einfach noch einen Moment durchatmen, bevor der Trubel richtig losgeht.«

Ihr Vorschlag schien Steve zu gefallen, denn er nickte eifrig und fing sofort an, ihr eine Anekdote aus seiner Zeit bei der Polizeiakademie zu erzählen. Obwohl die Geschichte nicht mal uninteressant war, hatte Nova Mühe, ihr zu folgen. Stattdessen schweiften ihre Gedanken zu der Nacht auf dem Hoteldach, in der Jax ihr von seinem Studium berichtet hatte. Nova hatte an seinen Lippen gehangen, als wäre er Mozart persönlich, und hatte keines seiner Worte verpassen wollen. Bei Steve hingegen …

Sein Lachen riss sie aus ihren Erinnerungen. »Kannst du dir das vorstellen?«

Nova rang sich zu einem Lächeln durch und betete, dass ihre Antwort Sinn ergab. »Nein, das klingt wirklich unglaublich.«

Steve winkte bescheiden ab. »Ich habe nur getan, was ich für richtig hielt.«

Irritiert runzelte Nova die Stirn und überlegte, wann sie die Abzweigung verpasst hatte, denn von der Akademie sprach er sicher nicht mehr. Oder doch? »Dazu hätte sicher nicht jeder den Mut aufgebracht«, bemerkte sie vage.

Steves Augen leuchteten auf. »Ich wusste, dass du das genauso sehen würdest.« Er beugte sich zu ihr und grinste verschmitzt. »Einige meiner Kollegen waren natürlich anderer Ansicht. Sie meinten, ich hätte einfach wegsehen sollen, weil er schließlich niemand anderen hatte, der sich um das Mädchen kümmern konnte, und sie ja keinem schaden würden. Aber ich empfand es als meine moralische Pflicht, meinen Vorgesetzten darüber zu informieren, dass er sie in unserem Wohnheim versteckt hielt.«

Nova blinzelte. »Also hast du es ihm gesagt?«

»Natürlich! Immerhin war diese Schule nun wirklich kein geeigneter Ort für ein Kind.«

Er verzog das Gesicht. Allerdings wurde Nova das Gefühl nicht los, dass seine Sorge weniger dem Mädchen gegolten hatte, sondern er vielmehr seine eigenen Interessen hatte durchsetzen wollen. »War dein Kollege gut in der Schule?«

Nun zögerte Steve. Sicher erinnerte auch er sich daran, dass er sich einst vor Nova damit gebrüstet hatte, als Jahrgangsbester abgeschlossen zu haben. »Er lag eher im unteren Durchschnitt.«

So ganz nahm Nova ihm das nicht ab. Aber letztlich war es auch nicht entscheidend. »Was ist mit ihm und der Kleinen passiert?«

»Er hat die Akademie verlassen, weil er nicht bereit war, sie in die Obhut einer Pflegefamilie zu geben. Das war natürlich das Vernünftigste.«

Nova wusste wirklich nicht, was sie dazu sagen sollte. Einen Kollegen zu verraten, der lediglich versuchte, sich um ein Kind zu kümmern und gleichzeitig seine Ausbildung abzuschließen, kam ihr schlichtweg falsch vor. Steve hingegen schien nichts Verwerfliches daran zu finden. Im Gegenteil. Er wirkte ziemlich stolz auf sich und musterte sie erfreut, da sie ihm irrtümlich sogar noch zugestimmt hatte. Sie wollte dieses Missverständnis gerade klären, als Lauren aus dem Nowhere kam.

Nova sah ihr sofort an, dass etwas nicht stimmte. Sie war aschfahl im Gesicht und ließ den Blick fast schon panisch über den Hinterhof schweifen, der sich inzwischen gut gefüllt hatte.

»Entschuldige mich«, sagte Nova und eilte zu ihrer Freundin. Novas Sorge nahm zu, als sie sah, dass Laurens Stirn fiebrig glänzte. »Was ist los?«

Lauren schwankte ein wenig und stützte sich am Türrahmen ab. »Ich … ich … kannst du die Bar übernehmen? Ich muss …«

Sie wirbelte herum und rannte in Richtung der Toiletten, während Nova ihr entgeistert hinterhersah. Sie konnte sich doch unmöglich schon wieder einen Virus eingefangen haben. Es musste einen anderen Grund für die heftige Übelkeit geben. Aber da Lauren in den letzten Monaten keinen Mann getroffen hatte, war eine Schwangerschaft ausgeschlossen. Was, wenn sie ernsthaft krank war?

Novas Blick fiel auf die Bar, vor der sich einige Gäste tummelten, die gerade erst eingetroffen waren. Laurens Aushilfe Theo hatte alle Hände voll zu tun, den Ansturm zu bewältigen, während Stacy die leeren Gläser von den Tischen einsammelte.

Sofort huschte Nova hinter die Bar. Theo, ein junger, gut aussehender Kerl, der normalerweise um keinen Flirt verlegen war, warf ihr lediglich einen dankbaren Blick zu, bevor er sich dem nächsten Gast widmete.

In der nächsten Viertelstunde bereitete Nova die Getränke vor und kassierte ab. Es herrschte hektische Betriebsamkeit, doch Nova konnte sich kaum auf die Leute konzentrieren, weil Lauren nicht wiederauftauchte. Immer wieder huschte Novas Blick zu den Toilettentüren, doch die Barbesitzerin blieb verschollen.

Als Stacy mit einem voll beladenen Tablett hinter den Tresen trat, hielt Nova es nicht mehr aus. »Könntest du hier kurz die Stellung halten, Stacy?«

Die Kellnerin nickte, und Nova eilte zu den Toilettenräumen. Dort fand sie Lauren, die sich soeben einen Schwall Wasser ins Gesicht spritzte.

»Hey«, sagte Nova leise und schloss die Tür hinter sich. »Wie fühlst du dich?«

Lauren lachte erstickt auf. »Als hätte ich mir gerade die Seele aus dem Leib gekotzt.«

»Du siehst auch so aus«, erwiderte Nova mitfühlend und trat näher an sie heran. »Denkst du nicht, dass es an der Zeit wäre, einen Arzt aufzusuchen?«

»Nein.« Entschieden schüttelte Lauren den Kopf. »Das ist nur die Aufregung.«

»Aber du übergibst dich ziemlich häufig in letzter Zeit.«

»Weil ich mir so einen bescheuerten Infekt eingefangen habe.«

»Lauren«, sagte Nova eindringlich. »Das ist nicht normal – und das weißt du auch!«

Diesmal verzog Lauren das Gesicht. »Ich gebe zu, ich habe es in letzter Zeit ein bisschen übertrieben.«

»Ein bisschen?«, wiederholte Nova ungläubig. »Du bist jede Nacht bis drei Uhr auf den Beinen und stehst meistens um acht, halb neun schon wieder in der Bar. Und dazwischen hast du keine ruhige Minute.«

»Irgendjemand muss sich schließlich um die Getränkelieferungen, die Buchhaltung, die Personalplanung und den ganzen anderen Quatsch kümmern«, hielt Lauren dagegen und warf Nova einen vielsagenden Blick im Spiegel zu. »Du weißt selbst, wie stressig es ist, seinen eigenen Laden zu führen. Meine Leute verlassen sich auf mich. Ganz zu schweigen davon, dass mir der Stadtrat im Nacken sitzt und nur darauf wartet, dass ich einen Fehler mache.«

»Ich verstehe dich absolut. Es hilft aber niemandem, wenn du die Signale deines Körpers ignorierst.«

Lauren seufzte müde. »Ich ignoriere gar nichts. Mein Magen war schon immer lächerlich empfindlich. Mehr steckt wirklich nicht dahinter.«

»Du musst trotzdem einen Gang zurückschalten.«

Erst schien Lauren widersprechen zu wollen. Doch dann ließ sie die Schultern hängen. »Das werde ich.«

»Und du wirst dich durchchecken lassen«, fuhr Nova streng fort. »Es ist mir egal, ob du schon dein ganzes Leben lang mit einem empfindlichen Magen zu kämpfen hast. Wenn du nicht schwanger bist, könnte eine ernsthafte Erkrankung dahinterstecken. Ich will nicht, dass sie erst erkannt wird, wenn es längst zu spät ist. Also versprich mir, dass du ein paar Untersuchungen bei Dr. Johnson machen lässt.«

Lauren wurde blass und presste die Lippen aufeinander, als kämpfte sie gegen eine neue Welle der Übelkeit an. »Ist gut.«

Ihre Stimme war kaum mehr als ein Flüstern. Aber immerhin schien Lauren endlich Einsicht zu zeigen. Sie zog sich nach oben in ihre Wohnung zurück, um sich ein wenig auszuruhen.

Nova verstaute ihre Handtasche im Clubraum, damit sie nicht andauernd auf ihr Handy schaute. Anschließend kehrte sie zur Bar zurück und half Theo. Mit ihm zusammenzuarbeiten, war angenehm, aber lange nicht so aufregend wie mit Jax.

Jax, der auch zwei Stunden später noch immer mit Abwesenheit glänzte.

Als Nova hinaus auf den Hinterhof trat, staunte sie nicht schlecht, als sie feststellte, dass sich inzwischen fast ganz Goodville hier zusammendrängte. Man konnte wohl mit Fug und Recht behaupten, dass die Einweihungsfeier ein voller Erfolg war. Sogar Ashlyn und ihr versnobtes Gefolge hatten sich um einen Stehtisch versammelt. Allerdings wurde Nova das Gefühl nicht los, dass die Queen mit ihrem Auftritt nichts Gutes im Schilde führte, sondern lediglich die neue Konkurrenz ausspionierte. Steve war bei ihnen und schien sich köstlich in dem kleinen Kreis zu amüsieren. Als er Nova erblickte, ließ er die anderen stehen und kam zu ihr.

»Na? Schicht beendet?«, fragte er.

Nova nickte. »Ja, Stacy hat gerade für mich übernommen.«

Steve schüttelte lächelnd den Kopf. »Ich muss schon zugeben, das war ein ziemlich seltsamer Anblick.«

»Wie meinst du das?«, fragte Nova irritiert.

»Nun ja, du hinter einem Zapfhahn. Das hat irgendwie keine Klasse. Aber ich verstehe natürlich, dass du deiner Freundin helfen musstest.«

Empörung flammte in Nova auf. »Es mag dich schockieren, aber der Zapfhahn und ich sind inzwischen sehr gute Freunde.«

Steve merkte sofort, dass er mit seinem anmaßenden Kommentar zu weit gegangen war. Er ließ beschämt den Kopf hängen. »Sorry, das war unangebracht.«

»Allerdings«, fauchte Nova.

Steve riss die Augen auf. »Nova, ehrlich. Es tut mir leid. Ich weiß nicht, was gerade in mich gefahren ist.«

Tja, das wusste Nova auch nicht.

»Möchtest du etwas essen?«, fragte Steve. »Die Steaks sind vorzüglich.«

Er schaute so reumütig drein, dass Nova es nicht über sich brachte, ihm einen Korb zu erteilen. Zwar ärgerte sie sich über Steves Bemerkung, doch weit größer war ihr Frust, eine andere Person betreffend. Es wäre Steve gegenüber nicht fair, ihre Enttäuschung über Jax' Fehlen an ihm auszulassen. Also stimmte sie zu und bahnte sich an seiner Seite den Weg zum Grill, wo May gut gelaunt das Essen verteilte.

Ihre Wangen waren rosig, und jedes Mal, wenn ihr Blick den von Cole traf, der neben ihr stand und das Fleisch wendete, konnte man praktisch sehen, wie die Herzchen zwischen ihnen hin- und herflogen.

Bittere Enttäuschung spülte über Nova hinweg, während sie ein Sandwich mit gegrilltem Hühnchen herunterwürgte. Das Fleisch war saftig und perfekt in Kombination mit dem knackigen Salat, der würzigen Soße und dem angetoasteten Brötchen. Trotzdem fiel es Nova schwer, das Sandwich hinunterzukriegen, während Steve neben ihr saß und sein Essen verschlang.

Für den Rest des Abends wich er ihr nicht mehr von der Seite und wuselte ständig um sie herum, als wollte er ihr jeden Wunsch von den Augen ablesen. Nova wusste seine Bemühungen zu schätzen. Trotzdem war ihr das alles zu viel.

Es sollte nicht Steve sein, mit dem sie dieses Fest feierte, sondern Jax.

Aber Jax war nicht hier.

Als draußen die Dämmerung einsetzte, tauchte Lauren wieder auf. Sie sah besser aus und schien sich etwas erholt zu haben. Zumindest wirbelte sie mit ihrer üblichen Dynamik durch die Menge, scherzte mit einigen Leuten und füllte Snackschalen auf.

Die Lichterketten, die an den Zäunen und Wänden befestigt waren, der Duft von Grillfleisch und das Lachen der Leute sorgten für eine angenehme Atmosphäre. Aber obwohl Nova sich über die schöne Feier freute und gern Fragen über die

Pläne der Soul Sisters beantwortete, schaffte sie es nicht, ihre Enttäuschung zu ignorieren. Noch schlimmer wurde es, als Jax' Nachbarin sich beiläufig erkundigte, wo Jax abgeblieben war.

»Das weiß ich leider auch nicht«, antwortete Nova betont gelassen. »Ich fürchte, er hat anderweitig zu tun.«

»So?« Mallory runzelte die Stirn. »Ich habe ihn vorhin erst in seinem Garten gesehen. Da hat er eigentlich keinen besonders beschäftigten Eindruck auf mich gemacht.« Sie zwinkerte Nova verschmitzt zu. »Er saß oben ohne in der Sonne und hat gelesen. Was für ein herrlicher Anblick. Sie sind wirklich zu beneiden, Nova.«

Nova lächelte verkrampft, weil ihr schlichtweg die Worte fehlten. Das Bild, wie Jax sich bei einem Sonnenbad entspannte, brannte sich in ihren Kopf und ätzte die Sorge weg, die bisher in Nova vorgeherrscht hatte. Stattdessen mischte sich nun Wut unter ihre Enttäuschung. Sie hoffte wirklich, dass Jax eine verdammt gute Erklärung für seine Abwesenheit hatte.

Kapitel 23

Jax

»Dieser Fenstereinbau entspricht nicht dem bewilligten Bauplan«, sagte der untersetzte Glatzkopf namens Dinkley und tippte mit seinen Wurstfingern auf die entsprechende Bauzeichnung.

Jax war kurz davor, komplett auszurasten. Die Ader an seiner Schläfe pochte schon seit Stunden, während dieser Typ von Zimmer zu Zimmer marschiert war, jeden Winkel vermessen und mit den Plänen verglichen hatte und seine Mängelliste Punkt um Punkt erweitert hatte. Inzwischen waren sie im Obergeschoss angelangt, und die Sonne war bereits untergegangen. Aber diese Nervensäge wurde einfach nicht müde, Jax auf den Senkel zu gehen. Er atmete tief durch und bemühte sich um einen freundlichen Tonfall. »Sobald die zweite Schicht Innenputz angebracht ist, stimmt der Wert.«

Dinkley rümpfte die Nase und kritzelte trotzdem einen Vermerk auf sein Protokoll, ehe er sich umständlich bückte und den Boden vermaß.

Jax hatte es schon vor einer Stunde aufgegeben, ihn darauf hinzuweisen, dass sich die tragenden Wände auf jeder Etage an der gleichen Stelle befanden. Ebenso wie er es aufgegeben hatte, ihn um Eile zu bitten.

Gott! Wie sehr Jax sich wünschte, er wäre nie ans Telefon gegangen.

Dann hätte er wie geplant zu Novas Party gehen und sie unterstützen können, anstatt dieser pausbäckigen Nervensäge stundenlang durch jedes Zimmer hinterherzudackeln, während der Typ ein spontanes Baugutachten erstellte. Zu allem Überfluss hatte sein Handy auch noch den Geist aufgegeben, als er Nova eine Nachricht schicken wollte, um ihr Bescheid zu sagen, dass er sich etwas verspäten würde.

Wobei von *etwas* längst nicht mehr die Rede sein konnte.

Mit einem »Uff« kam Dinkley wieder auf die Füße und schaute sich in dem Zimmer um, als suche er nach einem weiteren Kritikpunkt. Als er nichts fand, verzog er den Mund und zeigte zur Decke. »In Ordnung. Sehen wir uns mal das Dach an.«

Okay, das reichte jetzt.

»Hören Sie, Sir. Draußen ist es schon fast dunkel. Ich bezweifle, dass Sie genug erkennen werden. Außerdem kann ich es nicht verantworten, jemanden bei diesen Lichtverhältnissen aufs Dachgeschoss zu lassen. Wir können uns gern morgen früh noch einmal treffen.«

Der Mann kniff die kleinen Schweinsäuglein zusammen. »Sonntags arbeite ich nicht, Mister Troy.«

Aber Samstag war kein Problem? Echt klasse!

»Gut, dann eben Montag«, erwiderte Jax und wies mit einer energischen Geste zum Flur. »Wann immer Sie wollen. Sagen Sie einfach Bescheid.«

Der Typ schien einzusehen, dass er Jax' Geduld überstrapaziert hatte. Er schaute kurz auf seine Uhr, bevor er aus dem Zimmer stapfte.

Jax ging dicht hinter ihm und widerstand nur knapp der

Versuchung, seinen dicken Hintern die Bautreppe runterzuschubsen. Am Bauzaun schindete er ein weiteres Mal Zeit, indem er jedes Zaunelement auf Stabilität und Verankerung überprüfte. Er bemängelte zwei Verbindungen und hielt sie auf seinem Protokoll fest. Aber das war Jax inzwischen längst egal. Er wollte nur noch weg.

»Dann sehen wir uns also am Montag?«, fragte er den Sachverständigen.

»Das wird nicht nötig sein.« Dinkley warf einen beiläufigen Blick zurück zum Bau und wirkte beinahe unzufrieden. »Insgesamt haben Sie die Sache hier ja recht gut im Griff. Da hatte ich offen gestanden etwas anderes gehört.«

Bitte, was?

Ein ungutes Gefühl regte sich in Jax' Magen. Als der Kerl heute Mittag angerufen und ihn über die spontane Kontrolle informiert hatte, hatte Jax das nicht groß hinterfragt. Unangekündigte Überprüfungen seitens der Behörden waren bei Projekten dieser Größenordnung schließlich keine Seltenheit. Aber offensichtlich war der Mann mit konkreten Absichten hier aufgeschlagen. Jax legte den Kopf schief. »Was genau haben Sie denn gehört?«

Als er seinen Fehler bemerkte, wurde der Mann rot wie eine Tomate. »Nichts weiter.«

»Ja, klar«, erwiderte Jax sarkastisch, während er langsam auf den Mann zuging. Gut möglich, dass er dabei recht bedrohlich wirkte. Aber das war ihm mittlerweile scheißegal. Wer auch immer sein Projekt in den Dreck gezogen hatte, hätte sich wirklich keinen ungünstigeren Zeitpunkt aussuchen können. »Ich nehme nicht an, dass Sie mir verraten, von wem sie *nichts* gehört haben?«

Dinkley riss die kleinen Augen auf und brachte sich hinter seinem Wagen in Sicherheit. »Nichts für ungut, Mister Troy. Wir geben unsere Quellen niemals preis. Von unserer Seite gibt es keine Mängel, die einen Baustopp erforderlich machen. Ich maile Ihnen in Kürze meine Anmerkungen. Kümmern Sie sich einfach um die Punkte, und damit ist die Sache erledigt. Einen schönen Tag noch.«

Erstaunlich flink hechtete er in seinen Wagen, gab Gas und bretterte davon, während Jax ihm wie vom Donner gerührt hinterhersah. Er fragte sich nicht, wer ihn angeschwärzt hatte, denn im Grunde gab es nur eine Person, die ihm Ärger machen wollte: Shannon.

Offensichtlich hatte sie bei der Baubehörde Stimmung gegen das Projekt gemacht, um einen Baustopp zu erwirken, damit Jax vor seiner Firma und den Sponsoren wie ein inkompetenter Trottel dastand.

Verdammt!

Aufgewühlt fuhr Jax sich durch die Haare. Am liebsten hätte er Shannon angerufen und ihr die Hölle heißgemacht. Aber damit hätte er sie wahrscheinlich nur noch mehr angestachelt. Also schluckte Jax seinen Ärger herunter und machte sich auf den Weg nach Goodville. Er betete, dass Nova nicht allzu wütend war, nachdem er sie kommentarlos versetzt hatte.

Doch wie sich zwanzig Minuten später herausstellte, wurden seine Gebete leider nicht erhört. Nova stand umringt von ihren Freunden in dem festlich geschmückten Hinterhof des Nowhere. Der Depp war auch bei ihr, und obwohl es lächerlich war, verspürte Jax einen Stich der Eifersucht, weil der Cop Zeit mit Nova hatte verbringen können, während er auf der Baustelle ausharren musste.

Gerade lachte Nova über etwas, das Lauren sagte. Dann bemerkte sie Jax, und schon verpuffte ihre Heiterkeit. Wut blitzte in ihren Augen auf, aber davon ließ Jax sich nicht zurückhalten.

Er bahnte sich den Weg zwischen einigen Besuchern hindurch, schob sich an Cole vorbei und streckte die Hände nach Nova aus. »Hey, Engel.«

Nova drehte den Kopf zur Seite, als er sich hinabbeugte, um sie vor allen anderen zu küssen. Er traf nur ihre Wange, was ihn gleich noch mehr frustrierte. Er seufzte. »Tut mir leid, dass ich so spät bin. Ich wäre eher gekommen, aber es ging nicht.«

»Und wieso nicht?«, erklang Laurens Stimme hinter ihm.

Jax drehte sich um und war nicht überrascht, die Frauen des Clubs mit solidarischer Härte in den Mienen zu sehen. Er verzog bedauernd das Gesicht. »Es gab eine unangekündigte Kontrolle auf dem Bau, die sich ewig in die Länge gezogen hat.«

Sofort wurde Cole hellhörig. »Was denn für eine Kontrolle?«

»Das Übliche halt.« Betont gelassen zuckte Jax mit den Schultern und warf seinem Boss ein beruhigendes Lächeln zu. »Sie hatten nur ein paar Kleinigkeiten zu beanstanden, die wir im Handumdrehen korrigieren werden. Keine große Sache.«

Leider gab Cole sich damit nicht zufrieden. »Aber wieso? Ich habe erst gestern mit der Baubehörde gesprochen, und die haben mir versichert, dass alles in bester Ordnung ist.«

Jax schluckte und senkte den Blick zu Boden. »Ich weiß auch nicht, Mann. Wahrscheinlich wollten sie uns nicht die Überraschung verderben. Der Kerl hat mich heute Mittag von der Baustelle aus kontaktiert. Also bin ich sofort hingefahren.«

»Das darf ja wohl nicht wahr sein«, blaffte Cole und stemmte die Hände in die Hüften. »Ich werde denen am Montag die Hölle heißmachen. Wie können die es wagen, meine Mitarbeiter am

Wochenende in Beschlag zu nehmen, ohne dass ich überhaupt davon weiß? Noch bin ich der Chef von Avens & Baxter.«

Prompt wuchs Jax' schlechtes Gewissen ins Unermessliche. »Lass es gut sein, Cole. Es war wirklich keine große Sache. Das ist schließlich mein Job.«

Sein lockerer Tonfall beruhigte zwar seinen Chef. Bei Nova hingegen machte er damit keine Punkte. Sie presste eine Entschuldigung hervor und zog sich ins Nowhere zurück.

»Geh ihr lieber nach, Jax«, riet May besorgt.

»Ich denke, sie braucht eher ein wenig Freiraum«, mischte Tautum sich ein. »Ich rede mit ihr.«

Jax warf ihm einen ungläubigen Blick zu. Für wen hielt sich dieser Vogel?

»Danke, aber ich kläre das selbst«, presste Jax hervor und folgte Nova ins Gebäude. Sein Blick glitt über die Leute in der Bar. Da Nova nicht unter ihnen war, ging Jax in den Clubraum.

Nova stand vor dem Schreibtisch und nahm gerade ihre Handtasche an sich.

»Was machst du da?«, fragte Jax.

Sie zuckte zusammen, sah aber nicht auf. »Ich hole meine Sachen.«

»Warum?«

»Weil ich jetzt gehe, Jax.«

»Aber die Party ist noch nicht vorbei.«

Sie stieß ein kaltes Lachen aus. »Für mich schon. Es ist fast acht. Daisy hat bald Feierabend, und ich will meine Großmutter nicht allein lassen.«

Verdammt. Sie meinte das tatsächlich ernst. Die Vorstellung, sie in dieser Stimmung gehen zu lassen, gefiel Jax ganz und gar nicht. Kurzerhand verriegelte er die Tür, weil er gewiss nicht wollte, dass jemand in ihr Gespräch platzte. Das leise Klicken sorgte dafür, dass Nova nun doch aufschaute.

»Was soll das, Jax?«, fauchte sie. »Ich sagte, ich muss gehen.«

»Und ich werde dich gehen lassen, aber vorher will ich kurz eine Sache klarstellen.«

Nova zog eine Braue hoch. »Und die wäre?«

Gott, sie machte ihn wahnsinnig, wenn sie ihn auf diese trotzige Art ansah. Es schien ihr überhaupt nicht bewusst zu sein, aber ihm gegenüber hatte sie ihre scheue, distanzierte Haltung komplett aufgegeben.

Langsam ging er auf sie zu. »Ich habe mich auf diesen Tag gefreut«, sagte er, ohne sie aus den Augen zu lassen. »Darauf, mit dir Zeit zu verbringen, dich mit deinen Freunden zu erleben und bei diesem Fest an deiner Seite zu sein.« Unmittelbar vor ihr blieb er stehen und schaute auf sie hinab. Es kostete ihn einige Mühe, sich zu zügeln und sie nicht in seine Arme zu ziehen. »Ich wollte mich gerade auf den Weg machen, als der Kerl von der Bauaufsichtsbehörde diesen schönen Plan zerfetzt hat. Es tut mir leid, dass ich nicht eher hier war.«

Sie wich seinem Blick aus. »Du hättest mich anrufen können.«

»Das wollte ich.« Jax griff in seine Hosentasche und zeigte ihr sein Handy, das noch immer keinen Empfang hatte. »Aber ausgerechnet heute hat mein Telefon den Geist aufgegeben. Ich konnte dich nicht erreichen.«

Plötzlich wurden ihre Augen glasig, und ein Lachen brach aus ihr heraus. Wie so oft war diese Frau voller Gegensätze.

»Rede mit mir«, bat er sanft.

Sie schüttelte schniefend den Kopf. »Es ist nur … Ich dachte, du willst das alles vielleicht doch nicht mehr.«

»Hast du es noch nicht verstanden?«, fragte er leise und lehnte seine Stirn gegen ihre. Sein Herz wummerte heftig in seiner Brust, als ihm klar wurde, welche drei Worte über seine Lippen kommen wollten. Aber vielleicht war es zu früh. Deshalb schwächte Jax sie ab. »Ich will dich, Sims. Ich bin vollkommen verrückt nach dir. Daran darfst du niemals zweifeln. Okay?«

Am liebsten hätte er seine Worte mit Taten unterstrichen und sie zu sich nach Hause und in sein Bett gebracht. So, wie sie es ursprünglich geplant hatten. Aber jetzt war es zu spät. Jax hatte seine Chance verpasst, ein paar Stunden ihrer Zeit zu stehlen.

Eine einzelne Träne löste sich aus ihrem Augenwinkel, und nun konnte Jax doch nicht widerstehen. Er küsste sie fort und tupfte lauter zarte Küsse auf ihre Wange, bis er ihre Mundwinkel erreicht hatte. Dort wartete er, ob Nova sich holte, was sie wollte.

Zu seiner Erleichterung tat sie es. Sie krallte die Finger in sein Hemd und zog ihn näher zu sich, ehe sie ihre Lippen auf seine legte und ihn küsste.

Sofort fing Jax Feuer.

Er hob sie auf den Schreibtisch, drängte sich zwischen ihre geöffneten Beine und presste sich gegen ihre heiße Mitte. Ihr Kleid rutschte nach oben, und Jax fuhr über die samtweiche Haut an den Außenseiten ihrer Schenkel.

Gott! Sie fühlte sich so verdammt fantastisch an, er brauchte mehr von ihr. Jetzt gleich.

Unbeirrt vertiefte er den Kuss, ließ seine Zunge in ihren Mund gleiten und labte sich an ihrem süßen Geschmack.

Nova stöhnte leise und bog sich ihm entgegen. Sein Griff um

ihre Schenkel verstärkte sich, und er konnte der Versuchung nicht länger widerstehen. Als er den Daumen ein winziges Stück unter den Bund ihres Slips schob, keuchte sie auf. Der Laut war so sinnlich, dass Jax tatsächlich versucht war, seine Drohung vom Morgen wahr zu machen, ihr das Höschen herunterzureißen und sie an Ort und Stelle zu vernaschen.

Leider hämmerte in diesem Moment irgendein Vollidiot gegen die Tür. »Nova?«, rief Tautum. »Bist du da drin?«

Jax biss die Zähne zusammen, um das Knurren zurückzuhalten, das in seiner Kehle grollte. Dieser Kerl ging ihm langsam wirklich auf den Senkel. Kapierte er nicht, dass Nova zu ihm gehörte?

Ein leises, geradezu hinreißend frustriertes Seufzen entwich ihren Lippen. Sie ließ den Kopf gegen seine Brust sinken und atmete flach. Interessanterweise schien sie dem Deputy nicht antworten zu wollen.

Genugtuung erfüllte Jax, und seine Finger gingen wie von selbst erneut auf Wanderschaft. Sie glitten tiefer unter den Stoff ihres Höschens und suchten das Zentrum ihrer Lust. Als Jax es fand, schnappte Nova leise nach Luft.

Langsam senkte Jax den Kopf, bis sein Mund dicht vor ihrem Ohr verharrte. »Wirst du leise sein, Engel?«

»Ich … ich glaube nicht, dass ich das kann«, stammelte sie – zu gleichen Teilen panisch und heiser vor Verlangen.

Jax grinste teuflisch. »Doch, du kannst.«

Entschlossen verstärkte er den Druck seiner Fingerspitzen, woraufhin sie die Zähne in ihrer Unterlippe vergrub.

»Nova?«, rief die Nervensäge von der anderen Seite der Tür und ruckelte fluchend am Griff. Als er kapierte, dass sie verschlossen war, zog er endlich ab.

Kaum war er verschwunden, ließ Nova ihr Becken kreisen.

Mehr Aufforderung brauchte Jax nicht. Er sank auf die Knie, tauchte unter ihr Kleid und presste seinen Mund in ihren feuchten Schoß. Ihr Geschmack explodierte auf seiner Zunge, und nun war er selbst kaum mehr in der Lage, leise zu sein. Er konnte nicht genug von ihr kriegen. Stöhnend leckte er über die zarte Haut, bis Nova sich seufzend wand.

»Lass dich fallen«, flüsterte er zwischen seinen gierigen Küssen. »Ich hab dich.«

Sein heiseres Versprechen schien alles zu sein, was sie noch brauchte. Als sie kam, krallte sie die Fingernägel in seine Schultern, und der bittersüße Schmerz sorgte dafür, dass Jax beinahe die Kontrolle verlor.

In diesem Moment hätte er alles dafür gegeben, sie gleich jetzt und hier auf dem Schreibtisch zu nehmen. Dummerweise schien ihr Verschwinden allmählich Fragen aufzuwerfen.

»Hey, Leute, weiß einer von euch, wo Nova ist?«, rief Lauren durch die Bar. Sie klang besorgt. Wahrscheinlich hatte Tautum sie angestachelt.

Leicht genervt hauchte Jax einen letzten zärtlichen Kuss auf ihre empfindliche Mitte, ehe er sich erhob und Nova ansah.

Ihre Augen leuchteten in einem satten Braunton, und ihre Wangen waren nach ihrem Orgasmus hinreißend gerötet. Selig lächelte sie ihn an.

Jax hatte nie etwas Schöneres gesehen. »Flipp jetzt bitte nicht aus, aber ich bin dabei, mich heftig in dich zu verlieben.«

Die Worte waren raus, bevor er sie zurückhalten konnte.

Prompt fiel ihr Lächeln in sich zusammen.

Shit! Warum hatte er nicht einfach seine verfluchte Klappe gehalten?

»Jax, ich… ich weiß nicht, was ich sagen soll«, stotterte sie sichtlich überfordert.

Sag, dass du genauso empfindest.

Nur zu gern hätte Jax seinen sehnsüchtigen Wunsch laut ausgesprochen oder Nova zumindest gebeten, nicht ganz so entsetzt dreinzuschauen. Aber ihm war klar, dass er ihr damit nur noch mehr Druck machen würde. Also verdrängte er das bittere Gefühl der Enttäuschung und strich ihr mit einem beruhigenden Lächeln eine wirre Haarsträhne hinters Ohr. »Du musst gar nichts sagen. Ich wollte nur, dass du es weißt.«

Ihre Miene wurde weich. »Danke.«

Jax zwang sich zu einem lässigen Grinsen. »Nichts zu danken, Sims.« Er küsste sie auf die Nasenspitze, ehe er einen Schritt zurücktrat. »Wir sollten zurück zu den anderen gehen und uns verabschieden.«

»Ja.« Sichtlich erleichtert über den Themenwechsel rutschte Nova vom Tisch, richtete ihre zerknitterte Kleidung und nahm ihre Handtasche an sich.

Anschließend gingen sie nach draußen, wo einige Leute prompt die Köpfe zusammensteckten. Jax ignorierte sie, während Nova verlegen zu Boden blickte. Wahrscheinlich fürchtete sie, dass man ihr ansehen konnte, was vor wenigen Minuten im Clubraum passiert war.

Jax störte das nicht. Wenn es nach ihm ging, sollte es ruhig die ganze Stadt erfahren. Vor allem dieser nervige Deputy, der ständig um sie herumschlich.

Tautum war nirgends zu sehen. Dafür lugte Lauren mit einem süffisanten Grinsen hinter dem Zapfhahn hervor. »Na, ihr Turteltauben. Kleine Erfrischung gefällig?«

Jax schüttelte schmunzelnd den Kopf. »Nein, danke.«

»Ich muss leider los«, nuschelte Nova. »Granny wartet sicher schon.«

Sofort wurde Lauren ernst. »Na klar. Grüß sie von mir, okay?«

»Mache ich«, versprach Nova und hob nun doch den Kopf, um wenigstens ihre Freundin anzusehen. »Viel Spaß noch und übertreib es nicht.«

Lauren verdrehte die Augen. »Yes, Ma'am.«

Gemeinsam gingen sie in den Hinterhof, wo die anderen immer noch versammelt waren. May umarmte Nova herzlich und berichtete erfreut, dass einige das Clubschwein mit Geldscheinen gefüttert und sich inzwischen zehn Leute für die Workshops angemeldet hatten.

»Es ist nicht die Welt«, räumte sie strahlend ein. »Aber ein Anfang.«

»Bestimmt kommen bald noch ein paar hinzu«, meinte Cole und betrachtete seine Freundin voller Zuneigung.

Neid zerschnitt Jax' Herz, während er die beiden beobachtete. Er wusste, dass ihre Beziehung keinen leichten Start gehabt hatte. Doch nun sprachen Liebe und Anbetung aus jedem Blick, den sie tauschten.

Genau das wollte Jax mit Nova haben, und er hätte ihr alle Zeit der Welt gegeben, um dorthin zu gelangen. Das Problem war nur, dass sie genau die eben nicht hatten. Wenn sie sich für Providence entschied, wäre sie genauso schnell wieder aus seinem Leben verschwunden, wie sie ein Teil davon geworden war.

Und Jax konnte nichts tun, um das zu verhindern.

Kapitel 24

Nova

Nova hätte Jax gern gebeten, mit nach oben zu kommen und über Nacht zu bleiben. Aber zum einen wollte sie ihre Großmutter nicht überrumpeln, und zum anderen brauchte sie nach seinem Geständnis einen Moment für sich, um ihre Gefühle und Gedanken zu sortieren. Einerseits hatte unbändige Freude ihr Herz geflutet, als er ihr gestanden hatte, wie er für sie empfand. Andererseits hatte sie einen Erwartungsdruck gespürt, der sie regelrecht in Panik versetzte. Zwar hatte Jax behauptet, sie im Gegenzug um nichts zu bitten. Aber seine schönen himmelblauen Augen hatten eine andere Sprache gesprochen. Sie waren voller Hoffnung gewesen.

Einer Hoffnung, die Nova vielleicht nicht erfüllen konnte.

Sie wollte Jax nicht verletzen. Deshalb gab sie ihm einen sanften Gutenachtkuss und verschwand im Haus, bevor sie der Versuchung nachgeben konnte und ihn doch mit nach oben nahm.

In der Wohnung saßen Abigail und Daisy beisammen und schauten eine Castingshow. Die Pflegerin schien sichtlich erleichtert, Nova zu sehen. Sie tätschelte Abigails Hand zum Abschied, ehe sie Nova mit dem Kinn signalisierte, einen Moment im Flur zu warten.

»Wie lief es heute?«, fragte Nova mit gedämpfter Stimme.

Daisy runzelte besorgt die Stirn. »Ich will ganz ehrlich sein, Nova. Die trübsinnige Stimmung deiner Großmutter gefällt mir gar nicht. So lange war sie noch nie depressiv.«

Novas Herz zog sich zusammen, denn sie wusste genau, was Daisy meinte. Bisher hatten diese Phasen höchstens drei oder vier Tage gedauert, bevor Abigail zu ihrer ursprünglichen Lebensfreude zurückfand. Doch diesmal war es anders. Der Besuch ihrer Eltern lag nun eine Woche zurück, und seither schien sich Abigails Verfassung zunehmend zu verschlechtern. Ihr Lachen, ihr Optimismus, ihr Kampfgeist – all das schien erloschen, seit Novas Eltern mit dem Ultimatum aufgetaucht waren. Und dann war sie auch noch gestürzt …

Mit einem leisen Seufzen schüttelte Daisy den Kopf. »Ich weiß, du willst es nicht hören, Liebes. Aber vielleicht ist es an der Zeit, über eine stationäre Pflege nachzudenken.«

Sofort keimte Frust in Nova auf. »Hat Granny dir diesen Floh ins Ohr gesetzt?«

Daisy blinzelte überrascht. »Nein. Ich habe mir nur überlegt, dass sie in ihrem derzeitigen Zustand wesentlich mehr Unterstützung bräuchte, um neuen Lebensmut zu fassen. Meine Möglichkeiten sind hier leider begrenzt. Ich kann mich um ihre alltäglichen Bedürfnisse und die häusliche Pflege kümmern, wenn du im Laden bist. Aber das hier übersteigt schlichtweg meine Kompetenz. Diese selbst auferlegte Isolation tut ihr nicht gut, allerdings lässt sie sich auch nicht bewegen, etwas daran zu ändern.«

Beklommen senkte Nova den Blick. »Ich kann Priscilla bitten, sie öfter zu besuchen, und sie häufiger ins Gemeindezentrum zu begleiten.«

Mitgefühl huschte über Daisys Miene. »Das wird vermutlich nicht reichen, um sie aus ihrem Loch zu ziehen, und nun, da du einen festen Freund hast …« Sie ließ die Worte vielsagend verklingen und beugte sich ein Stück vor. »Veränderungen können manchmal Furcht einflößend sein. Aber niemand würde dir einen Vorwurf daraus machen, Nova. Schon gar nicht deine Großmutter. Du bist jung und hast ihr dank deiner Selbstlosigkeit viele kostbare Jahre geschenkt. Jetzt ist es Zeit für ein eigenes Leben. Denk wenigstens darüber nach.«

Weil Nova keine Ahnung hatte, was sie darauf erwidern sollte, nickte sie nur. »Danke, Daisy.«

»Immer gern, Schätzchen. Wir sehen uns dann am Montag.« Als Daisy weg war, blieb Nova noch einen Moment lang benommen im Flur stehen.

Dann wandte sie sich dem Wohnzimmer zu, wo Abigail noch immer reglos in ihrem Sessel saß. Leise trat Nova um sie herum, weil sie glaubte, dass ihre Großmutter eingeschlafen wäre. Aber Abigail saß einfach nur da und starrte ins Nichts, während im Fernseher irgendein Kerl lautstark eine grauenvolle Interpretation von Queens *Under Pressure* zum Besten gab.

Früher hätte Abigail sich darüber lustig gemacht, dass der Typ keinen Ton traf, und sich erkundigt, ob er wenigstens so gut aussah wie Freddy Mercury.

Und heute? Nichts.

Kein Funkeln in den Augen. Keine zuckenden Mundwinkel.

Nur ein verlorener, trüber Blick.

Tränen raubten Nova die Sicht, während sie ihre Großmutter betrachtete, den einzigen Fixpunkt in ihrem Leben. Noch immer glaubte Nova nicht, dass Abigail lieber in einer Seniorenresidenz in Providence leben wollte als hier. Aber was, wenn es wirklich das Beste für sie war? Würde es ihr helfen, die Trostlosigkeit zu überwinden? Oder würde es alles noch schlimmer machen?

Gott! Wenn Nova nur wüsste, was richtig war.

»Spiel für mich.« Abigails Stimme klang leise und rau. »Bitte.«

Erneut fühlte Nova sich innerlich zerrissen. Sie wollte Abigails Wunsch nachkommen, nicht nur ihr zuliebe, sondern auch für sich selbst, weil sie wusste, dass ihr die Musik genau den Trost schenken würde, den sie gerade dringend brauchte. Zugleich sträubte sie sich, weil jede Note verraten würde, dass Novas Traum noch immer gewaltige Kraft besaß.

Trotzdem kam sie Abigails Wunsch nach und holte ihre Violine hervor. Nachdem sie das Instrument kurz gestimmt hatte, überlegte sie, welches Stück wohl am geeignetsten wäre, und entschied sich schlussendlich für Vivaldis *Die vier Jahreszeiten*.

Sie schloss die Augen und begann mit dem *Frühling*. Es dauerte nicht lange, bis sich ihre Sorgen in der lebhaften Melodie auflösten. Fast meinte sie, die erblühende Frühlingswiese zu sehen, die von den Tönen gemalt wurde. Genau wie die zwitschernden Vögel und den fröhlichen Tanz der Hirten und Nymphen.

Der *Sommer* folgte und mit ihm die drückende Hitze, die sich in einem gewaltigen Gewitter entlud. Danach hatte Nova endlich das Gefühl, wieder freier atmen zu können.

Also ging sie in den *Herbst* über. Ihre Finger protestierten, weil sie das lange Spiel nicht mehr gewohnt waren. Aber Nova war inzwischen so von der Musik gefangen, dass sie sich schlichtweg weigerte, jetzt aufzuhören.

Der *Winter* kam, und Nova war es, als stünde sie in einer Welt aus Eis. Eine Gänsehaut überzog ihren Körper, obwohl sie von der Anstrengung des Spiels inzwischen schweißnass war. Schließlich wurde die Melodie langsamer. Geborgenheit wärmte Novas Herz, und dann war es vorbei.

Novas Atem rasselte. Ihr Nacken war steif, und ihre Arme zitterten. Dennoch war sie glücklich.

Und Abigail?

Sie starrte immer noch teilnahmslos vor sich hin. Aber ihre Mundwinkel hatten sich zu einem kleinen Lächeln gehoben.

***

Der Horizont färbte sich rosarot, als Nova am nächsten Morgen auf die Straße trat. Obwohl der Spätsommer in Colorado stets mild verlief, hatten sich die Temperaturen merklich abgekühlt. Nichtsdestotrotz freute Nova sich auf die Auszeit am See, weil sie und Jax meistens lachten, flirteten und ihre Sorgen am Ufer zurückließen – und das konnte sie gerade dringend gebrauchen.

Hinter ihr lag eine weitere schlaflose Nacht, in der sie sich im Bett herumgewälzt und gegrübelt hatte. Wirklich klarer hatte sie ihre Zukunft jedoch nicht gesehen.

Früher hatte sie sich oft vorgestellt, wie sie vor einem großen Publikum spielte und ihre Zuhörer an ihrer Liebe zur Musik teilhaben ließ. Ihre Großeltern hatten sie stets ermutigt, an sich zu glauben. Die beiden waren so zuversichtlich gewesen, dass sie es bis ganz nach oben, auf die großen Bühnen dieser Welt, schaffen könnte. Doch dann war dieser Traum zerplatzt, als Zachary sie verließ. Danach hatte sie ihre Violine monatelang nicht angefasst und auch später nur selten gespielt, wenn die Sehnsucht größer war als der Schmerz, den die Erinnerung an Zachs Worte heraufbeschwor.

So waren die Jahre vorübergezogen, und irgendwann hatte Nova sich mit ihrem Leben abgefunden. Es war nicht schlecht gewesen, aber eben auch nicht so außergewöhnlich, wie sie es sich insgeheim gewünscht hätte.

Gedankenverloren schaute Nova über die leere Straße. Am Sonntagmorgen lag die kleine Stadt in friedlicher Stille. Wären die zwitschernden Vögel nicht gewesen, hätte man sie glatt für ausgestorben halten können.

Eigentlich gab es um diese Zeit nur Bewegung in der Bäckerei und Jax' Pick-up, der über den Asphalt rollte.

Stirnrunzelnd sah Nova auf die Uhr. Er war schon nach halb sieben. So spät war Jax noch nie gekommen. Jetzt, wo sie so darüber nachdachte, fiel ihr ein, dass er meistens sogar vor dem Haus stand, wenn sie kam.

Ob er verschlafen hatte?

Nova beschloss, ein paar Minuten zu warten. Doch als er nach einer Viertelstunde immer noch nicht aufgekreuzt war, kramte sie ihr Handy aus ihrer Strandtasche und rief ihn an.

Mailbox. Offenbar hatte Jax' Handy immer noch eine Macke.

»Na toll«, murmelte Nova und schaute die Straße hoch und runter. Vielleicht sollte sie ihm entgegengehen? Bis zu seinem Bungalow war es nur ein Fußweg von zehn Minuten. Sicher kam er ihr auf halbem Weg entgegen.

Und wenn nicht?

Ein Lächeln zupfte an ihren Mundwinkeln.

Tja, dann müsste sie ihn wohl aus dem Bett scheuchen.

Selbstverständlich, *nachdem* sie seinen warmen, hinreißenden, sexy Körper anständig geweckt hatte.

Die Idee gefiel Nova so gut, dass sie auf der Stelle losmarschieren wollte. Allerdings bog in diesem Moment ein Jogger um die Ecke und fing Novas Aufmerksamkeit ein.

»Steve?«

Der Deputy – heute in Sportkleidung, die ziemlich verschwitzt war – verlangsamte seine Schritte und riss überrascht die Augen auf. »Nova? Was …?« Er gluckste. »Warum stehst du denn hier mitten auf dem Gehweg rum?«

»Eigentlich bin ich verabredet«, erklärte sie.

»Oh.« Steve stemmte die Hände in die Hüften und sah sich auf der Straße um, auf der niemand zu sehen war. Er runzelte die Stirn. »Sag bloß, du wurdest versetzt?«

Er klang so ungläubig, dass Nova lächeln musste. »Nein, das glaube ich nicht. Wahrscheinlich hat Jax verschlafen.«

»Jax, hm?« Ein Muskel zuckte an Steves Kiefer. »Versteh mich bitte nicht falsch, aber ehrlich gesagt finde ich das nicht besonders nett. Niemand sollte eine Frau wie dich warten lassen.«

»Äh, danke«, stammelte Nova, die nicht wirklich auf ein solches Kompliment gefasst gewesen war. Ihr fiel ein, dass Steve sie am Abend zuvor gesucht hatte, während sie mit Jax im Clubraum war. Als sie sich später von den anderen verabschiedet hatten, war er allerdings schon fort gewesen. »Wo bist du eigentlich gestern Abend plötzlich hinverschwunden? Ich hatte gar keine Gelegenheit mehr, mich von dir zu verabschieden.«

Verlegen strich er sich eine verschwitzte Haarsträhne aus der Stirn. »Ehrlich gesagt habe ich mich ein bisschen verloren gefühlt ohne dich.«

»Du kennst doch inzwischen einen Haufen Leute.«

»Schon.« Er zuckte mit den Schultern. »Aber die meisten haben entweder hinter vorgehaltener Hand über euren Ladies Club hergezogen oder über das Spätsommerfest am nächsten Wochenende diskutiert. Beides nicht unbedingt Themen, mit denen ich mich besonders wohlfühle.«

Nova blinzelte irritiert. »Jemand hat schlecht über uns gesprochen?«

Mit einem Mal schien Steve sich äußerst unbehaglich zu fühlen, denn er trat von einem Fuß auf den anderen. »Das hätte ich wohl eher nicht sagen sollen.«

»Na ja, nun ist es raus.« Empört verschränkte Nova die Arme. Sie wollte sicher niemanden zu Unrecht beschuldigen, aber natürlich konnte sie sich bereits denken, wer sich hinter dem Rücken der Soul Sisters das Maul zerrissen hatte. Ganz vorn mit dabei waren sicher Ashlyn und Patty, sehr wahrscheinlich auch ein paar Mitglieder des Stadtrates, die bereits nach Wegen suchten, den Ladies Club in seinem Wirken einzuschränken, damit ihre Unfähigkeit nicht ans Licht kam. Schließlich war es viel angenehmer, Geld für eine Party rauszuschmeißen, anstatt sich mit lästigen Themen wie Bildung und der Förderung sozial Benachteiligter zu befassen.

Wut schäumte in Nova auf. Sie hatte sich jahrelang das affektierte Getue dieser Leute angesehen, im Stillen die Augen verdreht und nie ein Wort dazu gesagt. Aber noch war Goodville auch ihre Stadt, und es war an der Zeit, ein paar Dinge zu ändern. Zuvor brauchte sie jedoch ein paar mehr Informationen über die Lästermäuler. Sie wollte gerade nachhaken, da rief Jax ihren Namen.

Nova drehte den Kopf und sah zu, wie er im Eiltempo auf

sie zujoggte. Sein Blick glitt flüchtig über Steve, ehe er vor Nova stehen blieb. »Entschuldige die Verspätung.«

»Schon gut.« Nova lächelte süßlich. »Langsam gewöhne ich mich dran.«

Jax zuckte zusammen. »Es war ja keine Absicht.«

Steve hüstelte hinter vorgehaltener Hand, war aber schlau genug, keinen blöden Kommentar von sich zu geben. Schließlich war die Situation ohnehin schon nervenaufreibend genug.

»Und wo ist dein Wagen?«, fragte Nova stattdessen.

»Rührt sich leider nicht mehr.« Sichtlich frustriert fuhr Jax sich durch die Haare. »Hoffentlich ist es bloß ein Marderbiss.«

Dafür konnte Jax ja nun wirklich nichts. Etwas versöhnlicher zeigte Nova auf ihren Wagen, der ein paar Meter weiter parkte. »Na gut, dann nehmen wir eben mein Auto.«

Jax zögerte. Dann verzog er voller Bedauern das Gesicht. »Tut mir leid, Engel. Aber ich muss mich erst um die Reparatur kümmern. Sonst komme ich morgen früh nicht auf die Baustelle. Außerdem brauche ich dringend ein neues Handy.«

Enttäuschung machte sich in Nova breit, als ihr klar wurde, dass aus dem morgendlichen Ausflug wohl nichts mehr wurde. Sie senkte die Lider. »Okay.«

Sofort trat Jax an sie heran und zog sie in seine Arme. »Bestimmt ist es nur ein Elektrokabel. Das kann ich selbst tauschen, und dann holen wir es später nach, okay?«

Nova nickte, auch wenn ihr die Aussicht nicht sonderlich gefiel, die Uhr anzustarren und auf Jax zu warten, während ihre Großmutter Trübsal blies.

»Gut.« Jax drückte ihr einen schnellen Kuss auf die Lippen. »Ich beeile mich.«

Bevor sie noch etwas sagen konnte, hatte er sich bereits auf den Rückweg gemacht.

Betrübt sah Nova ihm nach, bis Steve in ihr Blickfeld trat. Er musterte sie mit schief gelegtem Kopf. »Alles in Ordnung?«

Nova lächelte angespannt. »Klar.«

»Hm.« Steve runzelte die Stirn. »Es geht mich zwar nichts an, aber eigentlich hätte er sich doch auch noch später um den Wagen kümmern oder sich zur Not deinen Wagen leihen können. Ich meine, wenn ich an seiner Stelle gewesen wäre …« Er grinste schief und zuckte mit den Schultern. »Hast du Lust auf einen Kaffee?«

Die Frage traf Nova unvorbereitet. Im ersten Moment wollte sie absagen. Dann fiel ihr jedoch ein, worüber sie vor Jax' Ankunft geredet hatten. Vielleicht verriet Steve ihr ja, wer hinter ihrem Rücken böse über den Ladies Club gesprochen hatte. Außerdem wollte sie sich nicht umsonst so früh aus dem Bett gequält haben. Also stimmte sie spontan zu.

Sie gingen ein paar Meter weiter zur Bäckerei, wo Steve sogleich zwei große Becher Kaffee und frische Croissants orderte. Er schien richtig glücklich darüber zu sein, etwas Zeit in Gesellschaft zu verbringen. Nova hingegen bereute ihren Entschluss, kaum dass sie sich an einen der Bistrotische gesetzt hatten.

Steve hatte so eine Art, sich wichtigzumachen, die sie nicht wirklich mochte. Ihren Fragen nach den bösen Stimmen wich er immer wieder aus. Dafür erteilte er ihr jedoch allerhand Ratschläge, wie sie sich beim venezianischen Spätsommerfest am kommenden Wochenende beteiligen könnte.

»Ashlyn sucht noch Freiwillige am Delikatessenstand«, informierte er sie. »Ich dachte, ich könnte mich da nützlich machen. Allerdings bräuchte ich ein wenig Unterstützung dabei. Was meinst du?«

»Ehrlich gesagt werde ich mit meinem eigenen Stand genug zu tun haben«, antwortete Nova wenig begeistert, obwohl das im Grunde nicht ganz stimmte. May hatte ihr gestern vorgeschlagen, ebenfalls ein paar Schichten zu übernehmen, damit Nova das Fest genießen konnte.

»Aber die Spezialitäten, die das Festkomitee geordert hat, werden sicher viel beliebter sein«, meinte Steve und biss in sein Croissant. Krümel fielen auf sein verschwitztes Shirt und blieben daran haften. »Es gibt Ricciarelli, Amaretti und Cannoli, dazu feinste Marmeladen und Pasteten. Klingt das nicht toll?«

Nur mühsam unterdrückte Nova ein genervtes Schnaufen. Es war schon erstaunlich, dass der Stadtrat einen Haufen Budget freigab, um lauter Schnickschnack für ein vollkommen übertriebenes Fest einzukaufen, sich jedoch weigerte, Projekte zu fördern, die den Einwohnern zugutekamen. Irgendetwas lief da ganz gewaltig schief in der lokalen Politik. »Ehrlich gesagt finde ich das Ganze ziemlich übertrieben.«

Verständnislos runzelte Steve die Stirn. »Der Maskenball ist eine großartige Idee. Du solltest dich darüber freuen und etwas mehr Engagement einbringen. Schließlich haben sich Ashlyn und die anderen viel Mühe mit der Planung gegeben.«

Nova war diese Diskussion leid. »Weißt du, Steve, meine Freundinnen und ich, wir haben uns auch Mühe mit der Einweihungsparty gegeben, und ich hatte offen gestanden nicht den Eindruck, dass sich jemand in dem Hinterhof besonders unwohl gefühlt hat. Und falls doch, werde ich es wohl nie erfahren, oder?«

Steves Lächeln verrutschte. Aber immer noch verlor er kein

Wort darüber, wer nun denn über den Ladies Club gelästert hatte.

»Wie dem auch sei«, meinte Nova und erhob sich, wobei sie den Becher ignorierte, den sie gerade zur Hälfte getrunken hatte. »Ich muss jetzt nach meiner Großmutter sehen.« Weil sie nicht ganz so unhöflich sein wollte, rang sie sich zu einem freundlichen Nicken durch. »Danke für den Kaffee.«

»Jetzt warte doch«, stammelte Steve und setzte ihr nach, als sie ging. »Ich hatte das wirklich nicht böse gemeint.«

Sicher nicht. Trotzdem brummte Nova der Kopf, und sie spürte deutlich ihren Frust, weil der Morgen ganz anders verlaufen war, als sie sich vorgestellt hatte.

Erst vor der Haustür schaffte sie es, Steve endlich abzuwimmeln, bevor sie nach oben ging und den Frühstückstisch deckte.

»Kein Bad im See heute?«, fragte Abigail, als sie sich wenig später zu ihr setzte.

»Nein.« Niedergeschlagen berichtete Nova von Jax' kaputtem Wagen, während Abigail aufmerksam zuhörte.

Es war das erste Mal seit einer Woche, dass sich der Schleier in ihren Augen lichtete – und obwohl Nova noch immer traurig über das geplatzte Date am See war, spürte sie auch eine gewisse Erleichterung. Wie es schien, war ihr Unglück der Schlüssel zu Abigails Erwachen.

Kapitel 25

Jax

Es gab so Phasen im Leben, da ging einfach alles schief. Nach dem Sonntag hegte Jax keinen Zweifel mehr, dass er sich inmitten einer solchen Phase befand.

Jax brauchte nicht lange, um herauszufinden, dass das Problem doch nicht bei einem zerbissenen Kabel, sondern beim Anlasser des Pick-ups lag. Da er den nicht allein reparieren konnte, rief er schließlich doch den örtlichen Mechaniker an und bat ihn, sich der Sache anzunehmen.

Barry, ein gutherziger Kerl in den Fünfzigern und der abgewetzten Basecap auf seinem Kopf nach zu urteilen ein eingefleischter Fan der Red Sox, kam eine Stunde später vorbei, warf einen fachmännischen Blick auf den Motor und erklärte: »Muss der Anlasser sein.«

»Weiß ich«, erwiderte Jax durch zusammengebissene Zähne. »Kriegen wir das heute noch in den Griff?«

Barry rückte sein Cap zurecht. »Ich denke schon.«

Sie schleppten den Wagen in die Werkstatt, wo der Mechaniker Jax bat, ihm zur Hand zu gehen, weil er seine Mitarbeiter am Sonntag nicht behelligen wollte. Was hätte Jax da anderes tun können als ergeben zuzustimmen, wenn Barry schon seinen Sonntag für ihn opferte?

Sie wechselten den Anlasser. Doch als dieser eingebaut war, gab der Pick-up immer noch keinen Mucks von sich. Sie überprüften akribisch jeden Kontakt und fanden schließlich heraus, dass sich das Massekabel gelockert hatte. Jax wollte schon erleichtert aufatmen, doch noch immer streikte der Pick-up.

Barry schien an diesem Tag keine besonderen Pläne zu haben, denn er ließ sich sichtlich Zeit mit der Suche nach dem Defekt. Erst nach mehreren Stunden erwachte der Pick-up endlich wieder zum Leben, nachdem Barry herausgefunden hatte, dass die Massekabel am Zündverteiler und an der Benzinpumpe ebenfalls zu locker saßen.

»Verfluchter Mist!« Verärgert starrte Jax auf den nunmehr laufenden Motor. »Wie kann so etwas passieren?«

»Keine Ahnung.« Barry senkte vergrübelt die buschigen Brauen. »Ich muss zugeben, dass mir in all den Jahren noch nie ein Auto untergekommen ist, in dem sich so viele Kabel gleichzeitig gelockert haben. Ist schon ein seltsamer Zufall.«

Irritiert hielt Jax inne. »Willst du damit andeuten, jemand hat sich an meinem Wagen zu schaffen gemacht?«

»Bestimmt nicht«, erwiderte Barry beschwichtigend. »Du bist viel in unebenem Baugelände unterwegs. Da kann so was schon mal vorkommen.« Barry klopfte ihm auf die Schulter. »Lass dir das eine Warnung sein, und nimm die Wege künftig mit mehr Bedacht.«

Nur mühsam unterdrückte Jax ein Augenrollen und bedankte sich stattdessen für die kurzfristige Hilfe, bevor er sich endlich auf den Weg zu Nova machte.

Inzwischen war es fast vier Uhr. Jax war hungrig, und ein neues Handy hatte er sich auch noch nicht besorgt. Aber er wollte Nova nicht noch länger warten lassen.

Wie es schien, hätte er sich die Eile jedoch sparen können, denn Nova war gar nicht da. Zumindest reagierte sie nicht auf sein Klingeln, und da er Abigail nicht stören wollte, zog er missmutig wieder ab. Er besorgte sich einen Happen zu essen und fuhr nach Farmington, wo er die halbe Stadt absuchen musste, bis er endlich einen Serviceladen fand, der auch sonntags geöffnet hatte.

Eine Frau mittleren Alters stand Kaugummi kauend hinter dem Ladentisch und wischte mit klackernden Fingernägeln hektisch über das Display ihres Smartphones. Kurz fragte Jax sich, ob er vielleicht im falschen Geschäft war. Er würde durchdrehen, wenn er den weiten Weg umsonst gefahren war, weil sie keinen Schimmer von Handys hatte.

Sie blickte auf, und ihre leuchtend pinken Lippen verzogen sich zu einem lasziven Grinsen. »Guten Tag, Sir. Was kann ich für Sie tun?«

Im Geiste schüttelte Jax sich, ehe er sich zusammenriss und sich um einen freundlichen Tonfall bemühte. »Hi, mein Handy hat den Geist aufgegeben. Ich brauche dringend einen Ersatz.«

Sie zwinkerte ihm zu. »Dann schauen wir mal, ob wir was Hübsches für Sie finden.«

Jax war es ganz egal, welche Gadgets das neue Telefon hatte, solange es nur funktionierte. Er gab der Frau seine Kundennummer, damit sie im Computer nach Angeboten schauen konnte. Doch als sie seine Daten aufrief, runzelte sie plötzlich die Stirn. »Haben Sie Ihren Ausweis dabei?«

»Sicher.« Jax gab ihr seine Papiere. »Gibt es ein Problem?«

Sie verglich die Angaben auf seinem Ausweis mit denen auf dem Bildschirm. »Jepp. Allerdings ist nicht Ihr Handy das Problem, Mister Troy.«

Jax runzelte die Stirn. »Ach, nein?«

»Nein.« Sie drehte den Monitor und tippte auf eine Zeile, die farblich mit Signalrot unterlegt war. »Ihre SIM-Karte wurde gesperrt.«

»Wie bitte?«, fragte Jax verdattert.

»Jepp, eindeutig. Deswegen haben Sie auch keinen Empfang.« In Windeseile gab sie ein paar Befehle in den Computer ein. »Ich kann Ihnen leider nicht sagen, wieso. Hatten Sie in letzter Zeit Zahlungsschwierigkeiten?«

»Nein.«

»Dann hat Ihnen vielleicht irgendein Witzbold einen blöden Streich gespielt und Ihr Handy als gestohlen gemeldet. So was kommt in letzter Zeit leider öfter vor.«

Mit einem Mal wurde Jax heiß und kalt zugleich.

Eigentlich hatte er gedacht, dass Shannon ihren Rachefeldzug ausschließlich auf die Firma beschränken würde. Aber anscheinend war sie fest entschlossen, sein gesamtes Leben zu sabotieren.

Die Verkäuferin strahlte Jax an. »Die gute Nachricht ist, dass ich Ihre SIM-Karte im Nu wieder freischalten kann. Und Sie erhalten selbstverständlich einen Preisnachlass, falls Sie trotzdem noch ein neues Gerät kaufen möchten.«

Jax kaufte kein neues Gerät, sondern bedankte sich lediglich und kehrte nach Goodville zurück. Auf seinem Rückweg trudelten allerlei Nachrichten ein, und sofort bekam Jax ein schlechtes Gewissen, weil einige Anrufe von Nova darunter waren. Sie hatte während der Einweihungsfeier tatsächlich mehrfach versucht, ihn zu erreichen.

Er rief sie sogleich zurück und spürte eine unermessliche Erleichterung, als sie einem atemlosen »Hallo?« ranging.

»Hey, Engel.« Seine Lippen verzogen sich zu einem Lächeln. »Mein Handy geht wieder.« Schweigen. »Und mein Wagen auch.«

»Das ist schön«, erwiderte sie leise.

Jax unterdrückte ein Seufzen. Mit knappen Worten erzählte er ihr von seinem Tag, ehe er zum eigentlichen Grund seines Anrufes kam. »Ich weiß, es hat alles viel länger gedauert als gedacht. Aber wollen wir uns später noch treffen? Ich bin in einer Stunde zurück.«

»Ich kann nicht, Jax.«

Ihr ernster Tonfall sorgte dafür, dass seine Mundwinkel schlagartig herabsanken. Trotzdem bemühte er sich um eine lockere Erwiderung. »Komm schon! Du bist mein Motivationscoach, Sims. Ohne dich steige ich auf keinen Fall in dieses eiskalte Seewasser.«

»Wirklich, es geht nicht. Ich kann meine Großmutter jetzt nicht allein lassen.«

Jax runzelte die Stirn. »Aber sie hat sich doch längst von dem Sturz erholt. Denkst du nicht, dass sie zwei, drei Stunden allein klarkommt?«

»Heute Nachmittag konnte ich sie zwar zu einem kleinen Spaziergang überreden. Aber ich möchte lieber kein Risiko eingehen im Moment.«

Nun, das erklärte zum einen, warum niemand geöffnet hatte, und zum anderen musste Jax das wohl akzeptieren – auch wenn es ihm nicht sonderlich gefiel.

»Sehen wir uns morgen früh?«, fragte Jax.

Nova schwieg einen Moment. »Nur, wenn du mir heute noch ein Foto vom Lake Buckeye schickst, *nachdem* du durchgeschwommen bist«, sagte sie dann.

Jax senkte die Stimme. »Wenn du ein Oben-ohne-Foto von mir haben willst, musst du mich nur bitten.«

Sie ging nicht darauf ein. »Du hast gesagt, ich bin dein Motivationscoach«, erinnerte sie ihn nun mit gesenkter Stimme. »Es würde mir viel bedeuten, wenn ich dir helfen kann, wenigstens diesen Punkt auf deiner *Bucket List* zu erfüllen.«

Sie hatte nie nach den anderen Punkten gefragt.

Jax überlegte, ob er sie darauf hinweisen sollte, entschied jedoch, dass das Telefon nicht geeignet für dieses Thema war. Stattdessen stieß er ein theatralisches Seufzen aus. »Na schön. Weil du es bist.«

Endlich erklang ihr heiseres Lachen durchs Telefon, und sofort regte sich ein warmes Gefühl in Jax' Brust. Er wollte sie unbedingt sehen. Gleichzeitig warnte eine nervige Stimme in seinem Kopf, sie nicht unter Druck zu setzen. Nicht nach dem Geständnis, das er ihr gestern erst gemacht hatte.

***

Jax schickte Nova das verlangte Foto und schaffte auch die Runde durch den See, obwohl es ihm ohne Nova bei Weitem nicht so viel Spaß machte. Er sah sie erst am nächsten Morgen wieder. Aber er merkte schnell, dass sich etwas verändert hatte.

Nova war distanziert und wirkte in Gedanken ziemlich weit weg, als sie durch den See schwammen. Seine Versuche, Nähe aufzubauen, schmetterte sie mit einem höflichen Lächeln ab. Jax glaubte nicht, dass sie das mit Absicht tat. Allerdings schmerzte es ihn, dass sie sich erneut vor ihm verschloss. Egal, was er sagte oder tat, er schien nicht mehr an sie heranzukommen. Und wieder einmal fehlte ihm die Zeit, ihre Motive zu ergründen, weil ihnen schlichtweg das Leben dazwischenfunkte.

Novas Sorgen um Abigail rissen nicht ab, weshalb sie nach dem Schwimmen direkt nach Hause zurückkehren wollte. Außerdem wurde sie jetzt auch noch von ihren Freundinnen in Beschlag genommen, die sich bereits auf ihren nächsten Auftritt beim venezianischen Spätsommerfest am kommenden Wochenende konzentrierten.

Auch Jax wurde massiv eingespannt. Beim Hotelprojekt ging es plötzlich drunter und drüber. Sally erlitt einen Nervenzusammenbruch, als Miss Farraday spontan das gesamte Gestaltungskonzept der Suiten über den Haufen warf. Mit Sicherheit hatte Shannon dabei ihre Finger im Spiel gehabt.

Und als wäre das nicht schon ätzend genug, hatte sie offenbar mitgekriegt, dass sein Handy wieder funktionierte. Sie ließ es nicht noch einmal sperren. Stattdessen schien Telefonterror ihr neuster Coup zu sein. Sie rief Jax mehrmals täglich an, doch er ignorierte ihre Anrufe allesamt und beschränkte sich in seiner Kommunikation einzig auf E-Mails, in denen er ihr und den anderen Pappnasen den aktuellen Projektstatus mitteilte.

Darüber hinaus sorgte die Treppenbaufirma für Verzögerungen im Bauablauf, der Elektriker verlegte die falschen Kabel im Erdgeschoss, und unzählige Fliesen, die auf dem Baugelände lagerten, waren gesprungen und mussten nachbestellt werden. Es war ein absolutes Chaos, und Jax hatte alle Hände voll zu tun, die erhitzten Gemüter wieder zu beruhigen. Er arbeitete bis tief in die Nacht hinein, korrigierte Bestellungen und passte Zeitpläne an. Aber natürlich ging das Theater nicht an Cole vorbei. Am Donnerstagnachmittag zitierte er Jax in sein Büro und verlangte Antworten.

»Was zum Teufel ist da los, Jax?«, fragte er, während er aufgebracht hinter seinem Schreibtisch auf und ab marschierte. »O'Donnell hat mir gerade die Hölle heißgemacht. Er sagt, du bist hoffnungslos überfordert. Ist das wahr?«

»Nein«, knurrte Jax, während ihm der Schweiß zwischen den Schulterblättern hinablief. Offensichtlich hatte Shannon tatsächlich zu härteren Bandagen gegriffen und nun auch noch ihren Vater angestachelt. »Ich habe alles im Griff. Du kannst unbesorgt sein. Das Hotel wird wie geplant öffnen.«

Cole verdrehte die Augen. »Mir geht es nicht um das Hotel! Ich will wissen, wie es *dir* geht.«

Verständnislos betrachtete Jax den Mann, den er inzwischen nicht mehr nur als Chef ansah, sondern auch als Freund. »Mir geht es gut.«

»Sicher?« Cole kniff die Augen zu schmalen Schlitzen zusammen. »Denn ich habe keine Lust darauf, dass du mir eines Tages umkippst. Ich behaupte nicht, dass das Hotel unwichtig ist. Unsere gesamte Firma hängt vom Erfolg dieses Projektes ab, verflucht! Aber wenn du Hilfe brauchst, dann sag mir das offen und ehrlich. Ich kann es mir nicht leisten, einen meiner besten Mitarbeiter zu verlieren. Schlimm genug, dass Sally für mindestens drei Wochen ausfällt.«

Jax' Kehle schnürte sich zu. Er schaffte es kaum, Cole in die Augen zu sehen, so mies fühlte er sich, weil er sich blauäugig auf die Affäre mit Shannon eingelassen hatte und nun zu feige war, dazu zu stehen. »Du musst dir um mich keine Sorgen machen, Cole. Ich biege das wieder gerade.«

Cole stemmte die Hände in die Hüften. »Ich will dir nicht

in die Parade fahren. Schließlich weiß ich, wie viel dir dieses Projekt bedeutet. Wenn du mir sagst, dass du es zu Ende bringen kannst, dann glaube ich dir. Aber es ist keine Schande, sich und anderen einzugestehen, dass man an seine Grenzen stößt. Niemand würde dir einen Vorwurf machen. Wir sind hier ein Team. Wir helfen einander.«

»Das ist mir bewusst.« Nervös fuhr Jax sich über das Kinn, ehe er Cole mit neuer Entschlossenheit ansah. »Ich kriege den Bau wieder unter Kontrolle.«

Coles Züge entspannten sich. »Gut. Aber wenn es weitere Schwierigkeiten mit Farmington gibt, will ich es wissen, klar? Dann übernehme ich O'Donnell. Das fehlte mir noch, dass dieser Schwachkopf meine Mitarbeiter diskreditiert.«

Oh, das hatte Jax schon ganz allein geschafft. Dazu brauchte er gar keinen narzisstischen Immobilienmogul.

»Okay«, presste Jax hervor, woraufhin Cole zufrieden nickte.

»Da wäre noch eine Sache«, meinte er dann und verzog leidend das Gesicht. »Ashlyn will, dass die Bühne schon heute Abend aufgebaut wird. Meinst du, du kannst später mit anpacken?«

Innerlich stöhnte Jax auf. Eigentlich hatte er Nova am Morgen versprochen, ihr bei ihrem eigenen Stand zu helfen. Zwar sollte der Aufbautrubel erst am Freitagmorgen losgehen, aber da sie um diese Zeit im Laden sein musste, wollte sie alles schon fertig haben. Außerdem planten die Soul Sisters einen kleinen Stand neben dem Stand des Souvenirshops, den sie und May schmücken wollten.

Im Geiste überschlug Jax, wie lange sie für den Aufbau der Bühne brauchen würden, und legte sich einen Plan zurecht, wie er beides unter einen Hut kriegen könnte.

Aber natürlich ging auch das schief.

Nachdem Jax in Windeseile geholfen hatte, die Bauteile der Bühne abzuladen, reichte ihm ein Blick, um festzustellen, dass sie einen schnellen Aufbau vergessen konnten. Ryan und Cole, die neben ihm standen, musterten besorgt die zwei Podestteile, deren Bodenplatten tiefe Risse aufwiesen.

»Wird das trotzdem gehen?«, fragte Cole.

Jax schüttelte den Kopf. »Die Platten könnten brechen, während Leute auf der Bühne stehen. Wir brauchen neue.«

»Verdammt.« Cole sah auf die Uhr und wirkte ebenso gehetzt, wie Jax sich fühlte. »Im Lager sollten noch welche sein, aber die Mädchen sind gleich mit ihrer Therapie fertig, und ich habe ihnen versprochen, sie heute abzuholen.«

Ryan kratzte sich am Kopf. »Ich würde die Platten ja holen, aber ich habe keinen Schimmer von dem Zeug.«

Die Brüder schauten hoffnungsvoll zu Jax. Er seufzte. »Ich erledige das.«

Da Nova noch nicht auf der Festwiese eingetroffen war, schickte er ihr eine Nachricht, dass er noch einmal kurz ins Lager musste. Sie antwortete ihm, dass er sich nicht hetzen sollte. Trotzdem fühlte Jax sich mies, weil er sie schon wieder hängen ließ.

Irgendwie war die ganze Woche nicht so gelaufen, wie er es sich gewünscht hatte. Obwohl sie sich jeden Morgen sahen, vermisste er Nova mit jeder Faser seines Herzens. Schon bald war der Monat voll, den Nova versprochen hatte, ihn zum Schwimmen zu begleiten. Und dann würde er sie vermutlich noch weniger zu Gesicht bekommen, bis sie ihre Entscheidung in Bezug auf das Studium an der Brown getroffen hatte. Andererseits war das vielleicht sogar der Grund dafür, warum sie emotional auf Abstand ging. Vielleicht glaubte sie, dass es so leichter für sie wäre, Goodville zu verlassen.

Die Vorstellung sorgte dafür, dass sich ein ekelhaftes Gefühl der Angst in Jax breitmachte. Er überlegte, was er tun sollte. Aber er hatte absolut keine Idee.

Nachdem er die Ersatzteile besorgt hatte und zur Festwiese zurückgekehrt war, überließ er es seinen Kollegen, die Platten zu reparieren, und eilte zu Nova. Sie stand hinter einem Holzstand, der fast fertig aufgebaut war, und unterhielt sich mit einem Mann. Er stand mit dem Rücken zu Jax und schlug soeben lässig einen Nagel in das Holz, um ein Schild zu befestigen.

Irritiert hielt Jax inne, weil er den Kerl nicht einordnen konnte. Er trug ein gestreiftes Hemd und eine helle Leinenhose. Erst als er den Kopf leicht drehte, wurde Jax klar, dass es Depp Tautum in Zivil war, der sich da schon wieder an seine Freundin ranmachte.

Eifersucht kochte in Jax hoch, als Nova lächelte. Er marschierte zum Stand und blieb so dicht neben Tautum stehen, dass dieser ein Stück zurückwich. Dann sah er Nova an. »Hey, mein Engel.«

»Hallo, Jax.« Eine Falte trat auf Novas Stirn. »Ist alles in Ordnung?«

»Klar.« Mit einem neckenden Lächeln stützte er sich auf dem Tisch ab und lehnte sich ihr entgegen. »Kriege ich keinen Begrüßungskuss?«

Nova blinzelte kurz, ehe sie sich vorbeugte, um ihn zu küssen.

Sobald sich ihre Lippen berührten, ging ein Ruck durch Jax' Körper. Stöhnend legte er ihr die Hand an den Hinterkopf und vertiefte den Kuss.

Erst versteifte Nova sich nur – der erste Hinweis darauf, dass ihr nicht gefiel, was er da tat.

Leider war es Jax gerade egal, dass er sich komplett zum Affen machte. Es ging ihm einfach gegen den Strich, dass Tautum ständig um sie herumschlich und um ihre Aufmerksamkeit buhlte. Offensichtlich brauchte er eine weitere Demonstration, dass Nova zu Jax gehörte. Mit wilder Entschlossenheit leckte er über ihre Unterlippe.

Verdammt! Er hatte ihren süßen Geschmack vermisst.

Der zweite Hinweis kam, diesmal deutlich heftiger. Nova legte die Hände auf seine Brust, stieß sich von ihm ab und stolperte zwei Schritte zurück, ehe sie ihn schwer atmend ansah. In ihren schönen braunen Augen war die Frage, was zur Hölle in ihn gefahren war, deutlich zu lesen.

Hinter Jax erklangen Applaus und schrille Pfiffe, woraufhin er überheblich grinste. »Sieht so aus, als hätte ihnen das genauso gut gefallen wie mir.« Er wandte sich der Nervensäge zu und zog provokativ eine Braue hoch. »Was meinen Sie, Deputy?«

Tautum senkte den Kopf und nuschelte: »Klar doch.«

Grundgütiger! Er sah aus wie ein geprügelter Hund. Aber auf die Masche fiel Jax nicht herein. Mit einer geschickten Bewegung nahm er ihm den Hammer ab. »Ich kümmere mich um den Rest. Danke, Mann.«

»Bis dann, Nova«, krächzte Tautum, ohne ihn oder Nova anzusehen, und schlurfte davon.

Endlich ebbte die Eifersucht in Jax ein wenig ab. Zufrieden wandte er sich Nova zu. Prompt bröckelte seine Selbstzufriedenheit.

Ihre Wangen glühten tiefrot vor Verlegenheit, und Wut

schimmerte in ihren schönen, braunen Augen. »Geht es dir jetzt besser?«

Aufgewühlt raufte er sich die Haare. »Ich dachte nicht, dass es ein Problem wäre, wenn ich dich in der Öffentlichkeit küsse.«

»Das war es auch nicht, bis du mich zum Mittelpunkt eines Schmierentheaters gemacht hast«, presste sie hervor. Ihr Blick flackerte zu ein paar Leuten hinter Jax, bevor sie schnell wieder wegsah.

»Meine Gefühle für dich sind kein Schmierentheater«, erwiderte er viel schärfer als beabsichtigt. Wut und Frust verknoteten seine Eingeweide. »Ich habe mich in dich verliebt, Nova, und ich will mit dir zusammen sein. Aber du machst es einem wirklich verdammt schwer, an dich heranzukommen.«

Ein verletzter Ausdruck trat in Novas Züge. »Ich bemühe mich doch, Jax.«

»Ist das so?« Frustriert schüttelte Jax den Kopf, während er sie mit kühler Herablassung musterte. »Warum werde ich dann das Gefühl nicht los, dass du mich schon wieder auf Abstand hältst?«

Sie öffnete den Mund, brachte jedoch keinen Ton heraus.

Mehr Bestätigung brauchte Jax nicht. Ihm gingen die Nerven durch.

Der Hammer fiel mit einem dumpfen Schlag auf den Holztisch, bevor er einen Schritt zurücktrat. »Weißt du was? Ich kann das nicht mehr. Wenn du herausgefunden hast, was du willst, sag Bescheid.«

Kapitel 26

Nova

»Und? Was sagst du?«, fragte May und zeigte auf die venezianische Maske, die sie trug, als wäre diese leicht zu übersehen. Sie war mit bunten Federn, glitzernden Strasssteinen und hauchzarter Spitze verziert.

»Wunderschön«, erwiderte Nova lächelnd. »Deine Heißklebepistole war sicher völlig aus dem Häuschen vor Begeisterung.«

»Das kannst du laut sagen.« Kichernd nahm May die Maske ab. »Aber weißt du, was das Verrückteste ist? Ich hatte so viel Spaß dabei, diese Teile zu basteln, dass jetzt mehr als zwanzig Stück bei uns zu Hause rumliegen. Cathy hat die Krise gekriegt, als sie das ganze Glitzerzeug überall gesehen hat. Ehrlich! Sie wird ihrem Großvater immer ähnlicher, vor allem, wenn sie rumnörgelt.«

Obwohl Nova todunglücklich war, musste sie plötzlich lachen. »Und Lilly hat es geliebt, stimmt's?«

»Na klar.« May wackelte vielsagend mit den Augenbrauen. »Sie hat natürlich fleißig mitgemacht. Jetzt frage ich mich allerdings, wohin mit dem ganzen Zeug. Was hältst du davon, wenn wir ein paar der Masken verkaufen? Wir könnten von dem Geld die Materialien für den Bastelkurs kaufen, den wir im Advent geplant haben.«

»Das ist eine tolle Idee«, erwiderte Nova. »Aber wir verrechnen die Einnahmen mit den Herstellungskosten.«

»Deal!« Strahlend sah May sich auf der Festwiese um. »Wahnsinn! Das sieht ja schon richtig toll aus.«

Da hatte sie nicht ganz unrecht. Die Sonne war bereits untergegangen, und nun erhellte ein Meer von Lichterketten und Lampions die Festwiese. Sie wurde eingerahmt von den Verkaufsständen, die bereits größtenteils mit Organza bespannt waren, der sanft im Wind wehte. Bunte Blumenbouquets schmückten die runden Tische, die im hinteren Teil der Festwiese platziert waren. Weiter vorn waren Jax und andere Leute noch immer dabei, die Bühne aufzubauen.

Jeder Muskel seines Körpers war angespannt, und er arbeitete verbissen vor sich hin, während Ryan mit einer Flasche Bier in der Hand neben ihm stand und ihn gut gelaunt vollquasselte. Er gab sich sichtlich Mühe, Jax zum Lachen zu bringen. Doch dieser verzog keine Miene.

Dass Jax so schlecht drauf war, war Novas Schuld. Ihr war gar nicht klar gewesen, dass sie sich schon wieder von ihm distanziert hatte, bis er ihr diesen Vorwurf um die Ohren gehauen hatte. Was er nicht laut ausgesprochen hatte, war die Frage, wie sie inzwischen über ihre Zukunft dachte. Vielleicht, weil er wusste, dass sie nach wie vor keine Antwort für ihn hatte.

Auch nach einer weiteren Woche hatte sich Abigails Zustand nicht wesentlich gebessert. Zwar blitzte gelegentlich die alte, schalkhafte Granny in ihr auf, aber nie dauerhaft. Alles schien sie ungeheuer anzustrengen und aufzuregen. Priscilla und ihre Freundinnen aus dem Bridgeclub waren ein paarmal da gewesen, um sie zu unterhalten. Besonders viel erreichten sie jedoch nicht.

Das Einzige, was Abigail aufzumuntern schien, war Novas Violine. Also spielte sie. Jeden Abend. Stundenlang. Während die Musik ihren Zauber um sie webte und sie immer weiter von Jax fortzog.

»Hey, was ist denn los?«, fragte May und betrachtete besorgt Novas Gesicht. »Warum bist du denn auf einmal so traurig?«

Hastig wischte Nova sich über das Gesicht. »Jax und ich hatten vorhin einen blöden Streit.«

»Was ist passiert?«, fragte May mitfühlend.

Gequält schüttelte Nova den Kopf. Wo sollte sie da anfangen? »Steve war da und hat mir mit dem Stand geholfen. Das hat Jax nicht gefallen, und dann ist das Ganze irgendwie aus dem Ruder gelaufen.«

»Kannst du das nicht ein bisschen verstehen?«, fragte May vorsichtig. »Ich meine, Steve ist ständig in deiner Nähe. Sogar jetzt lässt er dich kaum aus den Augen.«

Nova blinzelte irritiert. »Er ist gegangen.«

»Nein, ist er nicht.« Sie machte eine leichte Kopfbewegung zu den Ständen auf der anderen Seite der Wiese. Tatsächlich stand Steve dort und unterhielt sich mit Patty Graham, während er immer wieder zu Nova schaute. Als sich ihre Blicke begegneten, winkte er schüchtern.

Halbherzig winkte Nova zurück, ehe sie May ansah, die vielsagend eine Braue hob.

»Er ist nur ein Freund«, sagte Nova verlegen. »Ich interessiere mich nicht auf diese Weise für ihn.«

»Ich weiß.« May neigte den Kopf zur Seite. »Hast du das Jax auch gesagt?«

Nova wollte gerade entschieden nicken, als ihr auffiel, dass das streng genommen gar nicht stimmte. In jener Nacht, bevor sie sich zum ersten Mal geküsst hatten, hatte Jax sie gebeten, das Date mit Steve abzusagen und stattdessen ihm eine Chance zu geben. Und natürlich hatte sie zugestimmt. Aber wenn sie recht überlegte, hatte sie nie präzise geäußert, dass Steve nie mehr als ein platonischer Freund für sie sein würde.

»Vielleicht solltest du rübergehen und mit ihm reden?«, schlug May vor. »Das lässt sich bestimmt ganz leicht klären.«

Unsicher schaute Nova in Jax' Richtung. Er sah noch immer ziemlich aufgewühlt aus. Wenn sie ihm schon nicht hinsichtlich ihrer Zukunft Rede und Antwort stehen konnte, so sollte sie doch wenigstens seine Zweifel in Bezug auf Steve ausräumen, oder nicht?

»Na, komm«, sagte May sanft. »Dir wird es danach viel besser gehen. Ich hasse es auch, mit Cole zu streiten.«

Novas Magen kribbelte. Entschlossen schnappte sie sich ihre Handtasche und schlüpfte hinter dem Stand hervor. »Du hast recht.«

»So ist es richtig, Schwester.«

Gemeinsam gingen die beiden in Richtung Bühne, wo Jax inzwischen dabei war, ein paar Schrauben am Podest festzuziehen. Ryan saß neben ihm auf der Bodenplatte und ließ die Beine baumeln. Allerdings unterhielt er sich inzwischen mit Cole, während die Mädchen May und Nova entgegenliefen.

»Hallo, meine Süßen«, grüßte May ihre Nichten liebevoll. »Was macht ihr denn hier?«

»Cole wollte dich abholen, damit du nicht nach Hause laufen musst.« Obwohl Cathy bei ihrer Erklärung betont angewidert guckte, entging niemandem die rührende Bedeutung ihrer Worte. Denn erstens freute sich das Mädchen eigentlich wahnsinnig darüber, dass May und Cole sich verliebt hatten. Und zweitens hatte es eine Zeit gegeben, in der ihr Zuhause für immer verloren schien.

May strich federleicht über Cathys Wange. »Schön, dass ihr mitgekommen seid.«

Lässig zuckte Cathy mit den schmalen Schultern, doch ihre Freude über diese Worte war unverkennbar. »Dürfen wir uns mal umsehen?«

»Klar.« Ebenso zärtlich wie bei Cathy strich May über Lillys Haar, während das Mädchen voller Anbetung zu May aufsah. »Aber bleibt in der Nähe.«

Natürlich verdrehte Cathy die Augen, ehe sie mit ihrer kleinen Schwester davonhüpfte.

May seufzte. »Gott! Wie sehr ich diese Mädchen liebe.«

»Und sie lieben dich«, erwiderte Nova sanft, während sie den Mann betrachtete, der inzwischen unentwegt in ihrem Kopf herumgeisterte. Ob Jax je Kinder haben wollte? Sie hatte ihn nie gefragt, wie er seine Zukunft sah, weil sie das Thema stets vermied. Das bereute sie nun.

Cole bemerkte die sich nähernden Frauen zuerst und sagte etwas zu den Männern, woraufhin Jax ebenfalls einen Blick über die Schulter warf. Als er Nova entdeckte, weiteten sich seine Augen vor Überraschung. Offenbar hatte er nicht damit gerechnet, dass sie zu ihm kommen würde.

Was für eine ernüchternde Erkenntnis. So sollte eine Beziehung wirklich nicht laufen.

Bedauern flackerte in seinen Augen auf, und er richtete sich auf, als wollte er Nova entgegentreten. Die beiden trennten bloß noch ein paar Schritte, als Ryan ein ersticktes Geräusch ausstieß. Er schaute nach rechts zum Rand der Festwiese.

»Heiliger Bimbam«, murmelte er gerade so laut, dass auch Nova ihn verstehen konnte. »Neue Traumfrau auf drei Uhr.«

Natürlich schauten nun alle in besagte Richtung, wo eine unfassbar schöne Blondine direkt auf die Bühne zumarschierte. Ihr Etuikleid, das mit dem Bolerojäckchen eher wie ein extravagantes Businesskostüm anmutete, lag eng an ihren Kurven an, und obwohl sie auf High Heels über unebenes Gelände lief, waren ihre Bewegungen anmutig und sinnlich. Eigentlich hätte sie total deplatziert wirken müssen, aber der romantische Schein des Lichtermeeres setzte sie irritierend perfekt in Szene. Noch irritierender war allerdings ihr vor Wut verzerrtes Gesicht, das sie den drei Männern zugewandt hatte.

»Du!«, spie sie ihnen entgegen. »Wie kannst du es wagen?«

Ryan legte sich die Hand aufs Herz. »Bitte sag mir, dass du mich meinst.«

Sie beachtete ihn gar nicht. Damit war er wohl raus.

May versteifte sich merklich, als Cole einen Schritt auf die Frau zuging. Was immer sie auch zu sagen hatte, es war offensichtlich, dass es eher privater Natur war.

»Miss O'Donnell«, sagte Cole. »Ich bin überrascht, Sie hier zu sehen. Gibt es ein Problem?«

»Keines, das ich mit Ihnen besprechen werde, Mister Baxter.« Sie richtete ihren Blick auf Jax, der merklich an Farbe verloren hatte. »Es sei denn, du hast vor, mich weiterhin zu ignorieren.«

Kapitel 27

Jax

Wow! Nach dem Streit mit Nova hätte Jax wirklich nicht gedacht, dass dieser Tag noch schlimmer werden könnte. Aber offensichtlich hatte er sich geirrt. Dabei war noch vor einer Minute eine leise Hoffnung in ihm erblüht, dass er und Nova sich aussprechen würden.

Das konnte er jetzt wohl vergessen.

Er sah ihr genau den Moment an, in dem sie begriff, dass Shannon seinetwegen hier war und dass ihr Anliegen absolut nichts mit dem Hotel zu tun hatte. Auch Cole schien das zu begreifen, denn er biss sehr fest die Zähne aufeinander, während May beruhigend seinen Arm drückte.

Langsam legte Jax den Akkuschrauber weg und sah Shannon ausdruckslos an. »Gehen wir ein Stück.«

Sie reckte stolz ihr Kinn und stöckelte davon, während Jax ihr folgte. Er konnte die Blicke der anderen deutlich auf sich spüren. Aber er schaffte es nicht, Nova oder seinen Chef noch einmal anzusehen.

Sobald Shannon das Ende der Festwiese erreicht hatte, wirbelte sie herum und maß Jax mit vorwurfsvoller Miene. »Hast du auch nur die geringste Vorstellung, wie demütigend dein Verhalten ist?«

Jax stieß ein bitteres Lachen auch. »Ob du es glaubst oder nicht, gerade kann ich es ganz gut nachempfinden.« Mit einem Mal fühlte er sich unsagbar erschöpft. »Was willst du hier, Shannon? Ich dachte, ich hätte mich deutlich ausgedrückt.«

»Ganz genau«, zischte sie. Ein verletzter Ausdruck trat in ihre Augen. »Du hast gesagt, du willst mir ein Freund sein. Aber anscheinend war ich dir nur gut genug fürs Bett.«

Wut kochte in Jax hoch. »Soll das ein verdammter Witz sein? Du machst mir seit zwei Wochen das Leben zur Hölle!«

Sie zuckte zusammen. »Du übertreibst maßlos.«

»Ach wirklich? Dann erklär mir mal, was der Schwachsinn mit dem Baugutachter sollte. Oder dein kleiner Handystreich. Oder Farradays spontaner Sinneswandel bezüglich der Suiten. Ganz zu schweigen davon, dass dein Vater bei meinem Boss angerufen und mich wie einen Versager hingestellt hat. Willst du ernsthaft behaupten, das alles wäre nicht auf deinem Mist gewachsen?«

»Ich habe niemandem von uns erzählt. Schon gar nicht meinem Vater. Für wie durchtrieben hältst du mich?« Jax' Schweigen war wohl Antwort genug, denn ihre Wangen glühten. »Gut möglich, dass ich mich zu dem ein oder anderen Anruf bei dir habe hinreißen lassen. Allerdings nur, weil ich eingesehen habe, dass es dir gegenüber nicht fair war, Farraday diesen Floh wegen der Umgestaltung ins Ohr zu setzen. Ich wollte mich entschuldigen, Jax. Aber du hast mir ja nicht einmal die Möglichkeit dazu gegeben.«

Aufgebracht warf Jax die Hände in die Luft. »Vielleicht hätte ich das, wenn du nicht mein Handy hättest sperren lassen.«

»Ich habe dein Handy nicht sperren lassen«, fauchte sie.

Erneut lachte Jax laut auf. »Klar. Genau wie du nichts mit

Dinkleys spontanem Besuch auf der Baustelle zu tun hattest.«

»Verdammt noch mal. Ich weiß gar nicht, wer das ist.«

Jax trat näher an Shannon heran. »Hör auf, mich für dumm zu verkaufen, Shannon. Gib doch einfach zu, dass du in deinem Rachewahn über das Ziel hinausgeschossen bist.«

»Ja, ich war sauer, als du mich abserviert hast. Immerhin hatten wir eine tolle Zeit zusammen …«

»Tja, genau da gehen unsere Meinungen auseinander«, unterbrach Jax sie schroff. »Du warst nicht bereit für mehr, erinnerst du dich? Wir hatten eine oberflächliche Affäre ohne jeden Tiefgang. Ich war dein Toyboy, nicht mehr und nicht weniger.«

»Das bedeutet aber nicht, dass ich dich nicht *gemocht* habe, Jax.« Plötzlich füllten sich ihre Augen mit Tränen. »Ich empfinde sehr wohl etwas für dich.«

Verdattert starrte Jax sie an. Sie meinte das tatsächlich ernst, und obwohl er immer noch stinksauer auf sie war, regte sich nun auch ein Funken Mitgefühl in ihm. Es musste sie enorme Überwindung kosten, das zuzugeben. Allerdings kamen ihre Worte viel zu spät.

Gequält verzog sie das Gesicht. »Es spielt keine Rolle mehr, oder?«

»Nein«, antwortete Jax, nicht um sie ein weiteres Mal zu kränken, sondern weil er ehrlich sein wollte.

Shannon schwieg einen Moment, als müsste sie erst mal ihre Gedanken neu sortieren. Ihr Blick flackerte zur Bühne. »Es liegt an der Frau, stimmt's? Ich habe bemerkt, wie du sie vorhin angesehen hast.«

Streng genommen war Nova nicht der einzige Grund.

Schließlich hatte Jax schon vor ihr erkannt, dass Shannon einfach nicht die Richtige für ihn war. Trotzdem nickte er, um jegliche Unklarheiten auszuräumen, während er dem Drang widerstand, den Kopf zu drehen und nach Nova zu suchen. Er konnte nur hoffen, dass sie Shannons Auftritt nicht komplett falsch verstand.

Shannon nickte ebenfalls. Sie wirkte niedergeschlagen. »Ich werde dir keine Steine mehr in den Weg legen«, versprach sie und reckte sich, um ihn auf die Wange zu küssen. Ihre Nase streifte seine Haut, bevor sie zittrig Luft holte. Dann zog sie sich zurück und lächelte ihn traurig an. »Mach's gut, Darling.«

»Bis dann, Shannon.«

Einen Moment lang schaute Jax ihr nach, als sie mit der Würde einer Königin davonging. Dann atmete er tief durch und drehte sich um, damit er sich dem nächsten Problem stellen konnte.

Nova war fort. Das überraschte Jax nicht. Trotzdem war da ein unangenehmes Ziehen in seiner Herzgegend.

Ryan saß immer noch mit einem Bier in der Hand entspannt auf dem Podest, während Cole mit finsterer Miene zu Jax herübersah. Er wusste definitiv Bescheid. Andererseits musste man wohl auch kein Genie sein, um nach Shannons Auftritt die richtigen Schlüsse zu ziehen. May stand neben Cole und redete leise auf ihn ein, doch als Jax näher kam, verstummte sie und schaute sorgenvoll zu ihm auf.

Einen Moment lang starrten Cole und Jax sich schweigend an. Dann gab Jax sich einen Ruck.

»Schmeißt du mich jetzt raus?«, fragte er und bemühte sich darum, seine Stimme neutral zu halten, damit man ihm die Verzweiflung nicht allzu sehr anmerkte.

Cole schnaubte. »Das sollte ich wahrscheinlich tun.«

»Cole!«, sagte May streng, ehe sie Jax einen beruhigenden Blick zuwarf. »Natürlich schmeißt er dich nicht raus, nur weil du ... weil du ...«

»... die Tochter unseres Hauptinvestors gevögelt hast«, beendete Cole ihren Satz aufgebracht, bevor er fassungslos den Kopf schüttelte. »Kannst du mir vielleicht mal erklären, was du dir dabei gedacht hast, du Schwachkopf?«

»Nicht besonders viel«, räumte Jax kleinlaut ein.

»Jetzt komm mal runter, Bro«, mischte Ryan sich ein und wackelte anzüglich mit den Augenbrauen. »Hast du dir die Frau mal angesehen?«

Cole verdrehte die Augen. »Man lässt sich trotzdem nicht mit seinen Kunden ein. Ich dachte, das wäre klar. Wir sind eine seriöse Firma! Hast du auch nur den Hauch einer Ahnung, was dabei alles schiefgehen kann?«

O ja, den hatte Jax durchaus. Allerdings glaubte er auch, dass Shannon den Mist in Zukunft lassen würde. Sie schien ihr kindisches Verhalten ehrlich zu bereuen.

»Hör zu«, sagte Jax und hob beschwichtigend die Hände. »Mir ist klar, dass ich Scheiße gebaut habe. Aber es war nie etwas Ernstes.«

»Alter!«, platzte Ryan heraus. »Du machst es gerade wirklich nicht besser.«

»Es ist aber wahr.« Jax sah Cole an. »Shannon und ich haben uns ein paarmal getroffen. Wir haben uns gut verstanden, und anfangs dachte ich, es könnte vielleicht mehr draus werden. Aber es hat nicht funktioniert. Also habe ich es beendet.«

»Wann?«, fragte May und schien plötzlich nicht mehr ganz so hundertprozentig hinter Jax zu stehen.

Er schnitt eine Grimasse. »Ich habe Shannon nicht mehr angefasst, seit das mit Nova angefangen hat. Aber richtig klären konnte ich es erst vor zwei Wochen.«

May sog scharf die Luft ein. »Du bist wirklich ein Schwachkopf.«

»Ich weiß, dass es beschissenes Timing war, okay? Aber ich wollte nicht am Telefon mit Shannon Schluss machen.«

»Und ein Abstecher nach Farmington war dir zu umständlich, oder was?«, knurrte May.

»Ja, das war feige«, pflichtete Jax ihr aufgewühlt bei. »Aber ich hatte keinen Schimmer, wie Shannon darauf reagieren würde, dass ich mich Hals über Kopf in eine andere Frau verliebt habe. Ich hatte Angst, okay?«

May kniff die Augen zu schmalen Schlitzen zusammen. »Du liebst Nova?«

Ein trauriges Lachen platzte aus Jax heraus. Er dachte an ihren Streit, ihr distanziertes Verhalten, die ungewisse Zukunft und die wenige Zeit, die sie füreinander hatten. Allerdings schmälerte nichts davon seine Gefühle für sie. »Ja, May. Ich liebe sie.«

Sie atmete tief durch. »In dem Fall hast du jetzt exakt zwei Möglichkeiten, Jackson Troy. Entweder nimmst du die Beine in die Hand und bittest meine Freundin auf Knien um Vergebung, weil du nicht vollkommen ehrlich zu ihr warst – oder du kannst dir einen neuen Job suchen!«

»Ich dachte, ich soll ihn nicht feuern, Babe«, murmelte Cole, noch immer verärgert, aber auch belustigt, weil May ihre biestige Seite zeigte, was sie grundsätzlich nur tat, wenn ihr jemand wirklich am Herzen lag.

Trotzig schob sie das Kinn vor. »Hab's mir anders überlegt.«

»Okay.« Cole warf Jax einen herausfordernden Blick zu. »Du hast meine Frau gehört. Wie hättest du es gern?«

Obwohl Jax sich bis ins Mark schämte, durchströmte ihn tiefe Erleichterung. Nicht, weil er seinen Job behalten konnte – was er wirklich nicht gedacht hätte –, sondern weil er Cole offensichtlich nicht als Freund verloren hatte.

Seine Mundwinkel hoben sich zu einem zaghaften Lächeln. »Entschuldigt mich.«

Ryan prostete ihm zu. »Viel Glück, Kumpel.«

»Danke, Mann.«

Glück konnte Jax wahrlich gebrauchen.

Kapitel 28

Jax

Nachdem Jax das gesamte Festgelände nach Nova abgesucht hatte, rannte er zu ihr nach Hause. Es war erst kurz vor neun, und im Wohnzimmer brannte Licht. Deshalb hielt Jax sich nicht zurück und klingelte Sturm.

Wenig später knackte die Gegensprechanlage. »Hallo?« Das war nicht Nova.

»Miss Sims?«, fragte Jax, weil er die Stimme nicht richtig zuordnen konnte. »Hier ist Jackson Troy. Kann ich bitte Nova sprechen?«

»Wer ist das, Priscilla?«, krächzte eine andere Stimme, die schon eher nach Abigail klang.

»Warte mal kurz, Abi. Da steht dieser gut aussehende Bursche mit den langen Haaren vor der Tür und will deine Enkeltochter sprechen.«

»Jackson?«, fragte Abigail verwundert.

Priscilla seufzte schwer. Ihr schien nicht klar zu sein, dass Jax sie immer noch hören konnte, denn sie sprach unverblümt weiter. »Habe ich in letzter Zeit noch von einem anderen jungen Mann geschwärmt?«

Abigail schnaubte. »In den letzten fünf Minuten nicht.«

Ein Gackern klang durch die Gegensprechanlage.

»Jetzt sag ihm schon, wo sie ist«, forderte Abigail ihre Freundin ungeduldig auf.

»Ach so! Jackson? Hören Sie mich?«

»Laut und deutlich, Ma'am.«

»Nova ist noch nicht nach Hause gekommen. Sie ist sicher noch auf der Festwiese.«

Jax verzog das Gesicht, denn dort war sie nicht. »Okay, vielen Dank. Dann sehe ich dort nach.«

»Lassen Sie sich ruhig Zeit, mein Lieber«, flötete Priscilla. »Ich leiste meiner Freundin sicher noch eine ganze Weile Gesellschaft.«

»Grundgütiger!«, schimpfte Abigail. »Warum forderst du ihn nicht gleich auf, meine Enkeltochter die ganze Nacht lang zu beglücken.«

»Ich dachte, das wäre zu direkt.«

Es klickte, und die Gegensprechanlage verstummte.

Atemlos zog Jax sich von der Klingel zurück und schaute die Straße entlang. Novas Wagen parkte vor dem Souvenirshop. Sie konnte also nicht weit gekommen sein. Sein Blick fiel auf das Nowhere ein Stück weiter die Straße runter.

Vielleicht hatte sie sich dort verkrochen?

Sofort setzte Jax sich in Bewegung, doch er fand Nova weder in der Bar noch im Clubraum der Soul Sisters. Demnach blieb nur noch eine Möglichkeit: ihr Rückzugsort im Wald.

Die Vorstellung, dass Nova sich in der Dunkelheit zu Fuß auf den Weg zur Ruine gemacht haben könnte, gefiel Jax ganz und gar nicht. Trotzdem eilte er nach Hause, um seinen Wagen zu holen.

Sein Pick-up war bereits in Sicht, als ihm einfiel, dass er es vielleicht erst mal mit einem Anruf versuchen sollte. Obwohl er nicht viel Hoffnung hatte, dass sie das Gespräch annahm, wählte er ihre Nummer. Das Freizeichen erklang, als er seinen Wagen erreichte und die Tür entriegelte.

»Hallo?«, sagte sie leise.

»Nova!«, stieß er erleichtert hervor. »Wo bist du?«

Sie schwieg kurz, als müsste sie erst darüber nachdenken. »Ehrlich gesagt sitze ich vor deiner Haustür.«

»Was?« Jax' Kopf fuhr hoch, und erst jetzt erkannte er die zierliche Gestalt, die, fast vollständig mit der Dunkelheit verschmolzen, auf seiner Veranda saß. Jax konnte gerade so ihre Umrisse erkennen. Dafür spürte er ihren Blick umso deutlicher.

Ehrfurcht erfasste ihn.

»Du bist zu mir gekommen«, sagte er in sein Telefon, während er langsam auf sie zuging.

»Du hast gesagt, ich soll Bescheid sagen, wenn ich weiß, was ich will.«

Jax' Herz trommelte los. Unmittelbar vor ihr blieb er stehen. »Und jetzt weißt du es?«

Mit einem betrübten Lächeln ließ Nova ihr Handy sinken. Das Rot ihres Kleids war grau in der Dunkelheit, ihr Gesicht unscharf, als wäre sie im Begriff, sich aufzulösen und ihn allein zu lassen. »Ich weiß es schon die ganze Zeit. Das Problem ist nur, dass man nicht immer kriegt, was man möchte. Manchmal verliert man, obwohl man gewinnt.«

Ernüchterung machte sich in Jax breit. Er wusste genau, was sie ihm damit sagen wollte – und es gefiel ihm ganz und gar nicht. Andererseits war sie wenigstens gekommen.

»Das mit Shannon war schon vor dir vorbei«, platzte er zusammenhangslos heraus.

Zorn flackerte in ihren dunklen Augen auf. »Ich bin nicht hier, um über sie zu reden, Jax.«

Er runzelte die Stirn. »Aber du bist meine Freundin, Sims. Du hast das Recht, mich zu fragen, was dieser Auftritt zu bedeuten hatte.« Angespannt wich sie seinem Blick aus. »Sehr viel Interpretationsspielraum gab es da eigentlich nicht.«

»Stimmt«, bestätigte Jax. Nicht, um Novas Eifersucht zu schüren, die zweifellos vorhanden war, wie er jetzt erst erkannte, sondern weil Nova die Wahrheit verdiente. »Aber ich habe sie schon Wochen vor dem Grillfest nicht mehr angerührt. Das mit uns war nie etwas Ernstes. Ich habe für sie nicht ansatzweise so empfunden wie für dich.«

Seine Worte ließen sie nicht kalt. Sie schluckte nervös, ehe sie ihn wieder ansah. »Und Steve wird für mich nie mehr sein als ein Freund.« Sie lächelte unsicher. »Ich will nur dich, Jax.«

Mehr musste er im Moment nicht hören. Er streckte die Hände nach ihr aus, und sie erhob sich und schlang die Arme um seinen Nacken. Ihre Lippen prallten aufeinander, und das Verlangen, mit dem sie seit Tagen rangen, brach sich mit ganzer Kraft Bahn. Es schien eine Ewigkeit her zu sein, seit sie zuletzt zusammen gewesen waren, und ihrer beider Geduld war eindeutig aufgebraucht. Sie stolperten ins Haus und begannen, sich gegenseitig aus ihren Klamotten zu schälen.

Bis sie im Schlafzimmer angelangt waren, waren sie beide nackt, und Jax wollte nur noch eins: sie *lieben*.

Ihm war heiß. Gleichzeitig hatte sich eine prickelnde Gänsehaut über seinen gesamten Körper ausgebreitet. Sein Mund wanderte von ihren Lippen den sanften Schwung ihres Halses hinab, zu ihren Brüsten, wo er einen Moment verweilte, um an den köstlichen Nippeln zu saugen.

Nova wimmerte und genoss seine Liebkosungen, bevor sie sich vorbeugte und ihn ebenfalls mit Küssen bedeckte. Ihre Hand tanzte genüsslich über seine harten Muskeln. Dann strich sie weiter nach unten und umfing seine Erektion.

Jax entwich ein heiserer Laut, ehe er sie erneut gierig küsste. Schon bald waren sie beide nur noch zappelnde Nervenbündel, getrieben von Lust und Leidenschaft.

»Jax«, keuchte Nova leise und zog ihn mit sich aufs Bett, wo er sich zwischen ihre geöffneten Beine legte. Die Hitze, die ihm entgegenschlug, war so verdammt verlockend. Er wollte in ihr sein, ohne eine Barriere.

»Ich nehme die Pille«, flüsterte sie, als hätte sie seine Gedanken gelesen. Atemlos bog sie den Kopf zurück, um ihn anzusehen. »Vertraust du mir?«

Er nickte, ohne zu zögern. »Und du, mein Engel?«

»Ja.«

Das war's. Mit einer fließenden Bewegung schob Jax sich in sie, und einen Moment lang sah er im wahrsten Sinne des Wortes Sterne. Nova hob den Kopf und küsste ihn mit solcher Zärtlichkeit, dass sein Herz vor Glück zu explodieren drohte.

Plötzlich gab es keine quälenden Fragen mehr. Alle Sorgen und Probleme lösten sich auf. Zurück blieb nur noch sie. Ihr Duft. Ihr Geschmack. Ihr leises Stöhnen …

Jeder seiner Sinne war erfüllt von dieser Frau. Trotzdem konnte Jax nicht genug bekommen. Er senkte den Kopf und saugte an der empfindlichen Stelle unter ihrem Kiefer, während er Nova mit langsamen, tiefen Stößen nahm. Ein Kribbeln schoss seine Wirbelsäule hinauf. Doch diesmal ließ er sich Zeit und kostete den Moment voll aus.

Erst als sich Novas Atmung beschleunigte und sie fordernd

ihr Becken kreisen ließ, steigerte Jax allmählich das Tempo. Sein Rhythmus wurde drängend, und es dauerte nicht lange, da gab es für sie beide kein Zurück mehr. Sie hielten einander fest, als sie kamen – und nicht eine Sekunde hörten sie auf, sich zu küssen.

***

Der venezianische Maskenball im Herzen Colorados zog an Jax vorbei wie ein wunderschöner, aber auch ziemlich bizarrer Traum. Unzählige Leute, die er seit Jahren kannte, machten sich einen Spaß daraus, sich hinter kunterbunten Masken zu verstecken. Die meisten von ihnen erkannte Jax auf Anhieb. Trotzdem war es witzig, sie in ihrem Eifer zu beobachten, auch wenn er den Blick kaum von Nova abwenden konnte, sobald er sie am Samstagmorgen erblickte.

Sie trug eine blaue Maske mit goldenen Applikationen, die einen Wahnsinnskontrast zu ihrem braunen Haar bildeten, das ihr in offenen Wellen bis auf den Rücken fiel. Passend dazu hatte sie ein blaues Vintagekleid an, das an den Armen mit feiner Spitze besetzt war. Sie strahlte eine ungeheure Eleganz aus und machte ihrem Namen alle Ehre.

Lächelnd trat Jax zu dem Verkaufsstand und hielt ihr eine weiße Papierblume entgegen. »Hey, Engel.«

»Hey.« Sie reckte sich über den Tresen und stahl ihm einen raschen Kuss, bevor sie die Augen hinter ihrer Maske zusammenkniff. »Wo ist deine Maske?«

»Ich habe keine«, erwiderte Jax leichthin, was May und Lauren Laute der Empörung entlockte. Die beiden hatten den Stand neben Novas besetzt und rührten eifrig die Werbetrommel für den Ladies Club. Ihre Masken hatten den gleichen Look wie Novas, allerdings waren sie zu ihren Haarfarben passend verziert. Laurens Maske trug flammend rote und goldene Applikationen, Mays war blau, violett und golden.

»Aber das geht doch nicht!«, rief sie, schob sich an Lauren vorbei und angelte eine schlichte, schwarze Maske mit grünen Applikationen von dem Holzpfosten, der die Abdeckung hielt. Dann streckte sie Jax das gute Stück grinsend entgegen. »Hier!«

Skeptisch betrachtete Jax die Maske. Er hatte wenig Lust, den ganzen Tag mit so einem Teil auf der Nase herumzulaufen. Da er jedoch kein Spielverderber sein wollte, griff er schließlich doch beherzt zu und stülpte sich das Gummiband über den Kopf.

»Uh!«, machte May und fächelte sich Luft zu. »Sexy.«

»Danke«, erwiderte Jax trocken.

Nova machte sich gar nicht erst die Mühe, ihr Lachen zurückzuhalten. »May hat recht. Die Maske steht dir.« Ihre Augen blitzten auf. »Du wirkst wahnsinnig geheimnisvoll.«

Ihre gesenkte Stimme fuhr Jax direkt in den Unterleib. Er überlegte schon, ob er Nova für eine Weile entführen konnte, als Cole neben ihn trat. Er trug eine weiße Maske im »Phantom der Oper«-Stil, die großartig zu seinem grimmigen Gesichtsausdruck passte. »Ich komme mir vor wie ein Vollidiot.«

»Wollen wir tauschen?«, fragte Ryan, dessen Gesicht eine Harlekinmaske mit goldenen Glöckchen zierte, die bei jeder Bewegung klingelten.

»Äh, nein. Vielen Dank!«, antwortete Cole schnell.

»Sonst jemand?« Ryan schaute in die Runde, und wieder klingelte es.

Prompt brachen May und Nova in schallendes Gelächter aus. Lauren hingegen hatte nicht mehr als ein schwaches Lächeln für ihn übrig.

»Lieber Himmel!«, murmelte Cole. »Wie bist du denn an dieses Kunstwerk gekommen?«

Ryan warf Lauren einen bösen Blick zu. »Hab eine Wette verloren.«

»Worum ging es?«, erkundigte Jax sich neugierig.

Ryan wollte abwinken und das Thema wechseln. Doch May berichtete mit sichtlicher Schadenfreude, wie Ryan und Lauren bei der Einweihungsfeier gewettet hatten, dass er ein Tablett voller Getränke unter die Leute bringen konnte, ohne die Bestellungen zu verwechseln.

Was er offensichtlich nicht geschafft hatte.

»Es ist wirklich nicht so einfach, wie es bei Lauren aussieht«, versuchte Nova seine Ehre zu retten. Aber auch ihr stand die Belustigung ins Gesicht geschrieben.

Lauren sagte nichts. Stattdessen schien sie mit ihren Gedanken ganz woanders zu sein. Bevor Jax sie jedoch fragen konnte, was los war, trat ein Grüppchen Touristen zu ihnen und betrachtete die Auslagen auf Novas Tisch und die Flyer, die für den Ladies Club warben. Da die Frauen bis auf Weiteres beschäftigt waren, ging Jax mit Ryan und Cole davon, um nach Cathy und Lilly zu sehen und einen Happen zu essen. Unterwegs trafen sie unzählige Leute, tauschten hier und da ein paar nette Worte aus und verfolgten die Shows auf der Bühne.

Der Tag schritt schnell voran, und wie sich herausstellte, erwies es sich als Vorteil, dass die Soul Sisters ihren Informationsstand direkt neben dem von Nova hatten, denn so konnte Jax seine Geliebte mehr als einmal entführen, während ihre Freundinnen die Stellung hielten.

Dafür sprang Jax am Nachmittag spontan für May am Stand der Soul Sisters ein, damit diese den Tanzauftritt ihrer jüngsten Nichte von der ersten Reihe aus verfolgen konnte. Als sie zurück war, machten Jax und Nova einen Rundgang über die Festwiese, probierten Süßes am Delikatessenstand und plauderten mit anderen Festbesuchern. Dabei fiel Jax auf, dass Nova sich verändert hatte. Sie schien weniger wortkarg zu sein und wirkte zugänglicher, was auch ihren Gesprächspartnern nicht entging. Die meisten schienen sich zu freuen, dass die sonst so distanzierte Ladenbesitzerin endlich etwas aus sich herauskam. Aber es gab auch ein paar Frauen, die hinter Novas Rücken die Köpfe zusammensteckten, weil ihnen das Leuchten, das die einstige Außenseiterin umgab, definitiv nicht gefiel.

Nova bemerkte zum Glück nichts von den schiefen Blicken. Stattdessen schien sie das Fest an Jax' Seite einfach zu genießen. Sie war so gelöst, dass Jax sie später am Abend sogar überreden konnte, im Schein des nächtlichen Lichtermeeres zu Balladen von Eros Ramazzotti und Vasco Rossi zu tanzen.

Dafür, dass Nova vor Jax noch nie mit einem Mann getanzt hatte, beherrschte sie die Bewegungen erstaunlich gut.

Als sie sich gerade zu *Per me per sempre* wiegten, fing Nova plötzlich an, leise vor sich hin zu kichern, was dafür sorgte, dass sich auch Jax' Lippen zu einem Lächeln verzogen. Inzwischen hatten sie beide ihre Masken abgelegt, worüber Jax insgeheim froh war, weil er so ungehindert mit der Nase über ihre Stirn reiben und ihren süßen Duft einatmen konnte. »Was ist?«

»Ich habe gerade an unseren ersten Spaziergang gedacht.« Sie legte den Kopf in den Nacken und sah Jax an. Ihre braunen Augen funkelten. »Soll ich dir noch ein Geheimnis verraten?«

Sein Lächeln wurde noch breiter. Er liebte diese spielerische Seite an ihr. »Immer raus damit.«

»Als ich zum ersten Mal von diesem Themenfest gehört habe, fand ich es einfach nur albern. Aber jetzt, in diesem Moment, gefällt es mir ausgesprochen gut.«

»Das liegt an meinem einzigartigen Rhythmusgefühl, stimmt's?«

Ihre Lippen zuckten. »Unter anderem.«

Er strich federleicht über ihren Mund. »Halte dich meinetwegen nicht mit Komplimenten zurück.«

»Würde mir nicht im Traum einfallen.« Neckend ließ sie die Hand über seine Brust wandern. Die schlichte Bewegung reichte aus, um seine Lust zu entfachen.

»Glaubst du, wir können uns kurz davonstehlen, bevor du zurück zu Abigail musst?«, fragte er mit rauer Stimme.

Ihre Finger krallten sich in sein Hemd, bevor sie leise aufseufzte. »Ehrlich! Ich wünschte, ich könnte, Jax. Aber Daisy hat in einer halben Stunde Schluss. Ich kann sie nicht warten lassen. Sie hat schon am letzten Sonnabend ihr Wochenende hergegeben, damit Abigail nicht allein ist, während ich bei der Einweihungsparty bin.«

»Aber Abigail geht es gut«, wandte Jax ein, schüttelte jedoch sogleich den Kopf, als er Novas betrübtes Gesicht sah. »Vergiss es.« Er seufzte gequält und zog sie wieder fester an sich. »Dann lass uns wenigstens noch ein bisschen tanzen.«

Nova nickte und schmiegte sich wieder an ihn. Aber die Leichtigkeit zwischen ihnen war dahin.

»Bist du jetzt sauer?«, fragte sie zögernd.

»Nein, natürlich nicht.« Jax drückte ihr einen Kuss auf den Scheitel. »Ich wünschte nur, wir hätten mehr Zeit. Das ist alles.«

Nova nickte. »Ich auch.«

Eigentlich sollte es Jax trösten, dass sie sich ebenso verzweifelt nach ihm verzehrte wie er sich nach ihr. Doch er kam einfach nicht gegen den Vorwurf an, der immer lauter in seinem Kopf widerhallte. Schließlich lag es in ihrer Macht, etwas an der Situation zu ändern.

»Möchtest du morgen Abend vorbeikommen?«, fragte sie unvermittelt.

Kurz fürchtete Jax, er hätte seine Gedanken laut ausgesprochen. Aber das konnte nicht sein, da ihre Stimme kein bisschen defensiv klang. Stattdessen wirkte sie plötzlich aufgeregt.

»Wir könnten Pizza essen und ein paar Delikatessen zum Dessert besorgen«, schlug sie vor. »Dann hätte Granny auch etwas von der italienischen Atmosphäre.«

Schon kehrte Jax' gute Laune zurück. »Das klingt super.«

»Ja?« Sie stieß ein unzufriedenes Grummeln aus. »Dass ich nicht eher draufgekommen bin! Jetzt ist es leider zu spät. Granny mag Überraschungsbesuche nicht so gern.«

»Morgen passt prima«, erwiderte Jax und strich ihr über das weiche Haar. »Ich muss nachher sowieso noch ein paar Protokolle aktualisieren, um das Statusmeeting am Montag vorzubereiten.«

Nova versteifte sich ein wenig. Obwohl sie sich gestern Nacht lange ausgesprochen hatten, was die Sache mit Shannon betraf, schien es ihr nicht sonderlich zu gefallen, dass Jax sie schon so bald wiedersah. Dabei hatte sie nun wirklich keinen Grund, eifersüchtig zu sein. Zum einen, weil Shannon schlichtweg keine Chance mehr bei ihm hatte, und zum anderen, weil sie den Korb akzeptiert zu haben schien.

Im Gegensatz zu Tautum.

Auch jetzt konnte Jax die Blicke des Deputys in seinem Rücken spüren. Er ließ Nova nicht aus den Augen, wagte sich aber zu seinem eigenen Glück nicht näher an sie heran. Sein Verhalten nervte Jax. Aber da er neue Spannungen mit Nova unbedingt vermeiden wollte, ignorierte er den Deppen und begleitete sie nach Hause.

Wie üblich fiel es ihm schwer, sie gehen zu lassen. Allerdings konnte er sich mit dem Gedanken trösten, dass Priscilla sich am nächsten Tag um Abigail kümmerte, sodass er Nova den ganzen Tag auf der Festwiese sehen würde.

***

Tatsächlich lief der Sonntag genauso fröhlich und bunt ab wie der Samstag. Allerdings dauerten die Feierlichkeiten diesmal nur bis zum späten Nachmittag.

Die meiste Zeit war Jax bei Nova, trank Kaffee und unterhielt sich mit ihr und ihren Freundinnen, wenn sie keine Kundschaft hatten. Was eher selten der Fall war, weshalb sich wieder keine Gelegenheit bot, das Fest für mehr als eine Stunde zu verlassen.

Gegen vier Uhr packten alle zusammen und bauten die Stände ab. Während Jax in Windeseile half, die Bühne zu zerlegen und abzutransportieren, beluden Nova und die Frauen Coles Wagen. Sie wurden zeitgleich fertig, und auch wenn sie schon spät dran waren, bestand Jax darauf, schnell zu Hause zu duschen, bevor er Abigail offiziell als Novas Freund vorgestellt wurde.

Nova schien seine Nervosität ziemlich witzig zu finden. Sie

zog ihn in einer Tour damit auf, verstummte jedoch, als er sich auf dem Weg ins Badezimmer entkleidete.

Sie verspäteten sich noch mehr, weil Nova spontan beschloss, ihm unter der Dusche Gesellschaft zu leisten.

Als sie schließlich in Jax' Pick-up saßen, war es schon kurz vor acht, und Jax knurrte der Magen. »Wirklich ätzend, dass wir hier keine Pizzeria haben.«

»Ja«, stimmte Nova zu. Ihre Wangen waren noch gerötet von ihrem leidenschaftlichen Liebesspiel. Absolut hinreißend. »Aber es wird dich freuen zu hören, dass ich heute Morgen schon alles vorbereitet habe. Wir müssen die Pizzen nur noch in den Ofen schieben.«

Jax stöhnte verzückt auf. »Gott! Ich liebe dich.«

Betretenes Schweigen folgte als Antwort.

Das tat weh. Aber Jax nahm die Worte nicht zurück.

»Wir sind da«, sagte er stattdessen und setzte den Pick-up hinter Novas parkenden Wagen an den Straßenrand. Er drehte sich zur Rückbank um und nahm eine Schachtel an sich.

»Was ist das?«, fragte Nova überrascht.

Verlegen zuckte Jax mit den Schultern. »Ich dachte, Blumen wären vielleicht nicht das Richtige. Deshalb habe ich etwas anderes besorgt.« Ohne sich weiter zu erklären, öffnete Jax den Deckel und offenbarte einen hübschen Strohhut, der mit fröhlichen Papierblüten geschmückt war. »Ich habe ihn letzte Woche zufällig entdeckt und dachte mir, dass er Abigail vielleicht gefällt.«

»Oh, Jax«, krächzte Nova.

Unsicher musterte er den Hut. Eigentlich hatte er ihn als kleine Aufmerksamkeit passend gefunden, wenn er Abigail endlich kennenlernte. Zwar hatten sie bisher gelegentlich ein paar Grußfloskeln ausgetauscht, aber wirklich gesprochen hatte er mit der alten Dame noch nie. Es war Jax wichtig, dass sie ihn mochte. Aber vielleicht war er doch ein wenig über das Ziel hinausgeschossen. »Denkst du, es ist zu viel?«

»Nein.« Zittrig holte sie Luft. »Es ist absolut perfekt. *Du* bist perfekt. Ich weiß gar nicht, womit ich dich verdient habe.«

Das war zwar keine Liebeserklärung, aber wenigstens nah dran.

Jax grinste. »Das weiß ich auch nicht, Sims. Gehen wir rauf und fragen deine Großmutter.«

Sie lachte leise, dann stiegen sie aus dem Wagen und gingen nach oben.

»Abi! Abi! Sie sind da«, erklang über den Fernseher hinweg eine aufgeregte Frauenstimme.

»Ich bin blind, nicht taub«, erwiderte Abigail trocken.

Nova verzog das Gesicht. Jax hingegen musste sich ein Lachen verkneifen. Er sah sich neugierig in der Wohnung um und stellte schnell fest, dass das hier ein richtiges Zuhause war. Vieles erinnerte ihn an die Farm seiner Eltern: die Möbel, die schon ein paar Jahre auf dem Buckel hatten, aber immer noch gut in Schuss waren, die Bilder an den Wänden oder die riesige Bodenvase mit Trockenblumen. So eine hatte seine Mutter auch im Flur stehen. Sein Blick fiel auf die Hutsammlung neben der Eingangstür.

»Beeindruckend«, flüsterte er Nova zu, die nun schüchtern lächelte, seine Hand ergriff und ihn mit sich zog.

»Hey, ihr zwei«, begrüßte sie die beiden betagten Damen, sobald sie das Wohnzimmer betraten.

Abigail saß in einem Sessel und hatte den Kopf leicht geneigt, als wollte sie keinen Ton verpassen. Unterdessen hatte

Priscilla die Fernbedienung auf den Fernseher gerichtet und drückte hektisch auf den Tasten herum. Es dauerte einen Moment, bis sie es schaffte, das Gerät leiser zu stellen. Dann drehte sie sich mit hochrotem Kopf zu Nova und Jax um. »War es nett in der Stadt?«

»Ja, es war sehr schön«, antwortete Nova, bevor sie sich an ihre Großmutter richtete. »Granny, das ist Jackson Troy.«

Abigail streckte ihm die Hand entgegen. »Willkommen, Jackson.«

»Jax genügt.« Er ergriff ihre runzelige Hand. »Freut mich, Sie kennenzulernen.«

»Die Freude ist ganz meiner …« Sie stutzte und riss plötzlich die Augen auf. »Du meine Güte! Das sind wirklich große Hände!«

Priscilla brach in schallendes Gelächter aus, wohingegen Nova feuerrot anlief.

»Will ich wissen, was diese Feststellung zu bedeuten hat?«, fragte Jax schmunzelnd.

Entschieden schüttelte Nova den Kopf. »Nein, willst du nicht.«

Abigail ließ seine Hand wieder los, lehnte sich im Sessel zurück und zwinkerte in seine Richtung. »Ich bin mir sicher, du bist auch so schlau genug, die richtigen Schlüsse zu ziehen.«

»Himmel!«, murmelte Nova in einem Ton, der irgendwo zwischen Scham und Belustigung schwankte und sie alle zum Lachen brachte.

Und einfach so war das Eis gebrochen.

Abigail schien sich aufrichtig über den neuen Kopfschmuck zu freuen. Priscilla lobte überschwänglich Jax' guten Geschmack und entschied spontan, zum Essen zu bleiben. Während die Pizzen im Ofen buken, plauderten sie entspannt über das Spätsommerfest. Danach horchten die pfiffigen Damen Jax aus, aber das störte ihn nicht. Er beantwortete nur zu gern all ihre neugierigen Fragen.

Priscilla verabschiedete sich nach dem Tiramisu. Anschließend schlug Abigail vor, gemeinsam den Rest von *Star Search* zu schauen.

Nova strahlte über das ganze Gesicht, weil Abigails Interesse an Castingshows endlich zurückkehrte, und Jax freute sich mit ihr. Er zog Nova zu sich aufs Sofa, und sie kuschelte sich an ihn, während sie ihrer Großmutter beschrieb, wie die Leute im Fernsehen aussahen.

Ziemlich schnell verstand Jax, dass sie dabei alle relevanten Informationen für Abi filterte und teilweise äußerst kreativ ausschmückte, um ihr ein möglichst plastisches Bild in den Kopf zu pflanzen. Es war unterhaltsam, den beiden zuzuhören, und Jax genoss jede Sekunde in der Gesellschaft der beiden Frauen.

Es war bereits nach zehn, als auf Novas Handy unvermittelt eine Textnachricht einging. Es folgte eine weitere. Und noch eine.

Irritiert nahm Nova ihr Telefon zur Hand und überflog die Nachrichten.

»Was ist los, Liebes?«, fragte Abigail besorgt. »So viele Töne spuckt dein Telefon doch sonst nicht aus.«

Nova runzelte die Stirn. »Lauren hat uns alle gebeten, in den Clubraum zu kommen.«

»Um diese Uhrzeit?«, fragte Abigail.

Langsam ließ Nova das Handy sinken. Sie spähte erst zu ihrer Großmutter, dann sah sie Jax an. Anscheinend war sie hin- und hergerissen. »Sie schreibt, es ist ein Notfall.«

»Wenn es so dringend ist, solltest du dich schleunigst auf den Weg machen«, meinte Jax lächelnd, ehe er sich zu ihr vorbeugte und flüsterte: »Sei unbesorgt. Ich passe auf sie auf, versprochen.« Lauter, an Abigail gewandt, fuhr er fort: »Darf ich noch ein bisschen bleiben, bis wir herausgefunden haben, wer es ins Finale schafft?«

Abigail verdrehte die trüben Augen. »Ich bin nicht blöd, Jackson. Ich weiß, dass du lediglich die Zeit mit mir totschlagen willst, bis Nova zurückkommt.«

Ja, das auch.

Jax lachte leise. »Du hast mich durchschaut.«

»Du darfst trotzdem bleiben«, erwiderte Abigail großmütig, ehe sie sich an Nova wandte. »Nun geh schon. Wir kommen zurecht.«

Kapitel 29

Nova

Im Nowhere war zu dieser späten Stunde nicht mehr besonders viel los. Nova winkte kurz in Stacys Richtung, ehe sie direkt in den Clubraum abbog. May und Josephine saßen auf dem Sofa und schauten stumm zu, wie Lauren vor ihnen eine Schneise in den Boden lief.

»Hey«, sagte Nova und kam näher. Sorge krampfte ihr Herz zusammen. »Was ist passiert?«

»Vielleicht sollten wir noch auf Helen warten«, krächzte Lauren. Sie war käseweiß, weshalb sich ihr leuchtend rotes Haar auffallend von ihrem Gesicht abhob. Nicht zum ersten Mal fiel Nova auf, dass sie in den letzten Wochen merklich an Gewicht verloren hatte. Die Jeans schlackerte bei jedem Schritt um ihre Oberschenkel, und ihre Wangen waren eingefallen.

»Ich glaube nicht, dass sie noch kommt«, meldete Josephine sich vorsichtig zu Wort. »Der Sheriff hat diese Woche Frühschicht. Also ist sie vermutlich auch schon im Bett.«

Lauren nickte geistesabwesend.

»Sag uns, was los ist«, bat Nova und legte ihr sanft eine Hand auf den Unterarm.

Plötzlich wurden Laurens Augen glasig. Nova kniff die Lider zusammen, damit sie nicht selbst in Tränen ausbrach.

Josephine schluckte schwer und sprach das aus, was sie alle am meisten fürchteten. »Bist du krank?«

Anstelle einer Antwort stieß Lauren einen verzweifelten Schluchzer aus.

»Lauren!«, sagte May eindringlich. »Ich schwöre dir, ich drehe gleich völlig durch, wenn du nicht endlich mit der Sprache rausrückst.«

Nervös befeuchtete Lauren sich die Lippen. »Ich bin nicht krank, sondern schwanger.«

Nova klappte die Kinnlade runter. May und Josephine ging es nicht anders. Fassungslos starrten sie Lauren an. Eine Träne stahl sich aus ihrem Augenwinkel, doch sie wischte sie entschlossen fort und setzte stattdessen ein jämmerliches Grinsen auf. »Überraschung!«

Nova schaffte es als Erste, sich aus ihrer Schockstarre zu befreien. »Deshalb war dir ständig schlecht.«

»Jepp.« Lauren wischte sich eine Haarsträhne aus der verschwitzten Stirn. »Ich dachte immer, schwangere Frauen kämpfen bloß mit Morgenübelkeit, aber wie sich herausgestellt hat, tickt meine Uhr ein bisschen anders.«

»Wie weit bist du?«, fragte May.

»Anfang neunte Woche.«

Erneut breitete sich Stille in dem Zimmer aus, während alle versuchten, die Nachricht zu verdauen. Nova überlegte, Lauren ihre Glückwünsche auszusprechen. Aber ihre Freundin sah nicht so aus, als wollte sie das jetzt hören.

»Ist das nicht ein Hammer?« Lauren lachte mit unverhohlener Bitterkeit auf. »Die Barbesitzerin mit der großen Klappe ist zu dämlich zu verhüten. Wenn das mal kein gefundenes Fressen für die Klatschweiber ist.«

May zog die Beine an und schlang die Arme um ihre Knie. »Aber du hast doch gesagt, dass du seit Monaten mit niemandem zusammen warst.«

Eine leichte Röte stieg in Laurens Wangen. Beschämt senkte sie den Kopf. »Ich habe gelogen. Tut mir leid.«

»Warum?«, fragte Nova und ergriff Laurens Hand. »Wir hätten dich niemals verurteilt.«

»Das weiß ich. Aber es war bloß eine einmalige Sache. Ich dachte nicht, dass es je wieder zur Sprache käme.« Schnaubend zog Lauren sich zurück und begann aufs Neue auf und ab zu tigern. »Mann! Ich lag in meinem ganzen Leben noch nie so daneben.«

Josephine runzelte die Stirn. »Und wer ist der Vater?«

Lauren zuckte zusammen, ehe sie peinlich berührt den Kopf schüttelte. »Nur ein Kerl auf der Durchreise. Niemand von Bedeutung.«

»Was willst du jetzt tun?«, fragte Nova, obwohl sie meinte, die Antwort bereits zu kennen.

Panik trat in Laurens Augen, sie sank in den Sessel hinter sich, schlug die Hände vors Gesicht und rieb in kräftigen Zügen über die Haut. Dann sah sie mit schreckgeweiteten Augen ins Leere. Ihre Unterlippe zitterte. »Ich kann dieses Kind nicht töten.«

»Also wirst du es behalten?«, fragte May leise.

Hilflos zuckte sie mit den Schultern. »Ich habe keine Ahnung. Ich meine, könnt ihr euch das vorstellen? Ich – eine fürsorgliche Mutter?«

»Du wirst in diese Aufgabe reinwachsen«, erwiderte Josephine sanft. »Genau wie wir alle.«

Lauren lachte erstickt auf. »Du bist Erzieherin, Jo, quasi geschaffen für diese Rolle, und May ist ein Universalgenie. Ich hingegen …« Sie schluchzte auf. »Ich kann eine Bar führen und werde mit großmäuligen Touris fertig. Aber ein Kind? Herrgott noch mal! Ich werde es total versauen.«

Nova brach beinahe das Herz bei diesen Worten. »Nein, wirst du nicht!«, erwiderte sie entschieden und ließ sich vor Lauren auf die Knie sinken, bevor sie erneut ihre kalte Hand ergriff. »Du hast ein gutes Herz, Lauren McGreedy, und bist eine schlaue, mutige, großartige Frau. Dieses Kind wird all deine Liebe erfahren und glücklich aufwachsen.«

»Woher willst du das so genau wissen?«, krächzte Lauren.

»Weil ich dich kenne.« Nova hoffte, dass ihr Lächeln ermutigend wirkte. »Und ich weiß, dass du eine Kämpfernatur bist. Du wirst lernen, für dein Kind zu sorgen.«

»Außerdem hast du uns«, schaltete May sich ein und stand auf, um sich neben Nova auf den Boden zu setzen. »Wir helfen dir.«

»Genau«, pflichtete Josephine ihnen bei, kam jedoch nicht näher. Schmerz schimmerte in ihren Augen und erinnerte Nova daran, dass die beiden Frauen eine Geschichte verband, über die nie jemand sprach. Trotzdem lächelte auch Josephine Lauren zaghaft an. »Du bist nicht allein.«

May nickte nachdrücklich. »Wir werden dich unterstützen, so gut wir können, und wenn dir irgendeiner dumm kommt, werde ich den Hund auf ihn hetzen.«

Lauren lachte schniefend. Die Vorstellung, wie der Labradorwelpe, der wirklich keiner Fliege etwas zuleide tat, maximal drohend hechelte, war aber auch zu lächerlich. »Wow! Du hast ja eine richtig diabolische Seite.«

»Ja, oder?«, erwiderte May mit einem breiten Grinsen, wurde

aber schnell wieder ernst. »Willst du nach dem Vater deines Babys suchen?«

Erneut fuhr Lauren zusammen. »Auf keinen Fall.«

»Wir könnten dir helfen, ihn zu finden«, bot Nova an.

Entschieden schüttelte Lauren den Kopf. »Nein.«

Missbilligung spiegelte sich in Josephines Miene. »Er hat ein Recht darauf, es zu erfahren, Lauren. Es ist auch sein Kind.«

Lauren seufzte. Plötzlich sah sie wahnsinnig verloren und erschöpft aus. »Hört mal, es ist ja nicht so, als ob er und ich die Fronten nicht geklärt hätten, bevor es passiert ist. Wir hatten eine klare Abmachung in jener Nacht. Es ging ausdrücklich darum, ein bisschen Spaß zu haben und Dampf abzulassen. Ich habe ihn nicht aufgehalten, als er weiterzog, und ich werde ihm jetzt ganz bestimmt nicht hinterherrennen, nur weil dieses verdammte Kondom undicht war.«

»Aber …«, setzte May an, wurde jedoch von einem Wimmern unterbrochen.

Die sonst so toughe Barbesitzerin derart hilflos zu erleben, war so ungewohnt, dass May auf der Stelle verstummte.

»Bitte«, flüsterte Lauren, während eine weitere Träne über ihre bleiche Wange kullerte. »Lasst es gut sein, ja?«

»Okay«, sagte Nova besänftigend. Im Moment war Lauren ohnehin viel zu aufgewühlt für weitere Diskussionen. Vielleicht änderte sie ihre Meinung ja, sobald sie sich an ihre neue Lebenssituation gewöhnt hatte. »Wenn du es nicht möchtest, werden wir nie wieder darüber reden.«

»Weiß noch jemand davon?«, fragte Josephine.

Lauren schüttelte den Kopf. »Ich dachte, die Frauen, denen ich am meisten auf der Welt vertraue, sollten es zuerst erfahren.«

»Das ist echt süß von dir.« May stupste sie sanft an. »Ich weiß, dass du verrückt vor Angst bist, aber ich schwöre dir bei allem, was mir heilig ist, wir werden dich nicht im Stich lassen.«

»Wir sind für dich da«, bekräftigte Nova und versuchte, Laurens Blick einzufangen, indem sie sich ein Stück vorbeugte. »Seelenschwesternehrenwort.«

Prompt schluchzte Lauren erneut auf. »O Gott! Ich liebe euch Mädels, wisst ihr das?«

Ja, das wusste Nova. Schließlich ging es ihr nicht anders.

Trotz des Zuspruchs ihrer Freundinnen dauerte es eine ganze Weile, bis Lauren sich wieder fing. Erschöpft lehnte sie sich im Ohrensessel zurück. Ihre Augen waren immer noch verquollen vom Weinen, aber nun lag ein zaghaftes Lächeln auf ihren Lippen, als sie die rechte Hand schützend auf ihren flachen Bauch legte.

Den anderen entging diese schüchterne Geste natürlich nicht. Sofort sprang May auf und holte die Schüssel mit den Süßigkeiten aus dem Regal. »Magst du etwas?«

»Nein, danke.« Lauren rümpfte die Nase. »Ich kriege zurzeit keinen Bissen runter.«

»Du wirst trotzdem aufgehen wie ein Hefekloß«, meinte Josephine leichthin. »Und deine Füße werden sich anfühlen wie die von einem Elefanten, während du gleichzeitig das Gefühl hast, jemand sticht in einer Tour mit einem Fleischermesser auf deine Bandscheibe ein.«

Lauren zog eine Braue hoch. »Klingt spaßig.«

Josephine grinste teuflisch. »Oh, warte erst mal ab, wie lustig es wird, wenn die Wehen einsetzen.«

Bestürzt schnappte Nova nach Luft. Sie bezweifelte, dass das im Augenblick besonders hilfreich war. Aber zu ihrem

Erstaunen zuckten Laurens Lippen nun vor Belustigung. Das Geplänkel schien ihr gutzutun. »Lass mich erst mal die Kotzerei überwinden, bevor wir dieses Thema weiter vertiefen.«

May ließ sich mit der Süßigkeitenschüssel im Schoß aufs Sofa plumpsen. »Anderes Thema? Find ich gut! Wer noch?«

Sofort riss Nova die Hand hoch, woraufhin die vier Frauen in Gelächter ausbrachen. Als sie sich beruhigt hatten, wollte Nova nachhaken, welche Momente ihrer Schwangerschaft Josephine in besonders schöner Erinnerung geblieben waren. Doch das Klingeln von Mays Handy ließ sie nicht zu Wort kommen.

May nahm es vom Beistelltisch, schaute auf das Display und runzelte die Stirn. »Unbekannte Nummer.«

»Um diese Zeit?«, fragte Josephine. »Es ist fast Mitternacht.«

»Wahrscheinlich ist es eins von diesen Callcentern aus Indien«, meinte Lauren. »Die haben mich vor ein paar Wochen auch mitten in der Nacht angerufen.«

»Vermutlich.« May starrte nachdenklich auf das Handy. Dann nahm sie das Gespräch trotzdem an. »Hallo?«

Lauren lehnte sich zu Nova. »Ich wette zehn Dollar, dass sie ihr einen neuen Handytarif aufschwatzen wollen.«

Mays Blick glitt zu Nova. Sorge flackerte in ihren blauen Augen auf. »Ja, Jax. Sie ist noch hier.«

Ein ungutes Gefühl knotete sich in Novas Magen zusammen, als sie aufstand und das Telefon von May entgegennahm. »Jax?«

»Engel.« Jax' Stimme klang rau. »Ich hab versucht, dich zu erreichen.«

Nova griff in ihre Handtasche und zog ihr Smartphone heraus. Das Display zeigte unzählige verpasste Anrufe. Ihr rutschte das Herz in die Hose. »Mein Telefon war stumm geschaltet.« Hektisch entsperrte sie den Bildschirm und entdeckte Textnachrichten von Jax. Seit einer halben Stunde bat er sie im Minutentakt, ihn anzurufen. Ein grauenvolles Gefühl zog ihren Magen zusammen. »Ist alles in Ordnung bei euch?«

»Nein.«

Der Raum begann sich zu drehen.

»Abigail ist gestürzt, Nova. Sie ist …« Jax holte zittrig Luft. »Sie ist die Treppe runtergestürzt.«

Verständnislos schüttelte Nova den Kopf. »Wie meinst du das?«

»Ich weiß nicht, wie das passiert ist, Engel. Mir sind kurz die Augen zugefallen, und auf einmal hörte ich sie schreien.«

»Was?« Novas Stimme wurde schrill. Sie riss die Augen auf, nahm aber trotzdem nur verschwommen wahr, wie sich ihre Freundinnen vorbeugten. »*Was?*«

»Es tut mir leid«, krächzte Jax. »Der Krankenwagen ist gerade eingetroffen. Sie bringen sie nach Silverton in die Klinik.«

Ein Ruck ging durch Novas Körper, und sie sprang auf die Füße. Ohne auf die Rufe ihrer Freundinnen zu achten, stürzte sie aus dem Nowhere und rannte nach Hause. Blaulicht erhellte die Straße, aber es war keine Sirene zu hören.

Der Krankenwagen stand direkt vor dem Souvenirshop. Ein Sanitäter stieg gerade in den hinteren Teil, während ein zweiter bei der offenen Wagentür stehen blieb. Er sprach mit Jax, aber Nova schenkte ihm keine Beachtung.

Alles, was sie sah, war der leblose Körper ihrer Großmutter auf der Trage im Wagen. Sie war bis zur Brust mit einem Laken verhüllt. Eine Sauerstoffmaske bedeckte ihr Gesicht, und ein Infusionsschlauch führte zu einem prall gefüllten Beutel, den der Sanitäter neben ihr gerade an einer Vorrichtung im Wagen aufhängte.

»Granny!«, schrie Nova, woraufhin alle drei die Köpfe in ihre Richtung drehten.

Sofort ging Jax ihr entgegen und fing sie auf. Seine starken Arme legten sich wie Schraubstöcke um ihren zierlichen Körper. »Nova! Bitte warte, Engel. Bitte, ich …«

»Lass mich los!«, keifte Nova wie von Sinnen und wehrte sich mit ganzer Kraft gegen die Mauer aus Muskeln, die sich ihr in den Weg stellte. Nackte Panik hatte sich in ihr Herz gefressen. »Jax! Lass mich los.«

Der Sanitäter, der zuvor mit Jax geredet hatte, war ein kahlköpfiger Mann in den Fünfzigern. Seine dunklen Augen waren ernst und mitfühlend, als er zu ihnen kam. »Bitte beruhigen Sie sich, Miss.«

»Nein.« Tränen raubten Nova die Sicht. »Ich will sofort zu meiner Großmutter!«

»Hören Sie«, sagte der Sanitäter streng. »Ihre Großmutter ist im Moment nicht ansprechbar. Wir haben ihr ein Beruhigungsmittel verabreicht, um ihr die Fahrt zu erleichtern. Wir müssen sie jetzt ins Krankenhaus bringen.«

Mit einer ruppigen Bewegung befreite Nova sich aus Jax' Armen und sah den Mann entschlossen an. »Ich fahre mit.«

»Das ist leider nicht möglich«, erwiderte er bedauernd. »Aber Sie können natürlich gern mit Ihrem eigenen Wagen nachkommen.«

Behutsam legte Jax ihr die Hand auf den Rücken, doch Nova entzog sich erneut seiner Berührung. Trotzig sah sie den Sanitäter an. »Sagen Sie mir wenigstens, was ihr fehlt.«

Der Mann schien aufgebrachte Angehörige gewohnt zu

sein, denn er ließ sich nicht aus der Ruhe bringen. »Miss Sims hat eine Fraktur des Oberschenkels erlitten und sich bei dem Sturz eine Platzwunde am Kopf zugezogen. Wir konnten das Bein stabilisieren, aber wir müssen noch ein paar Tests durchführen, um Hirnschäden auszuschließen.«

Novas Knie gaben nach, und sie kippte nur deshalb nicht um, weil Jax sie sofort stützte.

Der Sanitäter legte ihr behutsam eine Hand auf den Arm und sah sie eindringlich an. »Ich weiß, wie schwer das für Sie ist, doch ich versichere Ihnen, mein Kollege wird während der Fahrt gut für Ihre Großmutter sorgen. Sie schläft und hat keine Schmerzen. Aber wir müssen jetzt fahren.«

Sein autoritärer Tonfall zeigte Wirkung. Novas Kampfgeist erlosch. »Okay.«

»Wir sehen uns gleich im Krankenhaus«, sagte er, nickte einmal knapp in Jax' Richtung und schloss mit routinierten Handgriffen die Türen, ehe er einstieg und den Wagen anließ.

Sobald er um die Ecke gebogen war, setzte Nova sich in Bewegung. Sie wollte nach oben laufen, um ihre Autoschlüssel zu holen. Dann fiel ihr ein, dass diese in ihrer Handtasche waren, und die lag noch immer auf dem Fußboden des Clubraums. Also wirbelte sie herum, um ins Nowhere zurückzulaufen.

Sie zuckte zusammen, als sie ihre Freundinnen erblickte. Sie wusste selbst nicht, warum es sie überraschte, dass die drei ihr gefolgt waren. Vielleicht lag es daran, dass sie zeit ihres Lebens hatte allein klarkommen müssen. Aber jetzt nicht mehr.

May hielt Novas Tasche eng an ihre Brust gepresst. »Du wirst nicht fahren.«

»Ich habe jetzt keine Zeit für so was, May«, herrschte Nova

sie an und streckte gebieterisch die Hand aus. »Gib mir die Tasche.«

»Vergiss es.« Offenbar ließ May sich von Novas schroffem Ton nicht beeindrucken. Entschlossenheit blitzte in ihren Augen auf. »Meine Schwester und ihr Mann sind bei einem Autounfall ums Leben gekommen. Du wirst dich in deinem Zustand auf keinen verdammten Fall hinters Steuer setzen. Ich fahre.«

»Ich komme mit«, sagte Lauren sofort.

Josephine nickte. »Wir lassen dich damit nicht allein.«

Dieser Satz war heute schon ziemlich oft gefallen. Trotzdem war er genau das, was Nova jetzt hören musste. Ein Schluchzen brach aus ihr heraus. »Danke.«

Fluchend streckte Jax die Hand nach Nova aus. »Jetzt warte doch mal. Ich kann dich auch fahren.«

Nova versteifte sich. Im Moment konnte sie ihn nicht einmal ansehen, geschweige denn mit ihm reden. Deshalb schüttelte sie nur den Kopf und schloss sich ihren Freundinnen an.

»Nova!«, rief Jax ihr nach.

»Hey«, sagte Lauren sanft. »Gib ihr ein bisschen Raum, okay?«

Obwohl Nova ihn zu ignorieren versuchte, sah sie sein Gesicht praktisch vor sich. Den angespannten, markanten Kiefer. Die zusammengepressten Lippen. Das unzufriedene Funkeln in seinen Augen. Aber als er sprach, war seine Stimme sanft. »Okay.« Eine kurze Pause entstand, während der er tief durchatmete. »Ich komme nach, so schnell ich kann.«

»Fahr vorsichtig«, sagte May, die inzwischen die Autoschlüssel aus Novas Handtasche gefischt hatte, und entriegelte den Wagen.

Die Fahrt bis nach Silverton zog sich ewig in die Länge. Nicht nur, weil May besonders vorsichtig fuhr, sondern vor allem aufgrund der angespannten Stille.

»Es wird sicher alles gut«, sagte Josephine, die neben Lauren auf der Rückbank saß und Novas Schulter drückte.

Nova wünschte, sie hätte ihrer Freundin zustimmen können. Allerdings war sie sich da nicht so sicher. Deshalb schwieg sie und starrte aus dem Fenster in die schwarze Nacht.

Irgendwann schien Lauren das Schweigen nicht mehr auszuhalten. »Ich kapiere das einfach nicht«, platzte sie heraus. »Wie konnte Abigail die Treppe runterfallen?«

»Ich verstehe es auch nicht«, pflichtete Josephine ihr bei. »Sie kennt sich doch bestens in ihrem Zuhause aus, oder nicht?«

»Vielleicht ist ihr wieder schwindelig geworden?«, überlegte May, da Nova nichts sagte.

Lauren schnaubte. »Ja, aber wenn mir schwindelig ist, öffne ich doch nicht die Wohnungstür, von der ich weiß, dass sie sich am oberen Treppenabsatz befindet. Das ist doch völlig unlogisch.«

May warf Nova einen Seitenblick zu. »Hat Jax denn noch irgendwas gesagt?«

»Er hat gesagt, er ist eingeschlafen«, erwiderte Nova tonlos, während sich ihr Magen vor Angst und Enttäuschung zusammenkrampfte. Sie musste zugeben, auch für sie ergab der Ablauf des Unfalls keinen Sinn. Ob es ihr gefiel oder nicht, sie musste warten, bis sie mit ihrer Großmutter sprechen konnte, damit sie Licht ins Dunkel brachte.

Und wenn sie nie wieder aufwachte? Wenn sie einen dauerhaften Hirnschaden hatte oder Gedächtnislücken? Was, wenn sie nie wieder dieselbe wäre?

Novas Brust schnürte sich zusammen, und einen kurzen Moment lang hatte sie das Gefühl, keine Luft mehr zu bekommen. Weil sie den Gedanken, dass Abigail einen dauerhaften Schaden erlitten haben könnte, schlichtweg nicht ertrug, tat sie das Einzige, was ihr in dieser Situation einfiel: Sie lenkte ihre Furcht in Wut um.

In Wut auf Jax und auf sich selbst, weil sie ihm vertraut hatte.

Sie hätte ihm nicht glauben dürfen, als er ihr versichert hatte, dass sie sich keine Gedanken machen sollte. Dass er auf ihre Großmutter achtgeben würde, damit sie für ihre Freundin da sein konnte. Sie hätte wissen müssen, dass Jax ihre Sorge nicht ernst nahm.

Wenn sie genauer darüber nachdachte, hatte sie zuletzt immer öfter den Eindruck gewonnen, dass ihn ihre Fürsorglichkeit nervte. Er hatte es nie laut ausgesprochen. Aber sein Frust über ihren Zeitmangel war immer offensichtlicher geworden.

»Er fühlt sich sicher schrecklich deswegen«, sagte May leise.

Lauren brummte zustimmend. »Zumindest sah er echt beschissen aus.«

Es gefiel Nova nicht, dass ihre Freundinnen plötzlich Partei für ihn ergriffen. Immerhin hatte Jax sie nicht zum ersten Mal bitter enttäuscht. Aber weil sie jetzt einfach nicht die Kraft für irgendwelche Diskussionen hatte, ignorierte sie die drei.

Als sie nach einer weiteren Viertelstunde endlich die Klinik erreichten, war Nova das reinste Nervenbündel. Flankiert von ihren Freundinnen, betrat sie die Notfallambulanz, wo ihr eine freundliche Schwester mitteilte, dass Abigail sich bereits im OP befand.

»Weitere Auskünfte kann ich Ihnen leider nicht geben«, sagte sie bedauernd und beschrieb ihnen den Weg zur chirurgischen Abteilung.

Der Warteraum war winzig. Ein paar Metallbänke standen darin, und an den grau gestrichenen Wänden hingen gerahmte Kinderbilder. Wahrscheinlich sollten die fröhlichen Motive etwas Heiterkeit in den kargen Raum zaubern. Aber Nova empfand nichts als nackte Angst.

Sie setzte sich auf die nächste Metallbank, May und Lauren nahmen neben ihr Platz. Nur Josephine trat unruhig von einem Fuß auf den anderen.

»Ich gehe uns Kaffee holen«, krächzte sie dann und floh aus dem Raum.

»Was hat sie denn?«, fragte May irritiert.

Lauren verlagerte angespannt ihr Gewicht. »Ihr Zwillingsbruder Jonah ist dadrin gestorben.«

»Was?«, stieß May entsetzt hervor.

Auch Nova drehte nun den Kopf angesichts dieser schockierenden Offenbarung. »Was ist passiert?«

Laurens Augen füllten sich mit Tränen. »Es war eine dumme Mutprobe zwischen ihm und seinem besten Freund. Sie waren siebzehn, fühlten sich unbesiegbar und hielten es für eine tolle Idee, von der Falkon Bridge in den Avon River zu springen. Dabei wurde Jonah von der Strömung mitgerissen. Als sie ihn fanden, hatte er schwere Kopfverletzungen. Sie konnten nichts mehr für ihn tun.«

»Mein Gott«, hauchte May.

Nova musterte Lauren mit gemischten Gefühlen. »Und der andere Junge?«

»Aiden hat überlebt«, antwortete sie und zupfte nervös an

ihren Fingernägeln. »Zumindest ein Teil von ihm. Der andere starb mit Jonah.«

Ruckartig setzte May sich auf. »Aiden? Aber so heißt doch …«

»… mein Bruder«, ergänzte Lauren und wischte sich eine Träne weg.

Das war also die traurige Geschichte, die Lauren und Josephine verband.

Wie furchtbar.

»Scheiße!«, stieß Lauren schniefend hervor, bevor sie Nova einen verlegenen Blick zuwarf. »Tut mir leid, Cookie. Ich wollte dich nicht auch noch mit diesem Mist belasten. Dieser Ort bringt ein paar hässliche Flashbacks mit sich, und diese verdammten Hormone machen mich völlig fertig. Ich verflüssige mich noch komplett, wenn das so weitergeht.«

»Ist schon gut«, erwiderte Nova und ergriff ihre eiskalte Hand. Lauren zu trösten lenkte sie ab, und für einen Moment vergaß sie sogar ihre Angst. Doch dann ging die Tür auf, und Jax kam in Begleitung von Cole und Ryan herein. Sofort versank Nova wieder in einem Strudel aus Angst und Verzweiflung.

»Cole.« May sprang auf und flog praktisch in seine Arme. Wie es schien, hatte er seine Mutter aus dem Bett geklingelt, damit sie über die Mädchen wachte, weil er jetzt lieber hier sein wollte.

Das überraschte Nova. Dann wurde ihr klar, dass Cole nicht ihretwegen gekommen war, sondern weil er Jax eine Stütze sein wollte. Ryan hingegen schien hauptsächlich wegen Lauren hier zu sein. Normalerweise hatte er immer einen lässigen Spruch auf den Lippen, wenn er sie sah. Doch diesmal nahm er kommentarlos neben ihr Platz und legte tröstend den Arm um sie.

Noch vor ein paar Minuten hätte Nova sich über diese Geste gewundert. Schließlich wusste er nichts von ihrer Schwangerschaft. Aber jetzt kannte sie die Hintergründe, und auch wenn Lauren steif in seiner Umarmung kauerte, schien sie die Geste zu schätzen, denn sie schloss für einen Moment erleichtert die Augen.

Mit bleichem Gesicht sank Jax vor Nova auf die Knie, doch sie wich seinem Blick aus und zog auch ihre Hand zurück, als er sie ergriff.

»Ich weiß nicht, was ich sagen soll, Engel.« Seine Stimme war heiser vor Emotionen. Langsam schüttelte er den Kopf. »Es tut mir so leid.«

Aufs Neue flammte Wut in Nova auf. Ein Teil von ihr war sich durchaus darüber im Klaren, dass ihre Reaktion irrational war. Aber sie fand einfach nicht mehr aus dem diffusen Nebel der hässlichen, zerstörerischen Gefühle heraus.

Jax schien einzusehen, dass seine Entschuldigung nicht erwünscht war, denn er zog sich mit einem gequälten Laut zurück.

Cole, der May noch immer im Arm hielt, als könnte er gar nicht anders, drehte sich zu Nova um. »Falls du irgendetwas brauchst, sag Bescheid.«

Zynische Gedanken schossen Nova durch den Kopf. Doch sie offenbarte keinen einzigen, sondern fixierte den Zeiger der Uhr an der Wand. Inzwischen war es zwei Uhr morgens, doch es sollte noch zwei weitere, quälend lange Stunden dauern, bis endlich die Tür aufging und eine Ärztin erschien.

Nova, Jax und die anderen sprangen alle gleichzeitig von den unbequemen Metallbänken auf und schauten sie mit einer Mischung aus Hoffnung und Angst an.

Die Frau war etwa vierzig, hatte einen blonden Bob und trug blaue OP-Kleidung. Obwohl sie gerade mehrere Stunden operiert hatte, wirkte sie nicht im Mindesten erschöpft, sondern strahlte Kompetenz und Gelassenheit aus. »Miss Sims?«

»Das bin ich«, krächzte Nova und trat vor. »Wie geht es meiner Großmutter?«

Kleine Fältchen erschienen um die Mundwinkel der Ärztin, als sie beruhigend lächelte. »Sie hat einen Oberschenkelhalsbruch, den wir operativ durch ein künstliches Hüftgelenk richten mussten.«

Nova keuchte auf.

»Keine Sorge.« Die Ärztin tätschelte ihren Arm. »Diese Eingriffe sind heutzutage Routine. In der Regel erholen sich die Patienten sehr schnell. Ihre Großmutter wird schon bald wieder auf den Beinen sein.«

Kollektives Aufatmen war hinter Nova zu vernehmen, doch ihre größte Angst blieb. »Und die Kopfverletzung?«

»Glücklicherweise haben die Scans ergeben, dass durch den Sturz keine Schädelfrakturen oder Hirnblutungen entstanden sind. Wir mussten die Platzwunde mit mehreren Stichen nähen. Aber insgesamt hat sie großes Glück gehabt. In ein paar Wochen wird sie wieder ganz die Alte sein.«

Die Erleichterung, die Nova nun durchströmte, war so allumfassend, dass sie beinahe komplett die Beherrschung verlor. Nur mit Mühe gelang es ihr, sich vor den anderen zusammenzureißen. »Darf ich zu ihr?«

Die Ärztin warf einen Blick auf die Uhr. »Sicherheitshalber wird Ihre Großmutter den Rest der Nacht engmaschig auf der Intensivstation überwacht. Sie dürfen kurz nach ihr sehen, Miss Sims. Aber sie wird wahrscheinlich nicht aufwachen.

Wenn ich Ihnen einen Rat geben darf: Fahren Sie nach Hause und ruhen Sie sich aus.«

»Meine Großmutter ist fast blind. Sie wird sich unsicher in der fremden Umgebung fühlen«, insistierte Nova.

»Ihr Freund hat meinen Kollegen schon umfangreich über das Krankheitsbild Ihrer Großmutter informiert«, erwiderte die Ärztin freundlich. »Wir werden darauf achten, dass jemand bei ihr ist, sobald sie zu sich kommt.«

So tröstlich es auch war, das zu hören, gefiel Nova die Vorstellung trotzdem nicht, Abigail jetzt allein zu lassen. »Ich würde lieber hierbleiben.«

»Das verstehe ich. Aber Sie können heute Nacht ohnehin nichts tun. Morgen früh wird Ihre Großmutter auf die orthopädische Station verlegt. Dann wird sie sich sicher über eigene Kleidung und Gesellschaft freuen.«

Verdammt! Daran hatte Nova überhaupt nicht gedacht. Abigail würde es hassen, in einem OP-Kittel aufzuwachen. Deshalb gab sie schließlich nach. »Okay. Ich danke Ihnen, Doktor.«

»Gern geschehen.« Die Ärztin winkte Nova mit sich. »Folgen Sie mir.«

Jemand drückte ermutigend Novas Hand, bevor sie der Frau in den abgeschlossenen Bereich folgte. Der Geruch von Desinfektionsmitteln hing in der Luft, und bis auf das elektronische Piepen, das aus verschiedenen Räumen zu hören war, war es gespenstisch still. Vor einem Regal blieb die Ärztin stehen und überreichte Nova einen blauen Kittel, den sie aus Hygienegründen überziehen sollte. Dann deutete sie auf eine offene Tür am Ende des Gangs. »Zehn Minuten. Nicht länger.«

»Ja, Ma'am«, antwortete Nova leise und ging zu dem Raum. Als sie ihre schlafende Großmutter in dem schmalen Krankenbett, umgeben von all den Monitoren sah, verlor sie endgültig den Kampf gegen ihre Tränen. Sie schluchzte auf und eilte zu ihr.

Abigail sah so winzig aus in dem riesigen Bett, so zerbrechlich. Ein gemustertes Kittelchen bedeckte ihren dünnen Oberkörper. Die Sauerstoffmaske war verschwunden, dafür waren weitere Infusionen und Geräte an ihren Armen fixiert. Über ihrer rechten Schläfe klebte ein Verband auf ihrer Stirn. Darunter lugten ein paar Kratzer hervor. Abigails Bein war zugedeckt. Aber es sah nicht so aus, als ob es geschient war.

Vorsichtig nahm Nova ihre Hand. Sie fühlte sich eiskalt und klamm an.

»Hey, Granny«, flüsterte Nova, ging aber nicht davon aus, dass sie antworten würde. Deshalb erschrak sie fast zu Tode, als Abigail ein leises Stöhnen ausstieß und sich zu regen begann.

Sie kniff die Lider zusammen, öffnete aber nicht die Augen. »Nova?«

Sofort beugte Nova sich dichter zu ihr. »Ich bin hier, Granny.«

Ihr Mund klappte ein paarmal auf und zu, ehe sie verständliche Worte herausbrachte. »Wo bin ich?«

»Du bist im Krankenhaus«, erklärte Nova leise, während ihr nun ungehindert Tränen über die Wangen liefen. »Ich musste ins Nowhere zu Lauren, erinnerst du dich? Jax ist bei dir geblieben. Aber dann bist du die Treppe runtergefallen.«

Benommen warf Abigail den Kopf herum, während sich tiefe Falten in ihre Stirn gruben. Sie schien Mühe zu haben, Novas Worte zu verstehen. »Nicht gefallen«, krächzte sie dann. »Er hat mich gestoßen.«

Novas Blut gefror zu Eis.

Nein!

Entschieden schüttelte sie den Kopf. Sie konnte nicht glauben, was sie da hörte. »So etwas würde Jax niemals tun.«

Abigail verzog gequält das Gesicht, während ihre geschlossenen Lider zuckten. Halt suchend streckte sie die Hand nach Nova aus und krallte sich an ihr fest. Ihre Stimme klang brüchig, als sie die Worte wiederholte. Immer wieder.

Bis Novas Sicherheit ins Wanken geriet.

Hatte sie zuvor nicht selbst darüber nachgedacht, wie fahrlässig Jax' Verhalten war? Er hatte unzählige Male angedeutet, dass er sie gern ganz für sich allein hätte. Aber würde er tatsächlich so weit gehen?

Abigail schien daran keine Zweifel zu haben. »Er hat mich gestoßen, Nova. Er war es. Er hat mir das angetan.«

Kapitel 30

Jax

Gedankenversunken starrte Jax auf den weißen Fliesenboden, während er und seine Freunde um ihn herum ausharrten, bis Nova von ihrer Großmutter zurückkehrte. Er fühlte sich grauenvoll. Ein unangenehmer Druck lag auf seinem Magen, und seine Muskeln schmerzten von der permanenten Anspannung. Zwar war Jax ungeheuer erleichtert, dass Novas Großmutter sich erholen würde. Aber nichtsdestotrotz litt sie gerade Höllenqualen – genau wie Nova.

Gott! Diese Nacht war echt der reinste Albtraum. Dabei hatte alles so gut angefangen. War es wirklich erst ein paar Stunden her, seit er mit Nova auf dem Sofa gesessen und mit Abigail geredet hatte?

Es kam Jax wie eine Ewigkeit vor.

Aufgewühlt raufte er sich die Haare, während sich seine Gedanken permanent um die Frage drehten, was zur Hölle genau passiert war. Eigentlich hatte er sich köstlich mit der lustigen Lady über die Castingshow amüsiert. Ihre Kommentare waren spitzfindig und äußerst zutreffend gewesen. Sie hatten Jax zum Lachen gebracht und in vielerlei Hinsicht an Nova erinnert. Aber dann war die Show vorbei gewesen, und Abi blieb bei einer französischen Komödie aus den Dreißigern hängen. Der Film war so alt, dass er in Schwarz-Weiß ausgestrahlt wurde, und obwohl Jax wirklich versucht hatte, der Handlung zu folgen, waren seine Lider zunehmend schwer geworden. Begleitet vom Giggeln der alten Dame war er schließlich weggedriftet. Das Nächste, woran er sich erinnern konnte, war ihr markerschütternder Schrei, gefolgt von einem dumpfen Aufprall und beängstigender Stille.

Als Jax sie bewusstlos am Fuß der Treppe fand, hatte er für einen grauenvollen Moment lang geglaubt, sie wäre tot. Da war so viel Blut auf ihrer Stirn gewesen, ihre Brille lag zerbrochen neben ihr, und ihr Bein war in einem unnatürlichen Winkel verdreht. Der Anblick hatte sich direkt in seine Seele eingebrannt. Wahrscheinlich würde er ihn nie wieder loswerden. Andererseits verdiente er das auch. Er hatte sein Versprechen gebrochen und war leichtsinnig geworden, obwohl Nova schon seit Wochen fürchtete, dass Abigail einen weiteren Schwindelanfall erleiden könnte – und nun war es passiert. Mit katastrophalen Folgen.

Und das nur, weil Jax nicht aufgepasst hatte …

Die Tür ging auf, und Nova kam aus dem Korridor, der zur Intensivstation führte. Sofort wurde sie von den anderen umringt, die sie mit Fragen nach Abigails Befinden bombardierten. Sie war aschfahl, doch als sich ihr Blick auf Jax richtete, funkelten die schönen braunen Augen kalt und voller Zorn. Die anderen traten beiseite, als sie langsam auf ihn zuschritt.

Jax erhob sich ebenfalls. Er überlegte, was er zu seiner Verteidigung vorbringen könnte. Doch es gab nichts, womit er sein Versagen hätte rechtfertigen können. Er wollte die Arme ausstrecken und sie an sich ziehen. Aber da ihr Gesicht pure Ablehnung ausstrahlte, ballte er lediglich die Fäuste und ließ die Schultern hängen. »Es tut mir leid.«

Sie sah ihn lange an, und am liebsten hätte Jax den Kopf gesenkt, um ihrem durchdringenden Blick auszuweichen. Aber sie hatte jedes Recht dazu, ihn fertigzumachen. Deshalb wappnete er sich nur, um ihre Vorwürfe zu ertragen.

Ihre Nasenflügel blähten sich. »Hast du sie geschubst?«

Die Frage traf Jax vollkommen unvorbereitet. »Was?«

»Ich will wissen, ob du sie diese verdammte Treppe runtergeschubst hast, Jax«, stieß sie hervor.

»Natürlich nicht.« Fassungslos schüttelte er den Kopf. »Wie kommst überhaupt darauf?«

Trotzig funkelte sie ihn an. »Meine Großmutter hat es gesagt.«

»Aber das ist nicht wahr«, erwiderte Jax entsetzt. »Warum sollte ich etwas derart Grausames tun?«

»Weil sie dir im Weg war?«, schlug Nova in ätzendem Tonfall vor.

Ein Stich jagte durch sein Herz. »So denkst du über mich?«

Ihr Blick blieb eiskalt. »Wag es ja nicht, mir Vorwürfe zu machen!«

Es kostete Jax alle Mühe, ruhig zu bleiben und beschwichtigend die Hände zu heben. »Ich weiß, dass du sauer bist, okay? Aber ich würde Abigail nie ein Haar krümmen. Ich mag sie, verdammt noch mal!«

Gut, vielleicht blieb er doch nicht ganz so ruhig. Aber ihre Unterstellung schmerzte. Glaubte Nova wirklich, dass er dem wichtigsten Menschen in ihrem Leben je ein Leid zufügen könnte?

Offensichtlich! Ihre zarten Züge verzerrten sich vor Wut. »Lüg mich nicht an!«

»Ich lüge nicht«, knurrte er zurück. »Ich …«

Bevor Jax weitersprechen konnte, hatte sie ausgeholt und ihm eine schallende Ohrfeige verpasst. Sein Kopf flog zur Seite, und seine Wange ging in Flammen auf. Aber es war nicht der körperliche Schmerz, der ihn beinahe in die Knie zwang. Ihm brach im wahrsten Sinne des Wortes das Herz.

Novas Freundinnen keuchten schockiert auf, bevor Lauren sich aus ihrer Mitte löste und einen Arm um Nova schlang.

»Das reicht jetzt«, sagte sie und zog Nova behutsam von Jax weg. »Wir sollten fahren und uns alle erst mal beruhigen.«

Keine schlechte Idee. Leider war Nova noch nicht fertig. Voller Hass starrte sie Jax an. »Ich will dich nie wiedersehen.«

Bestürzt sah Jax zu, wie Nova in Begleitung der Frauen aus dem Gebäude ging. May tauschte einen kurzen Blick mit Cole. Dann verschwanden sie durch die Tür in Richtung Ausgang.

»Das … äh … ist ja nicht so toll gelaufen«, meinte Ryan schließlich und stemmte die Hände in die Hüften.

Cole nickte, ehe er auf Jax zutrat und ihm eine Hand auf die Schulter legte. »Tut mir leid, Mann.«

Einen aberwitzigen Moment lang überlegte Jax, ob er nicht doch lieber hierbleiben sollte, bis Nova zurückkehrte. Nur um auf Nummer sicher zu gehen, damit Abigail nicht allein war. Aber ganz offensichtlich war die verwirrte, alte Frau davon überzeugt, dass Jax nicht nur passiv, sondern sogar aktiv an ihrem Unfall beteiligt war. Am Ende regte sie sich noch mehr auf, was sicherlich nicht förderlich für ihre Genesung war.

»Na, komm schon«, sagte Cole und schob Jax sanft in Richtung Ausgang.

Wie paralysiert folgte er seinen Freunden hinaus zu seinem Pick-up, und wie auf der Hinfahrt diskutierte Jax nicht, als Cole sich hinters Steuer klemmte. Er selbst nahm auf dem

Beifahrersitz Platz, während Ryan auf die Rückbank kletterte.

Die nächste halbe Stunde verbrachten sie alle schweigend, während im Radio irgendein sentimentaler Countrysong lief. Der Horizont färbte sich bereits blass graublau und kündigte den nächsten Tag an. An und für sich eine gute Sache, wäre Jax nicht überzeugt gewesen, dass dieser genauso ätzend werden würde wie die Nacht.

Sie hatten Goodville fast erreicht, da erwachte Ryans Handy zum Leben. »Lauren hat mir geschrieben«, berichtete er. »Sie haben Nova und Josephine gerade zu Hause abgesetzt. May und sie sind im Nowhere, falls wir einen Drink brauchen.«

»Es ist nach fünf«, merkte Cole mit leichtem Entsetzen an, was sein Bruder mit einem Schnauben quittierte.

»Du kannst ja ins Bett gehen, alter Mann. Was mich betrifft, könnte ich auf den Schock durchaus einen Absacker vertragen. Wie sieht's bei dir aus, Jax?«

Im Grunde stand Jax eher der Sinn nach dem rauchigen Bourbon, den sein Vater oft trank und der einem mit jedem Schluck die Kehle wegfraß, bis sich eine wundersame Taubheit auf den gesamten Körper legte. Er hatte noch eine Flasche davon in seinem Küchenschrank. Aber die Vorstellung, sich jetzt mutterseelenallein bis zur Besinnungslosigkeit zu betrinken, war zum einen äußerst deprimierend, und zum anderen brachte ihn eine solche Aktion kein Stück weiter. Sie verursachte bloß höllische Kopfschmerzen. »Bin dabei.«

Cole parkte Jax' Pick-up direkt vor dem Nowhere, behielt allerdings die Autoschlüssel. Unter anderen Umständen hätte Jax dieses Verhalten übergriffig gefunden. Aber sein bester Freund und Mays Schwester waren bei einem Autounfall unter

Alkoholeinfluss gestorben. Deshalb diskutierte Jax nicht, sondern folgte ihm einfach in die Bar.

May und Lauren saßen auf zwei Barhockern am Tresen und blickten ihnen mit ernsten Mienen entgegen. Zu Jax' Überraschung stand May auf und umarmte ihn kurz, ehe sie sich an Cole schmiegte. Auch Lauren drückte ihn mit einem leisen Seufzen an sich.

»Sie wird sich beruhigen«, sagte sie leise.

Leider war Jax davon nicht überzeugt. »Nein. Ich bin mir ziemlich sicher, dass ich es kolossal versaut habe.«

May schüttelte den Kopf. »Es war nicht deine Schuld, Jax.«

Eine leise Hoffnung flammte in Jax auf. »Hat sie das gesagt?«

Die beiden Frauen tauschten einen kurzen Blick, ehe Lauren bedauernd das Gesicht verzog. »Genau genommen hat sie kein Wort gesagt, als wir zurückgefahren sind. Es war ziemlich unheimlich.«

Das klang schon viel eher nach der Nova, die er kannte. Jax seufzte. »Sie hat sich in sich selbst zurückgezogen.«

May und Cole nickten gleichzeitig.

»Lilly ist genauso, wenn sie traurig ist«, meinte May nachdenklich. »Es ist, als würde sie kilometerdicke Mauern um sich herum errichten. Wenn sie so tief in ihre eigene Welt versinkt, hat es keinen Sinn, zu ihr vordringen zu wollen.«

»Dann kannst du nichts anderes tun als warten, bis sie wieder aus ihrem Schneckenhaus kommt«, ergänzte Cole.

»Und wie lange dauert so was in der Regel?«, fragte Ryan, der mittlerweile hinterm Tresen stand und das zweite Bierglas füllte. »Reden wir hier von ein paar Stunden? Tagen?«

»Das kommt ganz auf die Umstände an«, antwortete May leise.

Frustriert verzog Lauren das Gesicht. »Wenn ihr mich fragt, hat Nova ein regelrechtes Trauma erlitten. Es könnte also schon eine Weile dauern, bis sie zur Besinnung kommt und einsieht, dass ihre Anschuldigungen völlig absurd sind.«

Dass keiner daran zweifelte, dass er niemals eine wehrlose Frau brutal attackieren würde, berührte Jax. Nur leider änderte das auch nichts an der Tatsache, dass Nova davon überzeugt zu sein schien.

Niedergeschlagen nahm er ein Bierglas von Ryan entgegen und trank einen Schluck. Das kühle Getränk schmeckte schal in seinem Mund, weshalb er es sofort wieder abstellte. Nachdenklich starrte er auf die goldgelbe Flüssigkeit. »Sie hat ja nicht ganz unrecht mit ihrer Wut.«

»Wie bitte?«, fragte Lauren entgeistert.

»Ich bin einfach eingepennt.« Frustriert schüttelte Jax den Kopf. »Wenn ich wach gewesen wäre, wäre all das nie passiert.«

»Das kannst du doch gar nicht wissen«, erwiderte May sanft.

»Du hättest sie ja zum Beispiel auch nicht aufs Klo begleitet, oder?«, warf Ryan ein.

So gesehen hatte er vermutlich recht. »Eher nicht.«

»Für mich ergibt das alles trotzdem keinen Sinn«, meinte Lauren und lehnte sich nachdenklich gegen die Bar. »Der ganze Ablauf ist irgendwie diffus, findet ihr nicht?«

May nickte zustimmend. »Wir müssen wohl warten, bis Abigail richtig zu sich kommt und uns erzählen kann, was passiert ist.«

»Und wenn sie dann immer noch behauptet, dass Jax sie geschubst hat?«, fragte Lauren aufgewühlt. »Nova wird ihr sicher mehr glauben als ihm.«

»Ganz genau.« Erschöpft rieb Jax sich über das Gesicht. »Und dann wird sie Goodville verlassen.«

»Das ist doch Blödsinn, Jax«, erwiderte May sofort. »Diese Stadt ist Novas Zuhause. Warum sollte sie hier wegwollen?«

Jax' Blick schweifte über die ahnungslosen Gesichter seiner Freunde. Sie hatten tatsächlich keinen Schimmer, was bei Nova los war. Aber es stand ihm nicht zu, ihnen die Wahrheit zu verraten. »Keine Ahnung. War nur so dahingesagt.«

Es fühlte sich falsch an, seine Freunde zu belügen. Jax konnte nur hoffen, dass sie ihm verziehen, wenn sie eines Tages erkannten, dass er längst von Novas Plänen wusste. Denn er würde sie zweifellos brauchen, um über Nova hinwegzukommen.

Kapitel 31

Nova

Nova wusste nicht, wie lange sie schon im Treppenhaus stand und auf die Blutflecken zu ihren Füßen starrte, die zerbrochene Brille ihrer Großmutter in den zitternden Händen haltend. Aber irgendwann schaffte sie es, sich von dem grauenvollen Anblick zu lösen und nach oben zu gehen. Da an Schlaf ohnehin nicht zu denken war, packte sie ein paar Sachen für Abigail zusammen. Kleidung, Pflegeprodukte, Ersatzbrille, Seniorenhandy. Sie überlegte, ihrer Großmutter auch einen Hut mitzunehmen, denn sie würde den dicken Verband an ihrem Kopf zweifellos hassen und kaschieren wollen.

Nachdenklich trat Nova in den Flur und musterte gedankenversunken die kunterbunte, fröhliche Sammlung. Der Hut von Jax lag noch in der Schachtel auf der Kommode, als müsste er seinen rechten Platz erst noch finden.

Tränen rannen über Novas Gesicht. Die Stille knisterte in ihren Ohren, und die Einsamkeit, die sie umgab, fühlte sich so niederschmetternd an, dass sie am liebsten die Tür aufgerissen hätte und geflohen wäre.

Aber wohin sollte sie gehen?

Der einzige Mensch, den sie hätte bei sich haben wollen, war Jax.

Jax, der sie so bitter enttäuscht hatte.

Gott! Sie hatte so fest zugeschlagen.

Angewidert von sich selbst verzog Nova das Gesicht. Sie hatte in ihrem ganzen Leben noch nie derart die Beherrschung verloren – und jetzt schämte sie sich bis ins Mark dafür. Erschwerend hinzu kam Jax' verletzter Gesichtsausdruck, als sie ihn gefragt hatte, ob er Abigail gestoßen hatte.

Ihre Großmutter war sich so sicher gewesen, dass Jax für ihren Sturz verantwortlich war. Ihre Freunde hingegen hatten das keine Sekunde lang geglaubt. Auf dem Heimweg hatten sie versucht, Nova zum Umdenken zu bewegen. Doch sie hatte die Worte an sich abprallen lassen.

Aber was, wenn Abigail sich geirrt hatte? Ihre Sinne könnten ihr einen grausamen Streich gespielt haben. Vielleicht wollte sie auch nicht zugeben, dass eine weitere Schwindelattacke für den Unfall verantwortlich war?

Nachdenklich wandte Nova sich nach rechts und musterte die Wohnungstür. Sie musste offen gewesen sein, wenn Abigail mit Schwung die Stufen heruntergefallen war. Hatte Jax sie heimlich geöffnet und Abigail anschließend unter einem Vorwand dorthin gelockt? Alles in Nova weigerte sich, das zu glauben. Aber wenn er die Wahrheit gesagt und geschlafen hatte, warum war Abigail dann überhaupt hier vorn gewesen?

Die Türglocke riss Nova aus ihren Überlegungen. Sie wollte nicht öffnen, aber als das Läuten drängender wurde, hob sie doch den Hörer der Gegensprechanlage ab. »Hallo?«

»Hallo, Nova. Ich bin's, Steve.«

Ein Stich der Enttäuschung jagte durch Novas Herz, und ihr wurde klar, dass sich ein Teil von ihr wünschte, es wäre Jax – was ziemlich unwahrscheinlich war angesichts der Tatsache, dass sie ihm noch vor einer Stunde an den Kopf geworfen hatte, sie wolle ihn nie wiedersehen. Dabei stimmte das gar nicht.

»Darf ich raufkommen?«, fragte Steve.

Eigentlich hatte Nova jetzt keine Nerven für ihn. Deshalb zögerte sie.

»Bitte«, fuhr er sanft fort. »Ich habe gehört, was passiert ist, und mache mir Sorgen um dich.«

Er klang aufrichtig, weshalb Nova schließlich doch einknickte und den Summer betätigte. Sie sah Steve entgegen, als er mit schnellen Schritten die Stufen hochkam. Seine Umarmung traf Nova unvorbereitet. Sie fühlte sich unnatürlich an und war mehr, als Nova im Moment ertragen konnte. Daher löste sie sich rasch wieder von ihm. »Mir geht's gut, Steve.«

»Sicher?« Er legte den Kopf schief. »Du siehst furchtbar aus.«

»Ich komme schon zurecht«, murmelte Nova und runzelte die Stirn. »Woher wusstest du überhaupt, dass ich noch wach bin?«

Steve deutete zum Wohnzimmer. »Ich habe das Licht gesehen und dachte, ich versuche einfach mal mein Glück. Schließlich braucht man in solchen Momenten dringend einen guten Freund.«

»Ich habe gute Freunde«, erwiderte Nova viel schärfer als beabsichtigt.

Steve zog den Kopf ein. »Tut mir leid. Bestimmt hast du die. Ich wollte damit nicht andeuten, dass du ohne mich nicht mit einem solchen Schicksalsschlag fertigwerden könntest.«

Nova seufzte. Sie hätte nicht öffnen sollen. »Hör mal, ich weiß es wirklich zu schätzen, dass du extra vorbeigekommen bist. Aber das war eine lange Nacht, und ich bin unheimlich erschöpft.«

»Natürlich.« Steve trat an ihr vorbei und machte sich auf den Weg in die Küche. »Ich koche uns einen Kaffee.«

Entgeistert ging Nova ihm nach. »Ehrlich gesagt meinte ich damit, dass ich mich hinlegen möchte.«

»Tu das.« Steve lächelte sie an, ehe er den Kühlschrank öffnete, als wäre er hier zu Hause. »Ich mache uns so lange Frühstück. Du wirst sehen, wenn du erst mal etwas gegessen hast, fühlst du dich gleich besser.«

Nova ballte die Hände zu Fäusten. »Ich habe keinen Hunger.«

Unbeeindruckt von Novas Worten spähte er in den Kühlschrank und begann, darin herumzukramen. »Du brauchst etwas im Magen, bevor wir nach Silverton fahren und nach Abigail sehen.«

Okay, das reichte jetzt.

»Das ist wirklich nett gemeint, Steve, aber daraus wird nichts«, presste Nova hervor und verschränkte abwehrend die Arme.

Doch er lachte nur. »Sei nicht albern. Deine Freundinnen haben sicher Wichtigeres zu tun. Schließlich haben sie eigene Familien, und Troy ist ja wohl keine Option mehr, oder?«

Nova schwieg, weshalb Steve den Blick zurück zu ihr gleiten ließ. Ein Muskel an seinem Kiefer zuckte, und er verengte die Augen. Sein Eifer war verflogen. Stattdessen musterte er sie nun mit kühler Missbilligung. »Sag mir nicht, dass du ihm verzeihen willst, nach allem, was er getan hat?«

Irritiert über seinen Stimmungswechsel runzelte sie die Stirn. »Was meinst du?«

Wut blitzte in seinen blassblauen Augen auf. »Er hat Abigail die Treppe runtergestoßen! Eine nette, wehrlose, alte Dame. Und das nur, weil er dich für sich allein haben wollte!«

Eine Gänsehaut rieselte Novas Rücken hinab. Die Einzigen, die überhaupt davon wussten, dass ihre Großmutter Jax beschuldigte, sie gestoßen zu haben, waren die Personen, die mit im Krankenhaus gewesen waren. Und keiner von ihnen glaubte, dass Jax das getan hatte.

Unweigerlich wich Nova einen Schritt zurück. »Wieso glaubst du, dass Jax zu so etwas imstande wäre?«

Steve presste die Lippen zusammen. »Die Leute reden, Nova.«

»Ach ja?« Sie stieß ein zittriges Lachen aus, während sie sich langsam weiter von ihm entfernte. »Ich weiß, dass sich Gerüchte in dieser Stadt schnell verbreiten. Aber nicht so schnell.«

Er warf die Kühlschranktür zu, legte den Kopf in den Nacken und schloss die Augen, als würde er im Geiste bis zehn zählen. Als er sie wieder anschaute, war seine Miene ausdruckslos. »Man muss wirklich kein Genie sein, um darauf zu kommen. Schließlich hat er dich in den letzten Wochen permanent im Stich gelassen, oder nicht?«

Nova schluckte, denn das ließ sich nicht leugnen. Trotzdem spürte sie mit jeder Faser ihres Herzens, dass dieser tragische Unfall nicht Jax' Schuld war. Die Angst um Abigail hatte sie blind gemacht. Dafür sah sie nun umso klarer. Er hätte den Sturz verhindert, wenn er es gekonnt hätte.

»Sei vernünftig, Nova«, fuhr Steve fort, der ihr Schweigen offenbar falsch deutete. »Ich kenne niemanden, der es so oft vermasselt hat wie Jackson Troy. Er verdient dich nicht.«

Trotz regte sich in Nova. »Das hast du nicht zu entscheiden.«

Steve schnalzte mit der Zunge, als wäre sie ein ungezogenes

Kind, das sich nicht an die Regeln hielt. »Muss ich dich wirklich daran erinnern, wie traurig du warst, als er dich bei eurer Einweihungsfeier versetzt hat?«, fragte er mit trügerisch sanfter Stimme, während er jede ihrer Reaktionen mit enervierender Intensität verfolgte. »Oder was war mit eurem sonntäglichen Schwimmtreffen am Lake Buckeye, kaum dass du ihm verziehen hast? Da war sein Wagen plötzlich wichtiger, nicht wahr? Für ihn ist immer alles andere wichtiger. Die Baustelle, seine Freunde und Kollegen, die schmutzige, kleine Affäre mit der Sponsorentochter.«

Nova wurde eiskalt. »Du bist ziemlich gut über Jax informiert.«

»Ich bin Polizist«, erwiderte er voller Stolz. »Mir entgeht nichts. Schon gar nicht, was dich betrifft.«

Das Glühen in seinen Augen verstärkte sich, weshalb sie zwei weitere Schritte zurückwich. »Du solltest jetzt gehen.«

»Das glaube ich nicht«, erwiderte er gedehnt.

Sie stieß ein ersticktes Lachen aus, während nackte Angst von ihr Besitz ergriff. »Ich meine es ernst, Steve. Raus hier!« Entschieden wies sie zur Tür. »Sofort!«

Er legte den Kopf schief. »Du bist aufgewühlt, was angesichts der Umstände nur allzu verständlich ist. Deshalb werde ich dich auf keinen Fall allein lassen.«

Lieber Gott! Der Kerl war ja völlig verrückt.

Novas Fluchtinstinkt gewann die Oberhand. Sie wirbelte herum. Zu spät erkannte sie, dass es ein Fehler gewesen war, ihm den Rücken zuzukehren. Sie hatte kaum zwei Schritte gemacht, da legten sich seine Finger wie Schraubstöcke um ihren Oberarm. Er zerrte sie zu sich, woraufhin sie mit voller Wucht gegen seinen Oberkörper prallte.

»Du läufst vor mir weg?«, zischte er in ihr Ohr. »Nach allem, was ich getan habe, um dir begreiflich zu machen, dass er nicht gut genug für dich ist?«

Pures Grauen erfasste Nova, als sie mit einem Schlag die Wahrheit erkannte.

Er hat mich gestoßen, hatte Abigail gesagt. Aber sie hatte nicht sehen können, dass es gar nicht Jax gewesen war, sondern ein anderer Mann.

»O mein Gott!«, wimmerte sie. »Du warst das. Du hast meine Großmutter angegriffen.«

Kapitel 32

Nova

Innerlich schrie Nova vor Entsetzen, Wut und Qual. Doch über ihre Lippen kam kein Laut, als Steve mit einem leisen Lachen den Kopf senkte und an ihrem Hals roch.

»Du irrst dich«, murmelte er mit seidenweicher Stimme. »Abigail ist unglücklich gestürzt. Ich bin unschuldig.«

Was für eine dreiste Lüge.

Nova wollte diesen Mistkerl abschütteln, aber sie war starr vor Angst. Der Geruch von Schweiß und sein süßliches Aftershave stiegen ihr in die Nase. Übelkeit verknotete ihren Magen.

Sein Griff um ihren Oberarm wurde fester, als er begann, ihren Hals zu küssen. Dabei gab er seltsam verzückte Laute von sich. »Meine Liebste«, murmelte er selbstvergessen. »Wie gut du schmeckst.«

Galle stieg Novas Kehle empor. Sie versuchte, ihren Ekel und die Panik zurückzudrängen, während sie die Wohnungstür fixierte. Sie musste irgendwie hier raus. Nur wie?

So durchgeknallt, wie Steve war, würde er sie niemals freiwillig gehen lassen, und obwohl er eher schmächtig gebaut war, war sie bestimmt nicht stark genug, sich gegen ihn zur Wehr zu setzen.

Sie brauchte Hilfe.

Ihr Herz machte einen Satz, als ihr etwas einfiel. Wenn sie es geschickt anstellte, könnte sie vielleicht Hilfe rufen, ohne dass Steve es bemerkte und womöglich durchdrehte. Es würde sie Überwindung kosten. Aber sie hatte keine andere Wahl. Zittrig holte sie Luft und zwang ihren Körper, sich zu lockern.

Steve musste die Veränderung spüren, denn er hörte auf, sie zu küssen, und hielt erwartungsvoll inne.

Nervös befeuchtete Nova ihre Lippen. »Du hast recht.«

»Ach ja?«

Er klang skeptisch. Skeptisch war nicht gut. Deshalb nickte Nova nachdrücklich. »Jax ist nicht der Richtige für mich.«

»Nein«, stimmte er ihr zu und entspannte sich ein wenig. »Das bin ich.«

Nova schluckte. »Ich werde mich von ihm trennen, Steve. Jetzt gleich.«

Er lachte und presste sich von hinten an sie. Sie spürte seinen gierigen Atem in ihrem Nacken. »Das wird nötig sein, Liebste.«

Erneut wallte Panik in Nova auf, aber sie schaffte es, stillzuhalten. »Du sagst, du bist der Richtige für mich. Aber warum ich?«, flüsterte sie, verzweifelt auf der Suche nach einem Strohhalm, an dem sie sich festklammern könnte.

»Weil du schön bist«, murmelte er und fuhr mit der Hand über ihren Bauch.

Vor Ekel zogen sich ihre Eingeweide zusammen. Es kostete sie all ihre Selbstbeherrschung, seine Hand nicht wegzuschlagen, sondern seine widerwärtigen Berührungen zu ertragen.

»Ich habe dich zum ersten Mal gesehen, als Ashlyn mir mitten auf dem Gehweg ein Ohr abgekaut hat«, fuhr er andächtig fort und schmiegte sich noch dichter an sie. Seine Erektion drückte gegen ihren Hintern, und ein Schrei kroch ihre Kehle empor. Sie biss sich auf die Lippe, bis sie Blut schmeckte, während er verzückt aufstöhnte. »Du standest gerade im Schaufenster deines Ladens und hast weiße Lampions aufgehängt. Sie haben genauso gestrahlt wie dein Kleid. Du hast aufgesehen und mich angelächelt. Da war es um mich geschehen.«

Nova hatte keine Ahnung, von welcher Situation Steve überhaupt sprach. Aber letztlich war das auch nicht wichtig. Sie musste hier weg. Die Wohnungstür war nur wenige Schritte von ihr entfernt, und doch schien sie unerreichbar.

»Ashlyn erzählte mir ein paar Sachen über dich«, murmelte Steve und ließ von ihrem Bauch ab, um mit seiner schweißnassen Hand über ihr Haar zu streichen. »Und mit jedem Wort war ich hingerissener von dir. Deshalb bist du so perfekt für mich, verstehst du? Weil du klug, aufrichtig und anständig bist.«

Obwohl Nova am liebsten den Kopf geschüttelt hätte, um seine Hand loszuwerden, hielt sie weiter still. Denn Steve hatte ihr endlich das Argument geliefert, das sie brauchte. »Anständig …«, sagte sie und räusperte sich, damit ihre Stimme klarer klang. »Das möchte ich gern sein, Steve. Bitte zwing mich nicht, meine Prinzipien zu verraten, indem ich unsere Beziehung zweigleisig beginne. Das wäre deiner nicht würdig.«

Seine Hand erstarrte. »Troy weiß, dass er keine Chance mehr bei dir hat.«

»Ich habe ihm im Krankenhaus gesagt, dass ich Zeit brauche, um ihm zu vergeben«, behauptete Nova und betete, dass er ihr die Lüge glaubte. »Vor meinen Freunden.«

Als Steve nichts sagte, verbannte Nova jedes Ekelgefühl aus

ihrem Bewusstsein und lehnte sich in seine Umarmung. »Lass mich das erst richtigstellen.«

Eine gefühlte Ewigkeit lang reagierte Steve nicht, während Nova sich darauf konzentrierte, ruhig und gleichmäßig zu atmen.

»Bitte«, hauchte sie, als sie kurz davor war, die Fassung zu verlieren.

Steve knurrte. Dann ließ er zu ihrer Erleichterung von ihr ab und trat einen Schritt zurück. »Wo ist dein Handy?«

Langsam drehte Nova sich um. Sie zitterte am ganzen Körper, deshalb hob sie nicht die Hand, sondern nickte nur knapp in Richtung Wohnzimmer. »Auf der Kommode.«

Steve sah sich um. Es war verlockend, den Moment der Ablenkung zu nutzen und einen weiteren Fluchtversuch zu wagen. Aber wenn er scheiterte, wäre Nova ihm ausgeliefert. Das konnte sie nicht riskieren. Der Mann war gefährlich.

Also blieb sie reglos stehen, während Steve ins Wohnzimmer ging. Mit ihrem Smartphone in der Hand kehrte er in den Flur zurück und hielt es ihr hin. »Entriegele das Display.«

Argwohn hatte sich in seine Miene geschlichen. Nova war klar, dass sie sich keinen weiteren Fehler leisten durfte. Sie riss sich zusammen und tippte die Tastenkombination ein.

Sofort rief Steve ihre Kontaktliste auf. Als er die Fülle von Anrufen registrierte, verzog er den Mund voller Verachtung. Trotzdem wählte er Jax' Nummer und aktivierte den Lautsprecher, ehe er den Blick hob und Nova warnend ansah. »Ich verlasse mich auf dich, Liebste.«

Nova nickte und wartete mit klopfendem Herzen darauf, dass Jax abhob. Fast hätte sie aufgeschluchzt, als sie seine raue Stimme hörte.

»Nova?«

Sie würgte den Kloß in ihren Hals herunter und zwang ihre Stimme zu absoluter Kälte. »Ich rufe dich nur an, um dir zu sagen, dass es vorbei ist.«

Er holte scharf Luft, und schon sah sie ihn vor sich. Seinen gequälten Blick und wie er sich wieder und wieder durch das dichte, blonde Haar fuhr. »Nova, bitte. Ich weiß, dass ich Mist gebaut habe. Es tut mir so wahnsinnig leid. Aber ich schwöre dir, ich habe Abigail nicht angerührt. Ich würde ihr niemals etwas antun. Ich habe keinen Schimmer, was passiert ist, aber wir finden es raus. Zusammen. Bitte gib uns nicht auf. Ich liebe dich, und ich weiß, dass du mich auch liebst.«

Novas Augen begannen zu brennen. Jax hatte ihr so oft gesagt, wie er empfand. Aber sie hatte die Worte nie erwidert. Weil sie Angst davor gehabt hatte.

Wie sehr sie das nun bereute.

Steve bemerkte ihr Zögern. Seine Hand flog an Novas Kehle, und er drückte warnend zu.

Sie gab einen erstickten Laut von sich. »Das ändert nichts.«

»Nova!«

Der Druck auf ihrer Kehle verstärkte sich, und ihr war klar, dass ihre Zeit abgelaufen war. »*Let it be*, McCartney.«

Steve drückte das Gespräch weg, bevor er das Smartphone mit einem Schrei gegen die Wand pfefferte. Es fiel klappernd zu Boden, genau wie Novas Zuversicht.

»Was hast du zu ihm gesagt?«, brüllte er, außer sich vor Zorn.

Instinktiv zog Nova den Kopf ein. »Ich habe mich nur verabschiedet. Wie wir es besprochen haben.«

Er glaubte ihr nicht. Sie erkannte es an seinem irren Blick.

Als er erneut die Hände nach ihrer Kehle ausstreckte und versuchte, sie zu packen, wich sie ihm aus. Das hielt ihn jedoch nicht auf. Stattdessen warf er sich mit seinem ganzen Körper auf sie und riss sie zu Boden.

Nova schlug mit dem Hinterkopf auf dem Parkett auf. Sterne tanzten vor ihren Augen, doch sie blinzelte sie entschlossen weg und begann stattdessen, sich mit Händen und Füßen zu wehren. Aber genau wie sie befürchtet hatte, kam sie einfach nicht gegen die Kraft dieses Psychopathen an.

Sie brauchte Hilfe – und sie hoffte bei allem, was ihr heilig war, dass Jax ihre Botschaft verstanden hatte.

Kapitel 33

Jax

Let it be, McCartney.

Irritiert starrte Jax sein Telefon an und überlegte, warum Nova ihn mit einem Beatles-Titel und dem Namen eines Bandmitgliedes angesprochen hatte. Das hatte sie noch nie getan. Umgekehrt hatte er sie allerdings einmal *Lennon* genannt, nachdem sie ihm im Nowhere die erste Strophe von *Help* vorgesungen hatte. Sie hatten darüber gesprochen, wie schwer es ihr fiel, andere um Hilfe zu bitten.

War das so? Brauchte sie Hilfe?

Ein Knoten zog Jax' Magen zusammen. Er sprang vom Barhocker auf und rannte los. Er hatte keine Ahnung, was passiert sein mochte, aber Nova hatte so angestrengt, so unnatürlich emotionslos geklungen, dass ihm die Haare zu Berge standen.

Hinter sich konnte Jax dumpfe Schritte hören, als Ryan ihm folgte. Cole und May hatten sich vor ein paar Minuten auf den Weg gemacht, weil sie zu Hause sein wollten, wenn die Mädchen wach wurden. Kurz darauf hatte Lauren einen Schlüssel auf den Tresen gelegt, gemeint, sie sollten zusperren, wenn sie gingen. Anschließend hatte sie sich nach oben in ihre Wohnung zurückgezogen, während Jax und Ryan allein in der sonst so lebhaften Bar zurückblieben und schweigend ihr Bier tranken.

Jax rechnete es Ryan hoch an, dass er auch ohne Worte zu verstehen schien, was in ihm vorging, und ihm nicht von der Seite wich.

Und dann war Novas Anruf wie eine Sirene durch die Bar geschrillt. Ryan hatte alles mit angehört. Aber Jax schämte sich nicht für seine verzweifelten Worte.

Nun kam er schlitternd vor ihrem Hauseingang zum Stehen und knallte die Hand auf die Klingel.

»Was zur Hölle machst du, Mann?«, keuchte Ryan und hielt sich atemlos die Seite.

»Nova braucht mich.«

»Ich will dich echt nicht entmutigen, Kumpel«, erwiderte Ryan vorsichtig. »Aber für mich hat *Let it be* nicht danach geklungen, als wollte sie dich so schnell wiedersehen. Vielleicht sollten wir …«

»Ich weiß, wie es geklungen hat«, unterbrach Jax ihn schroff und drückte erneut die Klingel. »Trotzdem braucht sie Hilfe.«

Ryan öffnete den Mund, um weitere Bedenken anzumelden. Doch da schallte ein Scheppern bis zu ihnen auf die Straße herab. Sie zuckten beide zusammen und schauten nach oben.

»Oh, fuck«, murmelte Ryan, während Jax sich bereits gegen die Tür warf. Es krachte, und schon lag der Treppenaufgang vor ihnen.

Jax nahm drei Stufen auf einmal und machte mit der Wohnungstür ebenfalls kurzen Prozess. Die Türen könnte er ersetzen. Aber wenn mit Nova irgendetwas nicht stimmte, dann würde er …

Er erstarrte mitten in der Bewegung und hatte Mühe, zu erfassen, was er vor sich sah.

»Heilige Scheiße«, stieß Ryan hervor, dem es genauso zu gehen schien.

Steve Tautum lag bewusstlos auf dem Boden, umringt von zerfetzten Trockenblumen und einem Haufen Scherben, die von der schweren Porzellanvase stammten. Er blutete aus einer Wunde am Hinterkopf.

Neben ihm presste Nova sich zitternd an die Wand in ihrem Rücken. Mit weit aufgerissenen Augen starrte sie auf den schlaffen Körper des Deputys. Tränen benetzten ihre geröteten Wangen. Ihre linke Gesichtshälfte war dunkler als die rechte, und hässliche Flecken zeichneten sich auf ihrem Hals ab. Ihr Kleid war an mehreren Stellen zerrissen.

»O Gott! Nova!« Mit einem Satz war Jax über den Deputy hinweggesprungen. Er fiel auf die Knie und zog ihren bebenden Körper an sich. Zum Glück wehrte sie sich nicht, sondern machte sich so klein, als wollte sie am liebsten in ihn hineinkriechen. Ihr Schluchzen zerriss ihm das Herz.

Tausend Fragen brannten Jax auf der Seele, doch er hielt sie alle zurück. Stattdessen wiegte er Nova sanft und murmelte beruhigende Worte. Nur am Rande bekam er mit, dass Ryan die Cops rief, während er den Deputy im Auge behielt.

Jax sah diesen Scheißkerl absichtlich nicht an. Denn sonst hätte er ihn wirklich und wahrhaftig umgebracht. Noch nie in seinem Leben war er dermaßen von Hass erfüllt gewesen. Da nützte es auch nicht viel, dass Ryan dem Kerl einen brutalen Tritt in die Nieren verpasste und ihn barsch aufforderte, liegen zu bleiben, als er sich zu regen begann. Das Knurren, das Tautum dabei ausstieß, brachte Nova dazu, wieder unkontrolliert zu zittern.

Sofort hob Jax sie hoch und brachte sie nach nebenan ins

Wohnzimmer, wo sie dieses Arschloch weder sehen noch hören musste. Er setzte sich mit ihr zusammen in den Sessel und legte die Arme um sie. »Es ist alles gut, mein Engel. Er kann dir nichts mehr tun.«

»Jax«, krächzte sie, legte den Kopf in den Nacken und sah ihn mit glänzenden Augen an. »Es tut mir so leid.«

Er schüttelte den Kopf. »Du musst dich für nichts entschuldigen.«

»Doch«, beharrte sie und verzog die Lippen. »Ich hätte nicht an dir zweifeln dürfen.«

»Du warst aufgeregt und wütend, und du hattest Angst. Ich verstehe das. Ehrlich.«

»Trotzdem bin ich zu weit gegangen, und dafür entschuldige ich mich.«

Wärme flutete Jax' Brust, als er sie an sich drückte und festhielt. Obwohl er sich fest vorgenommen hatte, sich zurückzuhalten, konnte er der Sehnsucht nicht widerstehen und presste seine Lippen auf Novas Stirn. Erleichtert atmete er ihren süßen Duft ein. Er sagte sich, dass jetzt alles gut und Nova in Sicherheit war, aber – verdammt – ihm wurde kotzübel bei der Vorstellung, was alles hätte passieren können.

Es dauerte nicht lange, da drangen Stimmen aus dem Flur zu ihnen. Sheriff Baxter und Jeff erschienen mit ernsten Mienen. Sie warfen einen Blick auf das Chaos und auf Nova. Dann packten sie den Deputy und zerrten ihn auf die Füße.

»Du bist verhaftet, du kleiner Scheißer«, knurrte der Sheriff.

»Was?« Steve wehrte sich gegen die beiden Beamten. »Das könnt ihr nicht machen. Sie hat *mich* attackiert! Ich brauche einen Arzt.«

Jax ballte die Fäuste. Nur weil Nova immer noch auf seinem Schoß saß, rastete er nicht komplett aus und mähte diesen Bastard nieder. Stattdessen holte Ryan unvermittelt aus und verpasste dem Deputy einen derart heftigen Schlag, dass dieser umgekippt wäre, hätten der Sheriff und Jeff ihn nicht festgehalten.

Steve spuckte Blut auf den Boden, ehe er Ryan mit wutverzerrter Miene ansah. »Dafür mach ich dich fertig.«

Unbeeindruckt zuckte Ryan mit den Schultern. »Versuch's nur, Arschloch.« Er ließ ein Grinsen aufblitzen, das beängstigend kühl war. »Aber vergiss nicht, dass ich der Sohn des Sheriffs bin.«

»Nicht mehr lange«, zischte Steve. »Bald schon …«

»… wird Jeff diesen Platz einnehmen«, beendete Ryans Vater den Satz.

Nova stieß einen hohen Laut aus, und Jeff blinzelte überrascht. Dann glätteten sich seine Züge, und er musterte Steve mit kühler Herablassung. »Ryan ist cool. Du hingegen bist ein Stück Dreck, das sich Frauen aufdrängt. So jemand ist in unserer Stadt nicht willkommen.«

Steve wurde bleich. »Damit kommt ihr niemals durch. Das ist Amtsmissbrauch.«

Sheriff Baxter hob eine Braue. »Letzte Nacht hat Miss Sims eine einstweilige Verfügung gegen dich erwirkt, gegen die du hiermit verstoßen hast. Stimmt doch, oder, Nova?«

Sie versteifte sich kurz, ehe sie von Jax' Schoß rutschte. Da sie noch reichlich wackelig auf den Beinen war, stand er sofort auf und stützte sie. Mit festem Blick wandte sie sich dem Sheriff zu.

»Ja, Sir«, sagte sie und befeuchtete nervös die Lippen. »Gleich nachdem mir klar geworden ist, dass er meine Großmutter die Treppe runtergestoßen hat.«

Jeder Muskel in Jax' Körper spannte sich an. »Was?«

Novas Augen füllten sich mit Tränen, während sie ihre Hand in seine schob, als wüsste sie, was dieses Geständnis in ihm auslöste. »Er war es, Jax. Weil er wollte, dass ich dich verlasse.«

»Das ist eine Lüge!«, schrie Tautum und versuchte erneut, sich zu befreien.

Nein, das war es ganz bestimmt nicht. Plötzlich ergab alles einen Sinn. Abigail hatte sich nicht getäuscht. Sie war tatsächlich geschubst worden.

Die bloße Vorstellung, dass sich dieser hinterhältige Scheißkerl in der Wohnung aufgehalten hatte – und das vermutlich nicht zum ersten Mal – sorgte dafür, dass bei Jax sämtliche Sicherungen durchknallten. Er wollte sich von Nova losreißen und sich auf ihn stürzen, aber sie hielt ihn mit erstaunlicher Kraft fest. »Nicht, Jax. Bitte. Er ist es nicht wert.«

Nur weil sie besorgniserregend blass war, schaffte er es, sich runterzufahren. Er drückte beruhigend ihre Hand, bevor er Tautum ansah und lächelte. »Eines Tages werde ich diese Frau heiraten. Wir werden Kinder haben, ein glückliches Leben führen und keinen Gedanken mehr an dich verschwenden, während du am Arsch der Welt im Knast verrottest.«

Steve schnaubte. »Ich werde ganz sicher nicht verhaftet, du Schwachkopf.«

»Oh, da wäre ich nicht so sicher«, meinte der Sheriff gedehnt. »Gefährliche Körperverletzung in zwei Fällen, Hausfriedensbruch, Nötigung, Erpressung, Verstoß gegen das Abstandsgebot, Beamtenbeleidigung …«

»Ich habe niemanden beleidigt«, protestierte Steve.

Nachdenklich kratzte Ryan sich am Kinn. Als er seinen Vater ansah, zuckten seine Mundwinkel. »Er hat Jax einen Schwachkopf und dich Trottel genannt. Ich hab's genau gehört.«

»Ja, ich auch«, stimmte Jeff ihm zu. »Das gibt auf jeden Fall eine Menge Papierkram.«

»Wir werden sehr viel Zeit dafür brauchen. Zeit, die unser ehemaliger Deputy in der Sicherheitsverwahrung verbringt«, erwiderte der Sheriff ernst und sah Nova an. »Du musst keine Angst mehr haben. Wir kümmern uns um ihn.«

Gott! Was liebte Jax diese Stadt und ihre Einwohner.

»Danke, Sheriff«, antwortete Nova gerührt.

Er nickte. »Richte Abigail unsere besten Wünsche aus.«

»Das mache ich.« Nova drehte sich zu Jax und kuschelte sich in seinen Arm, als Jeff und der Sheriff den Psychopathen nach draußen bugsierten.

Ryan schob die Hände in die Taschen. »Ich komme später vorbei und kümmere mich um die Türen, wenn ihr bei Abigail seid.«

»Danke, Mann«, erwiderte Jax.

Sein Freund lächelte mitfühlend. »Kümmer dich um deine Frau.«

Und das tat Jax.

Weil Nova nicht in der offenen Wohnung bleiben wollte, packten sie rasch ein paar Sachen zusammen, und Jax brachte sie zu sich. Dort wollte sie sich als Erstes waschen, und weil Jax diesen Wunsch absolut verstand, führte er sie ins Badezimmer, wo sie lange duschte, während Jax vor der Tür wartete, um ihr ein wenig Privatsphäre zu bieten.

Als sie fertig war, klingelte ihr Telefon, das Jax auf dem Boden gefunden hatte. Das Display war gesprungen, aber immerhin funktionierte es noch.

May war dran. Sie hatte von Ryan erfahren, was passiert war. Es dauerte eine ganze Weile, bis Nova ihre aufgelöste Freundin beruhigt hatte. Schließlich versprach May, sich zusammen mit den Soul Sisters um alles Notwendige im Souvenirshop zu kümmern, damit Nova sich auf sich und Abigail konzentrieren konnte.

Jax machte ein paar Sandwiches und kochte Kaffee, und obwohl die Versuchung groß war, nach der durchwachten Nacht im Bett zu essen und danach dicht aneinandergeschmiegt einzuschlafen, aßen sie am Küchentresen und fuhren anschließend sofort nach Silverton.

Während der Fahrt sprach Nova kaum ein Wort. Sie war in sich gekehrt, und Sorgenfalten zerfurchten ihre Stirn. Meistens schien sie an ihre Großmutter zu denken. Nur an dem gehetzten Ausdruck in ihren Augen konnte Jax erkennen, dass ihre Gedanken auch zu Tautum und seinem Übergriff wanderten.

»Willst du darüber reden?«, fragte er leise, obwohl ein beträchtlicher Teil von ihm fürchtete, endgültig durchzudrehen, wenn sie ihn mit Details versorgte. Die bloße Vorstellung, welchen Horror sie durchlebt hatte, als der durchgeknallte Deputy sie angriff, ließ Jax' Puls ansteigen, und er krallte die Hände fester ins Lenkrad. Er sagte sich, dass es hier nicht um ihn ging und dass Nova dieses Trauma dringend verarbeiten musste.

Aber offenbar war sie noch nicht bereit dafür, denn sie schüttelte langsam den Kopf. »Es geht mir gut, Jax.«

Im ersten Moment wollte er widersprechen, denn es ging ihr definitiv nicht gut. Doch dann ermahnte er sich selbst, dass er ihr sicher nicht half, wenn er sie jetzt unter Druck setzte. Also griff er stumm nach ihrer Hand und hielt sie einfach fest.

Als sie wenig später die Klinik erreichten, erfuhren sie, dass man Abigail bereits verlegt hatte.

»Sie ist immer noch sehr müde«, erklärte ihnen der junge Pfleger auf der Station und lächelte beruhigend. »Das ist ganz normal, wenn man bedenkt, was sie durchgemacht hat.«

»Hat sie noch etwas gesagt?«, fragte Nova.

Er zögerte, und sein Blick flackerte kurz zu Novas Hals, auf dem der Scheißkerl seine Spuren hinterlassen hatte. Dann nickte er. »Jedes Mal, wenn sie wach wurde, hat sie gerufen, dass sie die Treppe runtergestoßen wurde. Wir haben den Sheriff von Goodville vor einer halben Stunde kontaktiert, um ihn zu bitten, der Sache nachzugehen. Er hat uns über den Sachverhalt informiert.«

Nova versteifte sich. »Weiß sie es schon?«

»Nein, sie hat geschlafen, als wir davon erfuhren, und wir dachten, es wäre besser, wenn sie es von einer Person ihres Vertrauens hört.«

»Natürlich«, krächzte Nova.

In einem anderen Zimmer ging der Alarm los, woraufhin der Pfleger sich entschuldigte und hastig wegging. Nachdem er verschwunden war, musterte Nova unschlüssig die Tür, hinter der ihre Großmutter lag.

»Soll ich lieber draußen warten?«, fragte Jax, selbst nicht ganz sicher, wie er mit der Situation umgehen sollte. Schließlich wollte er nicht, dass Abigail sich durch seine Anwesenheit noch mehr aufregte.

»Vielleicht wäre das besser«, antwortete Nova leise. »Ich werde ihr alles erklären, und dann hole ich dich.«

»Okay.« Es gefiel Jax keineswegs, sie allein gehen zu lassen. Aber es war sicher das Beste. Er stahl sich einen sanften Kuss und zeigte dann in Richtung einer Metallbank. »Ich bin gleich hier. Lass dir so viel Zeit, wie du brauchst.«

Sie nickte dankbar, ehe sie tief durchatmete und ins Zimmer ging.

Erschöpft ließ Jax sich auf die Bank fallen und stellte Abigails Tasche zwischen seinen Füßen ab. Er war fix und fertig. Gleichzeitig waren seine Nerven zum Zerreißen angespannt. Konzentriert lauschte er auf jedes noch so kleine Geräusch, das aus dem Zimmer drang. Er hörte Abigails kratzige Stimme, in der Hysterie und Angst mitschwangen, und Nova, die beruhigend auf ihre Großmutter einredete. Jax verstand kein Wort von dem, was sie sagten, aber irgendwann schluchzte Abigail auf, und der Laut zerriss ihm fast das Herz.

Gott! Das war alles seine Schuld.

Wenn Jax diesen Irren doch nur eher durchschaut hätte. Es hatte so viele Anzeichen gegeben. Der Typ von der Bauaufsichtsbehörde, von dem Shannon gesagt hatte, dass sie ihn gar nicht kannte. Das gestohlen gemeldete Handy. Die gelösten Kabel an seinem Wagen.

Je länger Jax darüber nachdachte, umso überzeugter war er, dass Tautum bei all diesen seltsamen Begebenheiten irgendwie seine Finger im Spiel gehabt haben musste. Denn er war jedes Mal an Novas Seite gewesen, sobald Jax sie ein weiteres Mal enttäuscht hatte. Wäre Nova leicht zu beeinflussen, hätten seine Intrigen vielleicht ausgereicht, um sie dazu zu bewegen, Jax aufzugeben. Aber sie hatte trotz ihrer eigenen Unsicherheiten an Jax geglaubt.

Himmel! Wie sollte er das je wiedergutmachen?

Die Tür ging auf, und Nova erschien. Sie kam ihm zerbrechlicher vor als je zuvor. Aber Jax wusste, dass das nicht stimmte. Nova war stark, mutig und entschlossen. Sie sagte nichts, sondern legte stumm die Arme um ihn und vergrub das Gesicht an seiner Brust. Nur das Beben ihrer Schultern verriet, dass sie lautlos weinte und etwas von dem Schmerz herausließ, den sie soeben vor ihrer Großmutter verborgen hatte.

Jax hatte unzählige Fragen. Aber wieder stellte er keine einzige, sondern hielt Nova fest und streichelte zärtlich ihr weiches Haar, bis sie sich ein wenig beruhigt hatte.

»Ich habe Granny gesagt, dass ich Kaffee hole«, nuschelte sie schließlich in seinen Armen.

»Das hatte ich auch schon überlegt. Aber ich hatte Angst, dass du genau in dem Moment rauskommst, wenn ich nicht da bin.«

Sie legte den Kopf in den Nacken und sah ihn an. Erschöpfung und Traurigkeit lagen in ihren Augen. »Danke.«

Erneut flutete das schlechte Gewissen über Jax hinweg wie ein gewaltiger Tsunami. »Ich habe nichts getan.«

Im Gegenteil. Er hatte wie ein Baby geschlafen, als sich ein Psychopath in Novas Heim geschlichen und ihre Großmutter angegriffen hatte. Und später war er nicht rechtzeitig da gewesen, um Nova zu helfen.

Ihre Miene wurde weich, als sie die Hand hob und seine kratzige Wange streichelte. »Du tust so viel mehr, als du ahnst.«

»Ich hätte dich beschützen müssen«, widersprach Jax mit zugeschnürter Kehle.

»Du konntest doch nicht wissen, was passieren würde.«

Aufgewühlt schüttelte Jax den Kopf. »In letzter Zeit hat es so viele seltsame Zufälle gegeben, die uns entzweit haben. Ich dachte, das Schicksal hätte sich gegen uns verschworen. Dabei war es bloß ein Wolf im Schafspelz. Hätte ich diesen Bastard nur eher durchschaut. Ich hätte …«

»Nicht«, unterbrach sie ihn sanft. »Er war nicht deine Schuld.«

Er lächelte gequält. »Hör auf, mich zu trösten, Sims.«

Sie hob den rechten Mundwinkel. »Irgendeiner muss es ja tun.«

Er schnitt eine Grimasse. »Sorry, ich … Das ist für mich auch alles ein bisschen viel.«

»Ich weiß«, erwiderte sie, reckte sich auf die Zehenspitzen und küsste ihn sanft. »Trotzdem muss ich dich um einen Gefallen bitten.«

»Alles, was du willst.«

»Die Sache ist die: Meine Großmutter würde dich gern sprechen. Allein.«

Jax runzelte die Stirn. »Okay?«

Er ließ das Wort absichtlich wie eine Frage klingen, doch Nova ging nicht weiter ins Detail, sondern schenkte ihm ein zaghaftes Lächeln. »Dann hole ich jetzt mal Kaffee für uns.«

Sie ging weg, während Jax die gepackte Tasche holte. Nach einem Klopfen betrat er das Zimmer. Abigail saß aufrecht im Bett und hatte das Gesicht den Sonnenstrahlen zugewandt, die zum Fenster hereinschienen.

Als sie sich zu ihm umdrehte, zuckte Jax zusammen. Die Wunde an ihrer Stirn war mit einem leichten Verband verdeckt. Doch darunter zeichnete sich schon jetzt ein übles Hämatom ab, dessen Schwellung bis zum Augenlid reichte.

»Jackson?«, fragte sie und riss ihn damit aus seiner Starre.

»Ja.« Er stellte die Tasche auf einem Tisch ab, trat zum Bett und räusperte sich, um den Kloß in seinem Hals loszuwerden. »Gott, Abigail! Es tut mir so wahnsinnig leid.«

Sie schüttelte den Kopf, während sich ihre Mundwinkel zu einem kleinen, versöhnlichen Lächeln hoben. »Du musst dich für nichts entschuldigen. *Mir* tut es leid.« Beschämt verzog sie das Gesicht. »Ich wünschte, ich könnte behaupten, dass mir von Anfang an klar war, dass du es nicht gewesen bist. Aber ich muss gestehen, dass ich gar nicht auf den Gedanken gekommen bin, es könnte sich jemand anderes ins Haus geschlichen haben.«

»Ich auch nicht.« Eine Welle des Zorns spülte über Jax hinweg, und er hatte Mühe, seine Stimme ruhig zu halten. »Du glaubst nicht, wie sehr ich es bedaure, diesen Scheißkerl nicht rechtzeitig erwischt zu haben. Wenn ich nicht eingeschlafen wäre …«

»Stopp!«, unterbrach sie ihn streng und runzelte die Stirn. »Ich wusste, dass du geschlafen hast, und ging kurz ins Badezimmer. Auf dem Rückweg habe ich ein seltsames Kratzen bei der Eingangstür gehört. Ich hatte kein gutes Gefühl und wollte dich rufen. Aber ich entschied mich dagegen und tappte diesem Schweinehund direkt in die Falle.« Ihre schmächtigen Schultern bebten bei der grauenvollen Erinnerung. »Alles ging so schnell. In einem Moment wunderte ich mich noch, warum die Wohnungstür offen stand, im nächsten nahm ich schon den Schatten wahr, der sich aus Novas Zimmer löste. Der Stoß kam völlig unerwartet, und ich verlor das Gleichgewicht.« Sie atmete zittrig ein. »Während ich fiel, dachte ich noch, dass das keinen Sinn ergibt. Schließlich weiß ich, dass du ein guter Junge bist. Aber der Schmerz und der Schock ließen nur einen Schluss zu. Bitte vergib mir meinen Irrtum.«

Die Gefühle drohten Jax zu überwältigen, als er die unglückliche, geschundene Frau vor sich sah. Sie hatte so viel durchgemacht, und er wollte ihr gern sagen, dass sie sich verdammt noch mal für gar nichts entschuldigen musste. Aber ihrem bittenden Blick nach zu urteilen, brauchte sie seine Absolution. Deshalb ergriff er ihre Hand, die schlaff auf dem Bett ruhte, und drückte sie leicht. »Natürlich vergebe ich dir, Abi. Ganz ehrlich? Ich hätte in deiner Situation genau das Gleiche gedacht.«

Ihre trüben Augen wurden glasig, als sie nickte. Dann tätschelte sie liebevoll seine Hand. »Danke.«

Jax ließ sie los und zog sich einen Stuhl heran. »Brauchst du irgendwas?«

»Ich nicht, aber Nova.« Sorge trat in Abigails Züge. »Der Angriff von Tautum ist sicher nicht spurlos an ihr vorbeigegangen, auch wenn sie das Gegenteil behauptet.«

»Ich weiß nicht, wie ich ihr helfen kann«, gestand Jax leise. »Sie will nicht darüber reden.«

»Du musst Geduld mit ihr haben.« Abigail lächelte sanft. »Sie wird zu dir kommen, wenn sie bereit ist.«

Ihre Zuversicht beruhigte Jax ein wenig. »Ich hoffe es.«

»Sie liebt dich auch, weißt du?«

Zum ersten Mal seit einer gefühlten Ewigkeit hoben sich Jax' Lippen zu einem Lächeln.

Da ging die Tür auf, und Nova kehrte mit leeren Händen zurück. »Der Kaffeeautomat ist kaputt.«

»Ich kann schnell in die Cafeteria laufen«, bot Jax an, doch Nova schüttelte den Kopf und setzte sich auf seinen Schoß.

Sofort legte Jax die Arme um ihre Hüften und hielt sie fest.

Einen Moment lang saßen sie alle in beklommenem Schweigen da. Niemand schien so recht zu wissen, was er sagen sollte. Schließlich hob Abigail eine Braue. »Wollt ihr jetzt den ganzen Tag sinnlos hier herumsitzen?«

»Wir leisten dir Gesellschaft«, stellte Nova klar.

Abigail schnaubte. »Ihr haltet mich vom Schlafen ab.«

»Ruh dich ruhig aus, Granny. Wir sind da, wenn du etwas brauchst.«

Missmutig verzog die alte Frau das Gesicht. »Ich werde gewiss kein Nickerchen machen, wenn ich weiß, dass ihr mich die ganze Zeit anstarrt. Wirklich, Liebes. Das ist gruselig. Fahrt nach Hause!«

Entgeistert riss Nova die Augen auf. »Wir werden dich auf keinen Fall allein lassen.«

»Aber ich bin hier in den besten Händen«, widersprach Abigail und wandte sich Hilfe suchend an Jax. »Bitte schaff sie ins Bett und tu, was immer nötig ist, damit sie sich ein bisschen entspannen kann.«

»Granny!«, stieß Nova entrüstet aus, während ihre Wangen feuerrot wurden.

Jax musste sich das Lachen verkneifen. »Abigail hat recht«, sagte er dann. »Wir haben seit zwei Tagen nicht geschlafen. Vielleicht sollten wir uns eine kleine Pause gönnen und später wiederkommen.«

Reichlich widerwillig schüttelte Nova den Kopf. Es war ihr anzumerken, wie ungern sie ihre Großmutter in der fremden Umgebung zurücklassen wollte.

Zu dem gleichen Schluss schien Abigail zu kommen, denn sie blinzelte dramatisch, als kämpfte sie gegen die Erschöpfung an. Was zum Teil wahrscheinlich sogar stimmte. »Wenn ihr hierbleibt, zwinge ich mich, wach zu bleiben, um ja nichts zu verpassen«, sagte sie. »Damit ist keinem geholfen. Bitte gönnt mir ein wenig Ruhe.«

Nova biss die Zähne zusammen. Dann sprang sie von Jax'

Schoß auf, schnappte sich die Reisetasche und fing an, Abigails Sachen in den Kleiderschrank einzuräumen, während sie ihrer Großmutter aufzählte, was sie wo hinpackte. Sobald sie mit der Kleidung fertig war, zog sie das Seniorenhandy aus der Reisetasche. »Hier ist dein Telefon. Ich weiß, dass du das Teil hasst. Aber es ist wirklich ganz einfach zu bedienen, und so kannst du mich am schnellsten erreichen.« Geschäftig drückte Nova auf den großen Tasten herum. »Meine Nummer ist auf der Eins eingespeichert. Ruf mich jederzeit an, wenn etwas sein sollte. Egal, wann.« Sie legte Abigail den Apparat in die Hand und zeigte ihr die richtige Tastenkombination. Als ihr eigenes Telefon klingelte, nickte sie zufrieden. »Hast du Hunger? Wenn du willst, frage ich, ob sie hier ein paar Snacks haben. Wir besorgen dir aber auch etwas anderes, wenn du auf etwas Bestimmtes Appetit hast. Oder wie wäre es mit dem Vitaminsaft, den du so gern magst? Sie führen den bestimmt auch im Klinikshop. Ich kann gern …«

»Nova«, unterbrach Abigail den Redeschwall ihrer Enkelin mit sanfter Stimme. »Fahrt nach Hause.«

Mit weit aufgerissenen Augen sah Nova ihre Großmutter an. »Aber was ist, wenn du etwas brauchst?«

»Dann gibt es hier sehr nette Pfleger und Ärzte, die mir helfen. Ich werde zurechtkommen. Versprochen.«

Obwohl die Worte absolut aufrichtig klangen, zögerte Nova immer noch. Deshalb erhob Jax sich. »Wir kommen heute Abend noch einmal vorbei. Einverstanden, Abigail?«

Sie nickte lächelnd. »Das wäre schön.«

»Komm jetzt, mein Engel«, raunte er Nova zu, die stocksteif neben ihm stand. »Es ist in Ordnung.«

Endlich gab Nova auf. Ihre Schultern sanken herab. »Okay.«

Zum Abschied gab sie ihrer Großmutter einen Kuss auf die unverletzte Wange. Dann ließ sie sich von Jax aus dem Krankenzimmer führen. Sie redeten noch kurz mit dem freundlichen Pfleger auf der Station, der versprach, sich sofort zu melden, falls Abigail etwas brauchte. Anschließend verließen sie das Krankenhaus und machten sich auf den Rückweg. Sie hatten die Stadtgrenze zu Silverton noch nicht passiert, da schlief Nova bereits vor Erschöpfung ein.

Kapitel 34

Nova

Als Nova die Augen aufschlug, schien rötliches Sonnenlicht durch die Lamellen von Jax' Schlafzimmerjalousie. Kurz war sie erschrocken, weil sie fürchtete, die ganze Nacht durchgeschlafen zu haben. Aber dann fiel ihr ein, dass die Fenster nach Süden zeigten. Die Sonne ging gerade erst unter. Es konnte nicht später als sechs Uhr abends sein.

Nur vage erinnerte Nova sich daran, wie Jax sie nach ihrer Rückkehr ins Haus getragen hatte. Sie war so fertig gewesen, dass sie schlichtweg nicht imstande gewesen war, sich zu wehren, als er sie hochhob und kurz darauf auf seinem Bett ablegte. Eingehüllt in seinen vertrauten Geruch, der in den Kissen hing, war sie sofort wieder weggedriftet und hatte wie durch ein Wunder traumlos geschlafen.

Nun lag Jax dicht an sie geschmiegt hinter ihr. Sein Atem ging ruhig und gleichmäßig. Er hatte die Arme um sie gelegt und seine Beine mit ihren verschlungen, sodass nichts mehr zwischen sie passte. Er musste geduscht haben, bevor er zu ihr ins Bett gekrochen war, denn ein angenehmer Duft nach Seife und seinem Rasierwasser hing im Raum.

Der Moment wäre herrlich friedlich gewesen, hätten die Erinnerungen an den grauenvollen Morgen nicht zugleich erbarmungslos zugeschlagen. Prompt schnürte sich Novas Kehle zu, und ihr war, als könnte sie Steves kalte, klamme Finger erneut an ihrem Hals spüren, wo sie so fest zudrückten, bis sie keine Luft mehr bekam.

Panik drohte Nova zu überwältigen, und sie zwang sich, ruhig zu atmen und sich auf Jax' Wärme in ihrem Rücken zu konzentrieren. Als das nicht gelang, kniff sie die Lider fest zusammen.

Ein Fehler. Denn jetzt sah sie Steve vor sich, das Gesicht im Wahn verzerrt zu einer grotesken Fratze.

Sofort riss Nova die Augen wieder auf und ergriff Halt suchend Jax' Hand, die vor ihr auf dem Kissen ruhte.

Sicher.

Sie war jetzt sicher vor diesem durchgedrehten Mann. Er saß im Gefängnis und würde ihr nie wieder zu nahe kommen. Dafür würden Sheriff Baxter und Jeff sorgen.

Und Jax.

Sie war sicher.

Nova sagte sich das immer wieder. Trotzdem schaffte sie es nicht, die Angst abzuschütteln, die ihr Herz durchbohrte. Sie war einfach zu allumfassend. Zu existenziell. Und sie würde Novas Seele vergiften, wenn sie nicht darüber sprach. So viel war ihr inzwischen klar.

»Ich kann nicht glauben, dass Menschen zu so etwas fähig sind«, krächzte sie, während sie die gegenüberliegende Wand anstarrte. In der wirren Struktur der Raufasertapete suchte sie nach einem Muster, als könnte sie dadurch zugleich die Ordnung in ihrem Leben zurückerlangen. Nur am Rande registrierte sie, wie Jax seine Hand um ihre schloss. Er war wach und hörte ihr zu.

»Gelegentlich hat er unsensible Dinge gesagt«, fuhr sie leise fort. »Sein Verhalten kam mir manchmal so widersprüchlich vor. Einerseits wirkte er höflich und unterwürfig – und dann blitzte da dieser kalte, herablassende Wesenszug in ihm auf. Das hat mich immer schon verwirrt. Trotzdem hätte ich nicht für möglich gehalten, dass er ein hochmanipulativer Mann ist, der vor nichts zurückschreckt. Er hätte Granny töten können. Er … er hätte *mich* töten können.« Heiße Tränen liefen aus Novas Augenwinkeln. »Ich hatte noch nie solche Angst.«

»Ich auch nicht«, erwiderte Jax mit heiserer, gebrochener Stimme. Ein Beben ging durch seinen Körper, und er drückte sie noch fester an sich.

Wieder fiel Nova das Atmen schwer – aber diesmal auf eine gute Weise.

Flüsternd erzählte sie Jax, was an dem Morgen vorgefallen war. Sie ließ nichts aus, auch wenn er sich mehrfach hinter ihr versteifte und der Zorn in Wellen von ihm abstrahlte. Er musste es hassen, all das mit anzuhören. Doch er unterbrach sie nicht, und mit jedem Wort, das über ihre Lippen kam, fühlte sie, wie sich der Druck auf ihrem Herzen allmählich löste.

Nova wusste nicht, was passiert wäre, wenn sie die Vase nicht rechtzeitig erreicht hätte, um Steve damit niederzuschlagen, oder wenn Jax ihren Hilferuf nicht verstanden hätte. Aber es war auch müßig, darüber nachzudenken. Denn sie hatte sich verteidigt, und Jax war ihr zu Hilfe gekommen. Nur das zählte.

Als ihre Tränen schließlich getrocknet waren, drehte sie sich in Jax' Armen zu ihm um. Er sah fix und fertig aus. Ein harter Zug lag um seine Mundwinkel, und seine Augen waren leicht gerötet. Trotzdem war sein Blick unendlich sanft. »Du bist die tapferste Frau, die ich kenne, Nova Sims.«

Sie legte eine Hand auf seine Brust. »Ich liebe dich, Jax.«

Sein Herz donnerte los wie eine alte Dampflok. Er stieß ein erleichtertes Seufzen aus. »Gott! Du glaubst nicht, wie froh ich bin, das zu hören.«

»Na ja, ich höre es auch ganz gern, weißt du?«

Ihre unverhohlene Aufforderung brachte Jax kurz zum Schmunzeln. »Ich liebe dich auch«, erwiderte er, bevor er wieder ernst wurde. »Und ich werde alles tun, um dich glücklich zu machen. Wenn du nicht länger hierbleiben willst, dann gehen wir gemeinsam nach Providence.«

Nova blinzelte. »Du würdest Goodville wirklich verlassen?«

»Wenn es das ist, was du möchtest«, bestätigte er und strich ihr zärtlich eine verirrte Haarsträhne hinters Ohr. »Ich könnte dich nie bitten zu bleiben, weil ich nicht will, dass du meinetwegen auf etwas verzichtest. Schon gar nicht auf deine Träume.«

Und was war mit seinen Träumen? Er hatte so viel Schweiß und Herzblut in den Bau des Hotels gesteckt. Es wäre sicher nicht leicht für ihn, das Projekt mitten in der finalen Bauphase abzugeben. Und selbst wenn er bis zur Eröffnung des Hotels in Goodville blieb und Nova erst später folgte, wäre es sicher nicht leicht, eine vergleichbare Anstellung zu finden. »Aber du liebst die Arbeit bei Avens & Baxter.«

»Dich liebe ich mehr.« Er tupfte ihr einen Kuss auf die Lippen. »Ich finde sicher einen neuen Job in Providence und werde dich unterstützen, so gut ich kann, und wenn es so weit ist, werde ich dir von der ersten Reihe aus zusehen, wie du Leute mit deinem unvergleichlichen Talent in den Bann ziehst.«

Himmel! War es möglich, dass sie wirklich beides haben konnte? Jax und die Musik? Das klang tatsächlich wie die Erfüllung all ihrer Träume. Die Sache hatte nur einen Haken: Der Konzertsaal, in dem Nova in dieser Vorstellung spielte, sah plötzlich vollkommen anders aus. Doch sie kam nicht mehr dazu, ihm das zu sagen. Stattdessen zerriss plötzlich das Klingeln von Novas Handy die Luft. Sofort langte sie nach dem Telefon, das Jax zuvor auf den kleinen Nachttisch gelegt hatte. »Ja?«

»Hallo, hier ist das Silverton Medical Center. Spreche ich mit Nova Sims?«

»Ja«, erwiderte Nova angespannt. Sie erkannte die Stimme des freundlichen Pflegers, mit dem sie zuvor geredet hatte. »Geht es meiner Großmutter gut?«

»Mit Miss Sims ist so weit alles in Ordnung«, beruhigte er sie sogleich und senkte die Stimme. »Es ist nur so: Ihre Eltern sind hier, und ich dachte, Sie sollten besser Bescheid wissen.«

Nova spürte, wie sämtliche Farbe aus ihrem Gesicht wich. »Meine Eltern sind in Silverton?«

»Ja, und wenn ich das so sagen darf, ist die Stimmung nicht die beste. Vielleicht kommen Sie lieber her, bevor ich noch jemanden vom Sicherheitspersonal rufen muss. Aufregung tut Ihrer Großmutter nämlich nicht besonders gut.«

»Ich verstehe.« Mit einem Satz war Nova auf den Beinen. »Wir machen uns sofort auf den Weg.«

»Gut. Bis gleich.«

Sobald Nova das Gespräch beendet hatte, eilte sie ins Bad, um sich kaltes Wasser ins Gesicht zu spritzen und ihre Haare zu einem Knoten zusammenzuraffen. Wie ihr blasses Spiegelbild verriet, zierten noch immer hässliche Flecken ihren Hals, und auf ihrer Wange prangte eine leichte Verfärbung, wo sie während des Kampfes mit dem Gesicht über den Boden geschrammt war. Aus einem Impuls heraus wollte Nova zu Make-up und Concealer greifen. Dann entschied sie sich jedoch dagegen. Schließlich gab es nichts, was sie vor ihren Eltern verstecken müsste. Sie war angegriffen worden, und das hatte leider Spuren hinterlassen. Das war nicht ihre Schuld, und schließlich hatte sie sich gewehrt.

Nachdem sie sich etwas erfrischt hatte, kehrte sie ins Schlafzimmer zurück und zog ein Maxikleid an. Im Wohnzimmer wartete Jax mit zwei Bechern Kaffee zum Mitnehmen in der Hand.

»Danke.« Nova stahl sich einen raschen Kuss von seinen Lippen, ehe sie sich auf den Weg machten.

Während der Fahrt schrieb Nova ihren Freundinnen im Gruppenchat. Inzwischen wussten sie alle über die jüngsten Ereignisse Bescheid und übertrafen sich gegenseitig mit wüsten Beschimpfungen für Steve. Sogar Helen hielt sich nicht zurück. Außerdem waren die Soul Sisters nicht untätig geblieben.

Nova lachte verblüfft auf, als sie die schnell hintereinander eintreffenden Nachrichten las. »Diese Frauen sind unglaublich«, sagte sie zu Jax. »Sie haben die ganze nächste Woche unter sich aufgeteilt. Jede packt ein paar Stunden im Laden mit an, damit ich bei Granny sein und mich erholen kann.«

»Das ist großartig«, erwiderte Jax lächelnd. »Grüß sie von mir.«

Geschwind tippte Nova weitere Nachrichten und war nicht überrascht, dass sich die Frauen aufrichtig über die Versöhnung mit Jax freuten. Diesmal ließ Helen sich zu einem animierten GIF hinreißen, in dem die Herzchen nur so flogen.

Das Autoradio verstummte, als Jax den Motor abstellte. Erst jetzt realisierte Nova, dass sie die Klinik bereits erreicht hatten, und sofort machte sich eine unangenehme Anspannung in ihr breit. Sie war nicht sicher, ob sie nach dem ganzen Drama auch noch ihre Eltern verkraften konnte. Aber da musste sie jetzt durch.

Hand in Hand betraten sie die Klinik und machten sich auf den Weg zur Station. Der Pfleger war sichtlich erleichtert, als er sie sah.

Nova winkte ihm kurz zu, ehe sie die Tür zu Abigails Zimmer öffnete. Ihr rutschte das Herz in die Hose, als sie ihre Eltern erblickte. In ihren teuren Klamotten wirkten die beiden völlig deplatziert in dem schlichten, farblosen Raum, der lediglich mit einem Holzkreuz geschmückt war, um Gläubigen Trost zu spenden.

Erin saß auf einem Besucherstuhl am Fußende des Bettes. Die Krankenhausatmosphäre bereitete ihr sichtliches Unbehagen. Sie war blass und hatte die manikürten Fingernägel in die Designerhandtasche gekrallt. Beinahe hätte man ihren Gesichtsausdruck mit aufrichtiger Freude verwechseln können, als sie Novas Ankunft bemerkte. Aber eigentlich war es nur Erleichterung über die Abwechslung.

Leroy stand steif wie ein Bügelbrett neben Abigails Bett. Wie üblich trug er einen maßgeschneiderten Anzug. Er verzog keine Miene, während sein Blick über Novas Blessuren wanderte.

Ihre Hand zuckte, als das Verlangen, die betroffenen Stellen zu bedecken, geradezu übermächtig wurde. Nur Jax' Daumen, der beruhigend über ihren Handrücken streichelte, hielt Nova letztlich davon ab, diesem Bedürfnis nachzugeben. Schließlich waren diese Verletzungen kein Zeichen von Schwäche, sondern von Stärke. Sie war eine Überlebende, verdammt noch mal.

»Hallo«, begrüßte sie ihre Eltern steif, ehe sie Jax ansah. »Das sind meine Eltern. Erin und Leroy Sims, und das ist Jax.«

Jax nickte den beiden nur knapp zu. »Guten Abend.«

Eine kleine Falte trat auf Leroys Stirn. Er war es nicht gewohnt, dass jemand unbeeindruckt von ihm blieb.

Dankbar drückte Nova die Hand ihres Freundes, ehe sie zu ihrer Großmutter ans Bett trat. »Wie geht's dir, Granny? Hast du dich ein bisschen ausruhen können?«

Sie nickte. »Ich fühle mich schon besser. Danke, Liebes.«

Prompt ließ Leroy ein Schnaufen vernehmen. »Besser? Dass ich nicht lache. Wie konnte das überhaupt passieren?«

»Das habe ich dir doch schon gesagt«, erwiderte Abigail genervt. »Novas Version wird daran auch nichts ändern. Ihr hättet den weiten Weg wirklich nicht extra auf euch nehmen müssen.«

»Was hast du denn gedacht, was passieren würde, wenn uns die Klinik mitten in der Nacht aus dem Bett klingelt?«, fragte Erin spitz.

»Aber ihr seid doch gar nicht als Notfallkontakt vermerkt«, wandte Nova verwirrt ein.

»Bei der Krankenversicherung schon.« Leroy ließ ein überhebliches Lächeln aufblitzen. »Schließlich stehen Mutter lediglich die Grundversorgung sowie ein paar Zusatzleistungen zu. Unfälle, die einen Krankentransport über dreißig Meilen, eine stundenlange Operation und einen mehrtägigen Klinikaufenthalt nach sich ziehen, sind nur begrenzt abgedeckt. Falls du nicht zahlen kannst, werden wir zur Kasse gebeten. Ich vermute, die Versicherung wollte auf Nummer sicher gehen, dass sie ihr Geld auch bekommt, und hat uns über die Sachlage informiert.«

»Wir haben natürlich ein Upgrade in die Wege geleitet«, fügte Erin hinzu und schaute sich angewidert um. »Wobei ich mir unter einem exklusiven Einzelzimmer definitiv etwas anderes vorgestellt hatte.«

»Es ist ja nur noch für eine Nacht«, sagte Leroy.

Eine Gänsehaut kroch Novas Wirbelsäule hinab. »Wie meinst du das? Granny sollte eigentlich noch ein paar Tage zur Beobachtung in der Klinik bleiben.«

»Das schon.« Erin rümpfte die Nase. »Aber nicht hier.«

»Wir werden veranlassen, dass sie direkt nach Providence gebracht wird«, erklärte Leroy selbstgefällig.

»Ihr wollt *was*?«, stieß Nova hervor.

Beschwichtigend hob er die Hände. »Sobald deine Großmutter zugestimmt hat.«

Mit einem Anflug von Panik wandte Nova sich an Abigail, die mit verschlossener Miene vor sich hin starrte. »Das wirst du doch nicht tun, oder, Granny?«

»Warum denn nicht?«, schaltete Erin sich ein. »Auf ein paar Wochen früher oder später kommt es doch nicht an. So kann Abigail sich in Ruhe erholen, und du hast genug Zeit, eure Sachen in Goodville zu packen und dich auf die Tests an der Brown vorzubereiten. Es wäre eine Win-win-Situation.«

Win-win.

Die Worte hallten in Novas Kopf wider, als sie Jax ansah, der neben ihr stand. Sein Blick ruhte unverwandt auf ihr, und auch wenn er schwieg, so kannte sie doch seine Meinung. Wann immer sie bereit war, würde er ihr folgen. Sie würde ihn nicht verlieren.

Es tat gut, zu wissen, dass sie ihre Liebe nicht verlor, wenn sie nach Providence zog. Aber trotzdem verlor sie eine Stadt. Ihre Freunde. Ihre Heimat.

Um keinen Preis der Welt wollte sie all das verlassen. Nicht einmal für den Traum, den sie schon ihr ganzes Leben lang geträumt hatte.

Kapitel 35

Nova

Als Nova und Jax zuvor im Bett über ihre Zukunft geredet hatten, hatte Nova ihren Traum genauso klar vor sich gesehen wie zuvor. Doch er hatte sich nicht länger auf den großen Bühnen dieser Welt abgespielt, sondern in einem kleinen Gemeindezentrum in einer unscheinbaren Stadt.

Nova lächelte – und Jax erwiderte ihr Lächeln.

Dann sah sie ihren Vater an. »Nein.«

Leroy runzelte die Stirn. »Was meinst du mit Nein?«

Entschlossen straffte Nova die Schultern. »Granny ist eine mündige Frau. Sie kann selbst entscheiden, wo sie leben will. Genau wie ich, und ich für meinen Teil werde in Goodville bleiben.«

Erin schoss von dem Stuhl hoch. »Das kann nicht dein Ernst sein, Nova. Nach all den Opfern, die wir für dich gebracht haben, weigerst du dich, den Weg zu gehen, den wir dir geebnet haben?«

Nova lächelte dünn. »Diese Opfer habe ich nie von euch verlangt, Mutter. Ich bin glücklich in Goodville, und ich möchte dort leben.«

»Etwa wegen deinem Freund?«, knurrte ihr Vater und betrachtete Jax, als wollte er ihn am liebsten wie ein Insekt zertreten.

»Jax hat damit nichts zu tun.« Entschuldigend sah Nova ihn an. Er wirkte regelrecht fassungslos. »Ich liebe dich, und ich danke dir, dass du mir bis ans Ende der Welt folgen würdest, wenn es sein müsste. Aber ich möchte in Goodville bleiben.«

»Sicher?«, hakte Jax nach. »Ich sage es wirklich nicht gern. Aber deine Eltern haben recht. Die Brown ist eine Riesenchance, Engel. Ich will nicht, dass du es irgendwann bereust, sie nicht ergriffen zu haben.«

»Musik wird immer ein Teil von mir sein. Aber ich bin nicht bereit, dieses Leben aufzugeben. Hier habe ich Freunde, Pläne und Ideen.« Sie lächelte schüchtern. »Und ich habe dich.«

Kaum hatte sie diesen Satz ausgesprochen, hatte Jax sie schon in die Arme gezogen. Es schien ihm vollkommen egal zu sein, dass ihre Eltern die Szene mit sichtlicher Missbilligung verfolgten. Stattdessen fing er ihre Lippen ein und küsste sie stürmisch. »Und wie du mich hast, Sims.«

Sie grinste und streichelte einmal kurz über seine Wange, ehe sie sich von ihm löste und sich ihrer Großmutter zuwandte. »Meine Entscheidung steht fest, Granny. Wenn du auch bleiben möchtest, musst du es nur sagen.«

»Das kannst du nicht machen«, blaffte Leroy und zerrte an seinem Schlips, als hätte er Atemschwierigkeiten. »Ich werde euch auf die Straße setzen. Du wirst weder eine Arbeit noch ein Dach über dem Kopf haben.«

»Die beiden können bei mir wohnen«, sagte Jax lässig. »Mein Haus ist zwar nicht besonders groß, aber je kleiner die Hütte, umso größer der Spaß, stimmt's, Abi?«

Erwartungsvoll schaute Nova zu ihrer Großmutter, deren Mundwinkel nun vor Belustigung zuckten. »Das klingt in der Tat ziemlich amüsant.«

»Es ist mir ernst, Mutter, ich werde das Haus verkaufen.«

»Versuch es nur«, erwiderte sie ruhig. »Allerdings würde ich dir raten, vorher einen genauen Blick in den Kaufvertrag zu werfen. Es könnte sein, dass das Datum des Verkaufs ein paar Tage hinter der Schenkung liegt, die ich meiner Enkelin gemacht habe, um mich für ihre aufopferungsvolle Pflege zu bedanken.«

»Was?«, keuchte Nova, während ihr Vater dasselbe Wort schrie.

Abigail lächelte heiter. »Du erinnerst dich doch sicher an Priscilla Marone, oder?«

»Die Anwältin, die damals den Verkauf abgewickelt hat?«, fragte Novas Mutter irritiert.

»Genau die.« Entspannt lehnte Abigail sich in das Kissen zurück. »Vor ihrem Ruhestand ist sie nicht nur eine clevere Anwältin gewesen, sie ist auch seit Jahren meine beste Freundin, was ihr wüsstet, wenn ihr öfter als zweimal im Jahr angerufen hättet. Aber so?« Sie zuckte mit den Schultern. »Natürlich hat sie nichts gesagt, als ich euch ein Haus verkauft habe, das streng genommen gar nicht mehr mir gehört.«

»Aber ich habe einen Grundbuchauszug«, schnauzte Leroy.

»Ja, da gab es ein wenig Kuddelmuddel mit den Verträgen. Glücklicherweise konnte mir eine Freundin aus dem Bridgeclub weiterhelfen, die in der Stadtverwaltung arbeitet.« Abigails Lächeln wurde breiter. »Sie hat alles richtiggestellt. Nur fürchte ich, dass der Brief mit der Umschreibung damals in der Poststelle verloren gegangen ist.«

Leroys Gesicht wurde dunkel. »Das ist Betrug!«

»Ich würde es eher Nachbarschaftshilfe nennen«, erwiderte Abigail ungerührt. »So läuft das nun mal in einer Kleinstadt.

Die Leute mögen ein bisschen schrullig sein. Aber wenn es hart auf hart kommt, sind sie füreinander da. Noch eine Lektion, die du verpasst hast, weil dir ihre Anerkennung nicht gut genug war.«

»Wir hatten einen verfluchten Deal!«, blaffte Novas Vater.

Abigails Züge verhärteten sich. »Nein, Leroy. Du hast mich skrupellos erpresst, um deinen Willen durchzusetzen und Nova in eine bestimmte Richtung zu lenken. Euer Erziehungsstil hat mir nie gefallen. Ich habe jahrelang tatenlos mit ansehen müssen, wie ihr dieses wunderbare Mädchen herabgewürdigt habt. Hast du wirklich geglaubt, dass ich das noch einmal zulasse?«

Leroy warf die Hände in die Luft. »Ich habe immer nur das Beste für meine Tochter gewollt.«

Herausfordernd hob Novas Großmutter eine Braue. »Dann sieh ihr in die Augen, frag sie, was sie will, und akzeptiere ihre Antwort.«

Leroy drehte den Kopf.

Es fühlte sich an, als würde sein Blick Nova durchbohren. Sie wollte stark und entschlossen wirken. Doch sie konnte sich nicht daran hindern, nervös von einem Fuß auf den anderen zu treten. »Ich bin glücklich in Goodville. Ich brauche weder ein Studium noch eine Karriere, um ein erfülltes Leben zu führen. Bitte respektiert das.«

Zu ihrer Überraschung sanken die Schultern ihres Vaters herab. Er gab auf.

Im Gegensatz zu ihrer Mutter.

»Nein«, stieß sie hervor. »Ich habe dich nicht in die Welt gesetzt, damit du in diesem öden Kaff versauerst. Dein Leben wird eine *Bedeutung* haben.«

»Das hat es schon.« Mit einem Mal spürte Nova eine ganz neue Gewissheit in sich aufflammen. Sie verdrängte jenes Gefühl der Unzulänglichkeit, das sie über Jahre hinweg von innen heraus vergiftet hatte, und lachte befreit auf. »Ich bin sogar für einige Menschen von Bedeutung. Es tut mir leid, dass du das nicht sehen kannst. Aber es ist wahr – und mir genügt es.«

Trotzig schüttelte ihre Mutter den Kopf. »Du hast so viel Potenzial, und die Brown ist eine exzellente Universität. Sie wird dir alle Türen öffnen und …«

»Erin«, schaltete sich Novas Vater ein. Sein Gesicht hatte wieder eine normale Farbe, und plötzlich wirkte er einfach nur erschöpft. »Es ist nicht *ihr* Traum, sondern unserer. Lass es gut sein.«

Verrat spiegelte sich in Erins Augen, ehe sie sich mit hochmütiger Miene an Novas Großmutter wandte. »Glückwunsch! Du hast gewonnen. Ich gehe davon aus, dass du auf das Privileg einer luxuriösen Seniorenresidenz verzichten willst?«

Abigail grinste. »Da kannst du Gift drauf nehmen, Schätzchen.«

Erin schnaubte. »Ihr wisst überhaupt nicht, was gut für euch ist.«

Ohne Nova noch eines Blickes zu würdigen, marschierte sie aus dem Krankenhauszimmer. Als die Tür hinter ihr zufiel, spürte Nova einen Stich in der Brust. Eigentlich hätte sie darauf vorbereitet sein müssen. Trotzdem zuckte sie zusammen.

Sofort legte Jax den Arm um sie. Seine Wärme linderte den Schmerz, weshalb Nova sich stark genug fühlte, ihren Vater anzusehen. »Es tut mir leid, Dad.«

Er schüttelte matt den Kopf, bevor er Abigails Hand tätschelte. »Ruf an, wenn du etwas brauchst, Mutter.«

Abigail rang sichtlich mit sich. Doch dann nickte sie versöhnlich. »Mache ich.«

Leroy ging um das Bett herum in Richtung Tür, blieb jedoch vor Nova stehen und musterte sie eindringlich. »Das gilt auch für dich. Solltest du je Hilfe brauchen oder deine Meinung ändern, ruf mich an. Und ansonsten …« Er schluckte hart. »Werde glücklich, Nova.«

Tränen traten ihr in die Augen. Es gelang ihr nur mit Mühe, sie zurückzuhalten. »Das werde ich.«

Leroy murmelte einen Abschied, dann ging er hinaus.

Mit schief gelegtem Kopf lauschte Abigail, bis die Tür sich schloss, und seufzte dann erleichtert auf. »Also, das war äußerst … amüsant. Ich hätte wirklich gern ihre Gesichter gesehen.«

Jax gab ein ersticktes Geräusch von sich, das fast wie ein Glucksen klang. »Sie haben ziemlich blöd aus der Wäsche geguckt, so viel kann ich dir sagen.«

Diebische Freude huschte über Abigails Gesicht. »Sehr gut.«

Nova schniefte leise. »Warum hast du mir nicht gesagt, dass das Haus längst mir gehört?«

Sofort verflog Abigails Erheiterung, und sie strich verlegen über ihre weiße Decke. »Weil ich wollte, dass du eine Entscheidung unabhängig von allen Verpflichtungen triffst. Manchmal sieht man die Dinge eben bedeutend klarer, wenn man vor dem Nichts steht.«

Gott! Nova wollte die alte Frau schütteln und gleichzeitig umarmen.

»Das war echt brutal von dir«, sagte Nova.

Bedauernd verzog Abigail das Gesicht. »Es besteht ein feiner, aber entscheidender Unterschied zwischen Zufriedenheit und Glück. Dieser Schritt war leider nötig, damit du dich endlich mit deinen Wünschen auseinandersetzt, anstatt dich einfach nur mit dem zu begnügen, was du hast. Das Gleiche habe ich übrigens auch getan.«

»Wie meinst du das?«, fragte Nova irritiert.

»Ich will nicht aus Goodville weg.« Abigail lächelte unsicher. »Weiterhin mit dir zusammenleben will ich allerdings auch nicht.«

Nova rutschte das Herz in die Hose. »Was?«

»Versteh mich nicht falsch, Liebes. Ich habe die Zeit mit dir unheimlich genossen. Aber wir müssen realistisch sein. Meine Sehkraft schwindet, und ich brauche bald wesentlich mehr Hilfe im Alltag. Deshalb haben Priscilla und ich beschlossen, eine eigene Seniorenresidenz zu gründen.«

»Eine Seniorenresidenz?«, wiederholte Jax genauso perplex, wie Nova sich fühlte.

Abigail nickte. »Priscilla ist einsam in ihrer riesigen Villa, und wir wissen von zwei Freundinnen aus dem Bridgeclub, dass es ihnen ähnlich geht. Deshalb möchten wir die Villa mithilfe von Avens & Baxter in eine barrierefreie Unterkunft umbauen, mit genug Platz für uns und eine Pflegekraft, die rund um die Uhr für uns da ist.«

»Das … das ist eine tolle Idee«, stotterte Nova. »Aber hast du dir das auch gut überlegt?«

»Wir sind alle seit Jahren befreundet und kennen unsere jeweiligen Marotten. Tatsächlich denke ich, es könnte ganz lustig werden.«

»Wenn du willst, helfen wir dir«, bot Jax an. »Ich kann mit Cole sprechen und die Projektplanung übernehmen. Qualitätssicherung ist schließlich mein Spezialgebiet.«

»Die Soul Sisters hätten sicher auch einiges beizusteuern.« Novas Magen flatterte nervös. Ein Leben ohne Abigail an ihrer Seite war für sie nur schwer vorstellbar. Sie würde sicher eine ganze Weile brauchen, um sich daran zu gewöhnen. Andererseits war Grannys Wunsch nach mehr Gesellschaft verständlich. Viel Abwechslung hatte Abigails Leben in letzter Zeit schließlich nicht geboten. Wenn die Senioren-WG half, wieder mehr Freude in Abigails Leben zu bringen, war Nova dabei. »Wir könnten Spendengelder für den Umbau sammeln oder euch durch andere Aktivitäten unterstützen.«

»Ich bin mir sicher, euch werden viele spannende Sachen einfallen«, erwiderte Abigail schmunzelnd. »Aber eins nach dem anderen.«

Da hatte sie allerdings recht.

Lächelnd schaute Nova zu Jax, der sie voller Liebe und Bewunderung betrachtete. Erneut flatterte ihr Magen – diesmal vor Glück.

Epilog

Nova

Eine fröhliche Melodie tanzte über die Saiten von Novas Violine. Es war *Eine kleine Nachtmusik* von Wolfgang Amadeus Mozart, eines von Novas Lieblingsstücken an guten Tagen – und davon gab es in letzter Zeit viele. Und genau wie die Freude, die Nova mit jeder Faser ihres Herzens spürte, flogen die Töne davon und verzauberten jeden, der ihnen lauschte.

Obwohl Nova die Augen geschlossen hielt, konnte sie Jax' Blick auf sich spüren, und wie üblich durchströmte eine wohlige Wärme ihre Brust. Ein Lächeln wollte an ihren Mundwinkeln zupfen, doch da nahm die Musik ihre Seele erneut gefangen.

Sie atmete, lebte und feierte ihren Traum.

Der Moment war so kostbar, dass sie am liebsten die Zeit anhalten wollte. Doch irgendwann verklang die letzte Note. Atemlos wartete Nova auf das Urteil ihrer Zuhörer, doch es brandete kein Applaus auf, wie sie insgeheim gehofft hatte. Stattdessen schien sich niemand zu regen.

Blinzelnd hob sie die Lider und schaute unsicher auf ihr Publikum hinab.

Mehr als einhundert Augenpaare starrten sie an, teilweise regelrecht schockiert. Nur eines blitzte in einer Mischung aus Stolz und Belustigung.

Langsam hob Jax die Hände und begann zu klatschen. Der Laut schien auch die übrigen Leute aus ihrer Trance zu reißen, denn die knisternde Stille schlug plötzlich in einen wahren Sturm der Begeisterung um. Jubelrufe erklangen und ein Pfiff, der ganz eindeutig Lauren zuzuordnen war.

Erleichterung machte sich in Nova breit. Sie winkte schüchtern und verbeugte sich, ehe sie in ihrem langen Abendkleid von der Bühne schritt.

Jax, der sich zeitgleich zum Fuß der Treppe vorgearbeitet hatte, reichte ihr die Hand. »Das war eine ziemlich beeindruckende Premiere, Sims. Ich hoffe, du hast ein paar Autogrammkarten dabei.«

Leise lachend nahm Nova den Koffer von ihm entgegen und verstaute ihre Violine darin, während Ashlyn ans Mikrofon trat.

»Du meine Güte!«, trällerte sie und kicherte schrill. »Wer hätte gedacht, dass ein solches Talent in unserer bescheidenen Mitte lebt? Noch einmal einen ganz herzlichen Applaus für die zauberhafte Nova Sims.«

Erneut wurde es laut, als donnernder Applaus von den Wänden des Gemeindesaals widerhallte. Nova bedankte sich mit einem weiteren schüchternen Winken.

»Das war der letzte Programmpunkt unseres diesjährigen Thanksgiving-Festes«, fuhr Ashlyn unterdessen fort und breitete strahlend die Arme aus. »Und nun wünsche ich euch allen einen wunderbaren Abend.«

Diesmal war der Applaus deutlich verhaltener, was dafür sorgte, dass Ashlyn leicht verärgert die Lippen zusammenkniff und auf der anderen Seite von der Bühne stöckelte. Gespräche wurden laut, während Jax den Geigenkoffer an sich nahm.

Sein Blick glühte. »Ich würde immer noch Ja sagen, wenn du mich fragen würdest.«

Das behauptete er jedes Mal, nachdem er sie spielen gehört hatte. Grinsend legte Nova die Arme um ihn. »Eines Tages werde ich das vielleicht tun.«

»Lass mich nur zappeln«, murmelte er und senkte den Kopf, um sich einen Kuss zu stehlen. Kaum lagen ihre Lippen aufeinander, wurden sie auch schon von ihren Freunden umringt.

May schüttelte entgeistert den Kopf. »Ich fasse es nicht, dass du uns das verheimlicht hast.«

»Dir ist schon klar, dass wir jetzt Geigenunterricht auf unsere Kursliste setzen müssen, oder?«, mischte Josephine sich begeistert ein.

Helen lachte. »Wenn das so weitergeht, brauchen wir bald Verstärkung in unserem Club.«

In der Tat hatten die Frauen bereits jetzt alle Hände voll zu tun. Derzeit planten die Soul Sisters einen Weihnachtsbastelkurs für Kinder unter Josephines Leitung, außerdem einen Malkurs und eine wöchentliche Teegesellschaft. Dazu organisierten sie verschiedene Aktionen für die geplante Seniorenresidenz.

Apropos …

»Wo steckt meine Großmutter?«, fragte Nova und reckte den Kopf. »Wird sie schon wieder von potenziellen Mitbewohnern belagert?«

»O ja, sie und Priscilla können sich kaum retten vor Anfragen.« Kichernd tätschelte May die Wange ihres Freundes, an den sie sich geschmiegt hatte. »Ich schätze, Avens & Baxter muss noch ein paar Zimmer mehr umbauen.«

»Das kriegen wir schon hin«, erwiderte Cole entspannt

und zeigte in die linke Ecke des Saals, wo Abigail und Priscilla in zwei bequemen Ohrensesseln saßen, die Jax extra für sie herangeschleppt hatte. Um sie herum standen einige ihrer Freunde aus dem Bridgeclub. »Sie sind dort drüben und halten Hof.«

»Die beiden sehen tatsächlich ein bisschen aus wie Königinnen.« Belustigt lehnte Jax sich zu Nova und fuhr mit gesenkter Stimme fort: »Das wird Queen Ash aber gar nicht gefallen.«

Es war Nova herzlich egal, ob es Ashlyn gefiel oder nicht. Sie war einfach nur erleichtert, dass ihre Großmutter sich gut von ihrem Sturz erholt und zu ihrer alten Lebensfreude zurückgefunden hatte. Ihre Augen funkelten vergnügt, während sie lächelnd den bunten Hut zurechtrückte, den Jax ihr geschenkt hatte.

»Sie sieht glücklich aus«, stellte auch Lauren fest und wischte sich verstohlen über die Wange, ehe sie Nova anlächelte. »Du hast wunderschön gespielt. Ehrlich, ich hab Rotz und Wasser geheult.«

Dass Lauren das so freimütig zugab, musste an den Hormonen liegen. Aber irgendwie mochte Nova diese sensible Seite ihrer Freundin. Erfreut drückte sie Laurens Hand. »Danke.«

»Mir scheint, du bist in letzter Zeit ziemlich empfindlich«, merkte Ryan an, der soeben mit einem Glas Bier in der Hand aufgetaucht war.

Lauren befeuchtete nervös die Lippen. Noch wussten nur die Soul Sisters von der Schwangerschaft. Sie hatte niemandem sonst davon erzählt. Wahrscheinlich hatte sie Angst davor, sich zum Gespött der Leute zu machen. Aber lange würde sie das süße Geheimnis, das sie unter dem Herzen trug, nicht mehr für sich behalten können.

Mit einem spöttischen Grinsen legte Ryan den Kopf schief. »Was ist los, Rotschopf? Bist du gestresst wegen dem Stadtrat?«

Es war wirklich interessant zu beobachten, wie Ryan es schaffte, seine aufrichtige Sorge hinter einem lockeren Spruch zu verstecken. Und noch interessanter war es, dass Lauren ihn ebenfalls durchschaute und unbeeindruckt abblitzen ließ: »Mach dir mal keine Sorgen, Süßer. Ich komme schon klar.«

Etwas Dunkles blitzte in Ryans Augen auf. Nur ganz kurz. Aber Nova hatte den Schatten trotzdem bemerkt. »Na klar. Schließlich gibt es nichts, was dich umhauen könnte, nicht wahr, McGreedy? Du hast immer alles unter Kontrolle.«

Sprach da Bewunderung aus Ryan, oder hatte Nova einen kleinen Vorwurf in seinem Ton gehört? Sie war sich nicht sicher, aber der Freundschaft zwischen den beiden schien plötzlich eine unterschwellige Feindseligkeit anzuhaften.

Was echt seltsam war.

»Da bist du ja«, erklang da die fröhliche Stimme einer jungen Frau, die Nova irgendwie bekannt vorkam.

Erstaunt verfolgte sie, wie die hübsche Payton Summers, die in Doktor Johnsons Praxis als Arzthelferin tätig war, zu Ryan trat und ihn vor allen anderen küsste. Nicht nur Nova, sondern auch den anderen in ihrem kleinen Kreis klappte die Kinnlade runter.

»Haben wir etwas verpasst?«, fragte Cole seinen Bruder.

Kichernd schmiegte Payton sich in Ryans Arme. »Könnte man so sagen.«

»O mein Gott!«, rief Helen aus und bekreuzigte sich. »Meine Gebete wurden doch noch erhört.«

Ryan verdrehte die Augen. »Krieg dich wieder ein, Mom.«

Nun ja, ihre Verzückung konnte Nova schon irgendwie nachvollziehen. Schließlich war Ryan bisher ein überzeugter Single und Frauenheld, der jede Verpflichtung konsequent gemieden hatte. Aber ganz offensichtlich war es Payton gelungen, ihn zu zähmen – und Ryan schien ziemlich glücklich damit. Zumindest grinste er breit in die Runde, bis sein Blick dem von Lauren begegnete. Erst da verrutschte sein Lächeln ein wenig.

Sie schaute zum Ausgang des Gemeindezentrums. »Ich muss dann mal los und Stacy hinter der Bar ablösen.«

Bevor Nova oder einer der anderen sich von ihr hätte verabschieden können, ging sie weg und tauchte in der Menge unter. Jax trat hinter Nova, legte die Arme um sie und senkte den Mund zu ihrem Ohr.

»Das war merkwürdig«, flüsterte er.

Nova nickte gedankenversunken, während sie seine Wärme in ihrem Rücken spürte. Genau genommen waren ganz schön viele Dinge zwischen Lauren und Ryan merkwürdig. Früher waren es die seltsamen Kosenamen gewesen und dieser schmale Grat zwischen Flirt und Freundschaft, auf dem sie stets gewandelt waren. Jetzt war es die spürbare Anspannung zwischen ihnen.

Niemand hatte je wirklich verstanden, warum aus den beiden nie ein Liebespaar geworden war. Schließlich waren sie zusammen aufgewachsen, waren beide Kämpfernaturen und teilten den gleichen schrägen Sinn für Humor. Im Grunde waren sie perfekt füreinander. Aber wie es schien, hatte das Schicksal anderes im Sinn.

Ryan zog Payton dichter an sich und murmelte ihr etwas ins Ohr, das sie zum Lachen brachte. Er schien das gefunden zu haben, was Nova sich auch für Lauren wünschte.

Vielleicht sollte sie doch noch einmal mit ihrer Freundin

reden und versuchen, sie umzustimmen, was die Suche nach dem Vater ihres Kindes betraf. Nicht nur, weil er trotz ihrer Vereinbarung ein Recht darauf hatte, es zu erfahren, sondern weil er womöglich genau der Mensch war, den sie brauchte.

Ob Lauren es nun zugab oder nicht, auch sie sehnte sich nach Liebe und Geborgenheit. Das wusste Nova, weil es ihr früher genauso gegangen war. Sie hatte sich eingeredet, als Single würde es ihr an nichts fehlen. Aber trotz ihrem durchorganisierten Tagesplan, Abigails Gesellschaft und ihren neuen Freundinnen war ihr Leben in gewisser Weise leer gewesen.

Bis sie Jax in ihr Leben gelassen hatte.

Nova legte den Kopf in den Nacken und betrachtete den Mann, der sie schützend in den Armen hielt. Er war in ein Gespräch mit May und Cole vertieft und bekam daher nicht mit, wie Nova ihn ungeniert bewunderte. Das hatte sie früher auch schon getan. Aber jetzt schämte sie sich nicht länger dafür, sondern sog seinen Anblick gierig in sich auf. Sein Haar fiel ihm offen bis auf die Schultern, was ihn in Verbindung mit den blonden Stoppeln auf seinem Kinn ein bisschen wild aussehen ließ. Dabei war Jax so unheimlich sanft und liebevoll.

Nova reckte sich. Die Bewegung war winzig und doch reichte sie aus, um seine Aufmerksamkeit sofort zurück auf sie zu ziehen. Seine himmelblauen Augen leuchteten auf, und als er sich hinabbeugte, um sie zu küssen, spielte Massenets *Méditation* in ihrem Kopf. So wie es bei Jax schon immer gewesen war.

Danksagung

Ich danke von Herzen meinem Mann und meinen Kindern, die mich jeden Tag aufs Neue inspirieren und herausfordern. Mika, Ben und Bel – ihr seid mein ganzes Glück. Danke für eure Geduld und euer Verständnis, für euren Rückhalt und eure Liebe.

Mama und Mopi, Sanni und Rähne – dieses Buch ist in einer sehr turbulenten Zeit entstanden. Ich danke euch allen, dass ihr für mich da wart und mir geholfen habt, nach Goodville und wieder zurückzufinden.

Ganz besonders möchte ich mich auch bei meiner Lektorin Laura Lichtenwalter und dem tollen Team im Penguin Verlag bedanken, die von Anfang an voller Begeisterung für dieses Projekt waren. Ich danke außerdem meiner Agentin Leonie Schöbel für ihr Engagement. Ich freue mich so sehr, dass die Ladies dieses schöne Verlagszuhause gefunden haben.

Und natürlich sende ich allen Leserinnen und Lesern meine herzlichen Grüße und ein riesiges Dankeschön, dass ihr zusammen mit Nova geträumt habt. Ich hoffe, ihr hattet eine wunderbare Zeit in Goodville.

Eure Polly